KB143666

환재집

이 책은 2013~2014년도 정부(교육부)의 재원으로 한국고전번역원의 지원을 받아
수행된 '권역별거점연구소협동번역사업'의 결과물임.

This work was supported by Institute for the Translation of Korean Classics - Grant funded by
the Korean Government.

한국고전번역원 한국문집번역총서/성균관대학교 대동문화연구원

환재집 2

瓛齋集

박규수 지음 김채식 옮김

朴珪壽

일러두기

1. 이 책의 번역 대본은 한국고전번역원에서 간행한 한국문집총간 312집 소재 《환재집(瓛齋集)》으로 하였다. 번역 대본의 원문 텍스트와 원문 이미지는 한국고전종합DB(http://db.itkc.or.kr)에서 확인할 수 있다.
2. 내용이 간단한 역주는 간주(間註)로, 긴 역주는 각주(脚註)로 처리하였다.
3. 한자는 필요한 경우 이해를 돕기 위하여 넣었으며, 운문(韻文)은 원문을 병기하였다.
4. 맞춤법과 띄어쓰기는 한글 맞춤법과 표준어 규정을 따랐다.
5. 이 책에서 사용한 부호는 다음과 같다.
   ( ) : 번역문과 음이 같은 한자를 묶는다.
   〔 〕 : 번역문과 뜻은 같으나 음이 다른 한자를 묶는다.
   " " : 대화 등의 인용문을 묶는다.
   ' ' : " " 안의 재인용 또는 강조 문구를 묶는다.
   「 」 : ' ' 안의 재인용을 묶는다.
   《 》 : 책명 및 각주의 전거(典據)를 묶는다.
   〈 〉 : 책의 편명 및 운문·산문의 제목을 묶는다.

차례

서문 序

환재집 제5권

제문 祭文

신도비명 神道碑銘

묘갈명 墓碣銘

묘지명 墓誌銘

시장 諡狀

환재집 제6권

헌의 獻議

소차 疏箚

그림 차례

환재집

제4권

잡저(雜著) 서문(序)

반남(潘南) 박규수(朴珪壽) 환경(瓛卿) 저(著)

제(弟) 선수(瑄壽) 온경(溫卿) 교정(校正)

문인(門人) 청풍(淸風) 김윤식(金允植) 편집(編輯)

잡저雜著

선수(瑄壽)[1]가 고찰하건대, 선형의 유고는 경전을 보좌할 수 있으므로 대단치 않은 작품으로 여겨선 안 된다. 그 중에 종류별로 모을 수 없거나 한두 편에 불과하여 권(卷)으로 묶을 수 없는 편명들이 있으므로 《한창려집(韓昌黎集)》[2]과 《방정학집(方正學集)》[3]의 예에 따라 잡저(雜著)로 엮어서 문(文)의 첫머리에 싣는다.

1 선수(瑄壽) : 박선수(朴瑄壽, 1821~1899)의 본관은 반남(潘南), 자는 온경(溫卿)으로 환재의 아우이다. 1864년(고종1) 증광별시 문과에 장원급제, 여러 관직을 거쳐 벼슬이 판서에 이르렀다. 저서로 《설문해자익징(說文解字翼徵)》이 있는데, 《설문해자(說文解字)》에 누락된 내용을 보충하기 위해 고대 종정(鍾鼎)의 유문(遺文)을 연구하고 문자의 원리와 본뜻을 고증하였다. 《환재집》의 간행에 교정을 맡았는데, 간혹 간략한 논평을 달아놓았다.

2 한창려집(韓昌黎集) : 당나라 한유(韓愈, 768~824)의 문집을 가리킨다. 앞부분에 운문인 부(賦)와 시(詩)가 먼저 실려 있고, 문장은 〈원도(原道)〉, 〈원성(原性)〉을 필두로 각종 설(說), 해(解), 전(傳), 잠(箴), 찬(贊), 변(辯), 후서(後敍), 송(頌), 기(記) 등을 모아 첫머리에 배치하였다.

3 방정학집(方正學集) : 명나라 방효유(方孝孺, 1357~1402)의 문집인 《손지재집(遜志齋集)》을 가리킨다. 문집의 첫머리에 잠(箴), 명(銘), 계(誡), 의(儀), 논(論)을 비롯하여 각종 산문을 모아 잡저(雜著)라는 제목으로 실어 놓았다.

천자는 친영하지 않는다는 데 대한 변증[4]

天子不親迎辨

이 글은 공께서 지은 《거가잡복고(居家雜服攷)》[5]에 인용된 《예기(禮記)》 〈애공문(哀公問)〉의 "면관을 쓰고 친영한다"라는 구절의 안설(按說) 속에 스스로 주석을 단 부분에 보인다. 이제 편명을 달아 문집에 넣는다.

《춘추전(春秋傳)》에 공양(公羊)은 "천자로부터 서인까지 모두 친영한다.〔天子至庶人 皆親迎〕"라고 풀이하였고, 좌씨(左氏)는 "천자는 지존이어서 대적할 이가 없으므로 친영하지 않고, 사신을 보내 맞아

4 천자는……변증 : 이 글은 《춘추전》에 나오는 '천자가 친영하지 않는다.'라고 한 구절을 대상으로 그 실상을 변증한 논설문이다. 환재는 천자는 지존이어서 대적할 이가 없으므로 친영하지 않는다는 학설이 좌씨(左氏)로부터 유래하였음을 지적하고, 정현(鄭玄)의 주장처럼 '부부가 합하는 것은 한 몸과 같으므로 대적할 이가 없어서 친영하지 않는다'는 것은 전제부터 잘못되었음을 주장하였다. 이어 환재는 당시에 천자가 제후국에 가서 직접 후비를 맞아오는 것이 현실적으로 불가능하므로 동성제후(同姓諸侯)인 노(魯)나라를 혼주(婚主)로 삼아 혼례를 주관케 했을 뿐만 아니라, 제후국의 입장에서도 도리 상 천자가 몸소 왕림하는 것을 기다릴 수 없으므로 후비를 모시고 천자국에 가서 관사(館舍)에 유숙하면 천자가 그곳에서 친영하여 왕궁으로 들어가는 것이 정황상 타당함을 논증하였다.

5 거가잡복고(居家雜服攷) : 사대부가 평상시 집에서 입는 각종 의복을 중심으로 고례(古禮)와 부합하는 이상적인 의관 제도에 관해 논한 저술이다. 상하 2책 3권으로, 제1권은 사대부 남성의 복식을 논한 〈외복(外服)〉 편이고, 제2권은 사대부 여성의 복식을 논한 〈내복(內服)〉 편이며, 제3권은 남녀 아동의 복식을 논한 〈유복(幼服)〉 편이다. 성균관대학교 대동문화연구원에서 1996년에 영인한 《환재총서(瓛齋叢書)》 권4에 실려 있다.

온다.〔天子至尊無敵 不親迎 遣使迎之〕"라고 풀이하였다. 정씨(鄭氏 정현(鄭玄))가 논박하기를, "천자가 비록 높지만 후비(后妃)와는 부부(夫婦)이다. 부부가 합하는 것은 그 예가 한 몸과 같으므로 '대적할 이가 없다'는 말을 어찌 여기에 쓰겠는가.〔天子雖尊 其於后則夫婦也 夫婦判合 禮同一體 所謂無敵 豈施於此哉〕"라고 하였다.[6]

정씨는 이어서 문왕(文王)이 태사(太姒)를 위수(渭水) 가에서 맞아온 사례와 공자(孔子)가 애공(哀公)에게 "천지, 종묘, 사직의 주인이 된다.〔天地宗廟社稷主〕"[7]라고 대답한 말을 끌어와 천자가 친영한 증거로 삼았다.

공영달(孔穎達)은 정씨를 논박하면서 "문왕이 태사를 맞이한 것은 은나라 때에 있었으므로 아직 천자가 되기 전의 예이고, 공자가 애공에게 대답한 것은 스스로 노(魯)나라 국법을 논한 것으로써, 노나라가 교사(郊社)를 지낼 수 있었으므로 천지(天地)라고 말한 것이지 천자의 예를 말한 것이 아니다."라고 하였다. 후세의 유자(儒者)들이 대부분

6 춘추전(春秋傳)에……하였다 : 여기까지의 내용은 《춘추좌씨전》 노 환공(魯桓公) 8년 조의 "제공이 왔다. 기국에 가서 왕후를 맞이해왔다.〔祭公來 遂逆王后於紀〕"라는 구절의 소(疏)에 보인다. 또 송나라 위료옹(魏了翁)이 지은 《춘추좌전요의(春秋左傳要義)》 권8 〈정현박천자불친영지설부당(鄭玄駁天子不親迎之說不當)〉의 첫머리와도 대동소이하다.

7 천지……된다 : 《예기》 〈애공문(哀公問)〉에 나오는 말이다. 공자가 애공과 문답하면서, 혼인이란 중대한 일이므로 천자도 면류관을 쓰고 친영한다고 하자, 애공은 면류관을 쓰고 친영하는 것이 너무 엄중하지 않느냐고 물었다. 이에 공자가 얼굴빛을 고치면서, "두 성씨를 합하여, 옛 성인의 후사를 잇고, 천지와 종묘와 사직의 주인이 되니, 공께서는 어찌 너무 엄중하다고 하십니까.〔合二姓之好 以繼先聖之後 以爲天地宗廟社稷之主 君何謂已重乎〕"라고 대답하였다.

좌씨를 추종하여, '천자는 지존이어서 대적할 이가 없으므로 친영하지 않는다.'라고 확고하게 여겼다.

나는 생각하건대, 정씨가 증거를 인용하면서 우연히 실수를 하였으나, 의리의 바름을 얻었다고 할 수 있다. 대체로 천하가 천자를 존귀하게 여겨 아무도 대적하지 않는 것은 예(禮)이다. 왕이 된 자가 언제 '존귀하여 대적할 이가 없다.'라고 스스로 행세한 일이 있었겠는가. 진실로 이와 같다면 백부(伯父)와 숙구(叔舅)라는 말로 제후를 호칭해선 안 되고,[8] 연모(燕毛)도 예가 아니며,[9] 노인을 봉양하며 좋은 말을 구하는 것〔養老乞言〕[10]과 희생을 잡고 장을 들어 먹이는 것〔割牲執醬〕[11]은 굴욕이 된다. 그리고 '천자에게 조서를 받을 때도 북면하지 않는다.〔詔於天子 不北面〕'[12]라는 것은 신하의 예절이 아니니, 어찌 이럴 수 있겠는가.

8 백부(伯父)와……안 되고 : 천자의 백부와 숙구는 제후와 대등한 지위를 지니는데, 만약 천자가 존귀하다고 스스로 행세한다면 이런 호칭조차 양보하지 않을 것이라는 의미이다. 《예기》 〈곡례 하(曲禮下)〉에 "천자의 동성을 백부라 부르고, 이성을 백구라 부른다. 제후에 대해 스스로 칭할 때는 천자지로라 하고, 외국에 대해서는 공이라 자칭하며, 자기 나라에 대해서는 군이라 자칭한다.〔天子同姓謂之伯父 異姓謂之伯舅 自稱於諸侯曰天子之老 於外曰公 於其國曰君〕"라고 하였다.

9 연모(燕毛)도……아니며 : 연모는 제사를 마치고 철상(撤床)을 한 다음 잔치를 벌일 때, 벼슬과 공로를 따지지 않고 오직 나이만으로 자리의 순서를 정하는 것을 가리킨다.

10 노인을……것 : 《예기》 〈문왕세자(文王世子)〉 '양로걸언(養老乞言)' 조목의 정현(鄭玄)의 주석에 '노인 중에서 어진 이를 봉양하면서 시행할 만한 좋은 말을 구하는 뜻이다.〔養老人之賢者 因從乞善言可行者也〕'라고 풀이하였다.

11 희생을……것 : 《예기》 〈악기(樂記)〉에, "태학에서 삼로와 오경을 대접할 때, 천자가 직접 팔을 걷고 희생을 잡아, 장을 들어서 먹이고 잔을 들어서 마시게 한다.〔食三老五更於太學 天子袒而割牲 執醬而饋 執爵而酳〕"라는 구절이 보인다.

12 천자에게……않는다 : 《예기》 〈학기(學記)〉에, "학문의 도는 스승을 높임이 어렵

그런데 생각건대, 공자께서 애공에게 대답한 것은 다만 노나라의 국법을 논한 것이다. 저 작은 노나라가 오히려 선성(先聖)을 계승하여 종묘사직을 갖게 되었으므로 면복(冕服)으로 친영한 것이다. 하물며 천자의 집안에서는 그 임무가 중대하고 예법이 구비된 것이 어떠하며, 이륜(彝倫)의 주인으로서 몸소 천하에 가르침을 먼저 펴는 의의가 어떠한가. 그런데 홀로 오만스레 존귀하다고 여겨서 "나는 존귀하여 대적할 자가 없다. 세계만방을 복종시켜 부르기만 하면 오게 할 수 있거늘, 어찌 군색하게 몸소 맞이한단 말인가."라고 한다면 이것이 예이겠는가.

《춘추》 환공(桓公) 8년에 "제공(祭公)이 왔다. 기국(紀國)에 가서 왕후를 맞이해왔다.〔祭公來 遂逆王后於紀〕"[13]라고 하였다. 만약 공양의 설을 따른다면 이것은 천자가 친영하지 않은 것을 기롱한 것이 된다. 비록 천자가 왕후를 맞이하는 예가 본래 이와 같다 하더라도 또 다르게 설명할 수 있으니, 내가 생각하기에 천자는 일찍이 친영하지 않은 적이

다. 스승을 높인 연후에 도가 높아지고, 도가 높은 연후에 백성들이 학문을 공경할 줄 안다. 이 때문에 임금이 자기 신하를 신하로 대하지 못하는 경우가 두 가지이니, 제사의 시동이 되면 신하로 대하지 못하고, 스승에 대해서는 신하로 대하지 못한다. 태학의 예에 비록 천자에게 조서를 받을 때도 북면하지 않는 것은 스승을 높이는 방도이다.〔凡學之道 嚴師爲難 師嚴然後道尊 道尊然後民知敬學 是故君之所不臣於其臣者二 當其爲尸則弗臣也 當其爲師則弗臣也 大學之禮 雖詔於天子 無北面 所以尊師也〕"라고 하였다.

13 제공(祭公)이……맞이해왔다 : 《춘추좌씨전》 노 환공(魯桓公) 8년 조에 보인다. 주석에, "제공(祭公)은 제후로서 천자의 삼공(三公)이 된 자이다. 주왕(周王)이 노(魯)나라로 하여금 혼사를 주관케 했기 때문에 제공이 노나라에 와서 환공의 명을 받은 뒤에 기국(紀國)에 가서 왕후를 맞이한 것이다. 천자는 외국(外國)이 없기 때문에 왕후(王后)라고 칭한 것이다."라고 하였다.

없었고, 다만 멀리 제후국에 가서 맞아오지 않았을 뿐이다.

천자가 제후국에 갈 경우에 상제(上帝)께 유제(類祭)를 지내고, 사단(社壇)에 의제(宜祭)를 지내고, 예묘(禰廟)에 조제(造祭)를 지내고서 신주를 싣고 떠나니,[14] 그 예가 이처럼 중대하다. 또 천자가 아무리 존귀하더라도 반드시 부부의 예를 갖추어 행한다. 그러므로 스스로 주인(主人 혼주(婚主))이라 칭하지 않고 삼공(三公)을 보내서 동성제후(同姓諸侯)와 상의하여 그 동성제후를 주인으로 삼으면, 주인은 사신을 제후국에 보내서 납채(納采)·문명(問名)·납길(納吉)·납징(納徵)·청기(請期)[15]의 예를 행한다.

이미 납징(納徵)을 하였다면 곧 왕후(王后)이면서 천하의 어미〔天下之母〕가 되고, 이미 청기(請期)를 하였다면 제후국의 처지에서는 첫

14 천자가……떠나니 : 《예기》 〈왕제(王制)〉에 "천자가 출행할 때에는 상제께 유제를 지내고, 조상의 사당에 의제를 지내며, 선친의 사당에 조제를 지낸다. 제후가 출행할 때에는 조상의 사당에 의제를 지내고, 선친의 사당에 조제를 지낸다.〔天子將出 類乎上帝 宜乎社 造乎禰 諸侯將出 宜乎社 造乎禰〕"라고 하였다. 신주를 싣고 떠난다〔載主而行〕는 말은 경문에 보이지 않고, 공영달(孔穎達)의 주석에는 "선친의 사당에 조제를 지낸다는 것은 또한 조상에 고하고 신주를 싣는 것이다.〔造乎禰者 亦告祖及載主也〕"라고 하였다.

15 납채(納采)……청기(請期) : 납채는 신랑이 될 사람의 집에서 신부가 될 사람의 집에 규수를 간택하겠다는 의사를 통보하는 것이다. 문명(問名)은 혼인을 정한 여자의 장래 운수를 점칠 때에 상대방의 이름, 또는 생모의 이름을 묻는 것이다. 납길(納吉)은 신랑의 집에서 납채한 뒤에 사당에서 점을 쳐 길한 점괘가 나온 것을 신부의 집에 통보하는 것이다. 납징(納徵)은 신부의 집에 폐백을 보내는 것이다. 청기는 신랑의 집에서 혼인 날짜를 정하고서 신부의 집에 편지를 보내 그 가부를 묻는 것이다. 이 다섯 가지 절차를 거쳐 신랑이 신부의 집으로 가서 신부를 친영해 오면 혼인이 성사되니, 이 여섯 가지 예식을 육례(六禮)라고 한다.

번째로는 왕후는 천하의 어미이므로 자기의 딸로 여길 수 없고, 두 번째로는 지존이 예를 굽혀 멀리 제후나라에까지 왕림하여 친영하기를 기다릴 수 없다. 이에 서로 받들어 모시고 경사(京師)에 이르러 관사(館舍)에 머물면, 천자가 그 소식을 듣고 곤룡포에 면관 차림으로 친영하여 왕궁으로 데리고 들어간다.

이와 같이 논리를 세우면 오히려 예법에 흡족하지 않을까 두려워, 그리하여 '지존이어서 대적할 이가 없으므로 사신을 보내서 맞아온다.'라고 풀이하였고, 당연하고 마땅히 여겨 아무도 다른 말을 내지 않았으니, 어찌 고루하지 않겠는가.

한 고조(漢高祖) 때, 태자가 비(妃)를 들이게 되자 숙손통(叔孫通)이 예법을 창제하여 "천자는 친영하지 않는다."라고 하면서 스스로 좌씨의 설을 따랐다고 하였다.[16] 설령 천자가 과연 친영하지 않는다 하더라도, 태자가 어찌 갑자기 천자의 예를 쓸 수 있는가. 한(漢)나라 이후로 대부분 숙손통의 설을 따랐는데, 한나라 때의 규문(閨門)의 부끄러운 덕[17]은 실제 여기에서 비롯되었으니, 예법을 무시한 징험이 또한 명료하지 않은가.

16 한 고조(漢高祖)……하였다 : 태자비를 들일 때 숙손통이 예를 주관했다는 말은 《예기》 〈애공문(哀公問)〉의 "면류관으로 친영한다〔冕而親迎〕"라는 구절의 공영달의 주석에 간략히 보인다.

17 한나라……덕 : 왕후와 후궁의 행실에 결함이 있어 부끄러운 일이 발생한 것을 가리킨다. 한 고조가 후궁인 척 부인(戚夫人)이 낳은 여의(如意)로 태자를 세워주려다가 상산 사호(商山四皓)의 반대로 이루지 못한 일, 한 고조의 생전과 사후에 여후(呂后)의 모략으로 공신(功臣)들이 차례로 살해된 일, 여후가 미남자 심이기(審食其)와 사통하여 정치를 혼란케 한 일 등을 두루 가리킨다.

심의광의[18]

深衣廣義

문장은 《거가잡복고(居家雜服攷)》에 보인다. 공께서 산정하신 《심의설(深衣說)》에 나중에 광의(廣義)란 이름을 붙인 것은 《예기》 〈심의(深衣)〉 편의 문장을 미루어 넓힌 것이다. 12폭(幅)으로 만들어 12개월에 호응케 하고, 낫처럼 옷깃을 굽혀 방(方)에 호응케 하며, 소매를 둥글게 하여 규(規)에 호응케 한 것은 그 법도와 상징의 의미를 말한 것이다.

심의(深衣)란 무엇을 말하는가? 깊고 그윽한 법상(法象)이 있고, 깊고 그윽한 문장(文章)이 있으며, 깊고 그윽한 제도(制度)가 있기 때문이다. 그러므로 심의(深衣)라 이르니, 깊고 그윽한 옷이다.

천지(天地)의 수(數)에 부합하고, 음양의 위(位)를 나누며, 사시(四時)의 운행을 차례 지으며, 건곤(乾坤)의 상(象)을 싣고 있으므로 깊고 그윽한 법상이 있다고 하는 것이다.

손익(損益)의 마땅함을 얻고, 상하(上下)의 뜻을 안정시켜, 윗사람

18 심의광의(深衣廣義) : 김윤식(金允植)이 환재의 문집을 편차하면서 《거가잡복고》에 부록으로 실려 있던 것을 독립시킨 글이다. 환재는 1841년(헌종7)에 《거가잡복고》를 완성하고 서문을 붙였으므로, 이 글은 그 전에 완성한 것으로 보인다. 《예기》 〈심의(深衣)〉 편의 뜻을 부연하여 설명하고, 《주역》 〈계사전(繫辭傳)〉의 상수학적 논리에 기반하여 심의에 깃든 법상(法象)과 문장(文章)과 제도(制度)를 천지와 자연의 운행원리에 맞춰 상통하는 숫자나 원칙을 발견하려 하였다. 아울러 뒷부분에는 군자가 심의를 입은 모습이 어떠한 효용을 지니는지에 대해 서술해 놓았다. 다소 작위적인 설명도 없지 않으나 사대부의 심의(深衣)가 지닌 의미를 중요하게 부각하는 데 노력을 기울였다. 《김명호, 환재 박규수 연구, 창비, 2008, 197～198쪽》

을 섬기고 아랫사람을 다스릴 수 있으며, 자기를 닦아 남을 다스릴 수 있으므로 깊고 그윽한 문장이 있다고 하는 것이다.

여유롭게 내 몸을 두루 감싸서 신체를 노출하지 않으며, 넉넉히 사체(四體)에 편안히 맞아 태만과 나태함을 부릴 수 없으므로 깊고 그윽한 제도가 있다고 하는 것이다.

의상(衣裳)이란 몸에 맞을 뿐이니, 법상의 아름다움, 문장의 성대함을 비로소 볼 수 있다. 몸에 맞는 것은 의상의 실용(實用)이고, 문장과 법상은 의상의 능사(能事)이다.

태고 시대 백성들이 추위와 더위에 괴로움을 당하니, 성인이 근심을 늦출 수 없었다. 귀천(貴賤)과 남녀(男女)의 차이를 막론하고 의상을 내려주어 급히 몸과 살갗을 덮게 하였으니, 법상의 아름다움과 문장의 성대함은 생각할 겨를조차 없었다.

하늘이 백성을 내려주고 그 정수(精粹)를 길러주니, 사지(四肢)와 백체(百體)에 모두 지극한 상징이 있었다. 이 때문에 만약 몸에 맞다면 모든 아름다움을 다 갖추게 된다. 이에 법상이 질서정연해졌고, 문장이 찬란하게 되었다. 성인의 도는 자연에 근본하니, 성신(聖神)의 공업과 교화는 모두 실사(實事)이다. 어찌 구차하게 억지로 힘써서 만든 것이겠는가.

어깨로부터 복사뼈에 이르기까지 천지의 수 55인가?[19]

19 천지의 수 55인가 : 《주역》 〈계사전 상(繫辭傳上)〉에, "하늘의 수는 25이고, 땅의 수는 30이다. 천지의 수는 55이니, 이것이 변화를 이루고 귀신을 부리는 까닭이다.〔天數二十有五 地數三十 凡天地之數五十有五 此所以成變化而行鬼神也〕"라고 하였다. 하늘

【어깨로부터 복사뼈에 이르기까지 길이가 5척 5촌이다.】

3등분하여 복사뼈에 이르면, 상의가 1이고 하의가 2인 것은 하늘이 1이고 땅이 2[20]이기 때문인가?

【상의의 길이는 1척 8촌 3푼이고, 하의의 길이는 3척 6촌 6푼이다.】

그림 1 《거가잡복고》 심의도

그림 2 《거가잡복고》 심의 착용도

상의는 전폭(全幅)을 쓰고 하의는 폭을 나눈 것은 건(乾)이 전일하고 땅이 열리기[21] 때문인가? 건(乾)은 양(陽)이어서 9·9로 계산하고

의 수인 1·3·5·7·9를 합하면 25가 되고, 땅의 수인 2·4·6·8·10을 합하면 30이 되어 천지의 수를 합하면 55가 된다.

20 하늘이 1이고 땅이 2 : 《주역》 〈계사전 상(繫辭傳上)〉에, "천 1, 지 2, 천 3, 지 4, 천 5, 지 6, 천 7, 지 8, 천 9, 지 10.〔天一地二天三地四天五地六天七地八天九地十〕" 이라고 한 것을 말하는데, 천의 수는 홀수이고, 지의 수는 짝수이다.

21 건(乾)이……열리기 : 원문은 '건전이지벽(乾專而坤闢)'인데, 하늘은 온전하고,

나누지 않으므로 상의 폭의 넓이는 2×9를 거듭하는 것인가?

【상의는 온폭을 사용하니, 폭넓이는 1척 8촌이다.】

곤(坤)은 음(陰)이어서 6·6으로 계산하고 나누므로 하의 폭을 나누어 위는 1×6이고 아래는 2×6인가?

【하의는 폭을 나누어 쓰니, 폭넓이가 1척 8촌이면 위는 좁고 아래는 넓게 교차하여 잘라내니〔分殺交解之〕, 윗넓이는 6촌이고 아래 넓이는 1척 2촌이다.】

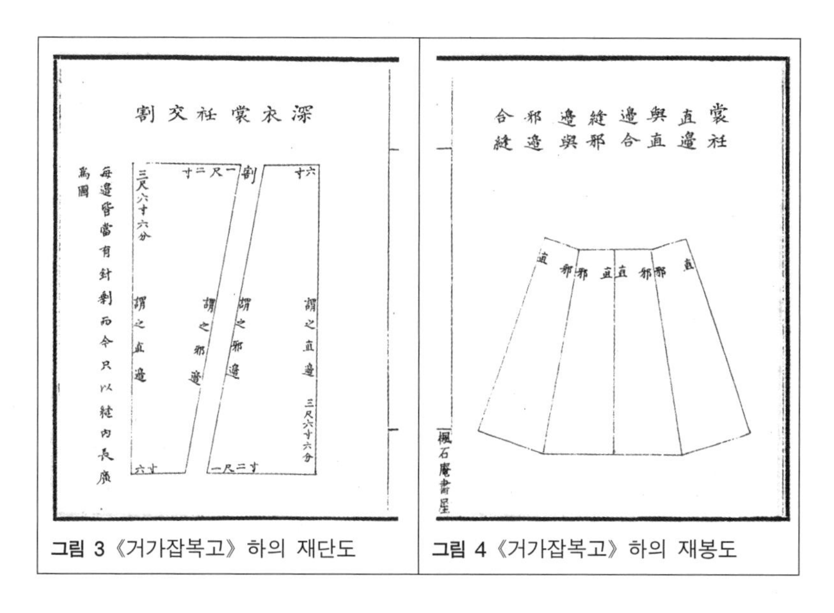

그림 3 《거가잡복고》 하의 재단도

그림 4 《거가잡복고》 하의 재봉도

땅이 갈라지기 때문에 상하의가 그것을 상징한 것이라는 의미이다. 《주역》 〈계사전 상(繫辭傳上)〉에, "건은 고요함이 전일하고 움직임이 곧은지라, 이 때문에 큼이 생기고, 곤은 고요할 때는 거두고 움직일 때는 열리는지라, 이 때문에 넓음이 생긴다.〔夫乾 其靜也專 其動也直 是以大生焉 夫坤 其靜也翕 其動也闢 是以廣生焉〕"라고 한 데서 온 말이다.

상의의 앞뒤가 24×9인 것은 건의 책(策)이 216[22]이기 때문인가?

【상의 6폭의 합이다. 넓이 1척 8촌씩을 모두 합하면, 앞뒤의 합이 21척 6촌이니, 실제 216촌이다.】

하의의 아랫단〔下齊〕이 24×6인 것은 곤의 책수가 144기 때문인가?

【하의의 아랫단은 14척 4촌으로 실제 144촌이다.】

전(傳)에 "황제와 요순은 의상을 드리운 채 편안히 앉아 있었으나 천하가 지극히 잘 다스려졌으니, 대개 건곤의 뜻을 취한 것이다.〔黃帝堯舜 垂衣裳而天下治 蓋取諸乾坤〕"[23]라고 하였으니, 이를 일컫는 것인가?

옷감〔布〕을 모두 49척 3촌 5푼을 쓰는 것은 "대연의 수가 오십이고, 사용하는 것은 사십구이다.〔大衍之數五十 其用四十有九〕"[24]라는 것인가?

22 건의 책(策)이 216 : 《주역》 〈계사전 상(繫辭傳上)〉에, "건의 책수가 216이고, 곤의 책수가 144이다. 그러므로 모두 360이니, 1년의 날수에 해당된다.〔乾之策 二百一十有六 坤之策 百四十有四 凡三百有六十 當期之日〕"라고 하였다.

23 황제와……다스려졌다 : 《주역》 〈계사전 하(繫辭傳下)〉에 "황제와 요순은 의상을 드리우고 있으매 천하가 다스려졌다.〔黃帝堯舜 垂衣裳而天下治〕"라고 한 데서 온 말인데, 건곤(乾坤)에서 의상(衣裳)을 본받아 상하의 신분질서를 바로잡자, 하는 일 없이 가만히 앉았어도 천하가 잘 다스려진 것을 의미한다.

24 대연의……사십구이다 : 《주역》 〈계사전 상(繫辭傳上)〉에 보인다. 대연수(大衍數)는 《역(易)》에서 천수(天數) 1·3·5·7·9를 합친 25와 지수(地數) 2·4·6·8·10을 합친 30을 합쳐 모두 55를 만들고, 그 대수(大數)를 50으로 하였다. 이 중에서도 실제 점법에서 사용하는 수는 49이다. 흔히 대연수는 50의 대칭으로 쓰인다.

상의의 앞뒤가 24×9인 것은 상요(裳要)의 8×9로 보탠 것을 취한 것이다.

【상요(裳要)는 7척 2촌이다.】[25]

하의의 아랫단이 24×6인 것은 양소매〔兩袪〕의 8×6으로 보탠 것을 취한 것이다.

【소매는 1척 2촌이고, 휘감으면 2척 4촌이어서 좌우를 합하면 4척 8촌이다.】

상의는 하의에서 취하고, 하의는 상의에서 취한 것은 음양이 교접하여 그 수가 각각 32이니,[26] 괘가 64이기 때문인가?

상의의 폭과 하의의 꿰매는 곳이 모두 18인 것은 18번 변하여 괘를 이루기 때문인가?[27]

【상의는 6폭이고, 하의는 12곳을 꿰매니, 모두 18이다.】

상의가 6폭이고 하의도 6폭인 것은 1년 중에 여섯 달이 양월이고 여섯 달이 음월이기 때문인가?

25 상요(裳要)는 7척 2촌이다 : 상요는 치마의 잘록한 허리부분을 가리키는 듯하다. 하의를 만들려고 비스듬하게 사다리꼴로 재단하면 좁은 쪽이 6촌인데, 앞뒤로 12폭을 꿰매서 치마를 만듦으로 6×12=72가 된다.

26 음양이……32이니 : 음양이 교접하여 32가 되는 것은 1이 2가 되고, 2가 4가 되고, 4가 8이 되고, 8이 16이 되고, 16이 32가 되고, 32가 64가 되는 것을 가리키기도 하고, 또는 8괘에 각각 1음1양이 생겨나 16이 되고, 16에 각각 1음1양이 생겨나 32가 되며, 32에 각각 1음1양이 생겨나 64를 이루는 것을 가리킨다.

27 18번……때문인가 : 《주역》 〈계사전 상(繫辭傳上)〉에, "네 번 경영하여 역을 이루고, 18번 변하여 괘를 이룬다.〔四營而成易 十有八變而成卦〕"라고 한 것을 가리킨다.

별도로 베를 써서 속임(續衽)[28]을 한 것은 윤달로써 시간을 조정하여 한 해를 완성하는 것인가? 모서리를 잘라 안팎에 나눠 덧댄 것은 중기(中氣)[29]를 기준으로 나눠 전후의 달에 속하게 하는 의미인가?

【속임(續衽)의 옷감은 길이가 1척 4촌 3푼이고, 넓이가 1척 4촌 3푼이다. 모서리를 잘라서 안팎의 임(衽)에 덧대는 것은 중기(中氣)의 전후로 각 15일씩 나누어 전후의 달에 속하게 하는 것과 같다.】

목깃〔領〕의 옷감이 4척인 것은 12개월이 4계절에 소속된 의미를 취한 것인가?

상의의 앞뒤와 하의의 아랫단이 모두 360촌인 것은 1년의 날수를 취한 것인가?

【상의의 앞뒤가 21척 6촌이고, 하의의 아랫단이 14척 4촌이므로 합하면 360촌이다.】

옷감을 3척 6촌 6푼으로 자르는 것도 1년이 366일이기 때문인가?

【처음에 옷감을 12폭으로 자르는데 각각의 길이가 3척 6촌 6푼이다.】

9와 6이 합쳐지면 15가 되니, 의상의 15라는 수를 합하면 24가 된다.

28 속임(續衽) : 《예기》 〈심의(深衣)〉의 첫머리에 '속임구변(續衽鉤邊)'이라는 구절이 나오는데, 심의의 하상(下裳)을 만들 때 앞뒤 폭을 연결하여 분리되지 않게 꿰매는 것이라는 설도 있고, 하상을 넓게 만들어 입었을 때 앞뒤자락이 서로 겹쳐지도록 하는 것이라는 설도 있는데, 어떤 설이 옳은지 미상이다.

29 중기(中氣) : 고대의 역법에서 24절기를 구성하는 요소로 12절기(節氣)와 12중기(中氣)가 있는데 월초에 있는 것을 절기라 하고, 한중간 이후의 것을 중기라고 부른다.

【상의의 앞뒤는 9로 계산하니 24×9이고, 하의의 아랫단은 6으로 계산하니 24×6이다. 6을 9에 합하면 15가 되고, 24×6과 24×9를 합한 것은 15로 계산해 보면 또한 24×15와 같다.】

24라는 것은 15일마다 기후가 한 번 변하는 것인가?

허리폭〔要廣〕을 3등분하여 3분의 1을 줄여 아랫단에 더한다.

【폭넓이가 1척 8촌이니, 교차로 줄여 허리가 절반이 되고 아랫단이 허리의 두 배가 되게 한다.】

상의폭〔衣廣〕을 3등분하여 3분의 1을 줄여 허리폭을 만든다.

【상의폭이 10척 8촌이니, 허리둘레는 7척 2촌이다.】

실상은 모두 위를 덜어 아래에 더하는 것이다.[30]

하의의 아랫단을 10등분하여 그 1을 덜어서 속임(續衽)의 길이로 삼는다.

【하의의 아랫단은 14척 4촌이니, 속임의 길이는 1척 4촌 3푼이다.】

허리둘레〔要圍〕를 9등분하여 그 1을 취하여 목깃의 넓이로 삼는다.

【허리둘레는 7척 2촌이니, 목깃의 안팎은 넓이가 도합 8촌이다.】

실상은 모두 10에서 1을 취한 것이다.[31]

30 위를……것이다 : 원문은 '손상이익하(損上以益下)'인데, 《주역》〈익괘(益卦)〉 단전(彖傳)에 "익은 위를 덜어서 아래에 더해 주니, 백성의 기뻐함이 끝이 없다.〔益損上益下 民說无疆〕"라고 하였다.

31 10에서……것이다 : 중국에서 고대에 10분의 1을 취하던 조세수취법을 가리킨다. 《맹자》〈등문공 상(滕文公上)〉에 "하후씨는 50묘에 공법을 썼고 은나라 사람은 70묘에 조법을 썼고 주나라 사람은 100묘에 철법을 썼으니, 그 실제는 모두 10분의 1을 취하는

목깃의 넓이를 3배하여 소매를 만든다.

【목깃의 넓이가 4촌이므로 소매는 1척 2촌이다.】

소매 둘레를 3배하여 허리를 만든다.

【소매둘레가 2척 4촌이므로 허리는 7척 2촌이다.】

허리둘레를 3배하여 의몌(衣袂)의 앞뒤를 만든다.

【의몌(衣袂)의 앞뒤폭은 모두 21척 6촌이다.】

의몌(衣袂)의 앞뒤를 3등분하여 그 2를 취하여 하의의 아랫단을 만든다.

【하의의 아랫단은 14척 4촌이다.】

아랫단을 12등분하여 그 1을 취하여 소매〔袪袼〕의 길이로 삼는다.

【소매의 길이는 모두 1척 2촌이다.】

아랫단을 18등분하여 그 1을 취하여 목깃〔領袷〕의 넓이를 삼으면 목깃의 안팎은 모두 넓이가 8촌이 된다. 아래가 풍성하고 위는 검소한 의미이다.

자연의 법상과 자연의 문장이 아니면, 비록 기이하고 교묘함을 숭상하여 억지로 만들려 해도 할 수 없다.

탕(湯) 임금은 대야에 명문을 새겼고,[32] 무왕(武王)은 궤장(几杖)과

것이다.〔夏后氏五十而貢 殷人七十而助 周人百畝而徹 其實皆十一也〕"라는 말이 있다.

32 탕(湯) 임금은……새겼고 : 반(盤)은 세숫대야이다. 은(殷)나라 탕왕(湯王)이 대야에 명문을 새기기를, "진실로 하루에 새로워졌거든 나날이 새로워지고 또 나날이 새로워져야 한다.〔苟日新 日日新 又日新〕"라고 늘 다짐하였다고 한다.《大學章句 傳2章》

들창문에 명문을 새겼으며,[33] 주공(周公)은 의기(欹器)에 경계를 남겼으니,[34] 군자가 기물과 복식에 대해 귀로 듣거나 눈으로 보는 데에 지극한 뜻을 붙이지 않은 것이 없다.

몸에 가까운 물건으로 옷보다 더한 것이 없다.

군자의 도는 지극하도다. 그것이 드러날 때는 얕아지거나 노출되지 않고, 그것이 감춰질 때에는 은미하거나 궁벽하지 않다. 등용되어 행할 때에는 드넓은 인(仁)이 사해를 덮어주기에 충분하고, 버려져 은거할 때에는 여유로운 즐거움이 한 몸을 보존하기에 충분하다. 만물을 포용하면서도 성글거나 늦어짐을 볼 수 없고, 온갖 사물을 다스리면서도 각박하거나 성급함을 볼 수 없다. 행하지 못할 시대도 없고, 교화시키지 못할 사람도 없으며, 살지 못할 땅도 없다. 이 때문에 군자가 심의를 입고 그 여유롭고 넓은 모습을 본다면 군자의 도가 어딜 간들 넓고 평탄하지 않음이 없음을 알 수 있다.

33 무왕(武王)은……새겼으며 : 주 무왕이 은나라를 정벌하고 왕위에 올라 좌석의 좌우는 물론, 안석, 거울, 지팡이, 띠, 신발, 술잔, 들창문 등에 두루 명문을 새겨 놓고 늘 경계하였다고 한다.

34 주공(周公)은……남겼으니 : 의기(欹器)는 고대에 군자가 겸손하여야 한다는 것을 상징하여 만든 물그릇인데, 그 그릇은 비어 있을 때는 기울어지고, 반쯤 차면 바로 서고, 가득 차면 엎어지게 만들었다고 한다. 공자가 노 환공(魯桓公)의 사당을 구경하다가 옛날부터 전해지는 의기를 보고서 "아, 사물이 어찌 가득 찼으면서도 뒤집어지지 않는 것이 있겠는가?"라고 탄식한 일이 있다. 《孔子家語 卷2 三恕》

군자는 언어에 대해 지극히 조심한다. 말을 많이 하면 덕을 해치고, 말을 적게 하면 도에 가까워진다. 어떻게 하면 말을 적게 하는가? 여기에도 방도가 있다.

밖으로 드러난 것에 너그럽고 화평한 기색과 또렷하고 후덕한 용모가 있고, 가운데 온축한 것에 밝고 겸손한 뜻과 엄정하고 곧은 기상이 있은 연후에 말을 적게 할 수 있다. 말이 적기만 하고 이 네 가지가 없으면, 혹 속으로 꺼리는데 가깝고, 혹 교만한 데 가깝고, 혹 속이는 데 가깝고, 혹 몽매한 데 가깝고, 혹 게으른 데 가깝고, 혹 수심에 잠긴 데 가까워 질 수 있다. 이 여섯 가지는 덕을 해치는 일이 되고 몸을 상하게 하는 원인이 된다. 이 때문에 군자가 심의를 입고서 몸에 두른 것이 깊숙하지만 내 몸에 꼭 맞는 것을 본다면 군자가 신중히 단속하여 드러내지 않음에도 절차와 법도가 있음을 알 수 있다.

군자는 용모에 대해 엄숙하지 않아선 안 되니, 천하와 국가의 무거움이 한 몸에 달려 있기 때문이다. 왕과 재상과 관료와 백성이 있음은 머리와 팔다리와 수족이 있는 것과 같다. 총명과 지혜를 갖추어 사방을 굽어 살피면, 만물이 모두 이를 보고서 사랑하고 추대하여 잊지 못하기를 바라므로 머리의 용모는 반드시 곧아야 한다. 보좌하여 돕는 공로와 충성스럽게 따르는 덕이 있어서 부지런하여 사양하지 않고 수고하면서 자랑하지 않아, 마치 옥을 받들거나 가득찬 물그릇을 받드는 것처럼 겸손하고도 조심스럽기를 바라므로 손의 용모는 반드시 공경스러워야 한다. 밭두둑을 벗어나지 않고서 농사를 편히 여겨 낮은 곳이라 하여 치욕스러워하지 않고, 존귀하다고 하여 영예로 여기지 않으며, 시끄러운 말과 방탕한 행실이 없어 종묘의 막중함과 사직의 신령함을 받들기를 바라므로 발의 용모는 반드시 무거워야 한다. 비스듬히 듣거나 흘겨 보고, 머리를 흔들고 얼굴을 돌리면서 그 마음이 성실하고 조심스러운 자는 있지 않고, 허둥대거나 손가락질하고, 손바닥을 치거나 팔뚝을 휘두르면서 그 말이 겸손하고 공손한 자는 있지 않으며, 걸터앉거나 비스듬히 서고, 광분하여 내달리면서 그 마음이 오만하지 않고 그 몸이 넘어지지 않는 자는 있지 않다. 이 때문에 군자가 심의를 입고서 그 곡겁(曲袷)[35]이 엄밀하고 소매 길이가 반주(反肘)[36]가 되며 치맛단이 복사뼈에 이르는 것을 보면, 머리의 모습이 곧지 않고, 손의 용모가 공손치 않으며, 발의 용모가 무겁지 않고자 해도 할 수가 없다. 이 때문에 군자가 용모를 움직임에 사납고 거만함을 멀리함[37]을 알 수 있다.

사람이 신령한 마음과 총명한 식견을 가진 것은 똑같이 하늘로부터 얻은 것이니, 어찌 군자라서 넉넉하고 소인이라서 부족할 리가 있겠는가? 오직 지혜와 생각을 운용하는 것이 같지 않기 때문이다.

35 곡겁(曲袷) : 옷깃의 가장자리를 모나게 만든 것이다. 《예기》 〈심의〉에 "곡겁은 곱자 모양으로 만들어 방을 상징한다.〔曲袷如矩以應方〕"라고 하였다.

36 반주(反肘) : 소매의 길이가 손목까지 내려왔다가 다시 팔꿈치까지 닿도록 겹치는 것을 이른다.

37 군자가……멀리함 : 《논어》 〈태백(泰伯)〉에 보인다. 증자(曾子)가 이르기를 "군자가 귀히 여기는 도가 세 가지가 있으니, 용모를 움직일 때는 사납고 거만함을 멀리할 것이며, 낯빛을 바르게 하는 데는 신실함에 가깝도록 할 것이며, 말을 함에 있어서는 상스럽고 도리에 어긋난 것을 멀리할 것이다. 제기를 다루는 일은 유사가 맡아서 하는 것이다.〔君子所貴乎道者三 動容貌斯遠暴慢矣 正顏色斯近信矣 出辭氣斯遠鄙倍矣 籩豆之事則有司存〕"라고 하였다.

소인이 지혜를 씀은 자기의 이해(利害)만을 생각하므로, 으슥한 곳에서 골똘히 구상하고 어둑한 곳에서 술수를 꾀하는데, 구부려도 보고 뒤집기도 하는 중에 막혀서 제 뜻대로 되지 않는 일이 생기면, 그에 따라 잔인하고 각박한 행동도 거리낌 없이 행한다. 소인이 뜻을 얻으면 천지의 화기(和氣)가 막혀 흐르지 못하고, 만물의 뜻이 억눌려 펴지지 못한다.

군자가 지혜를 씀은 천하의 호오(好惡)를 공평히 여기므로 한 가지 일도 구차함이 없고 한 가지 사물도 막지 않는다. 마치 바퀴가 반드시 굴러서 망가지지 않고, 해와 달이 빙빙 돌면서 더욱 새로워지며, 추위와 더위가 번갈아 바뀌어 어그러지지 않는 것과 같아서, 천지의 길상과 화목을 인도하고, 만물의 성정을 고무시킨다. 이 때문에 군자가 심의를 입고서 소매가 반드시 둥근 것을 보면, 군자가 지혜와 생각을 운용함에 둥글고 원만하여 사특하지 않고자 함을 알게 된다.

형태도 없고, 자취도 없고, 소리도 없고, 색깔도 없는 것이 천하에서 가장 두려워할 만한 것이다. 홍수나 맹렬한 불길도 드러난 것이 있음에 힘입으니, 가령 그것이 없다면 사람들이 빠져 죽고 타 죽으면서도 알지 못할 것이다. 보배로운 구슬과 신령한 거북도 이에 힘입으니, 가령 그것이 없다면 사람들이 깨뜨리고 잃어버리면서도 깨닫지 못할 것이다. 이것을 살피는데 방법이 있으니, 이런 두려움을 갖지 않아도 될 것이다.

일찍이 말과 행실이 서로 어긋난 사람은 있었어도 행실과 마음이 같지 않은 자는 있지 않았다. 말은 실행되기 전에는 따지기 어려우므로 그나마 속일 수 있으나, 행실은 이미 지나간 뒤에 고찰할 수 있으므로 아무도 모면할 수 없다. 저들이 지금 이롭다고 여겨서, 자기만이 홀로 아는 것을 믿고 다른 사람이 깨닫지 못한 것을 기뻐하는데, 마음은 본디 형태도 자취도 소리도 색깔도 없지만 몸이 어찌 형태와 자취와 소리와 색깔이 없을 수 있겠는가. 속에서 일어나면 반드시 밖으로 드러나고, 밖으로 접촉하면 반드시 속에서 감응하니, 보고 듣고 말하고 움직임을 예가 아니면 하지 말라고 한 것은 속과 밖이 한결 같아지기를 바라서이다. 달리며 쉬지 않는 것에 둥근 것〔圓〕보다 나은 것이 없고, 그쳐서 움직이지 않는 것에 모난 것〔方〕보다 나은 것이 없다. 이 때문에 군자가 심의를 입고서 포방(抱方)[38]이 가슴에 옴을 보면, 군자가 마음을 다스리는 데 방도가 있고, 몸을 행하는 데 반드시 바르고 곧음을 알게 된다.

세상을 다스리는 보배는 곧음〔直〕보다 나은 것이 없으니, 억지로 바로잡는 것을 말는 것이 아니라, 그 성품을 따를 뿐이다. 천하 사람들이 바른 도가 기뻐할 만하고 굽은 도가 미워할 만함을 모르지는 않는다. 그러나 백성들의 심정을 살펴보면, 굽은 것을 즐거워하고 바른 것을 싫어하니, 이는 굽은 것에 길들여지고 바른 것에 익숙하지 않기 때문이다. 이로 말미암아 옥송(獄訟)이 빈발하고 거짓과 사기가 날로 생겨나, 시비(是非)를 뒤바꾸고 총명함을 어지럽힌다. 이를 갑자기 다

38 포방(抱方) : 목 부분의 깃이 서로 교차하여 네모난 것을 가리킨다. 《예기》 〈심의〉에, "부승과 포방이란 것은 이로써 그 정치를 곧게 하고, 이로써 그 의리를 바르게 하라는 것이다.〔負繩抱方者 以直其政 方其義也〕"라고 하였는데, 이 부분에 대한 소(疏)에, "포방(抱方)은 목깃이 모난 것이다.〔抱方 領之方也〕"라고 하였다.

스리려 하면 마치 함정을 건너는 것과 같으므로, 이에 자취가 없는 데서 숨은 악행을 살피고, 싹이 트기 전에 간사한 시도를 꺾으면, 비록 혼란스러움을 통쾌하게 풀어낸 듯하지만, 아직 기관(機關 의도적인 설정)으로 서로 비교함을 면치 못한 것이다. 아, 이 또한 해치는 것에 불과하다.

백성들이 군자가 곧지 못함을 본 연후에 감히 곧지 못한 것으로 서로 범하게 된다. 굽은 자로 하여금 그 굽은 것을 뉘우치게 하고, 곧은 자로 하여금 그 곧음을 즐기게 한다면, 오래도록 교화를 입어 천하의 사람들이 곧음에 익숙하게 된다. 군자는 천하 사람들이 곧은 데 익숙하게 만들고자 하므로 몸으로 솔선하는 것이다. 이 때문에 군자가 심의를 입고서 그 상임(裳衽)의 꿰맨 곳이 앞뒤와 좌우가 모두 곧음을 보면, 군자의 도가 어딜 가든 곧지 않음이 없고, 전후와 좌우가 어느 한 사람도 곧지 않은 자가 없음을 알 수 있다.

군자는 괴팍한 행실과 괴로운 절개를 귀하게 여기지 않으니, 공자께서는 "은벽한 것을 찾고 괴팍한 일을 행함을 후세에 칭술할 자가 있으나, 나는 이러한 짓을 하지 않는다.〔索隱行怪 後世有述焉 吾不爲之矣〕"[39]라고 하였다. 이 때문에 군자가 심의를 입고서 아랫단이 평평함을 보면, 군자의 중용이 어딜 가든지 평상(平常)이 아님이 없음을 알 수 있다.

상의가 위에 있고 하의가 아래에 있음을 보면, 상하를 분변하여야 백성의 뜻이 안정됨[40]을 알 수 있다.

39 은벽한……않는다 : 《중용장구》 제11장에 보인다.

40 상하를……안정됨 : 원문은 '변상하이민지내정(辨上下而民志乃定)'인데, 상하(上

목깃과 소매가 통솔하지 않음이 없음을 보면, 사해의 백성들이 성인의 밝음이 비추지 않는 곳이 없고, 은택이 더해지지 않는 곳이 없음을 사랑하여 떠받듦을 알 수 있다.

구변에 임을 덧댄 것〔續衽之鉤邊〕[41]을 보면, 관직을 설치하여 임무를 나누는 데 각각 차등과 위엄이 있어서, 보상(輔相 재상)과 악목(岳牧 지방관)이 임금의 덕을 펴고 백성의 질고를 상달(上達)함을 알 수 있다.

상의를 줄여 요(要 허리)를 만들고, 요를 줄여 자(齊 아랫단)를 만든 것을 보면, 임금의 풍족함은 임금의 풍족함이 되지 못하고, 백성이 풍족해야 임금이 풍족해질 수 있음을 알 수 있다. 위를 덜어 아래에 보탬을 익(益)이라 하고, 아래를 덜어 위에 보탬을 손(損)이라 한다.[42]

목깃은 요(要)에서 취하고, 속임(續衽)을 자(齊)에서 취한 것을 보면, 백성에게서 취함이 박(薄)하지만, 오히려 취함이 없을 수 없는

下)와 존비(尊卑)의 질서를 세우는 것을 의미한다. 《주역》 〈이괘(履卦)〉의 상사(象辭)에 "위의 하늘과 아래의 못이 이괘이니, 군자가 그것을 인하여 위아래를 분변해서 백성의 뜻을 안정시킨다.〔上天下澤履 君子以 辨上下 定民志〕"라고 하였다.

41 구변에……것 : 심의(深衣) 제도에서 하의는 위쪽이 좁고 아래는 넓게 재단하여 경사진 옷감을 이어 붙이고, 앞판과 뒷판을 이어 재봉할 때 따로 좁은 옷감을 대서 그 부분이 접혀졌다 펴졌다 하여 걸음을 용이하게 만들어 주는 것을 가리킨다. 이 속임 구변에 대해서는 예로부터 학자들의 이견이 분분하였으므로 확정할 수 없다. 《禮記 深衣》

42 위를……한다 : 《주역》 〈익괘(益卦)〉와 〈손괘(損卦)〉에 나오는 구절이다.

것은 백성이 임금을 봉양하고 임금이 백성을 길러 줌이 하늘이 명한 때문이 아니라, 백성을 기르는 도리로 취하는 것임을 알 수 있다.

옷깃이 엄밀할 것을 보면 스스로를 엄하게 단속하여 새벽부터 밤중까지 게을러선 안 되며, 감히 작은 허물이라 하여 스스로 용서하거나 큰 선행이라 하여 스스로 드러내선 안 됨을 알 수 있다.

아랫단이 넉넉한 것을 보면 아랫사람을 부림에 반드시 너그러워서, 한 장정이라도 처소를 잃음을 두려워하여, 현우(賢愚)와 우열(優劣)로 하여금 각기 자득(自得)하게 해야 함을 알 수 있다.

상의가 아랫단보다 넓은 것을 보면 풍족하고 가득 찬 것을 두려워해야 하고, 겸손해야 오래 유지할 수 있음을 알 수 있다.

준메(純袂)와 준변(純邊)[43]을 보면 밖으로 사해(四海)에 이르기까지 문교(文敎)가 미치지 않음이 없음을 볼 수 있다.

대체로 방원(方圓)과 곡직(曲直)은 천하의 지극한 상(象)이고, 대

43 준메(純袂)와 준변(純邊) : 소매와 동정에 선을 두르는 것을 가리킨다. 《예기》 〈심의〉에 "단에 끝선을 두르고, 동정에 단을 댈 때는 넓이를 각 1촌 반으로 한다.〔純袂緣 純邊 廣各寸半〕"라는 구절이 있는데, 정현(鄭玄)은 "준(純)은 가장자리에 선을 두르는 것이다. 연메는 입구를 말한다. 연(緣)은 석(緆)이다. 연변은 의상의 옆이다. 너비가 각각 1촌 반이니, 안과 밖을 합하면 3촌이다.〔純謂緣之也 緣袂 謂其口也 緣 緆也 緣邊 衣裳之側 廣各寸半 則表裏共三寸矣〕"라고 주석을 하였다.

소(大小)와 장단(長短)은 천하의 지극한 수(數)이다. 밖으로 접촉하는 자는 반드시 안에서 감응하고, 안에서 감응하는 자는 반드시 행실로 드러난다. 진실로 취하여 사용할 수 있다면 천하에 사용해도 큼이 되지 않고, 나라에 사용해도 작음이 되지 않으며, 한 집안에 사용해도 부족하지 않고, 한 몸에서 사용해도 남음이 있지 않다. 종류를 확충하여 의로움에 이르는 것〔充類至義〕[44]은 성인이 할 수 있는 훌륭한 일이다. 전(傳)에 이르기를 "어진 자가 볼 때에는 인이라고 이르고, 지혜로운 자가 볼 때에는 지라 이른다.〔仁者見之謂之仁 知者見之謂之知〕"라고 하였다.[45]

이 때문에 임금과 신하가 복식을 같이하여도 참람함이 되지 않고, 귀하고 천한 자가 복식을 같이하여도 어지러움이 되지 않으며, 남녀가 복식을 같이하여도 음란함이 되지 않고, 길흉에 복식을 같이하여도 문란함이 되지 않는다.

하나의 심의에 마음을 바루고, 몸을 닦고, 집안과 나라와 천하를 다스리는 일이 모두 구비되어 있다.

44 종류를……것 : 《맹자》 〈만장 하(萬章下)〉에 보인다.

45 전(傳)에……하였다 : 《주역》 〈계사전 상(繫辭傳上)〉에 보인다.

김덕수가 기전을 논하면서 의심한 것에 답함[46]

答金德叟論箕田存疑

보여주신 기전(箕田)에 대한 논의는 모두 독특한 견해였습니다. 참으로 이 설과 같다면 이 전제(田制)가 은(殷)나라에서 70묘를 주었던 조법(助法)이었음은[47] 더욱 믿을 수 있으며 증거로 삼을 수 있습니

46 김덕수가……답함 : 이 글은 서간문의 형식을 빌어 의견을 개진한 논설문으로 1840년을 전후한 시기에 창작되었다. 김덕수는 김영작(金永爵, 1802~1868)을 가리키며, 덕수는 그의 자(字)이다. 1827년 경에 홍양후(洪良厚)의 중개로 당색을 초월한 교유를 맺어 청년시절뿐만 아니라, 조정에서 활약하던 만년에 이르도록 변함없이 지속되었다.
 김영작이 제기한 의문은 자료가 없어 확증할 수 없으나, 이 글을 토대로 살펴보면 평양의 정전(井田) 터는 바로 기자(箕子)의 도읍지이지 정전제의 자취가 아니라는 주장이다. 즉 기자의 궁궐이 전답 사이에 있을 리가 없고, 정전제를 시행했다면 그 터가 평양에만 있었을 리 없다는 내용이다. 이에 대해 환재는 김영작의 주장이 매우 독창적임을 인정하면서도 그와는 반대로 고대 중국에서는 토지를 구획하면서 전토와 성읍과 도로를 함께 건설했으므로 평양의 정전은 도읍지이면서 정전이므로 김영작의 주장은 성립하지 않는다고 하였다. 더욱이 은나라가 망하여 기자가 추종세력을 이끌고 조선으로 올 때에, 은나라 유민으로 남고자 한 것이 성인인 기자의 고결한 뜻이었으니, 어느 겨를에 왕노릇을 하였겠으며, 조선의 임금이 하사한 약간의 토지를 유민들과 더불어 경작하며 마을을 이루었을 것이니, 기자의 궁궐은 마땅히 전토 사이에 있었을 것이고, 그 유적이 평양에만 국한된 것이 당연하다고 주장하였다. 이는 평양의 정전이 기자가 시행한 토지 제도의 유적이라고 주장한 조부 연암의 〈기자전기(箕子田記)〉의 내용을 계승하여 심화한 것이다.

47 은(殷)나라에서……조법(助法)이었음은 : 조법은 정전법(井田法)을 가리킨다. 은(殷)나라 시대에 시행했던 조세(租稅) 징수법으로, 한 가구당 70묘(畝)의 농지를 배당해 준 뒤에, 그 농지의 10분의 1에 해당하는 7묘의 공전(公田)을 경작시켜 그 수확을 조세로 받아가는 것을 말한다. 《맹자》 〈등문공 상(滕文公上)〉에 "하후씨(夏后氏)는

다. 〈장인(匠人)〉에 '국중(國中)의 구경(九經), 구위(九緯)의 길'[48]이라 한 것은 모양이 반듯한 것뿐만 아니라 그 점거한 면적도 마땅히 정전으로 계산한 것입니다.

선왕은 토지를 황금같이 아끼시어 백성들이 거처하는 곳은 성읍(城邑)으로, 오곡이 나는 곳은 전묘(田畝)로, 거마(車馬)가 다니는 곳은 경도(徑涂)로, 강물이 흐르는 곳은 구혁(溝洫)으로 삼았으니,[49] 아무리 자그마한 땅이라도 저기에 속하지 않으면 여기에 들어갔습니다. 연(筵)·궤(几)·궁(弓)·경(扃)·궤(軌)·사(耜)·판(版)·치(雉) 등의 척도(尺度)[50]들을 비록 하나하나 억지로 합치시킬 수는 없으

50묘에 공법(貢法)을 썼고, 은(殷)나라 사람은 70묘에 조법(助法)을 썼고, 주(周)나라 사람은 100묘에 철법(徹法)을 썼으니, 그 실제는 모두 10분의 1이다. 철은 통한다는 뜻이요, 조는 돕는다는 뜻이다.〔夏后氏五十而貢 殷人七十而助 周人百畝而徹 其實皆什一也 徹者徹也 助者藉也〕"라고 하였다.

48 국중(國中)의……길 : 〈장인(匠人)〉은 《주례》 〈고공기(考工記)〉의 편명으로, "국중에 남북으로 아홉 갈래와 동서로 아홉 갈래의 길을 두는데, 남북으로 난 길은 수레 아홉 대가 나란히 달린다.〔國中九經九緯 經塗九軌〕"라고 하였다.

49 거마(車馬)가……삼았으니 : 경도(徑涂)는 농지 사이에 난 길의 종류이고, 구혁(溝洫)은 농지 사이로 흐르는 도랑의 종류이다. 《주례》에 "무릇 들을 다스리는 데는, 부(夫)의 사이에 수(遂)를 두고 수의 가에는 경(徑)을 두며, 10부마다 구(溝)를 두고 구의 가에는 진(畛)을 두며, 100부마다 혁(洫)을 두고 혁의 가에는 도(涂)를 두며, 1000부마다 회(澮)를 두고 회의 가에는 도(道)를 두며, 1만부마다 천(川)을 두고 천의 가에는 로(路)를 두어 기내로 통하게 한다.〔凡治野 夫間有遂 遂上有徑 十夫有溝 溝上有畛 百夫有洫 洫上有涂 千夫有澮 澮上有道 萬夫有川 川上有路 以達于畿〕"라고 하였다. 《周禮 地官 司徒下》

50 연(筵)……척도(尺度) : 연(筵)은 주(周)나라 궁중에서 사용한 자〔尺〕이다. 궁(弓)은 활의 길이〔弓長〕를 재는 단위로, 본래 과녁까지의 거리를 재던 단위였는데, 후에 땅을 재는 단위로 쓰였다. 그 길이는 6척이라는 설과 8척이라는 설이 있다. 경(扃)

나, 대략 계산해 보면 길이나 너비가 대체로 서로 맞습니다.

그러므로 도읍을 세우는 경우에는 시(市)·조(朝)를 일부(一夫)로 하였으니, 일부는 백묘(百畝)였습니다.[51] 또 전야(田野)를 구획하는 경우에는 사방 1리(里)가 정(井)이 되니, 사방 1리는 25가(家)였습니다. '왕성(王城)은 9리이다.'[52]라는 설에 대해 어떤 자는 주(周)나라의 법이 아니라고 합니다. 그러나 81개의 정전이 되는 것이 당연하니, 비(比)·여(閭)·족(族)·당(黨)[53]의 차례대로 일일이 채워 넣을 수는 없으나, 대체적으로 구경과 구위의 사이에 각각 하나의 정전을 이루

은 문에 대는 가로나무로, 길이 3척이다. 궤(軌)는 수레의 두 바퀴 사이의 폭(輻)을 뜻하는데, 8척(尺)이 표준이었다. 사(耜)는 보습으로 넓이가 5촌(寸)이다. 판(版)은 길이의 단위로 1장(丈), 8척, 6척, 2척 등 역대로 일정하지 않았다. 치(雉)는 성장(城牆)의 척도(尺度)의 명칭으로, 높이 1장, 길이 3장이다.

51 도읍을……백묘(百畝)였습니다 : 《주례》 〈고공기 장인〉에 "왼쪽에 조, 오른쪽에 사, 전면에 조정, 뒤에는 시장을 둔다. 시장과 조정은 일부의 면적을 차지한다.〔左祖右社 面朝後市 市朝一夫〕"라고 하였다. 이는 왕궁(王宮)을 중앙에 놓고 왼쪽에 조묘(祖廟), 오른쪽에 사(社), 전면에 조정(朝廷)이 있고, 뒤편에 시장을 두는 것을 말한다. 일부(一夫)는 시장과 조정이 모두 장정 1명이 맡는 면적인 1백 묘의 면적을 차지한다는 의미이다.

52 왕성(王城)은 9리이다 : 《주례》 〈고공기 장인〉에 "장인이 국도(國都)를 경영하는데, 사방 9리이고, 사방에 3문을 둔다.〔匠人營國 方九里 旁三門〕"라고 한 구절을 가리킨다.

53 비(比)·여(閭)·족(族)·당(堂) : 주대(周代)의 향촌 조직을 가리키는데, 5가(家)를 1비(比), 5비를 1여(閭), 4여를 1족(族), 5족을 1당(黨)이라 하였다. 《주례》 〈지관(地官) 대사도(大司徒)〉에, "다섯 집이 비(比)가 되어 서로 보호하게 하고, 5비가 여(閭)가 되어 서로 맞아들이게 하고, 4여가 족(族)이 되어 서로 상장(喪葬)을 돕게 하고, 5족이 당(黨)이 되어 서로 구제하게 하고, 5당이 주(州)가 되어 서로 구휼하게 하고, 5주가 향(鄕)이 되어 서로 대우하게 한다.〔令五家爲比 使之相保 五比爲閭 使之相受 四閭爲族 使之相葬 五族爲黨 使之相救 五黨爲州 使之相賙 五州爲鄕 使之相賓〕"라고 하였다.

어 민호(民戶) 350~360가를 들일 수 있습니다.

주자가 이르기를 “옛사람이 일을 할 때면 언제나 정전제의 뜻을 썼다.〔古人作事 皆用井田之意〕”라고 하였으니, 이로 유추해 보면 평양의 옛터는 본래 정전제에 근본하였음을 의심할 것이 없습니다.

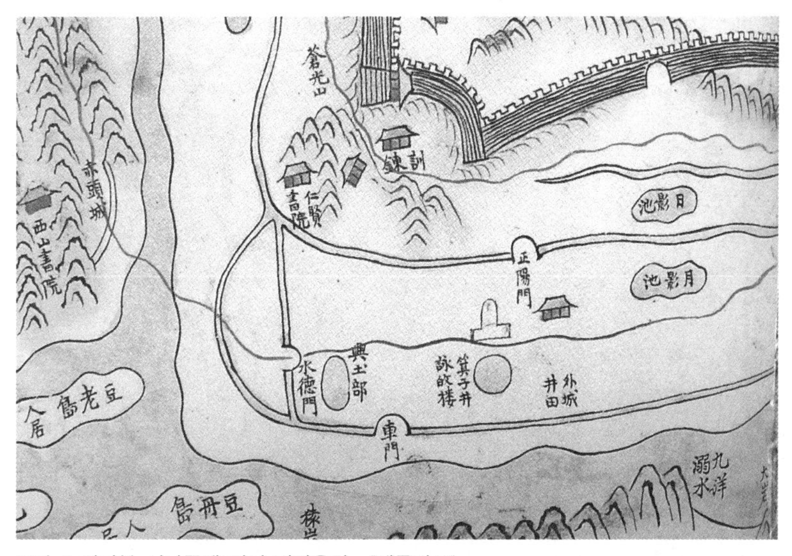

그림 5 평양부 서남쪽에 있던 기자유적. 《해동지도》

지금 하나의 네모난 판자를 가지고 종횡으로 수십 개의 줄을 그어 놓고서, 여기에 글자를 쓰면 연참(鉛槧 글씨 연습하는 나무판)이 되고, 여기에 바둑을 두면 바둑판이 됩니다. 사람들이 바둑 두는 것을 보면서 연참의 용도를 알지 못하는 것은 본래 형세가 그러합니다. 저는 존형께서 일찍이 이것을 연참으로만 여기시고 마침내 바둑판의 명칭은 폐하신 것인가 염려스럽습니다. 문득 저의 소견으로 추측하여 확대해 보았는데, 어떻게 여기실지 모르겠습니다.

그러나 형께서 의문을 품었던 것은 본래 기자(箕子)의 궁이 정전 사이에 있었다는 점 때문입니다.[54] 이것은 그렇지 않습니다. 역사책에 '기자가 조선(朝鮮)으로 피해 오면서 시·서·예·악·의무(醫巫)·복서(卜筮)·공기(工伎)에 능한 5천의 무리와 함께 왔다.'[55]라고 하니, 이것도 잘못입니다. 혼란하고 어지러운 때에 여러 무리들을 이끌고 와서 홀로 깊숙한 곳에 자리 잡아 한 지역에서 스스로 우두머리 노릇 하는 것은 서복(徐福)·위만(衛滿)·조타(趙佗)[56] 같은 자들이나 잘

54 기자(箕子)의……때문입니다 : 기자는 비간(比干)·미자(微子)와 더불어 은나라 삼인(三仁) 중의 한 사람이다. 은나라가 망하자 조선(朝鮮)에 와서 백성을 교화했다고 하는데, 평양성(平壤城)의 남쪽에 기자가 정전(井田)을 구획한 흔적이 남아 있었다 한다. 이에 대해 김영작은 평양에 있는 흔적은 기자가 도읍한 궁궐이지 정전제의 자취가 아니라는 의문을 제기하였다.

평양에 있는 정전제의 유적은 조선의 많은 학자들이 전제(田制)를 연구하는 과정에 많은 견해를 남겼는데, 한백겸(韓百謙)의 〈기전유제설(箕田遺制說)〉, 서명응(徐命膺)의 〈기자외기(箕子外紀)〉, 박지원(朴趾源)의 〈기자전기(箕子田記)〉, 〈이덕무(李德懋)의 〈기전고(箕田攷)〉, 성해응(成海應)의 〈기전설(箕田說)〉〉, 서유구(徐有榘)의 〈기자정전(箕子井田)〉, 이규경(李圭景)의 〈기전유제변증설(箕田遺制辨證說)〉 같은 저작이 참고가 된다.

55 역사책에……왔다 : 출전은 미상이다.

56 서복(徐福)·위만(衛滿)·조타(趙佗) : 서복(徐福)은 중국 진(秦)나라 때의 방사(方士)였는데, 불로초(不老草)를 찾으라는 진시황(秦始皇)의 명을 받들어 제주도에 왔던 것으로 전해지는 인물이다. 《사기(史記)》, 《후한서(後漢書)》 등의 사서(史書)에는 '서불(徐市)'로 되어 있다. 그는 무리를 이끌고 바다로 나아가 평원광택(平原廣澤)에 도달하여 그곳에 머물러 스스로 왕이 되고 다시 돌아가지 않았다고 한다. 제주도의 정방폭포의 암벽에는 '서불과지(徐市過之)'라는 과두문자(蝌蚪文字)가 새겨져 있었다고 한다. 위만(衛滿)은 연(燕)나라 사람으로 혼란기에 유망민 1천여 명을 이끌고 고조

하는 짓이지 어찌 성인의 뜻이겠습니까?

천 년이 지난 지금 기자의 당시 정황을 헤아려 보면, 한 나라에 가르침을 펴는 것은 원하는 바가 아니었으며, 수십 세대에 전해지는 것도 기대한 바가 아니었을 것입니다. 백마(白馬)와 잔거(棧車)[57]를 타고 온 것은 기공(寄公)과 우공(寓公)[58]이 되어 주나라의 신하가 되지 않겠다는 뜻[59]을 이루려는 것뿐이었습니다. 이때에 동이(東夷)의 현군이 특별히 1성(成 사방 10리)의 땅을 바쳤는데, 경(耿)과 박(亳)[60]의 유민(遺民) 중에 혹시라도 자신을 따르는 자가 있으면 거처할 집과 먹고 살 땅을 조금씩 분배해 주었던 것입니다. 이에 자연히 옛날 제도를 사용하게 되었고 농사에 적합한 땅을 분별하고,[61] 달과 별을 보고 풍우

선의 준왕(準王)에게 의탁하였다가 나중에 준왕을 몰아내고 위만조선을 세웠다. 조타(趙佗)는 진(秦)나라 말기의 혼란기에 주변 일대를 통합, 독립하여 무왕(武王)이라 칭하였고, 뒤에 한 고조가 이를 인정하여 남월의 왕으로 책봉하였다.

57 백마(白馬)와 잔거(棧車) : 흰 말과 소박한 수레를 가리키는데, 망국의 신하를 상징하는 차림을 가리킨다. 참고로 산천에 제사를 지내거나, 상을 당한 사람이나, 장수가 항복의 뜻을 표할 때는 흰 말과 백토(白土)를 칠한 소거(素車)를 탔다고 한다.

58 기공(寄公)과 우공(寓公) : 기공은 나라를 잃은 후에 타국에 거처하는 제후를 가리키고, 우공은 영지를 잃고 타국에 거처하는 귀족을 말한다.

59 주나라의……뜻 : 원문의 '망복지지(罔僕之志)'는 망국(亡國)의 신하로서 뜻을 지켜 새 왕조의 신복(臣僕)이 되지 않으려는 절개를 말한다. 《서경》〈미자(微子)〉에 기자가 "은나라가 망하더라도 나는 남의 신복이 되지 않으리라.〔商其淪喪 我罔爲臣僕〕"라고 한 구절이 보인다.

60 경(耿)과 박(亳) : 경은 은나라의 조을(祖乙)이 세웠던 옛 도읍지이고, 박은 주나라의 반경(盤庚)이 이하(圯河)가 범람할까 걱정하여 옮긴 도읍지이다.

61 농사에……분별하고 : 원문은 '작감(作甘)'인데, 농사에 적합한 땅을 가리킨다. 오행(五行) 중에 "물은 짠맛을 만들고, 불은 쓴맛을 만들고, 나무는 신맛을 만들고, 쇠는

(風雨)를 점쳤으니,[62] 늙은 농부가 되었다 해도 무방할 것입니다. 저 팔조(八條)로 가르침을 편 것은 취락을 크게 이룬 뒤였으며, 덕을 구가하고 옥사를 송사하며 저절로 아들과 손자 대까지 이어지자, 한 구역의 들판이 어느덧 빈교(豳郊)의 옛 사업과 당수(棠樹)의 남은 그늘[63]을 이룰 수 있었습니다. 그렇다면 함께 밭 갈고 밥을 해 먹었다 해도 안 될 것이 없는데, 당시 기궁(箕宮)이 바로 정전 사이에 있었다는 것을 어찌 다시 의심하겠습니까?

유언(劉焉)과 유표(劉表)[64]의 무리는 종국(宗國)인 한(漢)나라가 위태로운 때에 한 구역을 독점하고서 벽옹(辟雍)과 아악(雅樂)으로 느긋하고 한가롭게 즐겼는데, 역사를 논하는 선비들은 그 때문에 통분하였습니다. 성인이 변란에 대처함은, 일신의 절개를 지키는 선비가 은둔하여 떠돌아다니며 신체를 훼손하여 생을 마치는 것과는 같이 논할 수

매운맛을 만들고, 곡식을 생산하는 흙은 단맛을 만든다.〔潤下作鹹 炎上作苦 曲直作酸 從革作辛 稼穡作甘〕"고 한 데서 온 말이다. 《書經 洪範》

62 달과……점쳤으니 : 《서경》 〈홍범(洪範)〉에 "달이 별을 따름으로 풍우를 알 수 있다.〔月之從星 則以風雨〕"라고 하였다.

63 빈교(豳郊)의……그늘 : 빈교는 빈(豳)의 교외란 뜻이고, 옛 사업은 농사를 가리킨다. 빈은 주(周)나라 조상 공유(公劉)가 도읍했던 나라 이름으로 섬서성(陝西省) 빈현(彬縣) 일대를 가리킨다. 당수(棠樹)는 감당나무로 '혜정(惠政)'을 상징하고, 남은 그늘이란 목민관이 선정을 베풀자 백성들이 그 나무를 베지 않아 그늘이 무성한 것을 가리킨다.

64 유언(劉焉)과 유표(劉表) : 유언(劉焉, ?~194)은 자가 군랑(君郎)으로 동한 경릉(竟陵) 사람이다. 한 영제(漢靈帝) 때 익주(益州)를 맡았다. 유표(劉表, 142~208)는 자가 경승(景升)인데, 황족의 지손으로 헌제(獻帝) 때 형주자사(荊州刺史)를 맡았다. 두 사람 모두 이각(李傕)과 곽사(郭汜)가 장안을 침입했음에도 적극적으로 구원하지 않고, 형세를 관망하다가 나중에 모두 병들어 죽었다.

없습니다. 그러나 만약 이른바 5천 명과 더불어 중원 밖의 다른 지역에 나라를 세워 백관(百官)을 갖추고 창고를 넉넉히 채우는데 급급하며, 시 · 서 · 예 · 악의 도구로 수식했다면, '각자의 뜻을 행하여 선왕에게 아뢸 것이니, 나는 이곳을 떠나 은둔하지 않겠다.〔自靖自獻 不顧行遯〕'[65] 라고 말했던 것과 견주어 볼 때, 그 기상(氣像)이 즐겁게 펴지거나 괴롭게 위축된 차이가 또한 멀지 않겠습니까?

그러므로 저는 이렇게 생각합니다. 기자께서 조선으로 오셨을 적에 갑작스레 거처할 도읍이 있어서 임금의 정사를 행할 수 있었던 것이 아닙니다. 그렇다면 정전이 우리나라에 널리 퍼지지 않은 것은 의심할 것이 없으며, 기자의 유궁(遺宮)이 바로 정전 사이에 있음도 의심할 필요가 없습니다. 정전의 제도가 주나라의 법도와 차이가 있고, 도량형이 고경(古經)과 조금 어긋나는 것은 또한 논급할 것이 못됩니다.

고재(顧齋)[66]가 말하였다. "'사방 1리는 25가〔方里二十五家〕'라는 구절은 잘못 기술한 것이다. 마땅히 《맹자》의 '사방 1리는 9백 묘인데, 백성의 거처는 8가이다.〔方里者九百畝也 民居則八家也〕'[67]라는 말에

65 각자의……않겠다 : 《서경》 〈미자(微子)〉에 주(紂)의 폭정으로 은나라가 망하기 직전의 상황에서 미자가 어찌해야 하느냐고 묻자, 기자는 "스스로 분수에 편안하여, 각자 스스로 그 뜻이 선왕에게 전달되면 됩니다. 저는 도망가 은둔하는 것을 고려하지 않습니다.〔自靖 人自獻于先王 我不顧行遯〕"라고 하였다.

66 고재(顧齋) : 청나라 학자 왕헌(王軒, 1823~?)의 호이다. 자는 하거(霞擧)로 환재가 1861년 열하문안사행 때 교분을 맺었던 중국 인사이다. 시문과 고증학에 뛰어났다. 저서로 《누경려시집(耨經廬詩集)》, 《고재시록(顧齋詩錄)》 등이 있다.

67 《맹자》의……8가이다 : 원문의 '방리자구백묘야(方里者九百畝也)'는 《맹자》 〈등

근거해야 한다. 만약 도읍에 백성들이 거처한다면 겨우 25가만 되지는 않을 것이니, 마땅히 《예기》의 〈왕제(王制)〉를 바른 기준으로 삼아야 한다. 25가는 바로 이사(里社)[68]의 이름이다."

침계(梣溪)[69]가 말하였다. "기전을 논한 이 글은 반고(班固)와 사마천(司馬遷)의 오류를 변증하여 성인의 뜻을 밝혔다. 의리와 실정이 반드시 이와 같아야 의심이 없게 될 것이다. 기자 같은 성인은 문왕(文王)과 같은 반열이므로 공자께서 〈명이괘(明夷卦)〉의 단전(彖傳)에서 병칭하셨던 것이다.[70] 이는 성인의 출처(出處)의 대절(大節)에 관계되어 고금에 처음 있는 정론(正論)으로서 기자의 마음속을 드러냈으니, 한유(韓愈)가 문왕의 심정을 터득한 것[71]과 같다고 하겠다."

문공 상(滕文公上)〉의 '사방 1리로 정을 이루니, 정은 9백 묘이다.〔方里而井 井九百畝〕'라는 구절을 가리키고, '민거즉팔가야(民居則八家也)'는 '여덟 집이 모두 사전 1백 묘를 받는다.〔八家皆私百畝〕'라는 구절로부터 유추한 표현으로 보인다.

68 이사(里社) : 이사는 고대에 리(里) 가운데 설치한 토지신에게 제사 드리는 장소를 뜻하는데, 향리(鄕里)를 지칭하기도 한다.

69 침계(梣溪) : 윤정현(尹定鉉, 1793~1874)의 호이다. 이 논평은 《침계선생유고(梣溪先生遺稿)》 권5 〈기(記) 서박환경문초후(書朴瓛卿文鈔後)〉에 실려 있다.

70 공자께서……것이다 : 《주역》 〈명이괘(明夷卦)〉의 단전(彖傳)에 "밝음이 땅 속으로 들어감이 명이(明夷)이니, 안은 문명(文明)하고 밖은 유순(柔順)하여 큰 환난(患難)을 무릅썼으니, 문왕(文王)이 이것을 쓰셨다. 어려울 때에 정(貞)함이 이로움은 그 밝음을 감춘 것이다. 안에 처하여 어려우나 그 뜻을 바르게 하였으니, 기자가 이것을 쓰셨다.〔彖曰 明入地中 明夷 內文明而外柔順 以蒙大難 文王以之 利艱貞 晦其明也 內難而能正其志 箕子以之〕"라고 한 것을 가리킨다.

71 한유(韓愈)가……것 : 미상이다.

지세의명[72] 설명도 함께 실었다.

地勢儀銘 幷敍

대지가 형체가 둥글다는 것은 혼천가(渾天家)와 개천가(蓋天家)[73]들이 말했으나, 주비설(周髀說)[74]보다 더 상세하고 치밀한 것은 없다. 선유(先儒)들도 대부분 이치를 미루어 알았는데, 서양오랑캐들은 요란스럽게 큰 배를 타고 드넓은 바다를 일주하고 나서야 그것을 알았으니 어찌 우둔하지 않은가!

《산해경(山海經)》,[75] 《목천자전(穆天子傳)》,[76] 진한(秦漢)의 위서

72 지세의명(地勢儀銘) : 1850년경에 환재가 창제한 지세의(지구의)에 붙인 명(銘)과 지세의를 만든 이유와 기능 등에 대해 두루 적은 글이다. 환재는 지구가 둥글다는 설은 본래 동양에서 먼저 알았음을 지적하고, 그 증거로 역사적인 문헌을 두루 고증하였다. 그리고 서양의 지도 및 《해국도지》의 설을 참고하여 지세의를 만들었음을 밝히고, 그 세세한 기능을 설명하였다. 자세한 내용은 김명호, 《환재 박규수 연구》, 2008, 557~602쪽 참조.

73 혼천가(渾天家)와 개천가(蓋天家) : 혼천가는 천지가 계란처럼 둥근 형태로 구성되어하늘이 반은 지상에 있고, 반은 지하에 있다고 주장한 고대의 학설이고, 개천가는 하늘이 삿갓처럼 덮고 있고, 땅이 쟁반처럼 받치고 있다고 주장한 고대의 학설이다.

74 주비설(周髀說) : 《주비산경(周髀算經)》을 일컫는다. 《주비산경》은 동양 최고의 천문서이자 산학서로 상하 2권이며 저자 미상이다. 책명은 주대(周代)에 비(髀)라고 하는 8척의 막대에 의하여 천지를 측량한 데서 연유한 것으로, 구(句)·고(股)·현(弦)의 법을 기초로 하여 혼천설(渾天說)과 개천설(蓋天說)을 뒷받침한다.

75 산해경(山海經) : 중국 최고의 지리서로 작자는 하(夏)나라 우왕(禹王) 또는 백익(伯益)이라고도 한다. 그러나 실제로는 전국 시대 이후의 저작으로, 한 대 초에 이미 이 책이 있었던 듯하다. 《산해경》은 원래 23권이 있었으나, 전한 말기에 유흠(劉歆, 기원전 53?~25)이 교정한 18편만 오늘에 전하고 있다.

(緯書),[77] 추연(鄒衍)과 만천(曼倩)[78]의 말 등은 황당하고 기괴하여 진실로 증거로 삼을 수는 없다. 그렇지만 억지로 끌어다 과장한 중에도 반드시 의거한 바가 있어서, 지금 지리가(地理家)와 하거가(河渠家 수리가(水理家))들도 그 설을 널리 채택(採擇)하기도 하는데, 이따금 딱 들어맞아 어긋나지 않는다.

저들 지리가와 하거가는 '신농(神農) 이전부터 대구주(大九州), 주주(杜州), 영주(迎州), 신주(神州)의 구별이 있었다.'라고 말하기도 하

76 목천자전(穆天子傳) : 중국의 가장 오래 된 역사소설로, 위(魏)나라 때의 작품으로 작가는 미상이다. 진(晉)나라 대강(大康) 2년(281) 부준(不準)이 하남성 급현(汲縣)에 있는 위 양왕(魏襄王)의 무덤을 도굴하여 얻은《급총주서(汲冢周書)》중의 하나이다. 주인공 주 목왕(周穆王)이 황하의 수원(水源)으로 가는 여행길에 올랐다가, 황하 하신(河神)의 안내로 천제(天帝)의 딸 서왕모(西王母)와 만나 시가를 주고받고, 다시 남쪽으로 가서 성희(盛姬)라는 미인과 결혼하는데, 성희가 죽자 호화로운 장사를 지낸다는 이야기 등이 연대순으로 기술되었다.

77 진한(秦漢)의 위서(緯書) : 위서는 한대(漢代) 때 사람이 공자의 이름을 빌려 지은 책이다. 유가 경전의 뜻을 인간의 길흉화복(吉凶禍福)에 억지로 끌어다 맞추어 치란흥망(治亂興亡)을 예언했는데 허황된 말이 많다. 전한 말부터 후한에 걸쳐 성행했다. 특히 후한의 광무제가 위서를 천하에 공포하여 성행시켰기 때문에 후한의 사상계를 풍미하였고, 위서사상에 의해 경서(經書)를 해석한 학자도 많았다.

78 추연(鄒衍)과 만천(曼倩) : 추연은 중국 전국 시대의 사상가로 전국 시대 제(齊)나라 임치(臨淄) 사람이다. 맹자보다 약간 늦게 등장하여 음양오행설(陰陽五行說)을 제창하였다. 세상의 모든 사상(事象)은 토(土)·목(木)·금(金)·화(火)·수(水)의 오행상승(五行相勝) 원리에 의하여 일어나는 것이라 하였고, 이에 의하여 역사의 추이나 미래에 대한 예견을 하였다. 저서에《추자(鄒子)》49편,《추자시종(鄒子始終)》56편 등이 있었으나 전하지 않는다. 만천은 동방삭(東方朔, 기원전 154~기원전 93)의 자(字)이다. 중국 전한 시대 염차(厭次) 사람으로 유창한 변설과 재치로 한 무제의 총애를 받아 측근이 되었으며, 익살꾼으로서 많은 일화를 남겼다.

고, 또 '곤륜(崑崙) 동남쪽 1만 5천여 리는 신주(神州)땅에 해당된다.' 라고 하였으니,[79] 이것은 《팔색(八索)》과 《구구(九邱)》[80]의 유문(遺文)을 통해 알았던 것이 아니겠는가. 《이아(爾雅)》에 "구이(九夷)・팔적(八狄)・칠융(七戎)・육만(六蠻)을 사해(四海)라 한다."고 하였는데, 이순(李巡)이 그것에 대해 주석하면서 현도(玄菟)・낙랑(樂浪)・천축(天竺)・흉노(匈奴) 등의 명칭을 모두 나열하여 그 숫자에 채웠으니,[81] 어쩌면 그리도 어리석은가.

정강성(鄭康成)으로 말하면 그렇지 않아서, 《주례》〈직방씨(職方氏)〉에 주석을 하면서 일찍이 사이(四夷)・팔만(八蠻)・칠민(七閩)・구맥(九貊)・오융(五戎)・육적(六狄) 중에 구체적인 국명을 말하지 않았다. 그리고 조상(趙商)의 질문에 답할 때에도 다만 《이아》와

79 저들……하였으니 : 이 내용은 《주례》〈직방씨(職方氏)〉의 소(疏)에 보이는 내용을 요약한 것이다. 《玉海 卷17 地理 郡國 神農九州》 대구주설(大九州說)은 전국 시대 제나라 추연이 처음 주장한 학설로, 세상에 중국의 구주(九州)와 같은 규모를 가진 세계가 아홉 개가 더 있다는 학설이다. 《史記 卷74 孟子荀卿列傳》

80 팔색(八索)과 구구(九邱) : 모두 옛날 서적의 이름으로 《팔색》은 역(易)의 팔괘(八卦)의 의미를 추구한 책이고, 《구구》는 중국의 구주에 관한 기록을 모은 책이다. 한나라 공안국(孔安國)은 "팔괘의 풀이를 팔색이라 하는데, 그 의미를 구한 것이다. 구주의 기록을 구구라고 하는데, 구는 모으는 것이다. 구주의 범위, 토지에서 나는 산물, 풍토의 마땅함을 모두 이 책에 모았다.〔八卦之說 謂之八索 求其義也 九州之志 謂之九丘 丘 聚也 言九州所有 土地所生 風氣所宜 皆聚此書也〕"라고 하였다. 《尙書注疏 尙書序》

81 이아(爾雅)에……채웠으니 : 《이아주(爾雅注)》 권중(中) '야(野)' 항목에 보인다. 《이아》는 십삼경(十三經)의 하나인 중국 고대의 자전(字典)으로 각 항목별로 나눠 고금의 문자를 설명한 책이다. 이순(李巡)은 후한 여양(汝陽) 출신의 환관(宦官)으로서 소부(少府)에 소속되어 있던 관리이다. 저서로 《이아주》가 있다.

《대기(戴記)》에 나오는 숫자의 동이(同異)만 거론하였을 뿐, 일찍이 나라 명칭을 늘어놓아 그 조목(條目)에 억지로 맞추지 않았으니,[82] 이것이 어찌 모르는 것을 제쳐놓은 것일 뿐이겠는가. 한대(漢代) 속국에 대한 기록을 가지고 선왕(先王)의 교화가 다 미치지 않았던 지역을 확정지을 수 없음을 알았기 때문이다. 그러므로 저 주비의 법을 밝혀서 서양 오랑캐의 지구설(地球說)을 폐기하는 것이 옳다. 대구주(大九州)의 명칭을 세워 서양어의 오주(五洲)[83]와 범어(梵語)의 사부(四部)[84]라는 말은 깎아내는 것이 옳다.

이(夷)라는 종족은 그 부류가 넷이고, 만(蠻)이란 종족은 여덟이며, 민(閩)의 종족은 일곱이며, 맥(貊)의 종족은 아홉이며, 융・적(戎狄)의 종족은 각각 다섯과 여섯이나 되니, 홍모(紅毛 백인)와 오귀(烏鬼 아프리카 흑인)의 족속들이 무리를 구분한 속에 있지 않다고 말할 수 있겠는가. 옛날부터 중국과 교통하지 않았다고 말할 수 있겠는가. 중국

82 정강성(鄭康成)으로……않았으니 : 이 내용은 《주례주소(周禮注疏)》 권33 〈직방씨(職方氏)〉의 주석에 보인다. 정강성은 정현(鄭玄, 127~200)을 가리키며, 강성은 그의 자(字)이다, 산동성 고밀(高密) 사람이다. 후한 말기의 대표적 유학자로 고문과 금문에 정통하였다. 조상(趙商)은 후한의 하내(河內) 사람으로 자는 자성(子聲)이다. 정현의 제자이다.

83 오주(五洲) : 옛날에 지구상의 대륙을 나눈 오대주(五大洲), 즉 아시아 주〔亞洲〕, 유럽 주〔歐洲〕, 아프리카 주〔非洲〕, 오세아니아 주〔澳洲〕, 아메리카 주〔美洲〕를 가리킨다.

84 사부(四部) : 사대부주(四大部洲)를 말한다. 불교의 세계관에 의하면, 세계의 중심은 수미산(須彌山)이라는 높은 산이며, 그 바깥이 함해라는 바다가 있고, 그 바다의 동서남북에 북구로주(北瞿盧洲)・동승신주(東勝神洲)・남섬부주(南贍部洲)・서우화주(西牛貨洲)의 사대부주가 있다고 한다. 《金剛經 依法出生分 第8》

과 통하지 않고서 스스로 역상(曆象)을 밝혀 이용후생(利用厚生)하였다고 말할 수 있겠는가. 저들을 설복시켜 물리치는 것이 옳다.

어떤 사람이 "곤륜(崑崙)이라는 것은 땅의 형태로 여러 산들이 한데 모여 있는 형세인데, 총령(蔥嶺 지금의 파미르 고원)의 동쪽과 서쪽이 이곳이다. 석지(析支)라는 것은 그 땅이 갈라져 사방으로 퍼져 나온 것인데, 서양 오랑캐들이 이미아주(利米亞洲 지금의 아프리카)라고 일컫는 곳이 이곳이다. 거수(渠搜)라는 것은 육지와 바다가 서로 교차하여 마치 도랑을 따라 찾아가는 것 같은 곳인데, 서양 오랑캐들이 구라파주(歐羅巴州)라고 일컫는 곳이 이곳이다. 이들은 모두 《서경》 〈우공(禹貢)〉편의 직물과 피물을 바치는〔織皮〕[85] 서융(西戎)에 해당되는데, 삭방(朔方)이란 현과 석지(賜支)의 땅은 해당시킬 곳이 없다."라고 한다.

이 설이 지금 사람들의 입에서 나와 문헌에 증거가 없으니 애석하다. 그렇지만 서양 오랑캐의 지도에 징험해 보면, 또한 지세(地勢)가 그렇지 않다고 말할 수도 없다.

옛날 먼 곳까지 여행한 사람 중에 감영(甘英)의 사행(使行),[86] 법현

85 짐승……바쳤다 : 《서경》 〈우공(禹貢)〉에, "털로 짠 피륙은 곤륜, 석지, 하거인데, 이들 서융에까지 나아갔다.〔織皮 崑崙 析支 渠搜 西戎卽敍〕"라고 하였다.

86 감영(甘英)의 사행(使行) : 감영은 중국 후한(後漢)의 무장이다. 반초(班超)의 부장(部將)으로 있으면서 영원(永元) 9년(97) 반초의 명을 받아, 대진국(大秦國 로마제국)에 사신으로 파견되었다. 그의 여행 견문기가 《후한서》 〈서역전(西域傳)〉에 실렸다. 조지국(條支國 시리아)에 다다랐을 때, 앞을 가로막는 망망대해(茫茫大海)를 건너기를 단념하였다고 하는데, 비록 감영이 사명을 다하지 못하였지만, 이 여행에서 얻은 견문은 중국 사람의 서아시아에 관한 지식을 넓히는 데 도움이 되었다.

(法顯)의 불국행(佛國行),[87] 현장(玄奘)의 서역 유람,[88] 두환(杜環)의 경행(經行)[89]과 같은 경우는 모두 후세에 전해진 그림이 없다. 만일 둥근 구체에다 저들이 다녀온 땅의 형세를 똑같이 표시하려면 서양 오랑캐의 지구도(地球圖)를 취하지 않을 수 없다. 그러나 서양 오랑캐의 선박에서 나온 지구도는 기괴한 동식물을 어지럽게 그려 놓고, 허황된 말과 기이한 이야기들이 잡다하게 섞여 있으며, 중국 사람들이 그것을 모방하여 만든 것은 편폭이 좁아 생략된 것이 너무 많다.

월동(粵東 지금의 광동)에서 서양 오랑캐를 평정한 뒤에,[90] 소양(邵陽)

87 법현(法顯)의 불국행(佛國行) : 법현(399~416)은 중국 동진(東晉) 때의 고승으로 산서성(山西省) 평양(平陽) 출신이다. 속성(俗姓)은 공(龔)이다. 중국에 계율경전(戒律經典)이 완비되어 있지 않음을 한탄하고, 진(晉)나라 안제(安帝) 융안(隆安) 3년(399)에 60세의 고령임에도 동학 10인과 함께 도보로 서역과 중앙아시아 10개국을 거쳐 천축(天竺)에 도착하여 불법을 구하였다. 이 여행에서 《불국기(佛國記)》, 즉 《고승법현전(高僧法顯傳)》을 저술하였다.

88 현장(玄奘)의 서역 유람 : 현장(602~664)은 중국 당나라의 고승으로 하남성 낙양(洛陽) 출신이다. 속성(俗姓)은 진(陳), 이름은 위(褘)이다. 불교를 연구하면서 생긴 많은 의문을 풀고, 불교 경전을 수입하기 위해 627년에 인도로 떠났다. 인도 나란다 사원에 들어가 계현(戒賢) 밑에서 불교 연구에 힘썼으며, 641년 많은 경전과 불상을 가지고 귀국길에 올라, 645년 정월에 장안으로 돌아왔다. 당 태종의 후원을 받아 74부 1335권의 경전을 한역하였고, 인도 여행기인 《대당서역기(大唐西域記)》 12권을 저술하였다. 법상(法相)과 유식(唯識)의 뜻을 탐구하여 불교 법상종(法相宗)의 개조(開祖)가 되었다.

89 두환(杜環)의 경행(經行) : 두환은 《통전(通典)》의 저자 두우(杜佑)의 일족으로, 751년 탈라스강 전투에서 당군(唐軍)이 대패하여 사라센군의 포로가 되었다. 762년 석방되자 바닷길로 귀국하여, 보고 들은 바를 기록한 《경행기(經行記)》를 저술하였다. 이것은 아바스왕조의 초기의 서아시아에 대한 사정을 전하는 귀중한 문헌이지만, 산일(散逸)하여 《통전》 이하의 여러 서적에 그 단편이 수록되어 있다.

사람 위원(魏源)이 《해국도지(海國圖志)》를 편집하였는데,[91] 주해(籌海)와 심적(審賊)[92]을 목적으로 지은 것이었다. 그러므로 멀리 있는 오랑캐의 지역과 그들의 실정이나 연혁 등은 모두 지금 사람들이 직접 보고 들은 바에 의거한 것이므로 모호하여 상고할 수 없는 말들이 아니다.

90 월동(粤東)에서……뒤에 : 월동은 지금의 광동(廣東)이다. 18세기 말 영국 정부가 차에 대한 수입관세를 인하하고부터 중국 홍차의 수입이 급증함에 따라 막대한 은(銀)이 필요하였다. 이에 19세기 초에 영국은 아편을 밀매하여 중국의 많은 은을 국외로 유출시킴으로써 중국에 막대한 손실을 안겨 주었다. 1839년 청 정부는 아편을 금지시키기 위하여 임칙서(林則徐, 1785~1850)를 광동으로 파견하여 강력한 금연정책을 실시하였고, 1840년 영국정부는 아편무역을 비호하기 위해 무력을 동원하여 중국을 공격하였는데, 이것이 제1차 아편전쟁이다. 1842년 영국정부와 '남경조약(南京條約)'을 체결하였다.

91 소양(邵陽)……편집하였는데 : 위원(魏源, 1794~1857)의 자는 묵심(默深), 호남성(湖南省) 보경(寶慶) 출신이다. 청나라 말기의 사상가로 금문학파(今文學派)의 대표자이다. 전한의 동중서(董仲舒)의 학문을 추종하였고, 경서(經書)의 미언대의(微言大義)를 탐구하였다. 아편전쟁과 태평천국의 난이 태동되는 긴박한 사회정세에서도 의욕적인 정치적인 이론을 제창하였으며, 서구열강의 압력에 대처하는 방안을 연구하였다. 저서로는 《성무기(聖武記)》, 《해국도지(海國圖志)》, 《시고미(詩古微)》, 《원사신편(元史新編)》, 《고미당내외집(古微堂內外集)》, 《서고미(書古微)》 등이 있고, 《황조경세문편(皇朝經世文編)》 20권을 편집하였다.

《해국도지》는 위원이 지은 세계지리서로 1847년 강소성(江蘇省) 양주(楊州)에서 60권으로 간행되었으나, 그 후 보정을 가하여 1852년에 100권으로 간행하였다. 내용은 세계 각국의 지세 · 산업 · 인구 · 정치 · 종교 등 다방면에 걸쳐 서술한 것으로 18개 부분으로 나누었다. 위원은 이 저술을 통하여 서양의 입장에서 서양을 보고자 하였다.

92 주해(籌海)와 심적(審賊) : 주해와 심적은 《해국도지》의 편명으로, 바다 밖의 사정을 자세히 파악하고 서양 오랑캐의 형세에 대해 잘 알아야 한다는 내용을 담고 있다.

이에 그 책에 의거하여 지세의(地勢儀) 한 구(具)를 만들었다. 360°로 둥근 원의 표면을 경도(經度)와 위도(緯度)로 나누고, 강과 바다와 구릉의 형상을 두루 펼쳐 놓았으니, 곤여(坤輿 지구)의 전체이다. 나라와 지역을 빙 둘러 나열하였는데, 검은색으로 쓴 것은 지금의 명칭이고, 붉은 색으로 주를 단 것은 옛 명칭이며, 청색으로 쓴 것은 오랑캐말이고, 간색으로 쓴 것은 서양 오랑캐의 여러 종교이다. 붉은 점을 찍은 것은 중국의 내지(內地 국내)이고, 붉은 동그라미로 표시한 것은 중국의 번봉(藩封 책봉국)이다.

축을 관통한 것은 남극과 북극이니 거기에 호(弧)를 두르고 구고(句股)를 받침대로 써서 위아래로 움직이게 한 것은 극출지(極出地)[93]의 높고 낮음이다. 사방에서 땅을 둘러 양극을 축으로 삼은 것은 자오호(子午弧)와 묘유호(卯酉弧)이다. 허리부분에 두른 것이 적도이니, 적도 동쪽으로 표시한 것이 12신(辰)이고, 그 측면으로 표시한 것이 주천(周天)의 경도(經度)이다. 남북 모두 23.5°되는 지점에 자오호의 뒷쪽에 표시한 것이 이지한(二至限 동지와 하지의 한계선)이고, 성글고 조밀한 것을 나누어 11로 만든 것이 기후한(氣候限)이다. 한 치 되는 나무를 세워 해시계 말뚝으로 삼아 적도권과 자오호의 교차점에 맞춘 것이 측일표(測日表)이다.

주천의 위도(緯度)를 둘러 새기고, 적도권 안에 있으면서 양극을 중심축으로 움직이게 하여, 남극에서부터 북극까지와 북극에서부터 남극까지 곤여 만방(萬方)의 거리를 헤아리는 것을 이차척(里差尺)이

93 극출지(極出地) : 북극출지(北極出地). 북극성(北極星)이 지상(地上)으로 솟은 고도를 말한 것으로, 즉 북극성과 지평선(地平線) 사이의 각거리(角距離)를 이른 말이다.

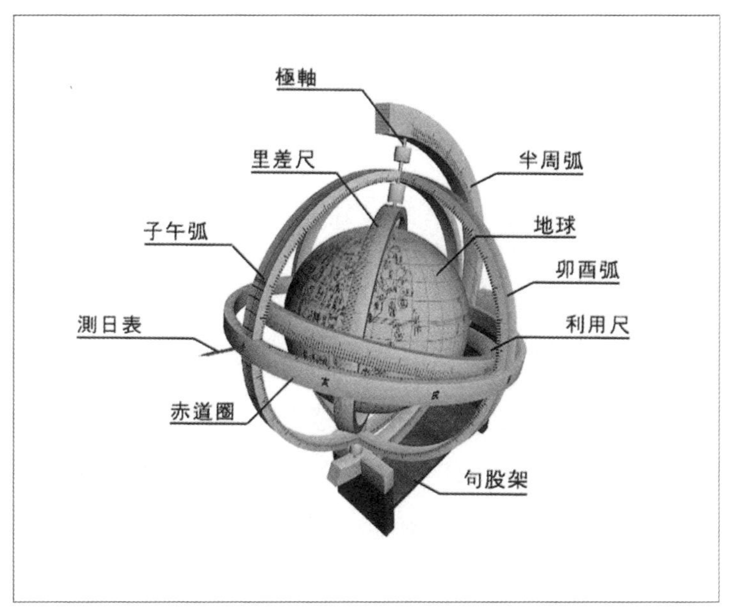

그림 6 지세의 복원도. 《환재 박규수 연구》에서 재인용

라 한다. 테두리에 주천의 경도를 새기고 이차척과 적도 사이에 두어서 묘유호(卯酉弧)와 적도권을 축으로 움직이는 것을 이용척(利用尺)이라 한다. 이 이용척을 들어서 이지한에 맞추면 황도권(黃道圈)이 되고, 이것을 늦추어서 극출(極出 위도)의 도수에 맞추면 지평권(地平圈)[94]이 되며, 이것을 양극의 23.5° 내에서 움직이면 사시빈전표(四時賓餞表 사계절이 변하는 표)가 되고, 성글고 조밀하게 나눈 자오호와 기후한 사이에서 움직이면 일행남북표(日行南北表 태양이 남북으로 움직이는 표)가 되

94 지평권(地平圈) : 지평호(地平弧)는 관측하는 지역의 지평선을 곡선으로 표시한 것인데, 지평호는 북극고도에 맞추어 고정되어 있다. '이용척(利用尺)을 위도에 맞추면 지평권이 된다'는 글로 미루어 보아 지평권은 어느 특정지역을 지칭하는 것은 아닌 것 같다.

며, 양극과 적도권 사이에서 움직이면 여러 방면의 사거척(斜距尺 사선 거리)이 되므로 이용척이라 한다. 이것이 지세의(地勢儀)의 제도이다.

지세의를 태양의 아래에 놓으면 그 빛을 받는 곳에 밝고 어두움이 생기는데, 한 눈에 온 세계의 낮과 밤을 알 수 있으니, 이곳이 아침이면 반대편은 밤이 된다. 측일표의 그림자가 똑바로 곧게 되면 곧 그 나라는 정오(正午)이다. 동서로 움직여 자오호(子午弧)에 맞춘 다음 이차척(里差尺)으로 거리를 헤아려 적도권의 12신에 맞추어 보면 모든 나라의 시간을 알 수 있다. 이곳이 갈포옷을 입을 때면 저곳은 갖옷을 입는데 이는 해가 남쪽으로 가고 북쪽으로 감에 따라 한서(寒暑)가 바뀌기 때문이다. 남북으로 움직여 이용척에 맞춘 다음 성글고 조밀하게 나눈 기후한을 살펴보면 모든 나라의 춥고 더움을 알 수 있다. 해가 나오고 해가 지는 곳에 따라 음양(陰陽)이 나누어짐에 선후가 있으니 측일표(測日表)의 길이를 재고 이차척으로 거리를 재어 적도권의 12신에 맞추어 보면 모든 나라의 저녁과 새벽을 알 수 있다.

남북의 거리를 알고자 한다면 이차척에서 위도를 살피면 되고, 동서의 거리를 알고자 한다면 적도에서 경도를 살피되 먼저 이차척으로 거리를 잰다. 잠깐 사이에 사계절 낮과 밤의 길고 짧음을 두루 알고자 하는 자는 출극(出極 위도)을 낮췄다 높였다 하고 향면(向面)과 배면(背面)을 돌려서 측일표의 그림자가 미치는 곳과 이용척이 맞춰진 곳이 홀연히 동지가 되고 홀연히 하지가 되는 것처럼 한다면, 내가 하고 싶은 대로 되어 모든 곳의 저녁과 새벽을 살필 수 있을 것이다.

만약 요당(坳堂 깊고 어두운 곳)처럼 어둑하여 해를 볼 수 없는 곳이라도 정밀하게 헤아릴 수 있어서 이차척과 이용척을 무궁하게 번갈아 쓸 수 있으니, 이것이 지세의의 용도이다.

《의상지(儀象志)》[95]를 살펴보면, 건륭(乾隆) 때 만들어진 지구의(地球儀)라는 것이 있다. 그런데 그 제도와 쓰임이 지세의와 대체로 같은지 다른지는 분명히 알 수 없다.

자양 부자(紫陽夫子 주희(朱熹))께서 둥그런 집을 짓고 거기에 여러 구멍을 뚫어 빛이 새어 나오도록 하여 별자리로 삼고, 남극 쪽을 틔워 그 가운데에 사다리를 놓아 이를 관측하고자 하였다. 또 지도를 만들어 개이빨처럼 새겨서 떼었다 붙일 수 있도록 편리하게 만들었다.

지금 이 지세의는 둥근 구체에 지도를 그렸고, 땅을 헤아리는 도구에 하늘을 관측하는 쓰임을 겸하였다. 이 또한 그저 스스로 즐기고자 한 것뿐이니, 어찌 감히 전수받은 데가 있다고 말할 수 있겠는가? 다음과 같이 명(銘)을 짓는다.

이 둥근 지세의를 어루만지며	撫此穹窿
사해의 모든 나라를 돌아보네	顧眄四國
깊숙한 방에 한가로이 지내며	閑居閨房
팔방을 횡행하네	橫騖八極
바람과 우레가 몰아치는데	風霆流形
그대가 그 속에 있으니	爾處其中

95 의상지(儀象志) : 《신제영대의상지(新制靈臺儀象志)》, 《영대의상지》라고도 한다. 천문·기상·역법에 관한 책으로 청나라 강희제(康熙帝) 때 벨기에의 선교사인 베르비스트(Ferdinand Verbiest, 중국명 南懷仁)가 흠천감부(欽天監副)로 임명되었을 때 짓고, 유성덕(劉聖德)이 기술하였다.

그 안목 크게 하여	請大其觀
자신의 몸을 작게 여기지 말라	莫藐厥躬
야만스런 저 변방 오랑캐들이	蠢彼裔戎
기술도 있고 꾀도 있어	有技有黠
물소 갑옷 입고 군함을 타고서	水犀戈船
삿된 언설을 퍼뜨리네	佐其邪說
원대한 계책에 힘쓰지는 않지만	不勤遠略
그들의 말에도 합당한 점이 있어	言各有當
이에 천리라 주장하면서	乃爲天吏
제멋대로 날뛰네	縱之猖狂
귀방을 정벌하려면	鬼方之伐
삼 년이라야 반드시 이기니[96]	三年必克
자나 깨나 뛰어난 준걸을 구하여	寤寐英俊
변방의 제후로 봉해야 하네	封侯絶域
환히 빛나는 저 하늘에	煌煌中天

96 귀방(鬼方)을……이기니 : 귀방은 은주(殷周) 시대에 서북쪽 변방에 있던 강한 족속을 가리키는데, 먼 곳의 소수민족을 범칭하기도 한다. 《주역》〈기제괘(旣濟卦)〉 구삼(九三)에, "은나라 고종이 귀방의 오랑캐를 정벌하여 3년 만에야 이겼으니, 소인은 쓰지 말아야 한다.〔高宗伐鬼方 三年克之 小人勿用〕"라는 구절이 있다.

해와 달이 번갈아 밝듯이 日月代明
공자의 생각과 주공의 마음이 孔思周情
모두 육경에 담겨있네 盡在六經

혈기 있는 무리가 어버이를 높임은 血氣尊親
원근의 차이가 없네[97] 無間遐邇
공자께서 하신 말씀이니 先師有言
어찌 우리들을 속인 것이겠는가 豈欺小子

성인의 교화가 두루 미쳐 聲教被及
세월이 갈수록 더욱 빛나니 久而彌光
수만 축 서적이 縹黃萬軸
한창 배를 타고 수출되네[98] 方出海航

종횡으로 수만 리 땅에 縱橫萬里
어찌 총명한 사람 하나 없으랴 豈無一人
환히 어리석음 깨우치고 曠然發蒙

97 혈기……없네 : 《중용장구》 제31장에 나온 말로서 모든 인간은 효심을 가지고 있다는 말이다. "모든 혈기를 지닌 사람들이 존경하고 친애하지 않는 경우가 없으므로 하늘과 짝이 된다고 하는 것이다.〔凡有血氣者 莫不尊親 故曰配天〕"라고 하였다.

98 한창……수출되네 : 개신교 선교사들이 중국 고전을 수입하여 번역한 사실을 가리키는 것으로 《해국도지》에 소개되어 있다. 환재는 동양의 문화적 우월성을 확신하면서 동서 교섭을 통해 장차 서양인들도 동양문화에 감화되는 날이 올 것이라는 낙관적 전망을 가지고 있었다. 《김명호, 환재 박규수 연구, 창비, 2008, 593~594쪽》

그 곳 백성들을 창도하리라　　以倡其民

중국에는 도가 있어　　中國有道
사방 오랑캐들 머리를 조아리니　　四夷稽首
우리에게 귀의하여 같은 문자 쓴다면　　歸我同文
오는 자들 받아주리라　　來者斯受

노천(魯川)[99]이 말하였다. "〈지세의명〉은 표선(表線)과 규척(圭尺)의 제도에 대해 서술한 것이 손바닥을 가리키듯 분명하여 이에 익숙하지 못한 자들이라도 한번 보면 환히 깨닫게 하였다. 이 글의 필력은 《주례》 〈고공기(考工記)〉[100]에서 연원하였으니, 유종원(柳宗元)의 여러 기문(記文)들이 다만 경치를 그리고 작은 물건들을 묘사한 것으로 공교로움을 삼는 것과 견주어 보아도 훨씬 빼어나다."

99 노천(魯川) : 풍지기(馮志沂, 1814~1867)의 자(字)이다. 호는 미상재(微尙齋)・적적재(適適齋)이다. 환재가 1861년 열하문안사행 때 교분을 맺었던 중국 인사로, 진사 급제 후 형부 주사(刑部主事)를 거쳐 여주 지부(廬州知府) 등 지방관을 전전하며 선정을 폈다. 매증량(梅曾亮)을 사사하여 그의 수제자로 일컬어졌고, 저서로는 《미상재시문집(微尙齋詩文集)》, 《적적재문집(適適齋文集)》이 있다.

100 《주례》 〈고공기(攷工記)〉 : 주례는 천・지・춘・하・추・동(天地春夏秋冬)의 육상(六象)에 따라 직제를 크게 여섯으로 나누고 그 아래에 각 관직과 직무를 서술하는 형태로 되어 있다. 이에 따라 전체가 천관총재(天官冢宰)・지관사도(地官司徒)・춘관종백(春官宗伯)・하관사마(夏官司馬)・추관사구(秋官司寇)・동관고공기(冬官考工記)의 여섯 편으로 구성되어 있다. 그 중 동관고공기는 본래 동관사공(冬官司空)으로 왕국의 토지・민사(民事)・장인들의 사무를 관장했으나, 동관사공의 직무가 분실되어 동관고공기로 대신하게 되었다.

침계(梣溪)가 말하였다. "지세의를 만들 때에 서양 오랑캐의 지도를 사용하지 않을 수 없었다. 그런데 혹시 서양 지도가 추측(推測)이 정밀하고 두루 살핀 것이 넓다고 하여 모든 학설과 일이 모두 이와 같으리라 여겨, 서양의 학설이 결국은 하늘을 기만하고 사람을 속여 그 재앙이 끝이 없음을 알지 못한다면 이는 걱정스러운 일이다. 이 때문에 널리 증거를 인용하고 명백하게 변석하여 비로소 지도의 이치와 대구주(大九州)라는 명칭이 옛날부터 중국에 있던 논의이지, 서양 오랑캐들이 독창적으로 터득한 것이 아님을 말하여, 치우치고 삿된 언설을 중지시키고 정도(正道)로 돌이키고자 한 것이다. 어찌 다만 이 서문의 찬란하고 전아함과 명문(銘文)의 고고(高古)하고 엄중함만으로 문장이 성대하다 여길 수 있겠는가. 작자가 좋은 솜씨로 홀로 애쓴 마음에 대해서는 후세에 이 글을 읽는 자들이 반드시 세 번 반복해 읽으며 감탄할 것이다.

《고려사》〈신서인전〉에 실린 홍무황제의 성유를 베껴 쓴 데 대한 발문[101]

恭錄高麗史辛庶人傳所載洪武聖諭跋

홍무(洪武)[102] 20년(우왕 13년, 1387) 고려에서 배신(陪臣) 설장수(偰長壽)[103]를 보내어 남경(南京)에 조회하게 하고, 아울러 진정표문을

101 《고려사》……발문 : 이 글은 1848년(헌종14)에 《고려사》《신우전(辛禑傳)》에 실린 명 태조의 성유(聖諭)를 읽고서 그 감동을 쓴 것이다. 이 해는 바로 명 태조가 등극했던 무신년(1368)과 간지가 같았다고 한다. 환재는 《고려사》에 실린 명 태조의 성유가 속화문자〔白話〕 그대로 실려 있는 것이 윤색을 거친 후대의 글보다 오히려 진실함을 느낄 수 있고, 명 태조가 고려왕에게 내린 백성을 평안하게 보호하라는 간절한 성유를 조선을 개국한 이 태조가 훌륭히 계승하여 곤궁한 백성들을 사랑하여 천자의 사랑을 받았음을 감개무량한 심정으로 서술하였다.

《신서인전(辛庶人傳)》은 바로 〈신우전〉을 가리키니, 우왕(禑王)의 전기를 폄하하는 의미로 쓴 것이다. 《고려사》 133권 열전 46에서부터 137권 열전 50까지 실려 있다. 조선 왕조에서 《고려사》를 편찬할 당시 역성혁명을 정당화시키기 위해서 우왕이 신돈(辛旽)의 자식이었다는 뜻으로 편명을 신우(辛禑)라 하였으며, 신분 격하를 위해 세가(世家)가 아닌 열전에 편입시켰다.

102 홍무(洪武) : 중국 명(明)나라 태조(太祖) 때의 연호(年號)로 1368년부터 1399년까지 사용되었다.

103 설장수(偰長壽) : 1341~1399. 본관은 경주(慶州), 자는 천민(天民), 호는 운재(芸齋)이다. 부원후(富原侯) 손(遜)의 아들이다. 본래 위구르 사람으로 1358년(공민왕7) 아버지 손이 홍건적의 난을 피해 고려로 올 때 함께 귀화하였다. 1362년 문과에 급제해 판전농시사(判典農寺事)에 올라 완성군(完城君)에 봉해졌으며 추성보리공신(推誠輔理功臣)에 녹권되었다. 1387년(우왕13) 지문하부사(知門下府事)로 명나라에 다녀오고, 1389년(창왕 즉위년) 정당 문학(政堂文學)으로 우왕 손위(遜位)의 표문(表文)을 가지고 다시 명나라에 다녀왔다. 고려와 조선을 통틀어 8차에 걸쳐 명나라에

올렸다. 《고려사》에 명나라 고황제(高皇帝) 성유(聖諭)의 한 대목이 실려 있는데, 온전히 속화문자(俗話文字)를 사용하였다. 그 성유에 "나의 말이 그 책자에 전부 쓰여 있다.〔我的言語 冊兒上都寫着有〕"[104] 라는 구절이 있는데, 이 문장은 응당 설장수가 책에 적어 돌아온 것이리라. 내가 생각건대, 전·모·고·훈(典謨誥訓)[105]은 문자를 가지고 말을 옮겨 적은 것이므로 말이 간단할수록 이치가 더욱 드러나는데, 후세의 조령은 말을 변화시켜 문장으로 바꾸었으므로 글은 더욱 번다해졌으나 뜻은 더욱 모호해졌다.

대체로 옛날에는 말과 글의 차이가 없었는데, 오늘날에는 속화(俗話 말)와 고문(古文 글)의 구별이 있으니, 이는 본래 형세로 보아 그렇게 되지 않을 수 없다. 그러나 그 중에 가장 못난 것은 종종 요 임금을 흉내 내고 순 임금을 가장하여[106] 온갖 정성을 다해 꾸몄으나 진실과 순박함이 더욱 사라졌는데, 하물며 사람의 마음을 감동시켜 후세에 영원히 전할 수 있겠는가?

그런데 이 성유의 문자는 사신(詞臣)의 윤색이나 사관(史官)의 교정

사신으로 왕래하였다. 시호는 문량(文良)이며, 저서로 《직해소학(直解小學)》·《운재집》이 있다.

104 내가……있다 : 이 구절은 《고려사》 권146 〈신우열전(辛禑列傳)〉에 실려 있다. 원문은 다음과 같다. "我的言語 這里冊兒上都寫着有"

105 전·모·고·훈(典謨誥訓) : 전은 제왕의 명을 적은 책을 말한다. 모는 계획 및 시정 방침을 말하는 것으로 국가 대계를 도모하는 것을 내용으로 한다. 훈은 일깨운다는 의미로 후대 에 모범이 될 가르침과 깨우침을 가리킨다. 고는 소(召)의 의미로, 군주가 신하나 백성들에게 새로운 정치의 시행을 알리는 것이다. 《서경》에 실린 〈요전(堯典), 〈대우모(大禹謨)〉, 〈탕고(湯誥)〉, 〈이훈(伊訓)〉 등이 좋은 예이다.

106 요 임금을……가장하여 : 《서경》의 문체를 모방하여 문장을 짓는 것을 가리킨다.

(矯正)이 없이 모두 당시의 속화문자로 실어 놓았으니, 《고려사》를 엮은 자가 마땅한 체재(體裁)를 얻었다고 하겠다.

오늘날 사람들은 고인이 쓰던 하찮은 기물과 의복, 자질구레한 글씨와 편지를 얻더라도 오히려 손으로 어루만지고 감탄하며 고인의 풍채와 정신을 마음속에 상상해 본다. 하물며 이처럼 간절한 심정으로 타이른 천백여 글자의 말은 성스런 천자께서 조정에 임하여 친히 말씀하신 데서 나왔으니, 한 마디 말씀도 감히 보태고 빼거나 수식한 것이 없음에랴. 그것을 금간옥자(金簡玉字)[107]라 일컫는다면 지척에서 웃는 얼굴이 떠오르고, 회천화일(繪天畫日)[108]에 비유한다면 귀에 가득한 음성이 들릴 것이다. 지극한 정성으로 애달파하는 마음이 흥건히 흘러넘쳐, 백 세 뒤에도 황홀히 경광(耿光)[109]을 친히 보고 옥음(玉音)을 듣는 듯하니, 이 얼마나 다행이란 말인가.

아! 고려 말기에 간흉이 나라를 그르쳐, 이 때문에 황제의 가르침이 막힌 것이 여러 차례였으니, 이 또한 스스로 취한 것이었다. 저들은 새로운 황제가 어지러운 세상에서 우뚝 일어나 군웅들을 호미질 하듯 제거할 것이라 생각하고, 영웅은 사람을 시기하여[110] 반드시 권모술수

107 금간옥자(金簡玉字) : 제왕의 조서(詔書)나 도교의 선간(仙簡)처럼 귀중한 글이나 글자를 가리킨다.

108 회천화일(繪天畫日) : 하늘에 떠있는 해를 그리는 것으로, 천자의 용안을 가리키는 듯하다.

109 경광(耿光) : 빛나는 위엄이란 뜻으로 여기서는 황제의 용안을 의미한다.

110 영웅은 사람을 시기하여 : 원문은 '영웅기인(英雄忌人)'인데, 동한 말엽 오나라 손책(孫策)과 유비(劉備)에 얽힌 고사가 있다. 손책이 14살 때 수양(壽陽)의 원술(袁術)을 방문하였다 이때 마침 유비도 도착하자 손책이 막 떠나겠다고 하였다. 원술이

에 능한 사람에게 맡길 것이라 망녕되게 여겼다. 그래서 스스로를 망한 원나라의 외손으로 자처하여 속으로 의심과 두려움을 품어, 사신을 보내면서도 정탐꾼을 몰래 데려가고, 외교문서를 보내면서도 은밀히 탐지하는 말을 쓰기도 했으니, 그 꾀가 어리석고도 비루했다.

설장수가 명나라 조정에서 돌아올 때에 천자께서 진심을 토로한 성유가 속마음을 다 드러내어 통쾌하고 명백하게 마음을 기울여 조금도 숨김이 없었으니, 진실로 돈어(豚魚)도 믿게 하고[111] 귀신도 감동시킬 만하였다.

그런데 천자께서 경계하고 타이르기를 간곡히 반복하며 그치지 않았던 말씀은 바로 '백성과 더불어 복을 지으라.〔與百姓造福〕', '백성들을 평안하게 하라.〔教百姓安寧〕', '왜구들로 하여금 백성을 해치지 못하게 하라〔教倭子害不得百姓〕', '만약 백성들을 아끼지 않으면 변경에 난리가 일어나 너희를 부유하게 할 수 없을 것이다.〔若不愛百姓 生邊釁却難饒儞〕'라는 말씀이었다. 간절한 생각이 오로지 백성들의 이로움과 해로움, 기쁨과 근심에만 있었고, 화이(華夷)의 구별과 지역의 차별을 묻지 않으시고 한 결 같이 사랑하시어 혹시라도 백성을 상하게 할까

'유비와 무슨 관계라도 있소?'라고 묻자, 손책이 '아닙니다. 영웅은 본래 남을 시기합니다.'라고 대답하고는 즉시 동쪽 계단으로 내려갔다. 유비는 서쪽계단으로 따라 올라가면서 다만 손책의 행동을 바라보기만 할 뿐 좀처럼 발걸음이 나아가지 못했다고 한다. 《太平廣記 卷174 幼敏》

111 돈어(豚魚)도 믿게 하고 : 《주역》 〈중부괘(中孚卦)〉에, "중부는 돼지와 물고기까지 감동시키니 길하다. 큰 내를 건넘이 이롭고 바르게 함이 이로우니라.〔中孚 豚魚吉 利涉大川 利貞〕"라고 한 데서 나왔는데, 단전(彖傳)에 "돼지와 물고기까지 감동시키니 길하다는 것은 믿음이 돼지나 물고기까지 미침이다.〔豚魚吉 信及豚魚也〕"라고 하였다.

두려워하셨으니, 아! 성대하도다. 이것이 하늘의 밝은 명(命)을 받아 중국을 소유하여 만백성의 주인이 되고 모든 이를 신하로 삼아 천하의 군주가 된 까닭이다.

고려가 쇠란해져 이미 황제께서 맡기고 부탁한 지극한 뜻을 감당하지 못하자, 우리 선왕(이태조)께서 신인(神人)이 의탁하는 바가 되어서 곤궁한 백성들을 자식처럼 사랑하고 천자께 사랑을 받아 곤룡포와 규찬(圭瓚)[112]을 받아 이 땅의 주인이 되셨다. 하늘을 공경하고 백성을 위해 힘쓰는 것은 중외(中外)가 한결같았고, 문자와 수레바퀴를 같이 써서 시왕(時王 동시대 황제)의 제도를 삼가 따르니, 그 때문에 자손들에게 안락함을 끼쳐주어 무궁토록 복록을 내려주게 되었다. 이에 백성들이 지금에 이르기까지 선제(先帝)와 선왕(先王)의 은혜를 받고 있으니 아! 성대하도다.

올해(무신년, 1848)의 오늘은 바로 고황제(高皇帝 명 태조)께서 어좌에 등극하신 그 날이다. 내가 우연히 사서(史書)를 열람하다가 이 성유를 읽고 천시의 순환에 감동하고, 주(周)나라 도읍에 기장이 무성함〔黍離〕[113]을 애달파하였다. 그러나 성인은 비록 멀어졌으나 덕스러운 음성

112 곤룡포와 규찬(圭瓚) : 중국 황제로부터 인정을 받은 것을 가리킨다. 규찬은 옥찬(玉瓚)이라고도 한다. 천신(天神)이나 종묘나 제사지내며 강신할 때에 쓰던 술잔으로, 옥이나 구리로 만들기도 하고 은으로 만들어 안을 도금하기도 하였다.

113 주(周)나라……무성함 : 명나라가 망한 것을 비유한 말이다. 주(周)나라 도읍이란 남경(南京)을 가리킨다. 원문의 '서리(黍離)'는 기장이 많이 열려 축 늘어진 모양을 가리킨다. 《시경》 〈서리(黍離)〉에 "저 기장이 축 늘어졌거늘, 저 피는 싹이 돋았도다. 힘없이 가는 길 더디기도 해라, 이 마음을 가눌 길 없도다.〔彼黍離離 彼稷之苗 行邁靡靡 中心搖搖〕"라고 한 데서 온 말로, 이 시는 주(周)나라가 동쪽으로 도읍을 옮긴 뒤에 한 대부(大夫)가 행역(行役) 나가는 길에 옛 서주(西周)에 이르러 종묘(宗廟)와 궁실

이 아직 남아 있으니, 다만 청묘(淸廟)의 비파소리에 서글피 다시 문왕을 보는 것[114] 같을 뿐만이 아니다. 이에 감히 한 통을 베껴 쓰고 그 뒤에 삼가 발문을 써서 잊을 수 없는 심정을 붙인다.

홍무 기원 후 481년 무신년(1848, 헌종14) 정월 4일에, 조선의 초모유신(草茅遺臣)[115] 박규수가 손을 모아 절하고 머리를 조아리며 삼가 쓰다.

(宮室)이 있던 옛터를 지나다 보니, 그곳이 모두 기장 밭이 되었으므로, 주나라가 전복된 것을 민망히 여겨 차마 그곳을 떠나지 못하고 민망한 심정을 노래한 시이다.

114 청묘(淸廟)의……보는 것 : 청묘의 비파소리는 선왕(先王)의 훌륭한 음악을 의미한다. 《예기》 〈악기(樂記)〉에 "청묘의 비파는 붉은 줄에 너른 구멍을 밑바닥에 뚫었으며, 한 사람이 연주를 하면 세 사람이 따라서 감탄하는데, 이는 선왕의 남긴 소리가 있는 것이다.〔淸廟之瑟 朱絃而疏越 壹倡而三歎 有遺音者矣〕"라고 한 데서 유래하였다.

115 초모유신(草茅遺臣) : 교외에 버려진 신하라는 의미로 사대부가 자신을 겸손하게 이르는 말이다. 환재는 1848년(헌종14) 5월 42세의 나이로 증광 문과에 급제해 사간원 정언으로 처음 관직에 나아갔다.

효정황태후의 화상을 다시 보수한 내력을 기록하다[116]

孝定皇太后畫像重繕恭記

연경(燕京) 서직문(西直門) 밖 팔리장(八里莊)에 자수사(慈壽寺)가 있다.[117] 이 절은 만력(萬曆) 연간에 세워졌는데 신종(神宗)황제가 생

116 효정황태후의……기록하다 : 이 글은 1876년 8월에 효정황태후(孝定皇太后, 1545~1614)의 초상화의 유래와 전승과정에 대해 서술한 기문이다. 효정황태후는 명나라 신종(神宗)의 생모로 신종이 황제에 등극한 뒤에, 생모의 모습을 관음보살의 모습으로 그려 자수사(慈壽寺)에 봉안하였다. 환재는 신유년(1861)에 사신을 간 기회에 자수사에 들러 이 초상을 친견하였는데, 보존에 소홀하여 많이 손상된 것에 가슴아파했고, 병인년(1866)에 평안도 관찰사가 되어 백금 50냥을 보내 동문환(董文煥) 등에게 부탁하여 잘 보존되게 조치를 취하였다. 환재는 만력(萬曆) 연간의 태평 시대가 실제로는 효정황태후가 신종을 잘 계도한 데서 말미암았음을 특기하여 평소 간직한 강렬한 존명의식을 숨기지 않았다.

효정황태후는 명나라 12대 황제 융경제(隆慶帝, 재위 1567~1572)의 귀비(貴妃)로, 성은 이씨(李氏)이고, 동안(東安) 사람이다. 신종이 등극한 후에 자성 선문 명숙 황태후(慈聖宣文明肅皇太后)라는 존호를 올렸고, 자수사를 건립하여 장수를 기원했다. 일찍이 겸근지가(謙謹持家)라는 네 글자로 집안을 단속하였다고 한다.

117 연경(燕京)……있다 : 서직문(西直門)은 북경 내성(內城) 서쪽에 있는 대문의 이름이다. 팔리장(八里莊)은 8리쯤 떨어진 촌락이란 뜻으로 여러 곳이 있는데, 여기서는 북경시 해전구(海澱區)에 있는 서팔리장을 가리킨다. 자수사(慈壽寺)는 만력 4년(1576)에 지어 만력 6년(1578년)에 완성하였고, 건륭(乾隆) 22년(1757)에 중수하였다. 절은 광서(光緖) 연간에 없어졌으며, 현재 북경시(北京市) 해전구(海澱區) 팔리장(八里莊)에 위치한 영롱공원(玲瓏公園)에 자수사탑(慈壽寺塔)이 남아 있는데, 원래 명칭은 영안만수탑(永安萬壽塔)이다. 자수사 관련 작품으로 장거정(張居正)의 〈칙건자수사비문(勅建慈壽寺碑文)〉(《張太嶽先生文集》 권12), 법식선(法式善)의 〈중장자수사명효정이태후상기(重裝慈壽寺明孝定李太后像記)〉(《存素堂文集》 권4) 등이 있다.

모 효정태후(孝定太后)의 장수를 빌기 위해 건립하였다. 신종은 어린 나이에 제위에 올랐는데, 천하가 풍요롭고 변경이 안정되어 만력 연간의 처음 정치가 가장 태평했다고 일컬어진다. 이는 태후가 안으로는 가르침에 힘쓰고 밖으로는 재상에게 맡김으로써 이루어진 것이니, '사직을 보존한 공이 있다〔功存社稷〕'는 것은 지나친 칭송이 아니다.

태후는 본래 불가의 말을 좋아하였는데, 일찍이 구련보살(九蓮菩薩)이 경문(經文)을 전수해주는 꿈을 꾸었고, 그 뒤에 자녕신궁(慈寧新宮)[118]의 구리사발에서 홀연히 연꽃이 피어나는 이적(異蹟)이 있었다. 신종이 각신(閣臣) 신시행(申時行)·허국(許國)·왕석작(王錫爵) 등에게 명하여 부(賦)를 지어 그 상서로움을 기록하게 하였다.[119] 그리하여 궁중에서는 드디어 '구련보살'로 태후를 칭하게 되었으니, 이는 태후를 보살의 후신(後身)이라 여긴 것이다. 나중에 태후의 생일에 신종이

118 자녕신궁(慈寧新宮) : 자녕궁(慈寧宮)을 말한다. 가정(嘉靖) 15년(1536)에 세워져 전대(前代) 황귀비(皇貴妃)의 처소로 사용되었으며, 청나라 순치(順治) 10년(1653)에 효장문황후비(孝莊文皇後妃)가 이곳에 살면서부터 태황태후(太皇太后)와 황태후(皇太后)의 처소가 되었다.

119 각신(閣臣)……하였다 : 이때 각신들이 지은 작품이 〈서련부(瑞蓮賦)〉이다. 신시행의 《사한당집(賜閑堂集)》 권1에 〈서련부(瑞蓮賦)〉, 〈후서련부(後瑞蓮賦)〉가 전하며, 이와 관련된 작품으로 허국의 《허문목공집(許文穆公集)》 권6에 〈자녕궁산서련응제(慈寧宮産瑞蓮應制)〉, 〈서련가(瑞蓮歌)〉가 있다.

신시행(申時行, 1535~1614)의 자는 여묵(汝默), 호는 요천(瑤泉), 강소(江蘇) 장주(長洲) 사람이다. 시호는 문정(文定)이며, 문집으로 《사한당집(賜閑堂集)》이 있다.

허국(許國, 1527~1596)의 자는 유정(維楨)이며, 안휘(安徽) 흡현(歙縣) 사람이다. 시호는 문목(文穆)이며, 문집으로 《허문목공집(許文穆公集)》이 있다.

왕석작(王錫爵, 1534~1610)의 자는 원어(元馭), 호는 형석(荊石)이다. 시호는 문숙(文肅)이며, 문집으로 《왕문숙공문집(王文肅公文集)》이 있다.

오도자(吳道子)가 그린 관음보살(觀音菩薩)을 꺼내어 태후의 진용(眞容 초상)을 불상처럼 그려 자수사에 봉안토록 하였다. 명나라가 이미 망하자 절도 따라서 황폐해졌으나 이 유상(遺像)은 아직도 남아있다고 한다.

지난 신유년(1861)에 내가 사명(使命)을 받들고 갔을 때, 자수사에 가서 배알할 수 있었다. 비록 잡목과 기와조각이 널부러져 보이는 것이라곤 온통 수심스러운 것들뿐이었지만, 당시 절의 웅장하고 화려했던 규모를 오히려 상상해볼 수 있었다. 태후의 화상(畫像)은 바로 북전(北殿)에 모셔져 있는데, 의복이며 구슬 장식이 완연히 관음불상과 같았다. 북전의 백 보 앞에는 13층탑이 하늘을 찌를 듯 우뚝 서 있고, 탑의 좌우에는 두 개의 비정(碑亭)이 있었다. 동쪽 비석에는 북전의 화상과 똑같은 모양으로 태후의 상이 새겨져 있으며, 서쪽 비석에 새겨진 것은 관음변상(觀音變相)의 종류로 손에 어람(魚籃)을 들고 가는 모습이었다.[120] 신종황제가 어찬(御贊)을 지으니, 다음과 같다.

우리 성모께서	惟我聖母
인자함이 하늘을 감동시키니	慈仁格天

120 관음변상(觀音變相)의……모습이었다 : 관음변상이란 관음보살의 생애를 표현한 그림으로 추정된다. 어람(魚籃)을 들고 가는 모습은 어람관음(魚籃觀音)을 가리킨다. 어람관음은 33관음 중의 하나로, 그 모습은 손에 고기망태를 들거나, 혹은 큰 물고기를 타고 가는 모습이다. 본래 당나라 민간신앙에서 기원해서 현재까지 일본 등지에서 성행하고 있다. 변상이란 경전의 기록이나 부처의 생애 등을 회화로 표현하여 포교에 도움을 주는 그림이다. 화엄변상도, 정토변상도 등 주제에 따라 여러 가지 형식이 있다.

경사스러운 징조에 감응하여	感斯嘉兆
대궐에서 상서로운 연꽃이 피어났네	闕産瑞蓮
대사의 형상으로 수식하여	加大士像
돌에 새겨 널리 전하니	勒石流傳
나라를 존속시키고 백성들 복되게 하여	延國福民
하늘과 땅처럼 함께 견고해졌도다	霄壤同堅

대명 만력 정해년(1587)에 만들다. 大明萬曆丁亥年造

'대사의 형상으로 수식하여〔加大士像〕'[121]라는 구절을 고찰해보니, 서쪽 비석에 새긴 것 또한 태후의 모습을 부처의 모습처럼 그린 것이었다. 북전의 화상은 먼지가 쌓이고 그을음에 찌들어 오색(五色)이 시커멓게 변하였다. 그림 아래의 기록을 살펴보니, 전해오는 도중에 뜻있는 자들이 다시 장정한 것도 여러 차례였는데, 지금은 다시 바랜 지 오래되어 두루 둘러보며 탄식하였고, 여행 중이라 비용이 부족하여 나의 간절한 정성을 바칠 수 없음이 안타까울 뿐이었다.

병인년(1866)에 이르러 평안도 관찰사가 되어 백금 50냥을 멀리 심

121 대사의 형상으로 수식하여 : 대사(大士)는 보살에 대한 통칭으로, 오도자가 그린 관음상을 모방하여 태후의 상을 그린 것을 말한다. 법식선(法式善)의 《존소당문집(存素堂文集)》 권4 〈자수사의 명나라 효정 이 태후의 상을 다시 장정한 데 대한 기문〔重裝慈壽寺明孝定李太后像記〕〉에 "천추절에 신종이 궁중에 소장된 오도자가 그린 관음상을 꺼내서, 그것을 모방하여 태후의 상을 그리니, 찬문에서 이른바 대사의 상으로 수식하였다는 말이 그것이다.〔千秋節 神宗出庫藏吳道子所畫觀音 仿而爲之像 贊所云加大士像是也〕"라고 하였다.

병성(沈秉成)[122]·왕헌(王軒)[123]·황운혹(黃雲鵠)[124]·동문환(董文煥)[125] 등의 벗들에게 부쳐 다시 장정해줄 것을 부탁하였고, 또 비석의 화상을 탁본하여 걸어두고 북전의 화상은 상자에 넣어 오래 보존될 수 있도록 해달라고 부탁하였다. 여러 벗들은 동군(董君 동문환)을 추천하여 그 일을 맡겼는데, 이듬해 동군이 편지를 보내어 모두 부탁한

122 심병성(沈秉成) : 1823~1895. 원명은 병휘(秉輝), 자는 중복(仲複), 자호(自號)는 우원주인(耦園主人)이며, 절강성 귀안(歸安) 사람이다. 함풍 6년(1856) 진사에 급제한 후 안휘 순무(安徽巡撫)·양강 총독(兩江總督) 등을 지냈다. 시문과 서법에 능하였고, 금석서화를 애호하여 고기(古器)와 고서(古書)를 소장하였으며, 만년에는 경고서원(經古 書院)을 창설하여 고증학풍의 진작에 힘썼다. 저서로《잠상집요(蠶桑輯要)》가 있다.

123 왕헌(王軒) : 1823~1887. 자는 하거(霞擧), 호는 청전(靑田)·고재(顧齋)이며, 산서성 홍동(洪洞) 사람이다. 동치 원년(1862) 진사에 급제한 후 형부주사(刑部主事)를 지냈으며, 굉운 서원(宏運書院)·진양 서원(晉陽書院)·영덕 서원(令德書院)의 주강(主講)을 지냈다. 경술에 조예가 깊고 시문이 뛰어났으며, 고증학에 힘써 특히 문자학과 산학(算學)에 밝았다. 저서로《누경려시집(耨經廬詩集)》,《고재유집(顧齋遺集)》등이 있다.

124 황운혹(黃雲鵠) : 1818~1897. 자는 상운(緗芸)·상운(翔雲)·상인(祥人)이고, 호는 양운(驤雲)이며, 호북 기주(蘄州) 사람이다. 함풍 3년(1853) 진사에 급제한 후 병부낭중(兵部郎中)·아주지부(雅州知府) 등을 거쳐 사천 안찰사(四川按察使)를 지냈다. 후에 종산 서원(鍾山書院)·강한 서원(江漢書院)에서 주강을 지냈다. 시문에 능하였고 거문고를 잘 탔으며 난과 대나무를 잘 그렸다. 저서로《실기문재시초(實其文齋詩鈔)》가 있다.

125 동문환(董文煥) : 1833~1877. 방명(榜名)은 '文渙'이며, '文煥'은 초명이다. 자는 요장(堯章)·세장(世章)이고, 호는 연초(硯樵)·연추(硯秋)이며, 산서성 홍동(洪洞) 사람이다. 함풍 6년(1856) 진사에 급제하여 한림 검토 등을 거쳐 외직으로 감숙성의 감량병비도(甘涼兵備道)·공진계병비도(鞏秦階兵備道)를 지냈다. 저서로《연초산방시집(硯樵山房詩集)》,《연초산방문존(硯樵山房文存)》등이 있다.

바와 같이 실행했음을 알려왔고, 두 비석의 탁본과 비석 뒷면에 새겨진 신시행 등의 〈서련부(瑞蓮賦)〉 한 본을 부쳐왔다. 또 이듬해 동군이 멀리 양주(凉州)로 부임하게 되었을 때에 전에 부쳤던 비본(碑本)이 혹시 전달되지 못했을까 염려하여 다시 세 본을 부쳐왔다. 이에 나는 함께 표구하여 모두 여섯 정(幀)을 만들었다. 아! 동군이 멀리 있는 벗의 부탁을 저버리지 않았으니, 그 기개와 의리의 정중함이 나로 하여금 감격하여 잊을 수 없게 한다.

살펴보건대, 태산(泰山)의 기슭에 송(宋)나라 때의 천서관(天書觀)[126]이 있었는데, 나중에 폐지되어 벽하원군(碧霞元君)[127]의 궁이 되었다. 만력 연간에 별도로 전각 한 채를 지어 구련보살을 봉안하였고, 숭정 연간에는 또 전각 한 채를 세워 생모인 효순유태후(孝純劉太后)[128]를 봉안하고, 지상보살(智上菩薩)이라 불렀으며 그 궁을 '성자천경궁(聖慈天慶宮)'이라 이름하였다. 궁은 숭정 17년(1644) 3월에 완성되었는데 도성이 함락된 것[129]이 바로 이 달이었다.

126 천서관(天書觀) : 송나라 대중상부(大中祥符) 연간(1008~1016)에 지어진 도관으로, 송 진종(宋眞宗) 때 하늘에서 글이 내려와 이것을 기념하여 지은 건물인데, 실제로는 간신 왕흠약(王欽若) 등이 꾸민 일이었다고 한다. 《宋史 卷8 眞宗本紀》

127 벽하원군(碧霞元君) : 태산의 여신 또는 태산신의 딸이라고도 하고, 황제(黃帝)가 보낸 옥녀(玉女)라고도 한다. 도교 신앙과 결부되어 생겨난 것으로, 중국 동북부 산악지방에서 민간신앙의 대상이 되었다.

128 효순유태후(孝純劉太后) : 명나라 태창제(泰昌帝) 광종(光宗)의 숙녀(淑女)이며, 숭정제의 생모이다. 만력 38년(1610) 숭정제를 낳았고, 숭정제가 신왕(信王)에 봉해지자 현비(賢妃)가 되었으며, 숭정제가 즉위한 뒤 '효순공의숙목장정비천육성황태후(孝純恭懿淑穆庄靜毘天毓聖皇太后)'라는 시호가 내려졌다.

129 도성이 함락된 것 : 이자성(李自成)이 북경(北京)을 점령하고 명나라를 멸망시

정림 고씨(亭林顧氏)가 글을 지어 이를 기록하여[130] 다음과 같이 말하였다.

삼가 생각건대, 경전의 말에 '종묘를 만들어 귀신에 제향을 올린다.〔爲之宗廟 以鬼享之〕'[131]라고 하였고, 또 '천자의 아비가 되었으니, 더 없는 존귀함이다.〔爲天子父 尊之至也〕'[132]라고 하였으며, 공자께

킨 일을 말한다. 이자성은 1644년 1월 서안(西安)을 함락시킨 뒤 국호를 '대순(大順)'으로 하고 황제로 즉위하였다. 이후 북경으로 진격하여 3월 19일 숭정제가 자살하고 북경이 함락되었다.

130 정림 고씨(亭林顧氏)가……기록하여 : 고염무(顧炎武)의 〈성자천경궁기(聖慈天慶宮記)〉를 가리킨다. 원문은 다음과 같다. "泰山之西南麓有宋天書觀 大中祥符年間建 後廢爲碧霞元君之宮 前一殿奉元君 萬歷中 尊孝定皇太后 爲九蓮菩薩 構一殿於元君之後奉之 崇禎中 尊孝純皇太后 爲智上菩薩 復構一殿於後奉之 乃更名曰聖慈天慶宮 而按察使左佩玹爲之碑 宮成於十七年之三月 神京淪喪 卽此月也 竊惟經傳之言曰 爲之宗廟 以鬼享之 又曰 爲天子父 尊之至也 孔子論政必也正名 昔自明太祖皇帝之有天下也 命嶽瀆神祇竝革前代之封 正其稱號 而及其末世 至以天子之母 太后之尊 若不足重 而必假西域胡神之號以爲崇 豈非所謂國將亡而聽於神者耶 然自國破以後 宗廟山陵之所在 樵夫牧豎且或過而慢焉 而此理殿獨以託於泰山之麓 元君之宮 焚香上謁者無敢不合掌跪拜 使正名之曰皇太后 固未必其能使天下之人虔恭敬畏之若此 是固大聖人之神道設敎 使民由之而不知者乎 其與宋之托天書以夸契丹者 相去遠矣 以其事爲國史之所不及載 故序而論之 俾後之人有以覽焉"《亭林文集 卷5》

131 종묘를……올린다 : 《효경(孝經)》〈상친장(喪親章)〉 제18에 보이는 내용으로, 여기서는 황제가 어머니를 존모하는 마음을 표현한 것이다.

132 천자의……존귀함이다 : 《맹자》〈만장 상(萬章上)〉에 함구몽(咸丘蒙)이 순(舜) 임금이 아비인 고수(瞽瞍)를 신하로 삼지 않은 이유를 묻자, 맹자가 "효자의 지극함은 어버이를 높임보다 더 큰 것이 없고, 어버이를 높임의 지극함은 천하로써 봉양함보다 더 큰 것이 없으니, 천자의 아비가 되었으니 높임이 지극하고, 천하로 봉양하였으니 봉양이 지극한 것이다.〔孝子之至 莫大乎尊親 尊親之至 莫大乎以天下養 爲天子父 尊之

서 정사를 논함에 '반드시 명칭을 바로 잡아야 한다.〔正名〕'[133]라고 하였다. 옛날 명나라 태조황제(太祖皇帝 주원장(朱元璋))가 천하를 소유했을 때, 오악(五嶽)과 사독(四瀆)의 신령(神靈)[134]에 대하여 전대의 봉호를 모두 바꾸도록 명하여 그 칭호를 바로잡았다. 그러나 말세가 되어 천자의 모후이신 태후의 존귀함으로는 존숭하기에 부족하다고 여겨, 굳이 서역(西域) 호신(胡神 부처나 보살을 뜻함)의 칭호를 빌어 존숭하였으니, 어찌 이른바 '나라가 장차 망하려면 신(神)의 말을 따른다.〔國將亡而聽於神〕'[135]는 것이 아니겠는가. 그런데 명나라가 망한 이후로, 종묘와 왕릉이 있던 곳은 나무꾼과 목동이 간혹 지나치며 함부로 대하기도 했지만, 이 두 전각만은 태산 기슭 벽하원군의 궁에 의탁하였기에 분향하고 예를 올리는 자들이 감히 합장하고 꿇어앉아 절하지 않는 이가 없었다. 가령 명칭을 바로잡는다하여

至也 以天下養 養之至也〕"라고 하였다.

133 공자께서……한다 : 《논어》 〈자로(子路)〉에, 자로가 공자에게 정사를 할 때 무엇을 우선으로 할 것인지 묻자, 공자께서 "반드시 명칭을 바로잡아야 한다.〔必也正名乎〕"라고 대답한 구절이 있다.

134 오악(五嶽)과 사독(四瀆)의 신령(神靈) : 원문은 '악독신기(嶽瀆神祇)'인데, 악독은 오악인 동악 태산(東嶽泰山), 남악 형산(南嶽衡山), 서악 화산(西嶽華山), 북악 항산(北嶽恒山), 중악 숭산(中嶽嵩山)을 말하고, 사독은 장강(長江), 황하(黃河), 회하(淮河), 제수(濟水)를 말한다. '신기'는 하늘의 신과 땅의 신을 말한다.

135 나라가……따른다 : 《춘추좌씨전》 장공(莊公) 32년 조에 괵공(虢公)이 학정을 일삼으면서 신에게 제사지내 땅을 더해줄 것을 빌자, 태사(太史) 은(嚚)이 "괵은 반드시 망할 것이다. 내가 듣기로 나라가 흥하려 할 때는 임금이 백성의 말을 따르고, 망하려 할 때는 신의 말을 따른다고 한다.〔虢其亡乎 吾聞之 國將興 聽於民 將亡 聽於神〕"라고 하였다.

'황태후'라고 하였다면, 진실로 반드시 천하 사람들로 하여금 이처럼 정성을 다하여 경외하게 할 수는 없었을 것이다. 이는 참으로 대성인(大聖人 신종(神宗))이 신묘한 도리로 교화를 베풀어[136] 백성들을 이에 따르게 하면서도 이유를 알지 못하게 한 것이 아니겠는가.

아! 정림의 말이 저와 같이 정대(正大)하니 이 글의 말단에 이르러서 어찌 구구하게 말을 덧붙이겠는가. 이 또한 명나라 유민(遺民)의 침통하고 서글픈 마음으로, 오직 모후의 상이 그대로 예전처럼 남아있음을 다행으로 여긴 것이다. 내가 스스로 생각해보면, 나 역시 좌해(左海)의 후인(後人)으로 상전벽해의 옛 궁궐터에서 남겨진 유상을 보고서 방황하고 배회하며 차마 떠날 수 없었으니, 어찌 일개 유생의 식견으로 감히 자질구레한 의론을 펴겠는가.

〈임지상(臨池像)〉 1정(幀), 〈어람행상(魚藍行像)〉 1정, 〈서련부〉 1정을 화양동(華陽洞) 환장암(煥章菴)[137]에 봉장(奉藏)하였다. 병자년(1876) 8월에 삼가 쓰다.

136 대성인(大聖人)이……베풀어 : 원문의 '신도설교(神道設敎)'는 본래 자연에 순응하여 만물을 교화시키는 것을 이르는 말이었으나, 후대에는 귀신의 도에 가탁하여 백성들을 다스리는 것을 가리키는 말로도 쓰였다. 《주역》〈관괘(觀卦)〉 단전(彖傳)에 "성인이 하늘의 신묘한 도리로 가르침을 베푸니, 천하가 복종하였다.〔聖人以神道設敎而天下服矣〕"라고 하였다.

137 화양동(華陽洞) 환장암(煥章菴) : 충청북도 속리산 화양계곡에 있던 암자 이름인데, 1907년 경에 일본군에 의해 소실되었고, 그 자리에 채운암(彩雲菴)이란 사찰이 들어서 있다.

나머지 3정은 을해년(1875) 가을 금강산(金剛山) 신계사(神溪寺)[138]
에 봉장하였다.

138 금강산(金剛山) 신계사(神溪寺) : 강원도 금강산의 외금강(外金江)에 있는 사찰로 유점사(楡岾寺)의 말사(末寺)이다.

안노원이 손수 모사한 〈신주전도〉에 대한 발문[139]

安魯源手摹神州全圖跋

안노원(安魯源)[140]이 윤연재(尹淵齋)[141]가 소장한 중국 15성(省) 지도를 얻어 한 부를 모사하고, 또 성경(盛京 심양)의 지도 한 폭을 더 모사하여 첨부했는데, 이 지도의 정밀함과 섬세함은 《일통지(一統志)》[142]나 《회전(會典)》[143] 등 여러 책과 견주더라도 더욱 뛰어나다. 원본을 누가 제작한 것이며, 어느 책에 의거하여 만든 것인지는 알 수 없다.

139 안노원이……발문 : 이 글은 1853년(철종4)에 문인 안기수(安基洙)가 모사한 중국지도에 부친 발문이다. 환재는 안기수가 그린 중국지도가 매우 정밀하고 섬세하여 일통지에 비하더라도 손색이 없음을 높이 평가하고, 지도 원본이 어느 시대에 만들어진 것인지에 대해 명칭의 변천을 규명하여 강희 20년 이전에 제작된 것임을 논증하였다.

140 안노원(安魯源) : 안기수(安基洙, 1817 ~ ?)를 가리키며, 노원은 그의 자(字)이다. 본관은 순흥(順興), 출생지는 평안남도 용강(龍岡)이다. 1855년 생원 식년시(式年試)에 합격했으며, 1849년(헌종15) 환재가 용강 현령으로 부임한 것을 계기로 그의 문객이 되었다. 1868년 미 군함 셰난도어호가 내도했을 때, 대동강으로 진입하지 말라는 환재의 서신을 미국 측에 전달한 바 있으며, 신분을 숨기고 정탐활동을 하기도 했다. 지도 제작에 뛰어나, 환재를 도와 조선의 지도인 〈동여도(東輿圖)〉를 제작하기도 했으며, 중국 지도인 〈신주전도(神州全圖)〉를 제작하기도 했다.

141 윤연재(尹淵齋) : 윤종의(尹宗儀, 1805～1886)를 가리킨다. 본관은 파평, 자는 사연(士淵), 호는 연재, 시호는 효정(孝貞)이다.

142 일통지(一統志) : 중국의 전국을 건치연혁・향진(鄕鎭)・산천・토산・풍속・경승・고적・인물・선석(仙釋) 등의 항목으로 나누어 기록한 종합지리서를 가리킨다. 《대일통지(大一統志)》・《대원일통지(大元一統志)》・《대명일통지(大明一統志)》・《청일통지(淸一統志)》 등이 대표적이다.

143 회전(會典) : 중국 명・청 시대에 각 관서의 조직과 제도를 규정한 책을 가리킨다.

강남성(江南省)은 명대(明代)에 남직예(南直隸)[144]가 되었다가 강희제(康熙帝) 때에 강소성(江蘇省)과 안휘성(安徽省)으로 나뉘었다. 호광(湖廣)[145] 지역이 호북(湖北)·호남(湖南)으로 나뉜 것과 섬우(陝右) 지역이 감숙성(甘肅省)으로 나뉜 것은 모두 강희제 20년 이후의 일이었다. 이 지도는 성(省)을 나누기 전에 만든 것이어서 모두 합쳐 있고 나뉘지 않았다. 남직예라 하지 않고 강남이라고 한 것으로 보면, 명대 사람이 만든 것이 아니라는 사실도 알 수 있다. 그렇다면 이 지도가 만들어진 것은 아마도 청나라 초기 강희제 이전일 것이다.

안노원은 서울에 유학(游學)하며 실사(實事)에 몰두하였다. 이처럼 정밀하고 공교롭게 모사한 것은 여기에 벽(癖)이 있어서 피곤한 줄 모르고 즐기는 자가 아니면 할 수 없다. 이제 그는 이 지도를 가지고 돌아가 벗들에게 자랑할 것이다. 옛날 서하객(徐霞客)[146]은 만 리 밖을 널리 유람하여 곤륜산(崑崙山)을 구경하고 황하(黃河)의 근원을 건너

144 남직예(南直隸) : 현대의 직할시에 해당하는 명칭으로 명나라 영락제(永樂帝) 성조(成祖)가 수도를 북경(北京)으로 옮기고서 하북성 지방을 북직예(北直隸), 안휘성(安徽省)과 강소성(江蘇省) 일대를 남직예로 고쳤다. 그 후 청나라 때 남직예를 강소성과 안휘성으로 분리함에 따라, '직예(直隸)'라는 말은 하북성(河北省)만을 일컫는 말이 되었다.

145 호광(湖廣) : 원나라 때까지는 호북(湖北)과 호남(湖南)의 양호(兩湖), 광동(廣東)과 광서(廣西)의 양광(兩廣)을 합칭하는 말이었으나, 명나라 이후로는 호북과 호남만을 가리키는 명칭이 되었다.

146 서하객(徐霞客) : 1586~1641. 명(明)나라 말기의 지리학자로, 이름은 홍조(洪祖)이다. 19세에 부친을 잃은 후 중국 각지를 돌아다녔으며, 51세 때 절강·강서·호남·광서·귀주·운남에 이르는 지방을 4년여에 걸쳐 답사하였다. 저서로는 여행을 하는 동안의 일기를 모은 《서하객유기(徐霞客游記)》 10권이 있다.

드디어 서역에까지 이르러 두환(杜環)의 옛 자취를 뒤따랐지만, 그가 지도를 그려 세상에 전하였는지는 모르겠다. 안노원이 사는 곳은 용강(龍岡)[147]의 서해 바닷가이므로 그 발자취가 우리나라 밖으로 미칠 수 없었으니, 서하객의 유람과 견주어 말할 수 있겠는가! 이 사람은 이 지도를 꺼내 펼쳐놓고서 스스로 기뻐하고 스스로 대견하게 여기리라.

계축년(1853) 11월 환경(瓛卿)이 쓰다.

147 용강(龍岡) : 용강현은 황해도 삼화현(三和縣)과 인접한 평안도의 한 속현으로 삼면이 바다에 접하고 높은 산들이 에워싸 토지가 척박하고 가난한 고장이다. 환재는 사간원 정언을 거쳐 이듬해인 1849년(헌종15)에 용강 현령에 임명되었다.

대구 민충사 중건기[148]

大邱愍忠祠重建記

철종 5년(1854) 겨울 11월 계사일(28일)에 영남 암행어사 박규수가 돌아와 다음과 같이 주달하였다.

경상도의 고(故) 관찰사 황선(黃璿)[149]은 영묘(英廟) 무신년의 변

148 대구 민충사 중건기 : 대구 민충사(愍忠祠)의 건립과 훼철, 중건과정을 1857년(철종8)에 정리한 글이다. 환재는 경상도 관찰사로 있으면서 그곳의 관찰사를 역임했던 황선(黃璿)이 이인좌의 난에 큰 공적을 세우고도 조정의 공식적인 포상을 받지 못함을 알고, 민충사를 복구하고 사액(賜額)할 것을 조정에 주달하였다. 이후 관찰사로 부임한 신석우(申錫愚)가 백성들의 청원에 따라 민충사를 건립하게 되자, 환재는 이 중건기를 지어 황선 및 절도사 원필규(元弼揆)와 군관 이무실(李茂實)의 공적을 예찬하였다.
민충사의 위치는 정확하지 않으나, 여러 기록을 종합하면 대략 경상 감영 근처 연구산(連龜山) 아래에 있었던 것으로 추정해 볼 수 있다. 《승정원일기》 영조 17년(1741) 3월 5일 조에는 경상 감사 정익하(鄭益河, 1688~?)가 상소를 올려 경상도에 있는 이술원(李述原), 휴정(休靜), 이순신(李舜臣), 김천일(金千鎰), 송상현(宋象賢), 곽재우(郭再祐)를 모신 각지의 사당과 대구 부성 남쪽에 있는 민충사의 보수관리를 위해 각각 10결을 지급하여 면세의 혜택을 달라는 기록이 있는데, 민충사가 건립된 과정과 황선의 행적이 자세하다. 민충사와 황선에 관한 또 하나의 사료로는 평영남비(平嶺南碑)를 들 수 있다. 1780년(정조4) 경상 감영 남문 앞에 세워졌으며, 대사헌 이의철(李宜哲)이 짓고, 이조 판서 황경원(黃景源)이 글씨를 썼다. 황선의 공적을 주로 하여 말미에 민충사의 건립과 훼철, 비석 건립 등에 관한 내용이 담겨 있다. 현재는 행방이 묘연하고 일제 시대 조선총독부에서 간행한 《조선금석총람》에 비문이 실려 있다. 아울러 1857년에 심암(心菴) 조두순(趙斗淳, 1796~1870)이 지은 상량문이 《심암유고》 권30에 실려 있는데, 중건할 때의 상량문으로 보인다.

149 황선(黃璿, 1682~1728) : 본관은 장수(長水), 자는 성재(聖在), 호는 노정(鷺

고[150] 때, 왕실을 위해 힘을 다해 반란군을 진압하였는데, 옥사(獄事)를 다 해결하기 전에 재임 중에 갑자기 죽고 말았으니, 그 일에는 미심쩍은 점이 있습니다. 영남의 백성과 선비들이 그의 공적을 칭송하고 죽음을 슬퍼하여 대구(大邱) 부성(府城) 남쪽 구산(龜山)[151] 아래에 사당을 세웠습니다. 그런데 사원(祠院)의 사사로운 제향(祭

汀), 시호는 충렬(忠烈)이다. 숙종 36년(1710) 진사가 되고, 같은 해에 증광 문과에 급제하여 세자시강원 설서를 지낸 뒤 숙종 45년(1719) 통신 부사(通信副使)로 일본에 갔다가 이듬해 돌아와 가자(加資)되었다. 경종 2년(1722) 신임사화(辛壬士禍)로 무장(茂長)에 유배되었는데, 영조 1년(1725)에 석방되어 예조 참판·대사성을 역임하였다. 영조 4년(1728) 이인좌(李麟座)의 난에 경상도 관찰사로서 정희량(鄭希亮)의 군사와 대치하여 이를 진압하다 죽었는데 그의 죽음이 뜻밖이어서 독살된 것으로 추측된다.

150 무신년의 변고 : 이인좌의 난을 가리킨다. 소론은 경종 연간에 왕위 계승을 둘러싼 노론과의 대립에서 일단 승리하였으나, 경종이 죽고 노론이 지지한 영조가 즉위하자 위협을 느끼게 되었다. 이에 박필현(朴弼顯) 등 소론의 과격파들은 영조가 숙종의 아들이 아니며 경종의 죽음에 관계되었다고 주장하면서 영조와 노론을 제거하고 밀풍군 탄(密豊君 坦)을 왕으로 추대하고자 하였으며, 여기에는 남인들도 일부 가담하였다. 이인좌는 1728년(영조4) 3월 15일 청주성을 함락하고 경종의 원수를 갚는다는 점을 널리 선전하면서 서울로 북상하였으나 24일에 안성과 죽산에서 관군에 의해 격파되었고, 청주성에 남은 세력도 상당성에서 박민웅(朴敏雄) 등의 창의군에 의해 무너졌다. 영남에서는 정희량이 거병하여 안음·거창·합천·함양을 점령하였으나 경상도관찰사가 지휘하는 관군에 의해 토벌 당했다. 호남에서는 거병 전에 박필현 등의 가담자들이 체포되어 처형당했다.

151 구산(龜山) : 일명 연구산(連龜山)이라고도 한다. 《신증동국여지승람(新增東國輿地勝覽)》 26권 대구도호부(大邱都護府)에 대한 기사에 "대구부성(大邱府城) 남쪽 3리에 있는데, 진산(鎭山)이다. 세상에서 전하기를, '읍을 창설할 때 돌거북을 만들어 산등성이에 남으로 머리를 두고 북으로 꼬리를 두게 묻어서 지맥(地脈)을 통하게 한 까닭에 연구라고 일컬었다.'고 한다."고 기술되어 있다. 대구 출신의 문인 서거정(徐居正)이 대구10경의 하나로 꼽기도 하였다.

享)을 금지한다는 교령이 내려질 때,[152] 다른 사원들과 함께 훼철되었고, 공적을 기록한 짧은 비석만이 남아 잡초덩굴 사이에 묻혀있습니다.

생각건대, 태평시절이 오래되어 백성들이 병란을 알지 못하던 터에 갑자기 미쳐 날뛰는 도적떼가 충청도와 경상도에서 번갈아 일어나 백성을 선동하여 그르치니,[153] 군졸과 백성들은 누구를 따라야할 지 혼란스러워했고, 대단한 기세로 들이닥치자 주군(州郡)은 곧 무너질 형세였습니다.

황선은 경상도 관찰사가 되어 모든 군사를 지휘하면서 사태의 추이에 따라 적절히 대처하여 번번이 실책이 없어, 안팎으로 연결된 적들이 끝내 조령(鳥嶺)을 한 발짝도 넘지 못하도록 하였으며, 한 달 사이에 흉악한 무리들이 목을 내놓고 말았습니다.[154] 사직을 보존한

152 사원(祠院)의……때 : 《영조실록》 영조 17년 4월 8일에 이에 관한 기사가 실려 있다. 영조는 "무릇 법령이 해이해지는 것은 오로지 흔들리고 어지럽히는 데 연유한다. 갑오년에 정식(定式)한 뒤에 조정에 아뢰지 않고 사사로이 건립한 사원(祠院)과 사사로이 추향하는 경우 대신이나 유현을 논하지 말고 모두 철거하도록 하고, 이미 죽은 도신은 논하지 말되 나머지는 모두 파직할 것이며, 수령은 나처(拿處)하도록 하라. 그리고 수창(首唱)한 유생은 모두 5년을 기한하여 정거(停擧)하게 하라. 이후로 사사로이 건립하거나 추가로 제향하는 경우 도신과 수령은 모두 고신(告身)을 빼앗는 율(律)을 시행하고, 유생은 멀리 귀양보내도록 하라."라고 교령을 내렸다.

153 도적떼가……일어나니 : 이인좌의 난 때 이인좌가 청주성을 함락시킴으로써 변고를 일으켰고, 정희량이 경상도에서 거병하였음을 의미한다.

154 한 달……말았습니다 : 이인좌의 난은 1728년 3월 15일 이인좌가 청주성을 함락

그 공적과 백성을 덮어준 그 은택은, 경상도가 온전히 보존된 것에 그칠 뿐만이 아니었습니다. 그의 공이 막 펴지던 차에 그의 몸이 불행히 죽었으니, 지나간 사적을 회상해 보는 일로도 오히려 슬픔을 자아내는데, 한 채의 사당마저 뒤따라 헐렸습니다. 지금까지 백수십여 년 동안 그 일에 대해 말하는 자가 없어 큰 공적과 위대한 업적이 매몰되어 드러나지 않으니, 진실로 태평성세의 흠결(欠缺)이라고 이를 만합니다.

온 힘을 바쳐 환난을 막아낸 사람을 모두 사전(祀典)[155]에 올리는 것이 선왕의 예입니다. 신이 생각건대, 특별히 명하시어 사우(祠宇)를 세우고 편액(扁額)을 내리신다면, 그의 공적에 보답하고 충근(忠勤)을 장려하는 일이 될 것이고, 나아가 온 고을을 흥기시키고 권면할 수 있을 것입니다. 감히 죽음을 무릅쓰고 아룁니다.

이에 임금께서 그 논의를 유사(有司)에게 내렸으나 아직 시행되기 전에, 이조 참판 신석우(申錫愚) 성여(聖與)[156]가 영남지방에 관찰사로

함으로써 시작되었고 관군이 동년 4월 19일 개선함으로써 막을 내렸다.

155 사전(祀典) : 제사(祭祀)를 지내는 예전(禮典)을 말한다.

156 신석우(申錫愚) 성여(聖與) : 신석우(1805~1865)의 자는 성예(成睿) 혹은 성여(聖與·聖汝·聖如), 호는 해장(海藏)·금천(琴泉)·맹원(孟園), 본관은 평산(平山)이다. 1834년 식년 문과에 급제하여, 용강 현령·이천 부사·경상 감사·예조 판서 등을 지냈다. 철종 때 환재와 함께 조정에서 활약하며 왕의 두터운 신임을 받았으며, 1860년 동지사행을 다녀온 경험을 바탕으로 《입연기(入燕記)》를 저술하였다. 저서로 《해장집》이 있다.

가게 되었다. 임지로 떠나려고 할 즈음에 나에게 말하기를, "그대가 황공(黃公)을 위하여 사우를 건립하자고 청한 것은 적실한 논의였으며, 대신들의 말에도 별다른 이견이 없었는데, 아직 품의하여 명을 받지 못한 것은 유사들이 겨를이 없었기 때문이오. 그런데 이 고을 사람들 중에는 앞서서 사우를 건립하고자 하는 이들이 있으니, 나는 그들의 청을 들어주어 거절하지 않고자 하는데, 그대의 생각은 어떠한가?"라고 하였다.

내가 대답하기를, "이 일은 그 고을 사람들이 공을 사모하는 마음이 어떠한가에 달려있을 뿐이오. 흉포한 적도들이 창궐하여 그 무리가 7만이라 일컬었으니, 저들이 헛된 말로 꾀어 인심을 현혹한 것이 하루아침의 일이 아니었소. 그런데도 온 영남의 백성들이 거기에 이끌려 들어가 올빼미나 승냥이, 도깨비의 소굴에 빠지지 않았던 것은 과연 누구의 힘이겠습니까. 이 고을 사람들이 공을 사모할 줄 아는 마음이 쇠퇴하지 않았다면 조정에서도 필시 그들의 마음을 곡진히 따라야 할 것입니다. 사당의 면모가 갖추어지기를 기다리는 것을 어찌 사사로운 사우(祠宇)라 하여 거절할 수 있겠는가?"라고 하니, 성여는 "알겠소."고 하였다.

1년 남짓 지나 성여가 편지를 보내왔다.

황공의 사우(祠宇)가 준공되었소. 이 고을 사람들이 하는 말을 들으면, 절도사 원필규(元弼揆)[157] 공을 좌측에 배향하고, 군관 이무실

157 원필규(元弼揆) : 1687~1771. 본관은 원주(原州), 자는 군필(君弼)이다. 1712년(숙종38) 무과에 급제하여 이인좌의 난을 토벌하는데 공을 세운 후 1730년(영조6)

(李茂實)[158]을 낭무(廊廡)에 종사(從祀)하기를 바란다고 하오. 예전에 황공이 일본에 사신갈 때에 보좌관을 엄선하여 원공(元公)을 발탁하여 데리고 갔소. 또 무신년 변란에는 원공이 숙위(宿衛)[159]로 있다가 특별히 문경(聞慶) 현감을 제수 받아 조령(鳥嶺)의 요해처를 굳게 지켰고, 곧 좌도(左道) 병마절도사(兵馬節度使)에 배수되어 그날로 황공의 군문으로 달려갔소. 비록 적도들을 진압하는 데 하루도 걸리지 않았으므로 좌도의 병사들을 쓰지는 않았으나, 협심하여 토벌함으로써 방책을 보좌한 공이 많소.

적도들이 청주를 점거했을 때에 황공이 군관 가운데 누가 적을 정탐할 수 있겠느냐고 묻자, 이무실이라는 자가 비분강개하면서 자기가 가겠다고 청하였소. 영남의 적도들이 연이어 일어나자 안음(安陰)

황해 병사를 거쳐 평안 병사, 1746년 포도대장을 역임했다. 1750년 충청 병사 재직 시 장령(掌令) 이수관(李壽觀)의 상소로 파직되었다가 풀려난 뒤, 1752년(영조28) 경기 수사와 좌포도대장을 역임했다.

158 이무실(李茂實) : 자세한 행적은 미상이나, 이무실이 썼다고 하는 정사본(丁巳本) 《천자문(千字文)》의 권말에 "雍正十三年乙卯三月日 月城后人李茂實書"라는 기록으로 보아 이무실은 경주 이씨로 추정된다. 《손희하, 李茂實書 丁巳本千字文 연구, 한국언어문학 51, 2003, 118쪽》 아울러 대구광역시 만촌동 영남제일관문 앞에 있는 영영축성비(嶺營築城碑)에도 1735년(영조11) 경상도 관찰사 겸 대구 도호부사 민응수(閔應洙)가 토성인 대구읍성을 석성(石城)으로 개축하는 과정에 "도청감동 가선 이무실(都廳監董嘉善李茂實)"이라는 기록이 있는 것으로 보아 가선대부 정3품 도청 감동의 임시직함으로 참여했음을 알 수 있다.

159 숙위(宿衛) : 숙직하면서 임금을 호위하는 직위에 통상 숙위라는 단어를 사용한다. 이때는 숙위군의 의미로 사용된 듯하다.

현령이 읍을 버리고 도주하여 백성들은 새나 짐승처럼 흩어졌는데, 황공이 이무실에게 임시 현령의 직함을 주어 가서 진무하게 하였소. 이무실이 방문(榜文)을 내걸어 역순(逆順)의 이치[160]로 타일러 소요를 진정시키고, 안음 고을을 점거하였던 노이호(盧爾瑚)・신선악(申善岳) 등의 적도들을 잡아 죽이자 온 경내가 이에 힘입어 평온해졌소.

대체로 원공은 말위(韎韋 무관)의 지위에 있으면서, 평소 대의(大義)에 밝고 정론(正論)을 지켜 조충익(趙忠翼)・이충숙(李忠肅) 등 여러 공에게 크게 인정을 받았으니,[161] 이 때문에 번번이 다른 정파에

160 역순(逆順)의 이치 : 역순에는 반역과 순종, 정절의 가벼움과 무거움, 경우의 좋고 나쁨, 사리의 당연함과 부당함이라는 뜻이 들어있는데, 이런 이치를 들어 좋은 쪽으로 효유하는 것을 말한다.

161 대의(大義)에……받았으니 : 원필규(元弼揆)가 노론의 정론을 따랐다는 말이다.
조충익(趙忠翼)은 조태채(趙泰采, 1660~1722)를 가리킨다. 본관은 양주(楊州), 자는 유량(幼亮), 호는 이우당(二憂堂), 시호는 충익이다. 노론 대신으로서 영의정 김창집, 판부사 이이명, 좌의정 이건명, 호조 판서 민진원 등과 함께 1721년 연잉군(延礽君 영조)의 세제(世弟) 책봉을 건의, 실현시켰다. 그러나 소론인 우의정 조태구, 좌참찬 최석항 등의 공격을 당해 진도에 유배되었고 다음해 적소에서 사사되었다. 1725년(영조1) 우의정 정호(鄭澔)의 진언으로 신원되었다. 저서로 《이우당집》이 있다.
이충숙(李忠肅)은 이만성(李晩成, 1659~1722)을 가리킨다. 본관은 우봉(牛峰), 자는 사추(士秋), 호는 귀락당(歸樂堂)・행호거사(杏湖居士), 충숙은 그의 시호이다. 노론으로서 1721년(경종1) 병조 판서에 올라 노론 대신들과 함께 연잉군의 세제 책봉을 주청해 실현시켰다. 그러나 소론이 일으킨 신임사화에 연루되어 전라도 부안에 유배되었다가, 다시 서울로 불려 와서 국문을 받다가 64세를 일기로 옥사하였다. 1724년 영조가 즉위하자 복관되었다. 저서로는 《귀락당집》이 있다.

의해 곤란을 당하곤 했소. 그러다가 황공의 지우(知遇)를 입고서 머나먼 바다 이역만리를 오갔고, 부절을 받아 문경의 요해처를 지켰소. 또 황공이 군무를 다스리던 때에는 주도면밀하게 계책을 세워 적도들의 난을 평정하였으니, 그러한 공적은 우연히 이룬 것이 아니었소. 황공을 제사지내는 곳에 함께 배향해야 한다는 말에는 진실로 정밀한 의론이 담겨 있소.

그리고 이무실은 군교(軍校)의 신분으로 충의를 떨쳤으니 그 뜻이 가상하고 그 공적은 기념할 만하며, 황공의 사람을 알아보는 밝은 눈과 인재를 발탁한 공효 또한 민멸되어서는 안 되니, 사우 곁에 종사하는 일 또한 그만 둘 수 없는 일이오. 이곳 사람들이 이 사우를 중건하는 일이 그대로부터 발단된 것이므로 반드시 그대의 글을 얻어 그 실상을 기록하고 싶다고 하니, 그대가 글을 지어 주기 바라오.

나는 그렇게 하겠다고 답하였다.

필부가 무고하게 법망에 걸려 죽어도 오히려 떼로 일어나 억울함을 송사하여 끊임없이 시끄럽게 구는 경우가 있다. 그런데 지금 저 봉강대리(封疆大吏 관찰사)가 난역(亂逆)의 무리를 주벌하고, 거짓을 날조하여 웅거하던 적을 깨부수어, 뿌리를 제거하고 소굴을 뒤엎어 버렸으니, 그 공렬(功烈)이 어떠한가. 큰 공적을 세우자 백성들의 뜻도 이에 안정되었고, 순역(順逆)이 밝혀지고 충사(忠邪)가 분명해져 백성들이 금수나 이적에 빠지지 않게 하였으니 그 은덕이 어떠한가. 반란은 겨우 평정되었으나 큰 근심은 아직 끝나지 않았으므로 반드시 상벌을 분명히 하고 군율을 정비하고자 했는데, 하루 저녁에 급작스레 운명하고 말았다. 사람들의 말에 중독되어 죽었다 하니, 그 일의 비통하고 억울함이 또 어떠한가.

밝으신 성상께서 환히 살피시어 기강이 모두 펼쳐졌으나, 이윽고 한두 번 재조사하고 문서만 갖추고 그쳤는데, 이러한 조정의 조처는 비록 그 옥사를 끝까지 추구하지 않아 불안에 떨던 무리들을 안심시키기 위한 것이었다. 그런데 저 남방의 사람들은 큰 은덕을 입고서도 당시에 모두 아무 말 않고 있었으니, 이것은 유독 괴이하다.

아아! 몸이 부서지도록 충성을 다해 마침내 목숨을 바쳐 순국했건만 존숭하고 보답하는 은전은 적막히 들리지 않고 있다. 이는 담당 관료들이 절차와 규정에 구애된 것이 아니라면 시급하지 않은 일로 여긴 때문이다. 그러므로 황충렬공이 죽은 뒤에 사당에서 제사를 받지 못한 것이 지금 백여 년이 되었다. 비록 암행어사의 말과 사민(士民)들의 청원이 있지만, 만일 또다시 전날처럼 절차와 규정에 구애되고 시급하지 않는 일로 여긴다면, 사당의 면모가 찬란하게 빛나고 배향이 질서 있게 될지는 알 수 없다. 대체로 일이 흥하거나 쇠퇴하고 드러나거나 묻히는 것은 각기 정해진 때가 있고, 또한 반드시 그 적임자를 기다려야 한다는 말이 바로 이를 두고 말한 것이리라. 군자의 은택은 오래될수록 더욱 빛나고, 고을 사람들의 추모도 시간이 지날수록 더욱 커짐을 여기에서 볼 수 있으니, 훗날 조정에서 백성들의 바람을 위안하여 영광스러운 사액(賜額)을 내리는 일[162]은 아마 그 날이 있을 것이다. 우선 이

162 훗날……일 : 민충사 사액에 대한 실질적 조치가 이루어졌는지는 왕조실록이나 승정원일기, 일성록 등 관변기록에 구체적으로 나타나 있지 않다. 다만 《고종실록》 '고종 27년 경인(1890) 11월 7일(계유)'조에 보면 "이교하가 의정부의 말로 아뢰기를,

글을 써서 기다리노라.

숭정후(崇禎後) 네 번째 정사년(丁巳年, 1857) 맹추(孟秋)에 통정대부(通政大夫) 승정원(承政院) 좌부승지(左副承旨) 겸 경연참찬관(經筵參贊官) 춘추관(春秋館) 수찬관(修撰官) 반남(潘南) 박규수(朴珪壽)가 기록하다.

'무신년(戊申年)에 순절(殉節)한 사람과 공로 있는 사람으로서 제사를 지내주거나 추증할 만한 사람들과, 대를 이은 후손으로서 조용(調用)할 만한 사람들을 묘당에서 문적(文籍)을 상고한 뒤에 계품하여 시행하도록 명을 내리셨습니다. 삼가 정조(正祖) 때 표창한 기록에 따라 …(중략)… 고 감사 황선(黃璿), 증(贈) 참판 유승현(柳升鉉), …(중략)… 증 절충장군(折衝將軍) 조중관(趙重觀)에게는 모두 지방관을 보내어 제사를 지내주었습니다."라는 기록이 있다.

고정림 선생이 《일지록》에서 그림을 논한 구절에 대한 발문[163]

錄顧亭林先生日知錄論畫跋

앞의 네 쪽은 정림(亭林) 선생의 《일지록(日知錄)》에 나오는 말이다.[164]

163 고정림……발문 : 1855년에 고염무(顧炎武)의 《일지록(日知錄)》을 읽고서 그림이 지닌 의미에 대해 탐구한 글이다. 환재는 그림이란 문인의 여기(餘技)를 뛰어 넘는 기능이 있어서, 〈직공도(職工圖)〉나 〈청명상하도(淸明上河圖)〉에서 보듯이 문화를 대변하고, 문헌고증의 자료가 되며, 시대의 풍경을 모사하는 기능이 있음을 특기하고, 오직 진경(眞境)과 실사(實事)를 그려 실용(實用)으로 귀결되어야 올바른 '화학(畫學)'이 됨을 주장하여 그림에 대한 반성을 촉구하였다. 아울러 정안복(鄭顔復)의 아들 정내봉(鄭來鳳)이 그림에 벽(癖)이 있음을 알고서 그에게 참된 그림의 세계를 넓혀주고 그의 공부가 원숙해진 후, 그의 솜씨를 빌어 성주(成周)의 〈왕성도(王城圖)〉를 재현하고, 한양의 풍물을 자세히 그려 〈청명상하도〉에 뒤지지 않는 그림을 그리고자 하는 소망을 개진하였다.

고정림(顧亭林)은 고염무(顧炎武, 1613~1682)를 가리키며, 정림은 그의 호이다. 원명은 강(絳)이고, 자는 충청(忠淸)이다. 명나라가 망한 이후에 이름을 염무(炎武)로 자는 영인(寧人)으로 고쳤다. 일찍이 항청운동에 참여를 하였고, 후에는 학술 연구에 힘을 쏟았으며, 만년에는 경학의 고증에 힘을 쏟았다. 저서로는 《일지록》, 《천하군국이병서(天下郡國利病書)》, 《음학오서(音學五書)》 등이 있다.

164 앞의……말이다 : 고염무의 《일지록》 권21에 실린 〈그림〔畫〕〉 조목을 가리킨다. 《일지록》은 고염무의 대표 저술로, 옛날 사적을 상고하다가 터득한 바가 있으면 수시로 기록해 두었다가, 오래 뒤에 종류별로 분류하여 만든 저작이다. 《논어》 〈자장(子張)〉편에 자하(子夏)가 말한 "매일 모르는 것을 알아가고, 달마다 할 수 있는 것을 잊지 않는다면, 배우기를 좋아한다고 이를 만하다.〔日知其所亡 月無忘其所能 可謂好學也已矣〕"라는 구절에서 취하여 제목을 지었다. 내용이 풍부하고 고금에 관통하였다. 현재

그림 또한 예술 중에 한 가지 일이므로 실로 학문(學問)과 큰 관련이 있는데, 지금 사람들이 너무 소홀히 여김은 어째서인가? 참으로 사의(寫意)[165]의 법이 흥성하고 지사(指事)와 상물(象物)[166]의 그림이 없어졌기 때문이다.

후대 사람들의 정밀한 공부가 고인에 미치지 못하고, 또 번거로움을 견디려고 하지 않아, 그저 화폭에 강 한줄기와 돌 하나를 그리면서 절지(折枝)와 몰골(沒骨)[167]의 필법을 써서 대충 선염(渲染)[168]하고는 스스로 간고(簡古)[169]하다 자부하여 더 마음을 기울이지 않는다. 이는 고인일사(高人逸士)들의 한묵(翰墨) 취미로 본다면 일찍이 기뻐하고 보배롭게 여기지 않은 적이 없었다. 그러나 만약 모든 사람들이 이와 같고, 심지어 화원(畫院)에서 대조(待詔)하는 무리[170]들이 마땅히 힘써

전하는 판본은 청대 황여성(黃汝誠)이 정리한 《일지록집석(日知錄集釋)》이 있다.

165 사의(寫意) : 본래 그림에서 정신세계를 표현하는데 중점을 둔 기법을 가리키나, 여기서는 글씨나 문자학(文字學)을 가리키는 말로 사용하였다.

166 지사(指事)와 상물(象物) : 지사는 육서(六書)의 하나로, 상징을 지닌 부호를 가지고 뜻을 전달하는 방식인데, 후대에 그림으로 발전하였다. 상물은 물상을 본뜨는 것으로 그림을 가리킨다.

167 절지(折枝)와 몰골(沒骨) : 절지는 꽃을 그릴 때 오직 한 두개 가지만 그리고 뿌리를 그리지 않는 화법을 가리킨다. 몰골은 먹으로 테두리를 그리지 않고, 바로 채색을 하여 물상을 그려내는 방법이다.

168 선염(渲染) : 수묵이나 엷은 채색으로 그림을 그려 몽롱한 효과를 내는 화법인데, 후대엔 그림을 통칭하는 말로 쓰이기도 하였다.

169 간고(簡古) : 간단하고 소박하면서도 예스럽고 전아함을 말한다.

170 화원(畫院)에서 대조(待詔)하는 무리 : 궁궐에서 명에 따라 회화를 제공하는 직업을 가리키는데, 조선 시대 자비대령화원(差備待令畫員)이 이에 해당한다. 대조는 한대(漢代)에는 본래 문학에 능한 자에게 주던 호칭인데, 당대(唐代)에는 기술 및 기능

야 하고 잘 할 수 있는 것까지 여기에서 그친다면 화학(畫學)은 거의 망하게 될 것이다.

문자(文字)의 도에는 경학(經學), 사학(史學), 고증가(攷證家), 경제가(經濟家), 저술가(著述家), 사한가(詞翰家)가 있고, 그 문호(門戶)도 쉽게 논정할 수 없는데, 하물며 그 득실(得失)과 동이(同異)를 어찌 가벼이 말할 수 있겠는가. 아득히 무슨 소리인지도 알지 못하면서 억지로 칠언 근체시의 운을 맞추고, 거칠게 상량문 한 편을 짓고서는 곧바로 문인(文人)이라 자랑하고 또 문사(文士)로 자부한다.

지금 그림을 그리는 자는 한갓 반 폭의 산수화에, 먼 산 한 모퉁이와 늙은 나무 몇 그루와 초가집 반 쪽을 그려 놓고, 곧 그림의 법식이란 이와 같아야만 성정(性情)을 도야할 수 있다고 말하니, 저 문인과 무엇이 다르겠는가.

그림을 배우는 것은 진실로 작은 기예이나, 그것이 학문을 하거나 정치를 하는 데 도움을 줌이 매우 크다. 대체로 상하로 천년의 역사와 종횡으로 천하의 밖에까지, 견문이 미치지 못하고 족적이 닿지 않은 곳과 말이 통하지 않아 상세히 알 수 없는 것은, 오직 그림만이 그것을 전할 수 있고, 기록할 수 있고, 형용할 수 있으니, 그 효용이 어찌 문자의 오묘함보다 못하다 하겠는가?

염고직(閻庫直)의 〈직공도(職工圖)〉[171]를 보면 정관지치(貞觀之

직에까지 확대되어 내정(內廷)의 별원(別院)에 숙직하며 조명(詔命)에 따라 일하였으므로 의대조(醫待詔), 화대조(畫待詔) 등의 명칭도 생겨났다. 송대(宋代) 이후로는 기능직에 종사하는 사람을 존칭하여 대조라고 부르기도 하였다.

171 염고직(閻庫直)의 직공도(職工圖) : 〈직공도〉는 외국과 소수민족이 중국 천자에게 공물을 진상하는 광경을 그린 그림을 가리킨다. 염고직은 염립본(閻立本, 약

治)[172]의 위엄이 끼친 바가 어떠한지, 산에 오르고 바다를 건너온 오랑캐 종족들이 어떠한지를 알 수 있다. 〈서경대포도(西京大酺圖)〉[173]를 보면 성당(盛唐)의 풍속이 어떠한지, 그 당시 의관과 기물이 어떠한지를 알 수 있다. 〈청명상하도(淸明上河圖)〉[174]는 구실보(仇實父)[175]가

601~673)을 가리키고, 고직은 벼슬 이름이다. 중국 당나라 때의 유명한 화가이며 건축가이다. 옹주(雍州) 만년(萬年) 현의 귀족 가문 출신으로 그의 아버지인 염비(閻毗)와 형 염립덕(閻立德) 모두 서화와 공예, 건축을 잘하였다. 도석(道釋), 인물, 산수, 안마(鞍馬) 등을 잘 그렸고 〈직공도〉가 유명하다.

172 정관지치(貞觀之治) : 정관은 중국 당나라 태종(太宗) 때의 연호로 태종이 방현령(房玄齡)·두여회(杜如晦) 등의 현명한 재상과 위징(魏徵)·이정(李楨)·이적(李勣) 등의 명장을 등용하여 태평 시대를 이뤘으므로 그 연호를 따서 이른 말이다.

173 서경대포도(西京大酺圖) : 대포(大酺)는 천자나 왕이 연회(宴會)를 벌여 백성에게 백성들에게 음식을 내리는 것을 가리키는데, 어떤 그림을 가리키는지는 미상이다.

174 청명상하도(淸明上河圖) : 북송(北宋)의 수도 변경(汴京)의 청명절 풍경을 그린 장축의 그림이다. 본래 북송의 장택단(張擇端)이 처음 창작하여 유명해진 작품인데, 이후로 여러 모본이 나왔고, 이후 명나라 구영(仇英)이 이 그림을 잘 그렸다. 장택단이 그린 그림은 높이 24.8cm, 길이 528cm의 규모로 각양각색의 인물, 가옥, 점포, 배, 마차, 가마, 동물 등이 세필로 모사되어, 당시의 풍속과 물산을 연구하는데 자료가 된다.

조선에서는 관아재 조영석이 그림에 등장한 인물과 동물의 숫자를 자세히 세어 발문에 기록한 일이 있다.《觀我齋藁 卷3 淸明上河圖跋》 또 연암 박지원은 자신이 본 〈청명상하도〉 그림만도 7본이나 된다고 하면서, 조선에 다수 수입된 구영(仇英)의 그림이 대부분 가짜임을 암시한 일이 있으며, 이에 관해 4편의 발문을 남겼다.《燕巖集 卷7 淸明上河圖跋·觀齋所藏淸明上河圖跋·日修齋所藏淸明上河圖跋·湛軒所藏淸明上河圖跋》

175 구실보(仇實父) : 구영(仇英, 1498~1552)을 가리키며, 실보는 그의 자(字)이다. 호는 십주(十洲), 또는 십주선사(十洲仙史)라고 한다. 강소성 태창(太倉)에서 태어났으며, 후에 오현(吳縣)으로 이거하였다. 명대의 대표 화가로 심주(沈周), 문징명(文徵明), 당인(唐寅)과 더불어 후세에 명사가(明四家), 혹은 오문사가(吳門四家),

그린 것이다. 비록 이것이 조송(趙宋) 시대의 풍경을 모방하여 그린 것이지만, 변량(汴梁)의 도읍과 시정의 성대함과 여항에 사는 백성들의 정경을 충분히 떠올려 볼 수 있다.[176] 이와 같은 종류는 이루 열거할 수 없을 정도로 많으나, 요컨대 수묵산수화에 능한 자가 할 수 있는 경지가 아니다.

상(商)나라 고종(高宗)이 잠을 자다가 훌륭한 보필을 어렴풋이 만나고서 화공에게 명하여 그리게 하였으니, 터럭의 성기고 빽빽함과 얼굴의 넓고 좁은 것을 자세히 그리도록 명하였을 것이고,[177] 화공은 이에 엎드려서 온 마음을 기울여 다시 묘사하고 화본을 바꾸기를 수십 차례 한 뒤에 고종의 꿈에 나타난 모습과 꼭 닮은 초상화 한 점을 얻었을 것이다. 이를 가지고 천하에 널리 구하여 정말로 닮은 사람을 얻었으니, 이것이 어찌 수묵산수화를 그리는 자가 할 수 있는 일이겠는가?

또 그 가장 작은 것을 들어본다면, 영모(翎毛)·초충(草蟲)·화훼(花卉)의 종류는 마음을 기울일 가치가 없는 듯하지만, 이것은 매우 옳지 않다. 이동벽(李東壁)[178]의 《본초강목(本草綱目)》은 본초가(本草

천문사걸(天門四傑)이라고 일컬어지기도 한다.

176 이것이……있다 : 이 구절은 구영의 그림이 장택단이 그린 〈청명상하도〉를 모사하여 북송 시대의 풍물을 담고 있다는 말이다. 조송(趙宋)은 북송(北宋)을 가리키는 말로, 남북조 시대의 유유(劉裕)가 세운 송(宋)과 구별하기 위해 조송이라 한 것이다. 변량(汴梁)은 북송 시대 수도인 개봉부(開封府)를 말한다.

177 상(商)나라……것이고 : 고종(高宗)은 은(殷)나라 때의 무정(武丁)을 가리킨다. 고종이 천자의 즉위한 후, 밤낮으로 은나라를 부흥할 계책에 고심하다가 꿈에서 적임자를 만났다. 이에 초상으로 그려 수색하다가 마침내 부암(傅巖)이란 곳에서 일하던 부열(傅說)을 찾아내어 재상에 등용하였다.

178 이동벽(李東壁) : 1518~1593. 이시진(李時珍)을 가리킨다. 동벽(東壁)은 그의

家)의 설을 집대성한 책인데, 여러 주석가들이 형태와 색깔의 동이(同異)를 논변하면서 어지러운 논란이 그치지 않음을 나는 매양 안타깝게 여겼다. 이씨(李氏)가 비록 일일이 고거(攷據)하고 정정(訂正)하였을 테지만, 그 그림이 정밀하지 못하여 지금까지도 채취에 실수하여 잘못 복용하는 경우가 매우 많다. 이는 좋은 화사(畫師)를 만나지 못한 까닭으로 민생에게 해를 끼침이 이와 같으니, 이 어찌 작은 일이라고 하여 소홀히 할 수 있겠는가? 이로 미루어 말하자면 산수, 인물, 누대, 성시, 충어를 막론하고 오직 진경(眞境)과 실사(實事)라야 마침내 실용(實用)으로 귀결되니, 그렇게 된 뒤에라야 비로소 '화학(畫學)'이라고 말할 수 있다. 이른바 학문이란 모두 실사이다. 천하에 어찌 실(實)이 없으면서 학문이라고 말할 수 있는 것이 있겠는가.

정생 석초(鄭生石樵)[179]는 그림에 벽(癖)이 있고, 그 아들 내봉(來鳳)도 아버지의 업을 이어 지금 옛날의 유명한 묵적을 모사하고 있다. 그는 수묵화 그리는 것을 중요하다고 여기는 자이다. 그러므로 내가 그의 뜻을 넓혀 주려고 이것을 기록하여 보내니, 그가 성취하는 바가 있어 우뚝이 명가가 되기를 기대하며, 한갖 근래의 거칠고 지리멸렬한

자(字)이고, 호는 빈호(瀕湖)이다. 호북성 기춘현(蘄春縣) 사람이다. 가학으로 의학을 이어받았고, 특히 본초(本草)를 중시하였다. 역대 의학과 학술 서적 800여 종을 참고하여 자신의 경험과 조사연구를 결합하여 27년에 걸쳐 《본초강목》을 완성하였다. 이 책은 중국 명대 이전 약물학의 종합 서적이라 할 수 있다. 다른 저서로는 《빈호맥학(瀕湖脈學)》과 《기경팔맥고(奇經八脈考)》 등의 저서가 있다.

179 정생 석초(鄭生石樵) : 정안복(鄭顔復)을 가리킨다. 석초는 그의 호이다. 대구에 살았으며 난초와 대나무를 잘 그렸다. 송나라 미불(米芾)을 숭앙했고, 청나라 정섭(鄭燮)의 난법을 따랐다고 한다. 작품으로 〈패교건려도(覇橋蹇驢圖)〉가 있다. 강위(姜瑋)와 교분이 있어 묵죽을 그린 부채를 선사한 일이 있고, 1854년 이후로 환재와 교유하였다.

솜씨로 졸렬함을 감추는 자들의 아류가 되지 않았으면 좋겠다.

만약 좋은 화가를 얻는다면 그리고 싶은 것은 바로 성주(成周)의 〈왕성도(王城圖)〉이다. 고문(皐門)・고문(庫門)・치문(雉門)・응문(應門)・노문(路門)의 오문(五門)[180]의 제도, 묘(廟)・사(社)・시(市)・조(朝)의 위치, 안으로 노침(路寢)과 연침(燕寢), 밖으로 비(比)・여(閭)・족(族)・당(堂)[181]과 경도구궤(經塗九軌)・위도구궤(緯途九軌)[182]로부터 원구(圓邱)・방택(方澤)・명당(明堂)[183]의 차례와

180 오문(五門) : 황제의 대궐에는 문이 다섯 개가 있는데, 가장 바깥에 있는 높은 문이 고문(皐門)이고, 두 번째에 있는 문이 고문(庫門), 세 번째에 있는 문이 치문(雉門), 네 번째에 있는 문이 응문(應門), 다섯 번째에 있는 문이 노문(路門)이다. 제후의 문은 셋으로, 바깥에서부터 고문(庫門), 치문(雉門), 노문(路門)이다.

181 비(比)・여(閭)・족(族)・당(堂) : 주대(周代)의 향촌 조직을 가리키는데, 5가(家)를 1비(比), 5비를 1여(閭), 4여를 1족(族), 5족을 1당(黨)이라 하였다. 《주례》〈지관(地官) 대사도(大司徒)〉에, "다섯 집이 비(比)가 되어 서로 보호하게 하고, 5비가 여(閭)가 되어 서로 맞아들이게 하고, 4여가 족(族)이 되어 서로 상장(喪葬)을 돕게 하고, 5족이 당(黨)이 되어 서로 구제하게 하고, 5당이 주(州)가 되어 서로 구휼하게 하고, 5주가 향(鄕)이 되어 서로 대우하게 한다.〔令五家爲比 使之相保 五比爲閭 使之相受 四閭爲族 使之相葬 五族爲黨 使之相救 五黨爲州 使之相賙 五州爲鄕 使之相賓〕"라고 하였다.

182 경도구궤(經塗九軌)・위도구궤(緯途九軌) : 도성에 난 가로 세로 아홉 갈래씩 난 길을 가리킨다. 《주례》〈고공기(考工記) 장인(匠人)〉에, "국중에 남북으로 아홉 갈래와 동서로 아홉 갈래의 길을 두는데, 남북으로 난 길은 수레 아홉 대가 나란히 달린다.〔國中九經九緯 經塗九軌〕"라고 하였다.

183 원구(圓邱)・방택(方澤)・명당(明堂) : 원구는 환구(圜丘)라고도 하는데, 동짓날에 천자가 하늘에 제사를 지내는 둥근 제단을 가리킨다. 방택은 방구(方丘)라고도 하는데, 하짓날에 천자가 땅에 제사지내던 네모진 단을 가리킨다. 명당은 고대에 정교(政敎)를 밝히는 전당으로 통상 정전(正殿)을 의미한다.

위치 및 구(溝)·혁(洫)·견(畎)·회(澮),[184] 2묘 반은 들에 있고, 정(井)을 함께하는 여덟 집[185] 등이다.

이에 1부의 《주례》가 눈에 삼삼하게 보여서, 조회(朝會)·연음(燕飮)·관혼(冠昏)의 예절과 거마(車馬)·전렵(田獵)의 모습이 〈빈풍칠월도(豳風七月圖)〉[186]와 나란히 베풀어질 것이다. 이는 흉중에 삼례(三禮) 전질이 들어있는 자가 아니면 할 수 없는 것이니, 이를 화학가(畫學家)에게서 얻기는 매우 쉽지 않다.

한양(漢陽)의 경물(景物)은 응당 등시(燈市)[187]를 가장 번화한 것으로 여긴다. 우리나라가 등불을 내거는 것은 상원(上元 정월 보름)이 아니라 4월 초파일이다. 시장과 여염집에서 모두 등간(燈竿)을 세우는데,

184 구(溝)·혁(洫)·견(畎)·회(澮) : 밭과 밭 사이에 있는 도랑의 명칭이다. 정(井) 사이에 있는 너비 4척 깊이 4척의 도랑이 구, 성(成 사방 10리) 사이에 있는 너비 8척 깊이 8척의 도랑이 혁, 묘(畝) 사이에 있는 너비 1척 깊이 1 척의 도랑이 견, 동(同 사방 100리) 사이에 있는 너비 두 길〔尋〕의 도랑이 회이다. 《周禮 冬官 考工記 匠人》

185 2묘 반은……여덟 집 : 원문의 '이묘반재야(二畝半在野)'는 1부(夫)가 5묘(五畝)의 택지를 분배받는데, 2묘 반은 밭 가운데 있고, 2묘 반은 읍에 있는 것을 가리킨다. 《孟子 梁惠王上》 정(井)을 함께 하는 여덟 집이란 고대의 공동경작의 한 형태이다. 《맹자》〈등문공 상(滕文公上)〉에 "8가구가 정(井)을 함께하여 경작할 때는 힘을 모아 일하고 수확할 때는 이랑 수를 계산하여 분배한다. 그러므로 철이라고 이른 것이다.〔八家同井 耕則通力而作 收則計畝而分 故謂之徹〕"라고 하였다.

186 빈풍칠월도(豳風七月圖) : 빈풍칠월(豳風七月)은 《시경》의 편명으로, 농사의 시기와 경작의 어려움에 대해 읊은 시이다. 후세에 이를 그림으로 그려 경계로 삼기도 하였다.

187 등시(燈市) : 옛날 정월 보름날에 등불놀이를 했는데, 각 점포에서 며칠 전부터 여러 가지 빛깔의 화등(花燈)을 교묘하게 만들어 현란하게 달아 놓으면, 손님들이 구름처럼 모여 그것을 사 갔다고 한다.

빽빽하기가 돛대와 같고, 오색의 풍기(風旗)가 너울너울 하늘을 덮으며, 도성의 남녀가 뒤섞여 거리를 메운다.

동쪽으로 흥인문(興仁門) 밖 관제묘(關帝廟)[188]로부터 서남쪽으로 용산(蓉山)·마호(麻湖)에 이르기까지 모두 등시를 여는데, 이따금 잡희(雜戲)를 벌여서 음악소리가 진동한다. 만약 봄철이 빠르지 않은 해를 만나면, 붉은 복사꽃과 흰 오얏꽃이 한창 만개하고 아울러 꽃과 버들의 성대함이 펼쳐진다.

또 이때는 맹하(孟夏)의 상순(上旬)이므로 이따금 임금이 태묘(太廟)에 몸소 나아가 강신제를 올리니, 임금의 수레와 의장대가 이른 아침에 출발하면, 따르는 관리와 의장대의 행차가 숙연하다. 이때 또 춘조(春漕 봄의 조운선)가 한창 모여드니, 남강(南江)에 모여든 선박의 성대함이 한 해 중에서 가장 으뜸이다.

이런 풍경의 위치와 배열은 하나의 긴 권축을 만들 만하니, 만약 정세(精細)하게 그린다면 〈청명변하도(淸明汴河圖)〉[189] 보다 나은 점이 많을 것이다. 그러나 좋은 화가를 얻어 도모하지 못함이 한스럽다.

지금 정내봉이 그림을 배운다는 말을 들었으니, 우선 그의 공부가 정숙(精熟)해지기를 기다려, 그와 함께 상의하면 좋을 듯하다.

을묘년(1855) 하지에 환경거사가 쓰다.

188 관제묘(關帝廟) : 서울 종로구 숭인동에 있는 동관왕묘(東關王廟)를 가리킨다. 중국의 관우(關羽)를 모신 묘사(廟祠)로서 임진왜란 때 관우의 신령이 조선과 명의 군대를 도왔다고 하여 선조 35년(1602)에 만세덕(萬歲德)이 건립하였다.

189 청명변하도(淸明汴河圖) : 〈청명상하도〉를 달리 부르는 말이다.

진방 집안에 소장된 〈황명고명첩〉 뒤에 쓰다[190]

書陳芳家藏皇明誥命帖後

갑자년(1864) 봄에, 어떤 객이 옛날 명나라 보경현주(寶慶縣主)[191]의 의빈(儀賓 부마) 진봉의(陳鳳儀)에게 내렸던 고명(誥命)의 진본(眞本)을 가지고 와서 보여주었다.

경계를 내리는 글이 엄중하면서도 간명하였고, 비단 축에 자주색 옥새가 새로 만든 것처럼 찬란했다. 받들어 완상하고 나니 명나라 황실 전제(典制)의 아름다움에 대해 더욱 감탄하였으며, 취향을 함께 하는 사우(士友)들도 앞 다투어 돌려가며 완상하였다. 이윽고 대궐에 진상하자 임금께서 살펴보시게 되었고, 진봉의의 후손 진방(陳芳)을 특별히 '부장(部將)'의 직함에 임명하였다.[192]

10여년 뒤에 진방이 고명을 등사하여 책으로 만들어 와서 나에게 부탁하였다. "선조(先祖)의 고명이 지금 대궐에 소장되어 있는데, 어느 날 돌려받을 수 있을지 감히 바랄 수는 없지만, 옛 사적이 우리

190 진방……쓰다 : 1864년(고종1)에 진방(陳芳)에게 써 준 글이다. 진방이 자신의 조상이 받았던 고명(誥命)을 등사하여 집안 대대로 전하고자 글을 청하자, 환재는 그 고명이 만들어진 과정과 진방 집안이 명나라 명족으로서 명말에 우리나라로 피난 온 내력을 적어 증명의 자료로 삼도록 써 주었다.

191 보경현주(寶慶縣主) : 현주(縣主)는 왕세자(王世子)의 서녀에게 주는 정3품의 봉작을 가리킨다.

192 대궐에……임명하였다 : 《승정원일기》 고종 13년 병자(1876) 11월 20일에 전교하기를, "중국인 진봉의(陳鳳儀)의 후손 부사과 진방(陳芳)을 해조로 하여금 부장(部長) 가설직에 단부하게 하라."라는 내용이 보인다.

집안에 전해지지 못할까 몹시 두렵습니다. 바라옵건대 공께서 중하신 한 말씀으로 그 사실을 기록하여 후세에 신빙할 수 있도록 해주십시오."

아! 진방이 앞날을 염려함이 치밀하다고 하겠다. 삼가 살펴보건대, 보경현주는 당읍왕(堂邑王)의 딸이고, 당읍왕은 영종(英宗)[193]의 5세손이다. 황실의 금지옥엽으로서 이치상 응당 명족(名族) 중에서 배필을 정하였을 것이고, 의빈 진봉의 또한 필시 문벌가로서 서술할 사적이 있었을 것인데, 지금 후손들이 한미하여 자세한 사실을 알 수가 없으니 더욱 안타깝다.

아! 숭정(崇禎)[194] 말년에 많은 중국 인사들이 우리나라로 피난 와서 떠돌이 신세가 되어 두려움에 떨며 숨어 살았다. 비록 세월이 흐르고 세상도 변하여 조정에서 매번 불쌍히 여겨 그들을 거두어 쓰라는 명을 여러 차례 내렸으나, 끝내 세상에 드러난 사람이 없었다. 게다가 집에 전하는 족보나 가승이 대부분 흩어지거나 근거가 없는 경우가 많아서, 문호(門戶)를 밝혀주기에 충분한 것들이 드물었다. 진씨 집안과 같은 경우는 이 두 번의 고명(誥命)을 대대로 지켜 잃어버리지 않았으니, 그들이 중국의 명족임을 누가 감히 의심할 수 있겠는가? 더구나 그 원본이 대궐에 소장되어 있으니, 비록 영원히 돌려받지 못한다 하더라도 궁중의 아름다운 책들과 함께 무궁토록 전해질 것이다. 지금 진방이

193 영종(英宗) : 중국 명나라 6대·8대 황제를 가리킨다. 1449년 토목(土木)의 변(變)에 오이랏을 공격했으나 패하여 사로잡혔고, 이듬해 풀려서 돌아왔으나 이미 아우 대종(代宗)이 즉위하였으므로, 1457년에 다시 제위에 올랐다.

194 숭정(崇禎) : 중국 명나라 마지막 황제 의종(毅宗) 때의 연호(1628~1644)이다.

이 부본(副本)을 만든 것은 집안에 소장하기 위해서이다. 내가 그 일을 소상히 알기에 글을 써서 돌려준다.

진주 관고에 소장된 《대명률》의 뒤에 쓰다[195]

題晉州官庫所藏大明律卷後

내가 진주에서 안핵사(按覈使)로 있을 때에[196] 《대명률》[197]을 찾은 일이 있었다. 서리가 2부를 가져왔는데, 1부는 활자로 인쇄되었고 다른 1부는 목판본이었는데, 종이의 빛깔이 매우 바랬으며 글자가 이지러지고 먹빛이 어둡기에 활자본을 취하여 살펴보았다.

하루는 여가가 있어 목판본을 살펴보니, 말미에 짧은 발문이 붙었는데, 홍무(洪武) 을해년(乙亥年, 1395) 2월 상우재(尙友齋) 김씨(金

195 진주……쓰다 : 이 글은 환재가 1862년(철종13)에 경상도 안핵사로 있으면서 조선 초에 간행된 《대명률직해(大明律直解)》를 열람하고 그 내력에 대해 고증한 글이다. 환재는 이 책이 활자본과 목판본 2종이 있음을 알고 목판본에 있는 발문을 근거로 이 책이 처음에 활자본으로 간행되었음을 추정하였고, '입적자위법조(立嫡子違法條)의 예를 들어 이 책이 원문을 이두로 풀이하면서 《대명률》의 내용을 보완하기도 했음을 지적하였다. 아울러 환재는 이러한 유용한 서적을 선비들이 독서하고 강구하지 않아 경세제민에 이바지하지 못함을 몹시 안타까워하였다.

196 내가……때에 : 환재는 1862년(철종13) 2월 진주에서 민란이 일어나자, 이를 수습하기 위해 경상도 안핵사로 나갔다.

197 대명률 : 명나라 태조의 명으로 그가 즉위하기 1년 전인 1367년부터 편찬을 시작하여 1397년 460조 30권으로 완성한 법률서이다. 명례율(名例律)·이율(吏律)·호율(戶律)·예율(禮律)·병률(兵律)·형률(刑律)·공률(工律)로 모두 7편이다. 조선 태조가 즉위하면서 반포한 교서에 "모든 공사(公私) 범죄의 판결은 《대명률》을 적용하는 것을 원칙으로 한다."고 발표함에 따라 《경국대전(經國大典)》 편찬에 중요한 참고가 되었고, 조선 시대에 현행 형법전(刑法典)으로 활용되는 등 많은 영향을 끼쳤다. 이 글에 나오는 《대명률》은 김지(金祗)·고사경(高士褧)이 이두(吏讀)로 직해하여 간행한 《대명률직해(大明律直解)》를 가리킨다.

氏)[198]가 지은 것이었다. 그 이름자가 이미 닳아 없어져 남은 획이 '철(哲)' 같기도 하고 '초(樵)' 같기도 하여 누구인지 알 수 없었다. 널리 조사해 보면 혹 알 수 있을 것이다. 그 발문은 다음과 같다.

> 형벌이란 다스림을 보좌하는 방도이니[199] 소홀히 여겨선 안 됨이 당연하다. 그렇지만 여러 형가(刑家)들이 법률을 제정한 것이 지나치거나 미치지 못하는 차이가 있어 유사(有司)들이 결함으로 여겼다. 그런데 이 《대명률》은 과조(科條)의 경중(輕重)이 각각 마땅한 바가 있으니, 참으로 법을 집행하는 자들의 기준이 된다. 성상(聖上)께서 중외(中外)에 반포하여 벼슬아치들로 하여금 서로 전하여 외우고 익혀서 모두 법으로 취하게 하려고 하셨다. 그러나 《대명률》의 문장이 일정하지 않아 사람들마다 쉽게 이해할 수 없었고, 더군다나 우리나라에서는 삼한(三韓) 시대에 설총(薛聰)이 만든 방언문자인 이두〔吏道〕를 민간에서 태어나면서부터 알아 익숙히 쓰고 있으니 갑자기 바꿀 수가 없었다. 어찌 집집마다 다니며 깨우쳐주어 모든 사람들을 가르칠 수 있겠는가. 마땅히 이 책을 가지고 이두로써 읽고, 본래부터 아는 능력으로써 인도해야 한다.

198 상우재(尙友齋) 김씨(金氏) : 《대명률직해》를 저술한 김지(金祗)를 가리킨다.

199 형벌이란……방도이니 : 원문은 '형자보치지법(刑者輔治之法)'으로, 《논어》 〈위정(爲政)〉에 "인도하기를 덕으로써 하고 가지런히 하기를 예로써 한다.〔道之以德 齊之以禮〕"라고 되어있다. 주희(朱熹)가 이에 주석하기를, "내가 생각하건대, 법제는 정치를 하는 도구이고 형벌은 정치를 돕는 법이며, 덕과 예는 정치를 내는 근본이고 덕은 또 예의 근본이다.〔愚謂政者爲治之具 刑者輔治之法 德禮則所以出治之本 而德又禮之本也〕"라고 하였다.

정승 평양백(平壤伯) 조준(趙浚)[200]이 이에 검교중추원(檢校中樞院) 고사경(高士褧)[201]과 나에게 명하여 그 일을 맡겼다. 우리들은 반복해 상세히 연구하고 글자를 따라 직해(直解)하였다. 아! 우리 두 사람이 앞에서 초고를 작성하면 삼봉(三峯) 정도전(鄭道傳)[202] 선생과 공조 전서(工曹典書) 당성(唐誠)[203]이 뒤에서 윤색하였으니, 절차탁마(切磋琢磨)라고 할 수 있지 않겠는가.

일이 완성되어 서적원(書籍院)에 넘겨 백주 지사(白州知事) 서찬(徐贊)이 제조한 활자를 가지고 인쇄하니 무려 1백여 본이었다. 이

200 조준(趙浚) : 1346~1405. 본관은 평양(平壤), 자는 명중(明仲), 호는 우재(吁齋)·송당(松堂), 시호는 문충(文忠)이다. 저서로는 《송당집(松堂集)》이 있다.

201 고사경(高士褧) : 생몰년 미상. 본관은 제주(濟州)이고, 판도 판서(版圖判書) 영(瑛)의 아들이다. 고려 우왕(禑王) 때 상서(尙書)를 지냈고, 조선 개국 후에는 보문각 직제학(寶文閣直提學)을 역임하고, 관직은 동지중추부사에 이르렀다. 조선 개국초에 조준(趙浚)의 건의로 김지(金祗) 등과 함께 이두(吏讀)로 직해한 《대명률직해》를 편술하였다.

202 정도전(鄭道傳) : 1342~1398. 본관은 봉화(奉化), 자는 종지(宗之), 호는 삼봉(三峯)이다. 조선 개국 1등 공신으로 요직을 겸임, 한양으로 수도를 천도하여 수도를 건설하는 책임을 수행하였고, 궁궐 및 성문과 한성부 각 기구의 이름을 정하였고, 《조선경국전》을 지어 통치규범을 확립하는 등 조선왕조의 기틀을 확립하였다. 유학의 대가로 군사·외교·행정·역사·성리학 등 여러 방면에서 활약하였고, 척불숭유를 국시로 삼게 하여 유학의 발전에 공헌하였다. 저서에 《삼봉집》, 《경제육전(經濟六典)》, 《경제문감(經濟文鑑)》 등이 있다.

203 당성(唐誠) : 1337~1413. 고려에 귀화한 중국인으로 밀양 당씨(密陽唐氏)의 시조이다. 원나라 말기 전란을 피하여 고려에 귀화하여 정동행성(征東行省)의 연리(掾吏), 사평순위부평사(司平巡衛府評事)를 지냈다. 1392년 조선 개국 후 호조·예조·병조·공조의 전서(典書)를 거쳐 공안부윤(恭安府尹)으로 있다가 퇴임하였다.

에 반포하고자 하니, 아마도 흠휼(欽卹)의 뜻[204]을 저버리지 않을 것이다.

때는 홍무 을해년 2월 초길(初吉), 상우재(尙友齋) 김철(金哲)이 삼가 쓰다.

이는 처음에는 활자로 인쇄하였다가, 이후에 어떤 사람이 목판에 새긴 것인 듯하다. 매 조목 아래쪽에 주석과 같은 두 줄의 글이 있으니, 이것이 곧 이두로 읽는다는 것이다. 모두 우리나라의 이두 방언을 사용하여 그 문장을 해석하였는데, 때때로 원문이 언급하지 못한 사안에 대해 그 뜻을 추론하고 연역하여 넓힌 곳이 있었다. 가령 '입적자위법(立嫡子違法)'[205] 조항에 그 원문이 "버려진 아이가 세 살 이하면 비록 성이 다르더라도 거두어 기르고, 곧 그의 성을 따른다.〔其遺棄兒年三歲以下 雖異姓 仍聽收養 卽從其姓〕"라고 되어 있다. 이에 대해 이두로 풀어 쓰고 그 뜻을 추론하고 넓혀 말하기를 "부모도 어린 아이를 버리기를 어렵게 여기는데, 남의 부유한 재산을 보고 이익을 탐하는 것을 편안히 여겨 자기 자식을 억지로 다른 사람의 호적에 집어 넣어, 버려진 아이라고 칭하여 풍속을 해치고 어지럽힌 자들은 이 규율에 해당하지 않는다.〔父母亦難便棄小兒 而見人財產富饒 貪利爲安 自己子息强置

204 흠휼(欽卹)의 뜻 : 흠휼은 옥사(獄事)를 다스림에 신중을 기하여 형벌을 남용하지 않고 가엾게 여긴다는 뜻이다. 《서경》 〈순전(舜典)〉에 "항상 공경하고 공경하여 형벌을 신중히 하셨다.〔欽哉欽哉 惟刑之卹哉〕"라고 하였다.

205 입적자위법(立嫡子違法) : 적자를 세우면서 법을 어긴다는 의미로 《대명률직해》 권4 호율(戶律)에 보인다.

他人戶中 冒稱遺棄小兒 毁亂風俗者 不在此限]"[206]라고 하였으니, 이는 본문이 언급하지 않은 사안이다. 이와 같은 것이 응당 이 한 단락뿐만이 아닐 것인데 내가 한창 안핵하는 일로 바빠서 모두 살피지는 못했다.

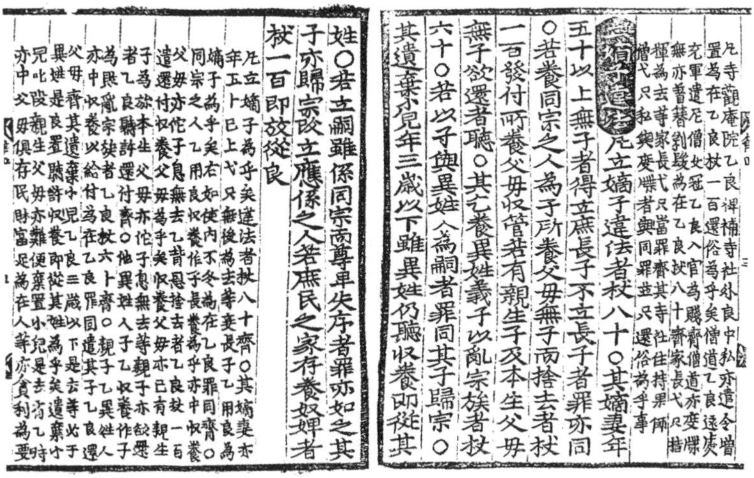

그림 7 《대명률직해》의 '입적자위법(立嫡子違法)' 조목. 1686년 평안 감영에서 판각

아! 역대 율서(律書) 중에서 오직 이 책이 가장 정밀하고 상세하다. 지금의 《청률례(淸律例)》[207]도 모두 이 책에 의거했으니, 《대명률》 한

206 부모도……않는다 : 원문에서 이두를 빼고 인용한 것인데, 원문은 다음과 같다. "其遺棄小兒乙良 三歲以下是去等 必于異姓是良置 聽許收養 即從其姓爲乎矣 遺棄小兒叱段 親生父母 亦難便棄置小兒是去有乙 時亦中 父母俱存 民財富足爲在人等亦 貪利爲要 自矣子息乙 他戶良中 强置冒稱遺棄小兒爲臥乎所 毁亂風俗爲臥乎事是良尒 不在此限齊"

207 청률례(淸律例) : 1646년에 만들어진 청나라 형사법전인 《청률(淸律)》을 수정・증보한 《청률집해부례(淸律集解附例)》가 1725년에 만들어졌는데, 1740년 다시 기

부를 지금까지도 준용(遵用)하는 것은 천하가 모두 동일하다. 그런데 건륭(乾隆) 때의 《사고전서총목(四庫全書總目)》을 살펴보니, 《청률례》만 소개하고 이 책은 〈존목(存目)〉으로 미루어두었다. 생각건대 그 속에 기휘(忌諱)할 내용이 있어 그렇게 한 것인가?

우리 왕조 4, 5백 년 역사에서 형서(刑書)를 처음 만들 때부터 오직 이것을 준용하였으니, 국초(國初)의 명신들이 유용한 서적에 관심을 둠이 이와 같았다. 그런데 오늘날의 선비들이 이를 버려두고 강구하지 않으며 단지 서리들에게 맡겨버리니, 헌책더미 속에서 이 책을 펼쳐본 뒤에 감개를 억누를 수 없다. 이 책이 다른 고을에도 더 있는지 모르겠으나, 이처럼 훼손됨이 너무나 가슴아프다.

본적인 율과 율의 규정을 수정·증보·세목화하여 《청률례》를 만들었다. 전체적으로 형법전이지만 민사로 취급되는 사항도 적지 않게 포함되어 있다. 율은 《대명률》을 답습하여 약간의 개정을 가했을 뿐이나 조례는 필요에 따라 제정·개폐되었다.

양초산과 양응산 두 선생의 유묵 뒤에 삼가 쓰다[208]

敬題楊椒山楊應山二先生遺墨後

동치(同治) 임신년(壬申年, 1872) 10월에 담원(淡園) 예은령(倪恩齡)[209]의 집에 모여서 술을 마시는데, 주인이 초산(椒山)과 응산(應山)[210] 두 양(楊) 선생의 유묵을 보여 주었다. 이것은 바로 초산이 손수 평생의 시말(始末)을 마치 연보(年譜)처럼 기술해 놓은 것과 응산이 위당(魏璫)[211]을 탄핵하기 위해 손수 쓴 상소문이었다.

208 양초산과……쓰다 : 환재가 1872년(고종9)에 진하사로 중국에 갔을 때, 명나라의 명신이었던 양계성(楊繼盛)과 양련(楊漣)의 필적을 친견하고서 그 감흥을 적은 글이다. 환재는 동치 임신년(1872)에 동치제(同治帝)의 대혼(大婚)을 축하하기 위한 진하겸사은사의 정사에 임명되어 7월 2일 북경으로 출발했다. 9월 15일 동치제의 대혼에 참석하였고, 12월에 귀국하여 회환사(回還使)로서 소견(召見)하였는데, 이 시기에 지은 글이다.

209 담원(淡園) 예은령(倪恩齡) : 곤명(昆明) 사람으로 벼슬이 남창 지부(南昌知府)까지 이르렀다. 서법은 동기창(董其昌)을 본받았고 같은 고을 이회해(李懷陔)에게서 화조(花鳥)를 배웠다. 물고기나 작은 무늬 등의 세부묘사에 뛰어났다고 한다.

210 초산(椒山)과 응산(應山) : 초산은 양계성(楊繼盛, 1516~1555)의 호이다. 자는 중방(仲芳), 보정부(保定府) 용성(容城) 사람이다. 명나라 가정(嘉靖) 연간의 명신으로 간신 엄숭(嚴嵩, 1480~1567)의 죄를 탄핵하다가 하옥되어 죽었다. 시호는 충민(忠愍)이다. 문집으로 《양초산집(楊椒山集)》이 있다.

응산은 양련(楊漣, 1571~1625)의 호이다. 자는 문유(文孺), 별호(別號)는 대홍(大洪), 호광(湖廣), 응산(應山) 사람이다. 명나라의 저명한 간관(諫官)으로 천계(天啓) 4년(1624) 조남성(趙南星), 좌광두, 위대중(魏大中) 등과 함께 위충현의 24가지 죄목을 탄핵하는 상소를 올렸다가, 위충현의 모함을 당해 하옥되어 가혹한 형벌을 받고 죽었다. 시호는 충렬(忠烈)이다. 문집으로 《양대홍집(楊大洪集)》이 있다.

두 선생의 친필은 비록 한 글자, 반 마디라도 모두 보배로 소중히 여겨야 하는데, 하물며 이 두 친필본은 매섭고도 우렁차게 천지 사이의 바른 기운이 되어 만겁이 지나도 마멸되지 않을 것음에랴. 후학이 하루 동안에 두 현인의 뛰어난 필적을 구경하였으니, 또 어찌 안개와 구름이 눈앞을 스치듯[212] 진(晉)・당(唐)의 명첩(名帖)을 감상하는 것과 나란히 논할 수 있겠는가.

숙소로 가지고 와서 며칠 동안 완상(玩賞)하였는데, 두 분 선생의 늠름한 생기가 자나 깨나 눈에 선하였다. 권말(卷末)에 내 이름을 남기게 됨을 스스로 영광으로 여겨, 삼가 짧은 발문(跋文)을 써서 돌려주었다. 예전에 초산사당(椒山祠堂)[213]을 배알(拜謁)했을 때, 선생의 간초(諫艸)[214]를 탁본해 돌아온 적이 있다. 그런데 이 응산 선생의 초고(艸

211 위당(魏璫) : 위충현(魏忠賢, 1568~1627)을 가리킨다. 명말의 환관으로 희종(熹宗)의 총애를 받아 비밀경찰인 동창(東廠)의 수장이 되었고, 동림파(東林派) 관료를 탄압하며 정치를 농단하여 명나라 멸망을 촉진하였다.

212 안개와……스치듯 : 원문은 '연운과안(煙雲過眼)'으로, 특별히 중요하게 여기지 않음을 비유하는 말이다. 소식(蘇軾)의 〈보회당기(寶繪堂記)〉에 "기뻐할 만한 것을 보면 이따금 소장하였으나, 남들이 집어가도 아까워하지 않았다. 비유하자면 안개와 구름이 눈앞을 스쳐 지나고, 온갖 새소리가 귀에 들리는 것처럼 기쁜 마음으로 접하지 않는 것은 아니나, 지나고 나면 다시 생각나지 않는 데야 어쩌겠는가.〔見可喜者 雖時復蓄之 然爲人取去 亦不復惜也 譬之煙雲之過眼 百鳥之感耳 豈不欣然接之 然去而不復念也〕"라고 한 구절이 있다.

213 초산사당(椒山祠堂) : 건륭 51년(1786)에 송균암(松均庵)이 양계성(楊繼盛)의 옛집이라는 사실이 알려지자, 그 이듬해 사당을 지어 양계성의 초상과 위패를 모셨다고 한다.

214 간초(諫艸) : 도광(道光) 28년(1848)에 초산사당을 중수하면서 다시 그 서남쪽에 양계성의 간언 초고를 벽에다 새긴 간초정(諫草亭)을 세웠다. 그리하여 송균암은

稿)에 대해서는 돌에 새겼다는 말을 듣지 못하였다. 만약 뜻 있는 사람이 돌에 새긴다면 나도 한 본(本)을 얻고 싶다. 조선 후학 박규수 삼가 쓰다.

청나라 중엽 이후 언관들이 탄핵 상소를 올릴 때면 사전에 모여 논의하던 곳으로, 조선 사행이 중국 인사들과 즐겨 만나는 장소가 되었다.

맹낙치의 〈화국첩〉에 쓰다[215]

題孟樂癡畫菊帖

청음(淸陰)[216] 선생이 심양(瀋陽)의 객관(客館)에서 돌아올 때, 산음

215 맹낙치의 화국첩에 쓰다 : 환재가 1874년에 맹영광(孟永光)의 국화그림에 쓴 화평(畫評)인데, 맹영광이 김상헌(金尙憲)에게 붉은 국화를 그려 준 일화를 소개하면서 맹영광 또한 존명의식을 지닌 인물임을 암시하였다.

본문에서 맹영광(孟英光)이라 표기한 것은 맹영광(孟永光)의 오기이다. 생몰년 미상이다. 명말청초의 서화가로 자는 월심(月心), 절강(浙江) 산음(山陰) 사람이다. 인물과 사실묘사에 공력을 들였으며, 후에 요동을 떠돌다 북경으로 가서 화지후(畫祗候)로서 조정에 들어갔다. 순치제(順治帝)가 명하여 내시(內侍) 장독행(張篤行)에게 필법을 전수토록 하였다.

《청죽화사(聽竹畫史)》에는 "맹영광은 중국의 빼어난 화가로, 인물화가 신묘하여 천하에 이름이 있었다. 봉림대군(鳳林大君)이 심양에 볼모로 있을 때, 맹영광에게 〈구천서회계도(句踐棲會稽圖)〉를 그려달라고 명하였는데, 임금이 다른 뜻이 있는 것이지, 완상거리로만 삼으려는 것이 아니었다. 봉림대군이 환국할 때, 따라서 우리나라로 들어와 태자를 모시게 되었다. 이윽고 대궐에 출입하며 병풍을 많이 그려서 한가로운 완상거리로 삼게 하였다. 서민이나 사대부들이 그의 필적을 얻지 못한 것은 형세가 그러한 것이다. 이 때문에 맹영광의 작품은 세상에 전해지는 것이 드물어 아예 없거나 겨우 한 두 점 뿐이다.〔孟英光者 中國工畫師也 人物妙天下 寧陵之滯瀋館也 命英光畫句踐棲會稽圖 蓋聖意有在 非爲賞玩資也 及其回轅也 隨而東來 留侍潛邸 仍出入闕內 多寫屛障 以備燕閑之玩 閭巷士庶之不得受其迹勢也 是以英光之作 罕傳于世 絶無僅有"라고 하였다.《이태호·유홍준, 조선후기의 그림과 글씨, 학고재, 1992, 152쪽》

《석농화원(石農畫苑)》에는 "맹영광은 자가 정명(貞明)으로 월인(越人)이다. 낙치생으로 자호하여 숭정 연간에 화원 대조(畫院待詔)를 지냈다. 지금 그의 그림을 보면 필법이 창고(蒼古)하여 송나라의 마원(馬遠)과 하규(夏珪)도 이보다 낳을 수 없다.〔孟永光 字貞明 越人也 自號樂癡生 崇禎間 嘗爲畫院待詔 今觀其所作 筆法蒼古 雖馬夏輩無以過之〕"라고 하였다.(김광국의 《석농화원》, 눌와, 2015. 105면)

(山陰)의 맹영광(孟英光)이 선생에게 단심국(丹心菊)[217]을 그려주었다. 선생이 지어 준 시에, "훗날 그대가 강남 땅에 이를 때, 하량(河梁)에서 눈물로 이별하던 때를 기억할까〔他年爾到江南日 儻記河梁泣別時〕"라는 구절이 있었다. 맹생(孟生)은 어떤 사람이었기에 선생이 이와 같이 하량에서 눈물로 이별한다는 말[218]을 했을까. 그 까닭은 의당 자세히 생각해보아야 할 것이다.

장경(張庚)의 《화징록(畫徵錄)》[219]에 '산음(山陰) 사람 맹영광(孟永光)'이라는 말이 있으니, 이 사람이 필시 영광(英光)일 것이다. 《화징록》에, '영광(永光)의 자(字)는 월심(月心)이고, 일찍이 요동(遼東)에

216 청음(淸陰) : 김상헌(金尙憲, 1570~1652)의 호이다. 정묘호란이 일어났을 때 진주사(進奏使)로 명나라에 가서 구원병을 청하였고, 돌아와서는 후금(後金)과의 화의를 끊을 것과 강홍립(姜弘立)의 관직을 복구하지 말 것을 강력히 주장하였다. 병자호란이 일어나자 척화론을 주장하다가 1641년 청나라에 압송되어 심양(瀋陽)에서 옥살이를 하고, 1645년 소현 세자와 함께 귀국하여 석실(石室)에 은거하였다. 문집으로 《청음집》이 있다.

217 단심국(丹心菊) : 꽃술이 붉은 빛을 띠는 국화라는 의미이다.

218 하량에서……말 : 하량(河梁)은 하수(河水)를 건너지른 다리인데, 한(漢)나라의 이릉(李陵)이 이곳에서 소무(蘇武)와 작별하였으므로, 전하여 이별하는 장소를 뜻하는 말로 쓰인다. 이릉이 소무와 작별하면서 준 시에 "손을 잡고 하량에 올랐거니 나그네는 저물녘에 어디로 가려는가.〔携手上河梁 遊子暮何之〕"라고 하였다.

219 장경(張庚)의 화징록(畫徵錄) : 장경(1685~1760)의 초명은 도(燾), 후에 경(庚)이라 개명하였다. 청나라 수수(秀水) 사람으로 자는 포산(浦山), 호는 과전일사(瓜田逸史)·미가거사(彌伽居士)·백저촌상자(白苧村桑者)이다. 서화 감식에 정밀하였고 산수화에 능하였다. 저술로 《국조화징록(國朝畫徵錄)》, 《강서재집(强恕齋集)》, 《포산논화(浦山論畫)》 등이 있다. 화징록은 장경이 지은 《국조화징록》을 가리키는데, 본집이 3권이고 속록(續錄)이 2권으로 청나라 화가들의 소전(小傳)을 엮은 화가열전이다.

서 노닐다가 후에 연경(燕京)에 들어갔으며, 성품이 고광(高曠 고상하고 매이지 않은 것)하여 벼슬하기를 좋아하지 않았다.'라고 되어 있다. 그가 요동에서 노닐 때가 바로 선생을 위해 국화를 그렸던 때이리라. 그런데 벼슬하기를 좋아하지 않았다는 것은 그가 어찌 스스로 지키는 바가 있어서 그러한 것이 아니었겠는가? 그의 자(字)가 월심(月心)이니, 또한 뜻을 의탁하여 은거한 자가 아닌 줄 어찌 알겠는가?

내가 일찍이 심양을 지날 때에,[220] 설(薛)씨 성을 가진 사람의 집에서 묵게 되었는데, 주인이 머뭇거리며 무슨 말을 할듯 말듯 하다가 밤이 깊어서야 스스로 내력을 말하였다. 그의 조상 설진유(薛進儒)는 가정(嘉靖) 연간 이름난 관리의 자손으로, 병란(兵亂)을 피해 동쪽으로 나오다가 봉황성(鳳凰城)에 이르러 붙잡혀 결국 기인(旗人)[221]에 예속되었다고 한다. 그는 강개한 표정으로 울분을 억누르면서, "당시 귀국(貴國)의 절의지사(節義之士)들이 이 성에서 감옥에 갇히기도 하고 죽음을 당하기도 하였소.[222] 지금까지 우리들은 그 이야기를 모두 전하고 있소."라고 하였다. 내가 "그대는 그 성명(姓名)을 기억할 수 있겠소?"라고 묻자, 그는 "《개국방략(開國方略)》[223]이란 서책에 자세히 �

220 내가……때에 : 이 글이 1874년에 쓰여 진 것으로 보아 환재의 제2차 연행(1872년) 때로 보인다.

221 기인(旗人) : 청나라의 팔기(八旗) 제도에 속한 사람들의 총칭이다.

222 귀국(貴國)의……하였소 : 절의지사는 삼학사(三學士)인 홍익한(洪翼漢)·윤집(尹集)·오달제(吳達濟) 등을 가리킨다. 《황청개국방략(皇淸開國方略)》 권24 〈태종문황제(太宗文皇帝) 조에 홍익한·윤집·오달제 등이 명나라 편을 들 것을 부르짖고 맹약을 깨뜨리고 전란을 일으킨 죄를 물어 숭덕(崇德) 2년(1637) 3월 갑진(甲辰)에 사형을 시켰다는 기사가 있다.

어져 있고, 나도 읽은 적이 있소."라고 대답하였다.

아! 그 사이 200여 년의 세월이 흘러 그 때의 일은 물이 흘러가고 구름이 허공에 떠가듯 아득하였으나, 그 늠름한 기상은 아직까지 이곳 사람들을 감동시킨다. 산음 사람 맹생(孟生)이 무엇 때문에 요동과 심양을 떠돌았는지는 모르겠으나, 직접 군자(君子)의 남관(南冠)한 용모[224]를 보고서 굳이 국화그림을 그려 주었으니, 그의 마음속에 무엇이 있었는지 알만하다.

왕어양(王漁洋)[225]의 《감구집(感舊集)》에 선생께서 명나라에 사신 갔을 때 지었던 많은 시를 수록하면서, '동국(東國)은 시의 성률(聲律)을 맞출 줄 안다.'[226]라고 극찬하였다. 우리나라 사람들은 이에 선생의

223 개국방략(開國方略) : 청나라 건륭 38년(1774)에 명을 받들어 무영전(武英殿)에서 편찬한 책으로 32권이다. 청 태조의 건국부터 세조가 중국에 들어가 평정하기까지의 사실을 편년체로 기술하였으며 특히 병자호란 때의 일이 자세히 실려 있다. 《황청개국방략(皇淸開國方畧)》, 《대청개국방략(開國方畧)》이라고도 한다.

224 남관(南冠)한 용모 : 남관은 남쪽 초인(楚人)의 관이라는 의미로, 춘추 시대 초나라의 악관(樂官)인 종의(鍾儀)가 진(晉)나라에 포로로 잡혀있을 때 남관을 쓰고 있었다는 고사에서, 타향에 붙잡혀 있으면서도 절개를 잃지 않는 수인(囚人)을 말한다.

225 왕어양(王漁洋) : 왕사정(王士禎, 1634~1711)을 가리키며, 어양은 그의 호이다. 산동성 신성(新城) 사람으로 자는 이상(貽上), 호는 완정(阮亭)·어양산인(漁洋山人), 시호는 문간(文簡)이다. 시문에 뛰어나 주이준(朱彝尊)과 함께 '남주북왕(南朱北王)'이라 불리었다. 신운설(神韻說)의 주창자이다. 시문집에 《대경당집(帶經堂集)》, 《대경당시화(帶經堂詩話)》, 《어양산인정화록(漁洋山人精華錄)》, 《지북우담(池北偶談)》, 《거이록(居易錄)》, 《감구집(感舊集)》, 《향조필기(香祖筆記)》, 《당현삼매집(唐賢三昧集)》 등이 있다.

226 동국(東國)은……안다 : 왕사정은 〈논시절구(論詩絶句)〉에서 "얕은 구름 끼고 가랑비 내리는 소고사, 국화는 빼어나고 난초는 쇠잔한 팔월이라네. 조선 사신의 위

시가 성조(聲調)에 가장 잘 들어맞기 때문에 왕어양에 의해 뽑혔다고 말한다. 그러나 《감구집》에는 스스로 정밀한 의리가 담겨 있으므로, 선생의 시를 수록한 것은 다만 그 시가 선발에 적합하기 때문만은 아니었음을 알지 못한다.

연경(燕京) 장사치들이 청주(青主) 부산(傅山)[227]의 수묵산수화나 팔대산인(八大山人)[228]의 어해소폭(魚蟹小幅) 그림을 만나면 비싼 값을 치르고 사는데, 이는 그 그림 때문이 아니라 그 사람을 중히 여기기 때문이다. 이 화권(畫卷)의 단심국(丹心菊)을 만약 우리나라의 뜻있는 이가 본다면, 역시 선생으로 인해 중하게 될 것이다.

갑술년(甲戌年, 1874) 11월 반남(潘南) 박규수는 삼가 쓰다.

시구를 아직도 기억하고 있거니와, 참으로 동쪽 나라 사람들 시가를 알고 있네.〔淡雲微雨小姑祠 菊秀蘭衰八月時 記得朝鮮使臣語 果然東國解聲詩〕라고 읊었는데, 이것은 청음 김상헌의 시를 두고 말한 것이다.

227 청주(青主) 부산(傅山) : 부산(傅山, 1605~1684)은 명말 청초의 서화가이며 의원으로, 청주는 그의 자(字)이다. 산서성 태원(太原) 출신으로 호는 색려(嗇廬)·주의도인(朱衣道人)이다. 명나라 말기의 혼란기에 도사(道士)를 칭하고 굴속에 살며 의술을 업으로 삼았다. 청나라에서도 벼슬을 단념하고 묵죽과 산수화를 그리며 소일하였다. 서예와 시문에도 뛰어났다 한다. 저서에 《상홍감집(霜紅龕集)》이 있다.

228 팔대산인(八大山人) : 명말청초의 서화가 주탑(朱耷, 1624~1703)의 호이다. 자는 설개(雪個), 별호는 인옥(人屋)·개산(個山)·전계(傳綮)·여옥(驢屋)이다. 강서(江西) 남창(南昌) 사람으로 명나라가 망하자 시중을 떠돌며 서화와 시주(詩酒)를 벗 삼아 미치광이 생활을 하였다. 서화에 힘써 산수, 화조, 묵죽을 잘 그렸는데 특히 수묵화의 소품이 뛰어났다. 석도(石濤)·홍인(弘仁)·곤잔(髡殘) 등과 더불어 청초 4대 고승(高僧)이라 일컬어졌다. 작품집으로 《팔대산인시초(八大山人詩鈔)》, 《팔대산인서화집(八大山人書畫集)》, 《산수화조화책(山水花鳥畫冊)》 등이 있다.

용괴려(龍槐廬)의 〈팽계전기(彭溪傳奇)〉 뒤에 쓰다[229]

題龍槐廬彭溪傳奇後

강열녀(姜烈女)는 호남성(湖南省) 신녕현(新寧縣) 팽계촌(彭溪村) 사람이다. 그 아비는 장사꾼이었는데 병란이 일어나자 밑천을 잃고 농사꾼이 되었다. 열녀는 어려서 같은 고을의 오씨(吳氏)와 혼인을 약속하였는데, 오씨가 전쟁에 종군하였다가 돌아오지 못하자, 열녀는 열여섯이 되도록 아직 시집가지 않고 있었다.

그 고을의 토호(土豪) 전원외(錢員外)는 부유하고 권세도 있는 자였는데, 열녀의 용모가 몹시 아리따운 것을 알고 그 아비에게 재물을 먹이고 이어 혼인을 하자고 협박하였다. 그 아비가 전원외의 뜻을 따라 딸에게 혼인할 것을 협박하자, 열녀는 상황이 급박해져 밤중에 오씨네 집으로 달아났다. 전원외가 또 오씨의 부모에게 재물을 주어 꾀니, 이에 오씨 부모는 열녀를 다락 위에 가둬놓고, 다락 아래에서 전원외에

229 용괴려의……쓰다 : 이 글은 용계동(龍繼棟)이 지은 〈팽계전기(彭溪傳奇)〉를 읽고 쓴 발문이다. 역관 이용숙(李容肅)이 1876년 중국에 다녀오면서 용계동(龍繼棟)이 지은 전기(傳奇)를 환재에게 전해 주었는데, 환재는 용계동의 전기가 강열녀의 사적을 사관의 직필로 훌륭히 묘사하여 윤리를 부축하는 역할을 할 수 있다고 격찬하였다.

참고로 청나라 문인 서가(徐珂)가 편찬한 《청패류초(淸稗類鈔)》 제7책 정렬류(貞烈類)에 〈강열녀는 친정부모와 시부모의 강압에도 절개를 잃지 않았다〔江烈女不爲父母舅姑所奪〕〉라는 제목으로 이 일화가 실려 있다. 원문은 다음과 같다. "江烈女 新寧人家貧力農 已字而未嫁也 邑豪紳豔其色 欲私之 苦不得間 女父母故負紳金 紳乃益貸之 意其必無以償 則可劫而誘也 既而其父母果無以償 乃願致女 及期 女微聞其事 宵遁之夫家 紳又餌其舅姑 皆許諾 爲期 召紳至 閉女於樓 女遂縊 邑人畏紳勢 秘其事"

게 연회를 벌여 접대하였다. 열녀는 끝내 이 상황을 모면할 수 없음을 알고 마침내 목매어 죽었다.

이 일은 동치(同治) 2~3년(1863~1864)에 있었던 사건인데, 전원외의 큰 형이 고관(高官)이었으므로 온 고을 사람들이 함구하고 감히 말하지 못하였다.

용계동(龍繼棟)[230]의 호는 괴려(槐廬)인데, 처가(妻家)가 신녕현에 있었으므로 그 상세한 내막을 듣고 이를 애처롭게 여겨 전기(傳奇)를 지었다. 병자년(1876) 봄에 연경(燕京)에 갔던 사신행차가 돌아오는 편에 편지를 보내 보여주면서, 나에게 논평해 주기를 구하였다. 그리하여 강대자(姜大姊)[231]의 고결한 절개를 한 편의 아름다운 전기로 만들어 중루(中壘)[232]의 뜻을 이으려 한다고 하면서, 지금 이에 사(詞)로 곡조를 만들고 화백(話白 독백)으로 연출하여[233] 전기(傳奇)를 만들어,

230 용계동(龍繼棟) : 1845~1900. 자는 송금(松琴), 호는 괴려이고, 광서(廣西) 임계(臨桂) 사람이다. 동치 원년(1862)에 거인(擧人)이 되었고, 동치 10년(1871)에 호부주사(戶部主事)를 지냈는데, 이해에 지은 《열녀기(烈女記)》가 아마 환재가 언급한 이 글인 듯하다. 광서 16년(1890)에 《고금도서집성(古今圖書集成)》의 교정에 참여하였고, 총찬(總纂)을 역임하였다. 부친 용계서(龍啓瑞龍)와 함께 사(詞)의 창작에 뛰어나 임계사파(臨桂詞派)의 일원으로 활동하였는데, 상수사파(常州詞派)의 울타리를 뛰어넘어 만청(晩淸)의 임계사파가 형성되는데 중요한 역할을 하였다고 한다. 전고의 활용을 잘했고, 언어의 조탁에 능숙했다고 한다.

231 강대자(姜大姊) : 강열녀의 열행을 기려서, '행실이 훌륭한 여자'라는 뜻으로 '대자(大姊)'라 표현한 듯하다.

232 중루(中壘) : 중루는 중루교위(中壘校尉)를 지낸 한(漢)나라 유향(劉向)을 가리킨다. 중루지편(中壘之編)은 곧 유향이 편찬한 《열녀전(列女傳)》을 가리킨다.

233 사(詞)로……만들었으니 : 원문은 '사지곡백지연위전기(詞之曲白之演爲傳奇)'인데, 이 글의 제목과 함께 고려하면, '전기(傳奇)'는 희곡(戲曲)의 극본(劇本)으로

문인묵객과 어린아이며 아낙네들이 눈으로 보고 귀로 들으면 감격하고 탄식하며 분통을 터뜨리다 마침내는 침을 뱉고 욕을 하게 만들려 한다고 하였다. 한편으로는 풍속과 교화를 돕고 한편으로는 간사하고 완악한 이를 준엄히 꾸짖어, 풍간하는 시인의 뜻을 얻었고 사관(史官)의 필치[234]가 엄중하니, 이것이야말로 작자(作者)의 고심(苦心)이다. 저 처참하고 슬픔이 이어진 것은 차마 끝까지 읽지 못할 지경이었으니, 문자의 묘함은 논할 겨를이 없었다.

이륜(彝倫)과 강상(綱常)은 왕도정치에서 우선시하는 바이다. 지난 명(明)나라 홍무(洪武) 연간(1368~1398)에 민가의 아낙을 위협하여 뺏은 군인이 있었다. 유사(有司)가 그 사실을 알고도 일부러 놓아주니, 명 태조(太祖)가 진노하여 모두 참형(斬刑)에 처하였다. 만약 명 태조가 이 사안을 단죄하였다면 어떻게 처리했을지 모르겠다.

〈팽계전기(彭溪傳奇)〉는 지난날 이국인(李菊人)[235]이 가지고 와 나

쓰여진 듯하다. 명청 시대에 남방의 희곡은 노래를 곁들인 장편희곡(長篇戲曲)을 많이 만들었는데, 이는 북방의 잡극(雜劇)과 차별되는 점이자 송원(宋元) 시대 남방 희곡의 진일보한 면모이다. 명 가정(嘉靖) 연간(1522~1566)에서 청 건륭(乾隆) 연간(1735~1795) 사이에 성행하였으며, 극본에 따라 연기하고 노래하는 방식이었다. 따라서 '사곡(詞曲)'은 노래를, '백연(白演)'은 연기를 담당하여 이 두 가지가 전기를 구성하는 요소임을 알 수 있다. 참고로 명·청 전기는 금·원의 잡극(雜劇)과 송·원·명초의 희문(戲文)에 이어 중국희곡의 맥을 이은 중요한 희극 형식이자, 명·청대의 주요 희극 문학 극본이다. 《송철규, 〈明·清 傳奇의 구조 분석〉, 《중국연구》 27집, 2001》

234 사관(史官)의 필치 : 원문은 '동호지필(董狐之筆)'로, 진(晉)나라의 사관 동호(董狐)가 죽음을 두려워하지 않고 사실을 바르게 적었다는 고사에서 나온 말이며, 동호직필(董狐直筆)이라고도 한다. 《春秋左氏傳 宣公2年》

235 이국인(李菊人) : 이용숙(李容肅)을 가리키며, 국인은 그의 호이다. 역관 출신의

에게 보여주었던 것이다. 읽어본 뒤에 감격스러움을 이길 수 없어 몇 마디 말을 썼으니, 송금대인(松琴大人 용계동)께서 바로잡아주기를 바랍니다.

저명한 시인으로 중국에 누차 다녀왔는데 환재가 중국의 동문환에게 보내는 서신을 중개하기도 하였다. 이 용계동(龍繼棟)의 〈팽계전기(彭溪傳奇)〉는 이용숙이 1876년에 재자사행(齎咨使行)으로 중국에 다녀오면서 가지고 온 것이다.

《소정유묵첩》에 쓰다[236]

題邵亭遺墨帖

무진년(1868)[237]에 내가 대동강 가에서 삼등(三登) 현령 심후(沈侯)[238]와 정담을 나눴는데, 그가 소매 속에서 소정(邵亭 김영작(金永爵))이 병중에 소회를 적은 작품을 꺼내 보여주었으니, 마지막 작품이었다. 매만지며 완상하는 사이에 나도 모르게 눈물이 철철 흘렀다. 이윽고 심후가 첩으로 장정하여 나에게 뜻을 함께하는 벗들과 돌려보라고 하였는데, 나 또한 심후에게 민멸시키지 말라고 당부한 말이 있었기 때문이다.

소정의 무덤에 풀이 우거졌는데, 이 첩이 내 거처에 아직 남아있으니, 펼쳐볼수록 서글픈 심정을 가눌 길 없다. 기억하건대 갑자년(1864) 봄에 나는 소정과 같은 날에 강관(講官)의 명을 받았고, 이후로 4, 5년 동안 나는 안절(按節)하러 지방에 거처하였으므로 경서를 끼고 대궐 뜨락에 오른 날은 소정이 더 많았다.[239] 경전을 풀이하여 올린

236 《소정유묵첩》에 쓰다 : 이 글은 환재가 1868년(고종3)에 소정(邵亭) 김영작(金永爵, 1802~1868)이 남긴 유묵첩에 쓴 글이다.

237 무진년(1868) : 원문에는 '戊戌'로 되어 있으나, 무술년은 1838년이므로 문장내용과 어울리지 않는다. 김영작(1802~1868)의 몰년과 문맥을 고려하여 수정하였다.

238 삼등(三登) 현령 심후(沈侯) : 심의건(沈宜健, 1813~?)을 가리킨다. 본관은 청송(青松), 자는 공무(公懋)로 1866년부터 1868년까지 평안도 삼등 현령을 지냈다.

239 기억하건대……많았다 : 환재는 갑자년(1864 고종1)에 동지경연사 및 강관에 임명되었는데, 1866년 2월에 평안 감사에 임명되어 이후로 여러 해 동안 외직에 나가 있었다.

말들이 명백하고 간절하였고, 임금을 도에 맞도록 인도한 정성이 말과 얼굴에 넘쳐났다. 지금 병으로 누워 시를 씀에도 충군애국(忠君愛國)의 심정이 정성스러우니, 후대에 이것을 보는 자는 비록 공을 만나뵙지 못했더라도 그가 조정에 서서 행한 본말(本末)이 어떠한 사람이었는지 알 수 있을 것이다.

공께서 일찍이 중국에 사신을 갔을 때, 의징(儀徵) 출신 오교(午橋) 장병염(張丙炎)[240]과 친하게 지냈다. 동치(同治) 초년이 되어 오교가 여러 한림들과 함께 경전 중에서 요점이 되는 말을 골라 《강의(講義)》를 편수하여 책으로 엮어 경연(經筵)에서 임금을 일깨우는 자료로 삼았다. 공께서 소식을 듣고 그 책을 구하니, 오교가 필사하여 1본을 보내주었다. 얼마 안 있어 공이 돌아가시니, 오교가 제문을 보내어 제사를 지냈는데, 다음과 같다.

어진 임금께서 어리시니	賢王幼冲
바르고 현명한 이들이 보좌하네	端賢輔導
이제 노성한 신하에 힘입어	方賴老成
바른 도리로써 인도하네	引之當道
멀리서 《강의》를 구하니	遠索講義
임금께 경계를 올리기 위해서였네	冀進規箴
어려운 일 권면하고 바른말 진술한	責難陳善
그 충성이 정성스러웠네	款款忠慨

240 오교(午橋) 장병염(張丙炎) : 장병염의 자는 장군(張君), 호는 오교・죽산(竹山)이다. 장안보(張安保, 1795~1864)의 아들로, 1859년 진사에 급제하여 한림 편수(翰林編修), 염주 지부(廉州知府)를 역임하였다. 전서와 전각에 능했다.

공의 한결같은 충심과 정성은 중국 사우들의 감동을 자아내 이처럼 높은 추종을 받게 되었다.

지금 그 《강의》가 아직 공의 집에 있어서 나도 한번 본 일이 있다. 공이 이 책을 구하신 뜻을 생각해 보건대 고심이 있는 곳이 과연 어디이겠는가? 이 시첩과 더불어 함께 어루만지자니, 탄식을 금할 수 없다.

서문序

《거가잡복고》 서문[241]

居家雜服攷序

나의 아우 조경(藻卿)[242]은 일찍이 남다른 자질이 있어, 어려서부터 학문을 좋아하고 예로써 몸을 단속하였다. 경례(經禮) 17편[243]을 모

241 《거가잡복고》 서문 : 이 글은 환재가 1841년에 《거가잡복고》를 완성하고 붙인 서문이다. 《거가잡복고》는 사대부가 평상시 집에서 입는 각종 의복을 중심으로 고례(古禮)와 부합하는 이상적인 의관 제도에 관해 논한 저술이다. 서문에 따르면, 환재는 아우 박주수(朴珠壽 1816~1835)의 제안으로 저술에 착수하여 그와 협동작업을 거쳐 1년 만인 1832년에 탈고하였다. 그러나 그 후 연달아 부모의 상을 당하고 이어 아우마저 요절하여 원고를 오랫동안 방치해 두었다가 1841년에 서문을 붙여 세상에 공개하게 되었다고 한다. 상하 2책 3권으로 제1권은 사대부 남성의 복식을 논한 〈외복(外服)〉편이고, 제2권은 사대부 여성의 복식을 논한 〈내복(內服)〉편이며, 제3권은 남녀 아동의 복식을 논한 〈유복(幼服)〉편이다. 이 저술은 당시 의관 제도의 실상과 그 개혁방안을 제시한 것으로, 조부 연암 박지원의 지론인 의관 제도 개혁론을 계승하여 사대부 사회의 기풍을 혁신하고자 하는 문제의식을 담고 있다. 《瓛齋叢書 卷4》 《김명호, 환재 박규수 연구, 창비, 2008, 183~203쪽》

242 조경(藻卿) : 박주수(朴珠壽, 1816~1835)의 자(字)이다. 박종채(朴宗采, 1780~1835)의 아들로 후에 박종의(朴宗儀, 1766~1815)의 양자가 되었다.

243 경례(經禮) 17편 : 《의례(儀禮)》를 가리킨다. 17편은 사관례(士冠禮), 사혼례

두 실습해 익혀[244] 그 번다하고 세세한 곳까지 모두 익혔고, 종묘와 능침의 제도에 대해서 정밀한 의미를 묵묵히 통달하였다. 기물과 의복 및 수레와 깃발의 문양과 색채에 대해서는 더욱 상세히 변증하였는데, 근거를 고증하고 인용한 것이 경전(經傳)을 벗어나지 않고 명백하고 상세하여 모두 인정(人情)에 합치되었다.

조경이 일찍이 말하였다.

> 사관례(士冠禮)에서 삼가(三加)[245]에 현단(玄端)·피변(皮弁)·작변(爵弁)[246]의 복식을 갖추니, 선비의 성복(盛服)은 진실로 이것보

(士昏禮), 사상견례(士相見禮), 향음주례(鄕飮酒禮), 향사례(鄕射禮), 연례(燕禮), 대사(大射), 빙례(聘禮), 공사대부례(公食大夫禮), 근례(覲禮), 상복(喪服), 사상례(士喪禮), 기석례(旣夕禮), 사우례(士虞禮), 특생궤사례(特牲饋食禮), 소뢰궤사례(少牢饋食禮), 유사철(有司徹)이다.

244 실습해 익혀 : 원문은 '면체(緜蕝)'인데, 면체는 야외에서 띠풀을 묶어 위차(位次)를 정하여 예악(禮樂)을 익히는 것을 가리킨다. 한 고조(漢高祖) 때 숙손통(叔孫通)이 일찍이 문학으로 명성이 있었는데, 천하가 처음으로 평정되자 제생(諸生)을 불러 야외에서 띠풀을 묶어 위차를 표시하여 한 달 남짓 예악을 익히게 한 다음 고조에게 보이자, 고조가 여러 신하로 하여금 따라 익히게 하였다고 한다.《史記 卷99 叔孫通列傳》

245 삼가(三加) : 관례(冠禮) 때에 세 번 관을 갈아 씌우는 의식을 말한다. 초가(初加)에는 치포관(緇布冠)을 쓰고, 재가(再加)에는 피변(皮弁)을 쓰며, 삼가(三加)에는 작변(爵弁)을 쓴다.

246 현단(玄端)·피변(皮弁)·작변(爵弁) : 현단은 검은색의 예복을 가리킨다. 제사 때 천자, 제후, 사대부가 모두 입었으며, 천자가 평소 거처할 때에도 입었다. 피변은 관례를 올리거나 벼슬아치가 조정에 나아갈 때 쓰던 관으로, 사슴 가죽으로 둥글게 만들고 끝에 꼭지를 달았다. 작변은 면관(冕冠)의 다음 위치에 해당하는 관이다. 작변복(爵弁服)은 대부가 가묘(家廟)에서 제사를 지낼 때나 임금을 도와 제사를 드릴 때 입는 옷으로 사혼례(士婚禮)에서 친영(親迎)할 때에도 입었다.

다 더 높은 것은 없다. 그런데 집에 있으면 부모를 섬겨야 하니 현단이 맞는 복식이고, 조정에 있으면 임금을 섬겨야 하니 피변이 맞는 복식이고, 사당에 있으면 귀신을 섬겨야 하니 작변이 맞는 복식이다. 성인(成人)의 일은 이러해야 완비된다. 《예기》에 '삼가를 하면서 차츰 높이는 것은 그 의미를 깨우쳐주기 위해서이다.〔三加彌尊喩其志也〕'[247]라고 한 것이 바로 이것을 말한다. 조복(朝服)도 아니고 제복(祭服)도 아닌 것으로 구차하게 삼가의 수를 채울 뿐이라면, 어찌 그 의미를 잃어버리고 숫자만 나열하는 유사(有司)의 일이 아니겠는가?"[248]

삼가의 의미를 풀이한 예론 중에 이런 논의는 없었다. 선군자(先君子)[249]께서도 일찍이 그의 설을 깊이 인정하였다.

신묘년(1831)에 조경이 16세가 되어 관례를 행하려고 심의(深衣)[250]

247 삼가를……위해서이다 : 관례에서 관을 바꿀 때마다 상급의 관을 씌우는 것은, 관례한 뒤에 관의 등급에 맞춰서 뜻을 높게 가져야 함을 깨우치기 위한 것이란 의미이다. 《예기》 〈교특생(郊特生)〉에 보인다.

248 어찌……아니겠는가 : 예는 그 본의를 아는 것이 중요하다는 말로, 근본정신은 모른 채 단지 형식적인 숫자나 나열하는 것을 유사의 일로 폄하한 것이다. 《예기》 〈교특생〉에 "예에서 높이는 것은 그 의리〔義〕이다. 그 의리를 잃고 그 숫자만 나열하는 것은 축사의 일이다.〔禮之所尊 尊其義也 失其義 陳其數 祝史之事也〕"라는 구절이 있다.

249 선군자(先君子) : 돌아가신 아버지란 뜻으로 박종채(朴宗采, 1780~1835)를 가리킨다. 자는 사행(士行), 호는 혜전(蕙田)이다. 연암의 실학을 환재에게 전수하였으며, 저서로 《과정록(過庭錄)》이 있다.

250 심의(深衣) : 제후・대부・민가에서 입던 옷으로 상의(上衣)와 하상(下裳)이 이어진 것이 특징이다.

의 의상(衣裳)을 만들었는데, 지금의 조회하고 제사지내는 예복으로 삼가의 의식을 준비하였다. 조경은 이미 얼굴과 용모가 아름다운데다 평소 예절을 익혔으므로, 이때 붉은 폐슬에 홍색 치마를 입고 패옥을 울리며 방을 나서니, 자리에 있던 모든 손님들이 깜짝 놀라 용모를 고치지 않는 이가 없었다.

얼마 후 조경이 나에게 상의하기를 "지금의 조복과 제복에는 아직도 주(周)나라의 옛 모습이 남아 있는데, 유독 사대부가 집에 거처하여 예를 행할 때에 입을 만한 의상이 없으며, 부인의 복식은 예에 어긋남이 더욱 심합니다. 이는 식견 있는 선배들이 오래전에 이미 말한 것입니다. 옛 법을 상고해보면 오직 현단(玄端)[251]과 소의(宵衣)[252]가 구복(九服)과 육복(六服)[253] 이외의 것이어서 선비의 정복(正服)이 됩니다. 예를 논하는 것은 필부의 일이 아닙니다. 그러나 경전에 근거하여 하나의 설을 세우면 선유(先儒)들의 미비한 점을 보충할 수 있을 것이고, 여러 의견이 분분한 심의에 대한 의혹도 또한 이를 통해 분별할 수 있을 것입니다."라고 하였다.

251 현단(玄端) : 검은 천으로 가장자리를 싸서 돌린 제복(祭服)으로, 천자에서 사대부까지 제사 때에 모두 입었다.

252 소의(宵衣) : 부인들이 제사를 도울 때 입던 검은 명주옷을 가리킨다.

253 구복(九服)과 육복(六服) : 고대 왕과 왕후의 복식을 말한다. 구복은 신분에 따라 여러 가지 설이 있으나 공(公)이 입는 구복을 예를 들면 방면(方冕), 곤면(袞冕), 산면(山冕), 별면(鷩冕), 화면(火冕), 취면(毳冕), 위변(韋弁), 피변(皮弁), 현관(玄冠)이다. 육복은 천자의 여섯 가지 면복(冕服)으로 대구(大裘), 곤의(袞衣), 선의(禪衣), 계의(罽衣), 치의(絺衣), 현의(玄衣)를 가리키는데, 왕후의 여섯 가지 복색을 가리키기도 한다.

내가 때때로 그의 말을 듣기를 좋아하여 망녕됨을 생각지도 않고 그때마다 원고에 적으니, 1년이 다 되어 《거가잡복고(居家雜服攷)》 3편을 얻었다. 조경은 스스로 나이가 어리다 하며 필묵으로 기록하는 일을 사양하고 자처하지 않았다. 이 때문에 논설(論說)들을 모아 편집하는 일은 모두 나의 손에서 나왔다. 그리고 흐름을 거슬러 근원을 탐색하고 널리 인용하고 자세히 논증하며, 세밀히 분석하여 마음으로 이해하고 손수 징험하여, 옛 제도 중에 아득하여 자세치 않았던 것으로 하여금 눈앞에 찬란히 드러나도록 하였다. 또 그림을 그리고 비평을 붙여서 그 뜻을 보완하였다. 책 가운데 긴요하고 정밀한 곳은 십 중 칠팔은 조경의 힘이었다.

또 한 책을 엮어 차례대로 궁실(宮室)과 기거(器車)에 대해서도 언급하고 싶었는데, 이렇게 하면 계속되는 즐거움을 이루 말할 수 없었을 것이다. 그러나 불행히도 집안의 운수가 기박하여 천륜의 지기(知己)인 아우가 하루아침에 죽고 말았으니, 다시 이 책을 대하매 창자를 끊는 듯하여 상자에 던져두고 오랫동안 차마 펴보지 못하였다. 세월이 오래 지나 동지와 벗들이 종종 꺼내어 읽고는 칭찬의 말을 해주었으나, 이는 이 책을 지은 것이 본래 조경의 뜻에서 나왔음을 알지 못한 것이다.

조경이 일찍이 말하였다.

장횡거(張横渠)가 한 구역의 전지(田地)를 사서 시험 삼아 정전제(井田制)를 실시할 것을 꾀하였으니,[254] 이는 진실로 문자 상의 빈말

254 장횡거(張横渠)가……꾀하였으니 : 장횡거(1020~1077)의 이름은 재(載), 자는

은 눈으로 징험하고 실제 행하는 것만 같지 못하다고 여긴 때문이다. 사대부가 만약 연못과 집, 정자의 즐거움을 버리면 한 구역의 하옥(廈屋)을 만들기 어렵지 않을 것이고, 진귀하고 기이한 완상품을 줄이면 대나무와 나무로 만든 모나고 둥근 기물을 만들어 볼 수 있을 것이며, 단정치 못한 평복을 버리면 봉액(逢掖)과 단필(端韠)[255]을 지어볼 수 있을 것이다. 자제들이 절하고 꿇어앉을 나이가 되어, 그 사이에서 오르내리며 읍하고 사양하고 주선하는 것을 익히도록 한 뒤에, 지금 사람들의 기거와 음식에 전혀 법도가 없고, 주공(周公)의 예가 도리어 매우 간편하여 지금 행하더라도 어려움이 없으리란 것을 스스로 알게 될 것이다.

아! 그가 고인을 독실히 믿어 매진하는데 뜻을 두었으니, 자잘하게 예(禮)의 말단적인 형식에만 얽매이는 자들이 말할 수 있는 바가 아니다. 혹시 하늘이 하옥(廈屋)과 예기(禮器)의 완성을 바라지 않아서, 그에게 수명을 빌려주지 않아 후세에 보여줄 한 권의 저술도 마치지 못하게 하였는가. 후세의 군자들은 내가 이 책에 대해 무궁한 슬픔이

자후(子厚)이다. 정명도(程明道)·정이천(程伊川)과 함께 송나라 유학의 기초를 세운 학자이다. 여대림(呂大臨)이 지은 장재에 대한 〈행장(行狀)〉에 따르면 장횡거가 정전제에 대하여 큰 관심을 가지고 있었다고 한다. 원문은 다음과 같다. "嘗曰 仁政必自經界始 ……縱不能行之天下 猶可驗之一鄉 方與學者 議古之法 共買田一方 畫爲數井 上不失公家之賦役 退以其私 正經界 分宅里 立斂法 廣儲蓄 興學校 成禮俗 救災恤患 敦本抑末 足以推先王之遺法 明當今之可行"《張子全書 卷15》

255 봉액(逢掖)과 단필(端韠) : 봉액은 봉액(縫掖)이라고도 하며, 옷소매가 넓은 복장을 가리킨다. 단필은 검은색의 예복인 현단복(玄端服)과 폐슬(蔽膝)을 합칭한 말로 모두 유자(儒者)의 복장을 가리킨다.

있음을 알 것이다.

신축년(1841) 11월 15일 반남(潘南) 박규수(朴珪壽)는 쓰노라.

《거가잡복고》가 탈고된 후, 조경이 또다시 손수 한 본을 베꼈는데 이 책이 그것이다. 을미년(1835) 여름에 장산(章山)[256]에서 등서(謄書)하고 교감(較勘)하였으니, 마침내 그의 마지막 필적이 되었다. 11월 15일은 바로 그가 죽은 날이다. 세월이 흘러 해가 이미 여섯 번 바뀌었다. 세모에 산골에서 다시 이 날을 만나니, 밤이 다 가도록 잠이 오지 않아 촛불을 밝히고 이렇게 쓴다. 규수가 또 기록하다.

256 장산(章山) : 지금의 경상북도 경산(慶山)의 옛 이름이다.

《문정공문초》 서문[257]

文貞公文鈔序

나의 7세조 문정공(文貞公)[258]의 《분서집(汾西集)》[259] 16권과 부록 1권의 목판이 천안군(天安郡) 광덕사(廣德寺)[260]에 보관되어 있다. 또 상자 안의 원고 20권이 집에 보관되어 있는데, 모두 선조께서 직접 쓰신 것이다. 그런데 우리 종가에 몇 년 사이로 연거푸 혹심한 상화(喪

257 《문정공문초》 서문 : 이 글은 환재가 1845년 2월에 7대조 문정공 박미(朴瀰)의 시문들을 뽑아 《문정공문초》 10권을 편찬하면서 붙인 서문이다. 이 책은 집안에 소장되어 온 필적을 모아 묶은 것으로, 이미 간행된 《분서집(汾西集)》보다 규모가 작은 별본이다.

258 문정공(文貞公) : 박미(朴瀰, 1592～1645)의 시호이다. 본관은 반남, 자는 중연(仲淵), 호는 분서(汾西)이다. 이항복의 문인으로, 1603년(선조36) 선조의 다섯째 딸인 정안옹주와 혼인하여 금양위(錦陽尉)에 봉해졌다. 광해군 때 폐모 논의에 불참하였다가 삭탈관직 당했으나, 인조반정 후 구공신적장자(舊功臣嫡長子)로 가자되었으며, 혜민서 제조에 서용되었다. 1638년 성절사로 청나라에 다녀온 뒤 금양군으로 개봉(改封)되었다.

259 분서집(汾西集) : 박미의 시문집으로 목판본 16권 4책이다. 1682년(숙종8) 손자 태두(泰斗)가 편찬·간행하였다. 내용은 권1～8은 시(詩), 권9～10은 서(序), 권11은 기(記), 권12는 묘지명, 권13은 묘표·행장, 권14는 잡저, 권15는 제문, 권16은 발(跋) 및 부록으로 되어 있다. 부록에는 자지(自識)와 우암 송시열이 쓴 신도비명과 서문 및 조카 세채(世采)가 쓴 행장이 수록되어 있다.

260 광덕사(廣德寺) : 현재 천안에 있는 마곡사(麻谷寺)의 말사이다. 1464년(세조10) 세조가 광덕사에 거둥한 이후 크게 번창하였다가, 1592년(선조25) 임진왜란 때 모두 불타 버리고 가까스로 대웅전·천불전만 중건되어 명맥만을 유지하였고, 1981년 대웅전·천불전 등이 증축되었다.

禍)가 닥쳐 대대로 전해오던 서적이 거의 다 없어지고, 상자 안의 원고도 없어지고 말았다. 아! 원통하도다.

우리 집에는 예전에 필사본 《분서시문(汾西詩文)》 4책이 있었는데, 이 역시 절반을 잃어버렸다. 거기에 '증왕고유고(曾王考遺稿)'라는 표지가 붙었으니, 아마 우리 고조부 장간공(章簡公)[261]께서 손수 써서 정리하신 듯하다. 지금 원집을 가져다 서로 대조해보니, 그 같고 다르며 자세하고 간략함에 서로 다른 곳이 많았다. 내가 생각건대, 원집이 이미 간행되어 세상에 돌아다니고 있는데도 고조부께서 다시 집안에 전해오던 원고를 초록하여 이 책을 엮었으니, 상자의 원고 전부를 지금 다시 볼 수 없으나, 이 책이 남아서 열의 한둘이나마 전할 수 있게 된 것이 다행이다.

그러나 권질(卷帙)이 단출하여 이 책만으로 간행하기는 어려우나, 내가 살펴보니 당송제가(唐宋諸家)의 문집에도 다시 교정한 별본(別本)이 많이 있고, 체재와 규모에 각기 취한 의미가 있었다. 이에 감히 참람함을 헤아리지 못하고서 원집과 합하여 다시 편차를 바로잡아, 이제 고체(古體) 및 근체시(近體詩) 모두 328수로 제1권과 제2권을 만들고, 서(序)와 기(記)를 합해 17편으로 제3권을, 서독(書牘) 5수로 제4권을, 비지(碑誌) 7편으로 제5권을, 행장(行狀) 4편으로 제6, 7권을, 제문(祭文) 7수로 제8권을, 변(辨) · 책(策) · 찬(贊) · 명(銘) · 송

261 장간공(章簡公) : 박필균(朴弼均, 1685~1760)의 시호이다. 본관은 반남, 자는 정보(正甫)이다. 1754년 대사간으로 재직 시 장헌세자(莊獻世子)의 서연(書筵)을 중지한 잘못과 조정의 언로 폐쇄, 과거제 문란 및 백관들의 기강 해이를 지적하는 소를 올려 인정을 받았다. 1758년에 동지돈녕중추부사에 올랐다. 벼슬에 있을 때 청백리로 칭송받았다.

(頌)·제(題)·발(跋)을 합해 17편으로 제9권을 만들었으니, 부록 1권을 합하여 모두 10권이 된다. 제목을 《문정공문초(文貞公文鈔)》라고 붙인 것은 작품을 선정하여 수록한 것이 간략하기 때문이고, 또한 별본임을 나타내어 후세 사람들로 하여금 《분서집》이 온전한 간본임을 알게 하기 위해서이다.

아! 삼가 생각건대 선조께서 아름다운 덕을 세워 후세에 드리우시어 자손들이 훌륭하게 되었다. 우리 고조부 때에는 대공(大功)[262]에 해당하는 형제가 14인이었는데, 훌륭한 선비와 이름난 대신이 되어 같은 집에서 함께 밥을 먹었으니, 선조의 유훈을 이어 받들고 후손에게 가르침을 끼친 것이 깊고도 원대하였다. 그러므로 집집마다 모아 놓은 글이 필시 사람마다 한 묶음씩, 집집마다 한 부(部)씩은 될 것이다. 지금 이것들을 취합한다면 흩어진 짧은 간편(簡編)들을 필시 다시 찾아낼 수 있을 것이니, 얼마간의 유초(遺艸)가 우리 집에만 있는 것은 아니리라. 그러나 후손들이 촌수가 멀어지고 타향에 흩어져 살고 있으므로 수소문하여 모으는 일도 창졸간에 이룰 수는 없다. 부디 서로 이 사실을 알려서 일이 성사되도록 도와줄 것을 족당(族黨)의 제현들에게 간절히 바라노라.

을사년(1845) 2월, 불초손 규수(珪壽)가 삼가 쓰다.

262 대공(大功) : 9개월 동안 입었던 굵은 베로 만든 상복을 말한다. 대공에서 정복(正服)의 대상은 같은 항렬에 속하는 3등친인 4촌형제와 자매, 아랫대로는 3등친인 둘째 이하의 손자·손녀로서, 자매와 손녀의 경우 출가하면 소공(小功)으로 내린다.

《하충렬공관계변무록》 서문[263]

河忠烈公貫系辨誣錄序

하충렬공(河忠烈公)의 관적(貫籍)과 세계(世系)를 무고(誣告)한 사건에 대해 공의 후손 시철(始澈)이 변증하는 3편(編)을 지었다. 무고한 내용에 큰 항목 네 가지가 있으니, 관적을 바꾼 것〔變貫〕, 조상을 바꾼 것〔冒祖〕, 인륜을 끊은 것〔絶倫〕, 성을 바꾼 것〔易姓〕이다.

관적을 바꿨다는 것은 무엇인가? 종족이 아닌 자가 충렬공의 후손이라 칭하더라도, 자기의 관향을 갑자기 바꿀 수 없는 것이 걱정이니, 충렬공의 관적을 바꿔서 자기에게 붙이는 것만 못하다고 여겼다. 이에 관적을 바꾸는 무고가 생겼다.

조상을 바꿨다는 것은 무엇인가? 비록 관적을 바꿔 자기에게 붙였더라도, 충렬공을 옮겨다 자기들 보첩(譜牒)에 붙여 더욱 믿음을 줌만 못하다고 여겼다. 이에 조상을 바꾸는 무고가 생겼다.

인륜을 끊었다는 것은 무엇인가? 저들이 가장 걱정한 것은 법망에서

263 《하충렬공관계변무록》 서문 : 환재가 《하충렬공관계변무록》에 쓴 서문이다. 《하충렬공관계변무록》 하위지(河緯地, 1387~1456)의 관향에 대한 논쟁의 시말을 정리하여 1876년(고종13)에 6권 3책으로 간행한 목활자본이다. 사육신(死六臣)의 한 사람인 하위지의 관향이 단계(丹溪)라는 설과 진주(晉州)라는 설이 수백 년 동안 논란이 되었다. 하시철(河始徹)이 환재를 찾아와 억울함을 호소하자 환재는 예조 판서 홍석주(洪奭周)에게 이를 알렸고, 홍석주가 예조 판서로 있으면서 단계의 하시철과 진주의 하석중(河錫中)을 대질시켜 그의 본관이 단계인 것으로 판정하였다. 이 책에는 박규수 · 서형순(徐衡淳) · 박광석(朴光錫)의 서문과 박해순(朴海淳) · 조석희(趙奭熙) · 하주(河鑄)의 발문이 있다.

벗어난 혈손(血孫)이 있었기 때문이다. 그러므로 충렬공의 장자를 보첩에서 빼내는 것은 장자의 이름을 지워버려 뿌리를 끊어버리느니만 못하다고 여겼다. 이에 인륜을 끊는 무고가 생겼다.

성을 바꿨다는 것은 무엇인가? 장자의 이름을 없애려 해도 없앨 수 없는 것이 걱정되니, 그 성을 바꾸어 사람들에게 의심과 혼란을 심어주는 것보다 못하다고 여겼다. 이에 성을 바꾸는 무고가 생겼다.

무고를 꾸민 자가 기궤한 계책과 말로써 온갖 거짓을 만들어 증거라고 인용한 것들이 모두 조야(朝野)를 현혹시키기에 충분했다. 그리하여 아비가 속이고 자식이 미혹시켜 대대로 무고가 늘어나 백여 년에 이르게 되었으니, 비유하자면 강한 적들이 웅거하여 성곽과 보루가 완성되어 적은 군대와 기병대로는 격파할 수 없는 것과 같았다.

훗날의 군자들이 이 책을 보면, 시철이 원통하고 격분하여, 빈주먹을 움켜쥐고 칼날을 무릅쓰고서 두려워 꺾이지 않는 의지로 죽어도 후회하지 않았던 모습을 알 수 있을 것이다. 그리고 조목을 나누어 자세히 분석함으로써 대나무가 쪼개지고 얼음이 풀리듯이 저들이 거짓을 꾸며 날조하여 공안(公眼)을 막고 사사로움을 지어낸 것이 필경 다 드러나 감추지 못하게 만들었으니, 그 또한 어려운 일이 아니었겠는가.

시철의 호는 단여(丹餘)이니, 단계(丹溪)의 후예라는 의미이다. 나는 약관의 나이 때부터 그를 알았는데, 그가 변론하고 고증한 것은 국승(國乘), 야사(野史), 군지(郡誌), 가첩(家牒)과 선배 현인들의 서소(書疏), 차기(箚記)에 근거한 것이다. 만약 한 마디 반 구절이라도 발명(發明)에 증거가 된다면, 그날로 가서 구하여 천리 길을 집안 뜨락을 왕래하듯 여겼다. 이리하여 경도(京都)와 호령(湖嶺 호남과 영남) 사이를 한해에도 5, 6차례나 왕복하였다. 집안이 몹시 가난하여 여비가 나올 곳이 없어 주머니의 콩을 씹고 물을 마셨으므로 수백 리 길을 다니면서도 굶어죽지 않았다.

어느 날 그가 피가 나는 왼손을 싸맨 채 나를 찾아와 눈물 흘리면서 "내가 혈서를 써서 대종백(大宗伯 예조 판서)에게 바치려 하는데, 문지기가 들여보내지 않았소."라고 하고서 소매 속에서 혈서를 꺼내는데, 피비린내가 진동하여 두려운 생각이 들었다. 또 말하기를 "다른 종백을 만났다면 나를 열 번을 욕보여도 나는 한번 웃고 말테지만, 이 종백이시기 때문에 우는 것입니다."라고 하였다. 이는 그가 임금의 거둥길에 호소하였으나, 연천(淵泉) 홍석주(洪奭周) 공이 지금 종백으로 있으면서 거의 무고한 자들의 말에 현혹되었기 때문이었다.

나는 얼른 홍공을 찾아뵙고서 "어떤 사람이 혈서를 썼는데 문지기가 들여보내지 않았으니, 아마 훌륭한 덕성에 누가 될 듯싶습니다."라고 하였다. 이에 홍공이 크게 놀라 드디어 쌍방을 불러 대조하자 곡직(曲直)이 판가름되었다.

단여가 죽은 몇 년 뒤에 그 집안에서 변무의 시말을 간행하려 하면서 나에게 서문을 구해오니, 당연하다 하겠다.

단여는 말은 어눌하면서 변증과 반박에는 민첩하였고, 문장은 졸렬하였으나 조사와 고증에는 정밀하였으니, 평생 정성과 역량을 기울인 것이 모두 이 일이었다. 아마도 충렬공께서 혼령이 계시다면, 혈맥이 끊기지 않은 것만을 다행으로 여기지 않을 것이다.

그러나 내가 일찍이 관리가 되었을 때, 거짓을 꾸며 송사하는 사건을 만나면 그 대체(大體)만을 논할 뿐, 더 이상 하나하나 거짓과 사기를 공격해 깨뜨리지 않았다. 이는 저들이 날조한 거짓이 대체로 거칠고 조잡스러우므로 그대로 두어서 식자들로 하여금 한번 보고 판가름하게 두는 것만 못하였기 때문이다. 만약 다시 자잘하게 변증하여 밝힌다면, 간세(奸細)하던 자들이 자신들의 날조가 잘못된 줄 깨닫고서 다시 변환(變幻)시켜 거친 데서 교묘한 데로 진보하지 않는다고 보장할 수 있겠는가.

저 충렬공께서 임종 시에 남기신 문권(文券)은 거짓을 꾸민 것이 거칠어 쉽게 판명되는 경우이고, 동학사(東鶴寺) 혼기(魂記)를 몰래 베껴다가 태운 것은 거짓을 꾸민 것이 흉악하고 간교하여 판명하기 어려운 것이다.

이 책이 간포되더라도 단계의 종족에 다시금 단여와 같은 사람이 없다면, 나는 저들의 거짓과 사기가 갈수록 교묘해져 단계 종족들의 근심이 될까 두려울 뿐이다.

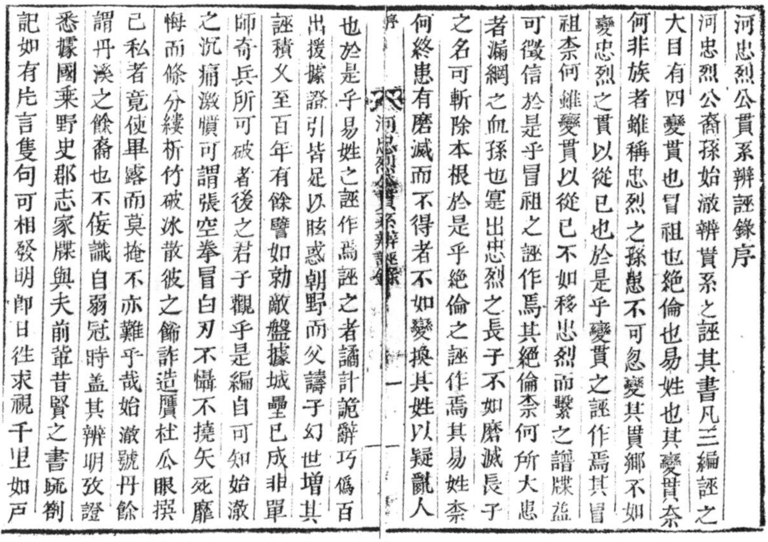

河忠烈公貫系辨誣錄序
河忠烈公裔孫始澈辨貫系之誣其書凡三編誣之
大目有四變貫也冒祖也絶倫也易姓也其變貫柰
何非族者雖稱忠烈之孫慮不可忽變其貫鄕不如
變忠烈之貫以從已也於是乎變貫之誣作焉其冒
祖柰何雖變貫以從已不如移忠烈而繫之譜牒盍
可徵信於是乎冒祖之誣作焉其絶倫柰何所大患
者漏網之血孫也寔出忠烈之長子不如磨滅長子
之名可斬除本根於是乎絶倫之誣作焉其易姓柰
何終患有磨滅而不得者不如變換其姓以疑亂人
序　河忠烈公貫系辨誣錄　一
也於是乎易姓之誣作爲誣之者譎計詭辭巧僞百
出援據證引皆足以眩惑朝野而父譸子幻世增其
誣積久至百年有餘譬如勍敵盤據城壘已成非單
師奇兵所可破者後之君子觀乎是編自可知始澈
之沉痛激憤可謂張空拳冒白刃不懾不撓矢死靡
悔而條分縷析竹破冰散彼之飾詐造贋杜公眼撰
己私者竟使畢露而莫掩不亦難乎哉始澈號丹餘
謂丹溪之餘裔也不佞識自弱冠時蓋其辨明攷證
悉據國乘野史郡志家牒與夫前輩昔賢之書疏劄
記如有片言隻句可相發明卽日往求覩千里如戶

그림 8 《하충렬공관계변무록》 첫머리에 실린 환재의 글

정강의공의 실기를 중간하는데 써 준 서문[264]

重刊鄭剛義公實記序

나는 예전에 영남 암행어사가 되어 영천(永川)의 조양각(朝陽閣)을 지난 적이 있었다.[265] 조양각의 뜨락 가장자리에 누운 비석이 있었는데, 갈아 놓은 지 오래 되었으나 새겨진 글자가 없었다. 괴이한 생각이 들어 물어보니, 고을 사람이 말하였다.

우리 고을이 만력 임진년에 왜적에게 함락되었을 적에 고을의 진사 정세아(鄭世雅)[266]가 그의 아들 의번(宜藩)과 함께 의병을 일으켰습

264 정강의공의……서문 : 이 글은 1874(고종11)년에 정희규(鄭熙奎)가 조상 강의공(剛義公) 정세아(鄭世雅)의 실기(實記)를 중간하는데 써 준 서문이다. 환재가 암행어사를 수행할 때, 임진왜란에 공적을 세운 정세아(鄭世雅)와 권응수(權應銖)의 후손들이 공적을 독차지하고자 다투는 사태를 목도하였고, 나중에 사헌부 대사헌으로 있으면서 이 사건을 화해시킨 전말을 자세히 수록하였다.

정희규가 중간한 실기는 《호수선생실기(湖叟先生實記)》로 9권 2책의 목판본이다. 정범조(鄭範祖)가 1781년에 쓴 서문, 환재가 1874년에 쓴 중간서(重刊序), 목만중(睦萬中)이 1782년에 쓴 후서(後敍), 조성교(趙性敎)가 1873년에 쓴 중간발(重刊跋)이 붙어 있다. 권1은 세계도(世系圖), 권2~5는 호수선생실기(湖叟先生實紀), 권6~9는 백암공사적(栢岩公事蹟)으로 구성되었다.

265 나는……있었다 : 환재는 1854년(철종5)에 경상좌도 암행어사로 나갔다. 조양각(朝陽閣)은 고려 공민왕 12년(1363)에 당시 부사(府使)였던 이용(李容)이 영천(永川)에 건립한 건물로, 명원루(明遠樓) 또는 서세루(瑞世樓)라고도 불린다. 임진왜란 때 소실되었으나 조선 인조 15년(1637)에 군수 한덕급(韓德及)이 재건하고 조양각으로 개칭하였다.

니다. 이때 신령(新寧)의 무관 권응수(權應銖)[267]도 마을의 용감한 장정들을 불러 모아, 드디어 정세아와 군사를 합하여 왜적을 물리치고 우리 고을을 회복하였습니다. 조정에서는 두 의사(義士)의 공적을 가상히 여겨, 그들이 살아서나 죽어서나 여러 차례 포상(褒賞)과 증직(贈職)을 받았습니다. 그러나 두 집안 자손들은 모든 공적을 자기 조상에게 돌리고자 다투어 송사(訟事)를 그치지 않았습니다. 비록 공적을 기록할 비석은 마련해 놓았지만, 끝내 공적의 글을 기록하지 못했습니다.

나는 그 말을 듣고 슬프게 여겼다.

옛날에 한문공(韓文公)이 장중승(張中丞)과 허수양(許濉陽)의 순절에 대해 선후(先後)를 분별하면서, 두 집안 자제들이 제 아비의 뜻을 깨닫지 못함을 몹시 한스러워하였다.[268] 저 정세아와 권응수 두 분은

266 정세아(鄭世雅) : 1535~1612. 본관은 영일(迎日), 자는 화숙(和叔), 호는 호수(湖叟)이다. 영천(永川)에서 세거(世居)하였다. 임진왜란 당시 진사였는데, 향촌의 자제들을 동원하여 편대를 정하고 격문을 작성하여 900여 명의 의병을 모집하여 의병대장으로 활동하였다.

267 권응수(權應銖) : 1546~1608. 본관은 안동, 자는 중평(仲平), 호는 백운재(白雲齋)이다. 임진왜란이 일어나자 경상좌수사 박홍(朴泓)의 막하에 있다가, 박홍이 동래가 왜군에 의해 함락되었다는 소식을 듣고 도망치자 고향에 돌아가 의병을 모집하여 궐기하였다.

268 한문공(韓文公)……한스러워하였다 : 장중승(張中丞)은 당나라 현종(玄宗) 때에 안록산(安祿山)이 반란을 일으켰을 때 어사중승(御史中丞)을 지낸 장순(張巡)을 가리키며, 허수양(許濉陽)은 그때 수양성주(濉陽城主)를 지낸 허원(許遠)을 가리킨다.
한유(韓愈)의 〈장중승전후서(張中丞傳後敍)〉에 다음과 같은 글이 보인다. "허원은

관리로서의 의무가 있지도 않았고 평소에 양성한 군사가 있지도 않았는데, 광분한 적군이 날뛰던 때를 당해 창졸간에 의병을 규합하여 떨쳐 일어나 자신의 안위는 돌아보지 않았으니, 그분들이 어찌 공리(功利)를 다툴 뜻을 품었겠는가? 두 집안의 자손들이 제 조상의 마음을 헤아리지 못할 뿐만이 아니라, 혹시라도 위급한 일이 생긴다면 이처럼 비루하고 천박한 뜻으로 어찌 옛날에 조상들이 행한 사적을 본받을 수 있겠는가?

얼마 후에 정세아와 권응수의 자손들이 다시 어사에게 번갈아 그 일을 하소연하기에 내가 사리에 근거하여 양쪽을 화해시켰다. 그로부터 10여년 뒤에 정씨 집안 사람 중에 서울에 올라와 머물고 있는 자가 있었는데, 권응수의 후손들은 그가 자기네 조상만 드높이고 권공의 공적을 빼앗을까 의심하였다. 그리하여 포도 대장에게 무고를 하여 엄한 법률로 엮어 죽이고자 하였다. 그때 나의 직분이 조정의 일에

비록 재능은 장순만 못하였지만, 성문을 열어 장순을 받아들였고, 지위가 본래 장순보다 높았는데, 그에게 전권(專權)을 맡기고 그 아래에 있으면서 의심하거나 꺼리는 마음이 없었으므로 결국에는 장순과 함께 성을 사수하고 공명(功名)을 이루었다. 성이 함락되자 허원은 포로로 잡혔으니 장순의 죽음과 순서만 달랐을 뿐이었다. 양가(兩家)의 자제들이 재능이 낮고 지혜가 모자라 양가(兩家) 아비가 품은 뜻을 알지 못하여, 장순이 적에게 죽임을 당하자 허원이 포로로 잡혔다고 생각하기도 하였고, 허원이 죽음을 두려워하여 적에게 죄를 자복(自服)한 것이 아닌가하고 의심하였다. 허원이 진실로 죽음을 두려워하였다면 무엇 때문에 작은 지역을 지키려고 갖은 고생을 하였으며, 부하들에게 사랑하는 애첩의 살을 먹여가며 적에게 대항하면서 항복하지 않았단 말인가? 〔遠雖材若不及巡者 開門納巡 位本在巡上 授之柄而處其下 無所疑忌 竟與巡守死成功名 城陷而虜 與巡死先後異耳 兩家子弟材智下 不能通知二父志 以爲巡死而遠就虜 疑畏死而辭服於賊 遠誠畏死 何苦守尺寸之地 食其所愛之肉 以與賊抗而不降乎〕"

참여하여 듣는 것이었기에[269] 그것이 터무니없는 일임을 밝혀 사건이 마침내 명백히 해결되었다.

또 10년이 흘러 정공의 후손인 희규(熙奎)가 정공의 실기(實記)를 중간(重刊)하는 일로 나를 찾아와 서문을 부탁하며 말하였다.

> 우리 조상께서 강의(剛義)라는 시호를 하사 받으신 지 오래 되었습니다. 그런데 종가에 불이 나서 시호를 내린 교지가 소실되었습니다. 그러자 권씨 집안에서는 시호를 받은 일도 없이 거짓으로 '강의'라 지어내었다고 하며, 글을 지어 온 고을의 사림(士林)을 현혹시키고 있습니다. 이것이 못난 자손이 더욱 애통해 하는 까닭입니다.

내가 관각(館閣)에 소장된 명신(名臣)들의 시고(諡考)를 상고해보니, '정세아의 시호는 강의인데, 용맹을 떨쳐 적을 죽이는 것이 강이고, 임금을 먼저하고 자신을 뒤로 여기는 것이 의이다. 권응수의 시호는 충의이니, 몸을 바쳐 임금을 받드는 것이 충이고, 굳세게 결단을 내리는 것이 의이다.〔鄭世雅諡剛義 致果殺賊曰剛 先君後己曰義 權應銖諡忠毅 危身奉上曰忠 强而能斷曰毅〕'라고 실려 있었다. 저 두 분은 한 몸과 같은 공적을 이루셨기에 절혜(節惠)의 문장이 나란히 태상시(太常寺)

269 그때……것이었기에 : 사헌부(司憲府) 대사헌(大司憲)을 역임할 때의 일로 추정된다. 환재가 경상좌도 암행어사를 지낸 것이 1854년(철종5)이고, 10년 후인 1864년(고종1)에는 특별히 가자(加資)되어 가선대부가 되었고, 그 해 사헌부 대사헌을 역임하였다.

에 기록되어 있음이[270] 대개 이와 같았다. 후세 자손들이 기필코 다툼을 그치지 않아 서로 비난과 무고를 일삼고 있으니, 이는 유독 무슨 까닭인가?

아! 임진년의 위태로운 시절에,[271] 드높고 우뚝한 충절과 크고 위대한 공열을 세운 분들이 한 시대에 성대하게 배출되어 마침내 중흥(中興)의 대업을 이룰 수 있었다. 오늘날에 이르기까지 삼백 년 동안 조정의 보답과 장려가 미치지 않은 곳이 없다. 다만 괴이한 것은 선조들의 일을 칭술(稱述)하여 포상과 증직을 바라는 자들이 아직까지 그치지 않고 있다는 것이다. 지금 이미 밝게 베푼 은전(恩典)에 대해서도 오히려 거짓으로 무고하기도 하니, 장황하게 찬미하는 글에 반드시 가식이 없지 않을 것이다. 말세의 경박한 풍속이 더욱 슬프다.

저 정공과 권공의 행적은 국사(國史)와 야승(野乘)에 모두 갖추어져 있기에 자손들의 기술(記述)을 필요로 하지 않는데도 지금 강의공(剛義公)의 후손이 실기(實記)를 중간(重刊)하니, 이는 부득이한 사정이 있어서이다. 시호를 조작했다고 무고한 일로 살펴보면 정공과 권공 두 자손의 시비곡직(是非曲直)이 분명히 드러날 것이다. 글을 자세히

270 절혜(節惠)의……있음이 : 절혜는 임금이 신하에게 시호를 내리는 것을 가리키는 말인데, 시호를 내리되 여러 가지 선행을 다 들기 어려우므로 가장 큰 것만 요약하여 이름을 높인다는 의미이다. 태상시(太常寺)는 본래 중국에 있던 관청으로 조정의 제사와 시호를 내리는 일을 맡아보았다. 조선에서는 봉상시(奉常寺)가 그 기능을 수행하였는데, 관습적으로 봉상시를 고상하게 일컬어 태상시라 호칭하였다.

271 임진년의 혼란했던 시절에 : 원문은 '용사판탕지제(龍蛇板蕩之際)'인데, 용사(龍蛇)는 진(辰)이나 사(巳)가 들어가는 해를 지칭하며, 판탕(板蕩)은 아주 혼란한 세상을 뜻하는 말로 임진왜란을 가리킨다.

써서 돌려준다.

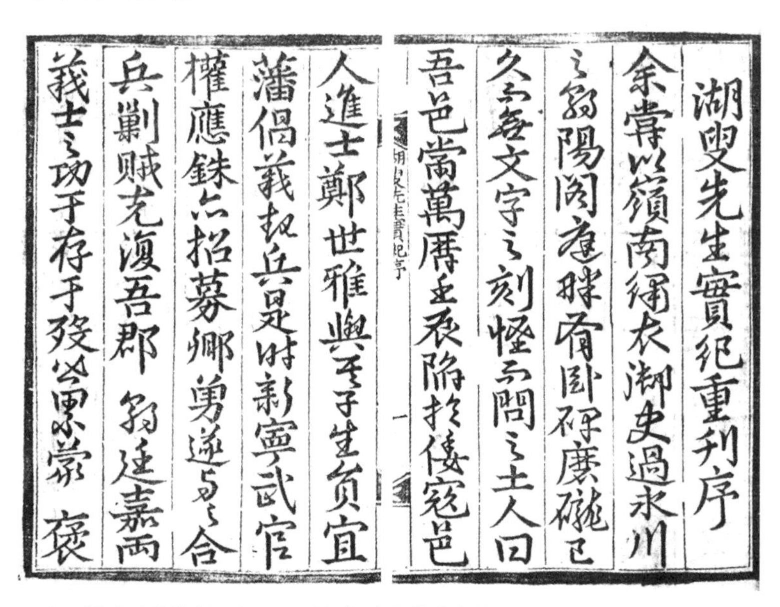

湖叟先生實紀重刊序

余嘗以嶺南繡衣御史過永川之朝陽閣遺址有臥碑廢礎已久亦無文字之刻怪而問之土人曰吾邑當萬曆壬辰陷於倭寇邑

湖叟先生實紀序

人進士鄭世雅與其子生員宜藩倡義起兵是時新寧武官權應銖亦招募鄉勇遂與之合兵剿賊克復吾郡 朝廷嘉兩義士之功于存于歿以爲崇 褒

그림 9 《호수선생실기(湖叟先生實記)》에 실린 환재의 글

《규재집》 서문[272]

圭齋集序

규재(圭齋) 태사(太史)[273]의 시문과 잡저 약간 권은 공의 아우 원상(元裳) 상서(尙書)[274]가 상자 속의 초고를 모아 정리하여 간행한 것이다. 공의 글이 겨우 이것뿐이란 말인가? 아, 어찌 이리 적은가?

정림(亭林 고염무(顧炎武)) 선생이 말하기를 "문장이 경술과 정치와 같은 중대한 일과 무관하다면 지을 것이 못된다."라고 하였는데, 공과 나는 일찍부터 이 말에 깊이 감복하였다. 그러나 나는 노둔하고 산만하

272 《규재집》 서문 : 이 글은 환재가 1864년(고종1)에 남병철(南秉哲, 1817~1863)의 문집 《규재집(圭齋集)》에 써 준 서문이다. 환재는 남병철이 뛰어난 자질과 통달한 식견을 지녔으나 문장을 짓는 일을 중시하지 않아 남은 원고가 소략함을 안타까워하였다. 《규재집》은 활자본 6권 3책으로 1864년 그의 동생 병길(秉吉, 1820~1869)이 간행하였다. 책머리에 조두순(趙斗淳), 윤정현(尹定鉉), 김병학(金炳學), 신석희(申錫禧), 박규수, 김상현(金尙鉉)이 쓴 서문이 있고, 책 끝에는 남병길의 발문이 있다.

273 규재(圭齋) 태사(太史) : 규재는 남병철의 호이며, 태사는 옛날 중국에서 천문, 역법을 관장했던 관리를 가리키는데, 남병철의 학문적 특징을 반영한 아칭(雅稱)이다. 본관은 의령(宜寧), 자는 자명(字明) 또는 원명(元明)이고, 호는 규재 이외에 강설(絳雪)이 있으며 시호는 문정(文貞)이다. 1837년 문과에 합격하였고, 1851년 승지가 되고 이어서 예조 판서·대제학에 올랐으며, 관상감 제조도 겸하였다. 문장에 능하였을 뿐 아니라 천문·수학에 뛰어나 수륜지구의(水輪地球儀)와 사시의(四時儀)를 제작하기도 하였다.

274 원상(元裳) 상서(尙書) : 원상은 남병길(南秉吉, 1820~1869)의 자이고, 호는 육일재(六一齋)이다. 상서는 그가 판서의 지위에 있었으므로 고상하게 호칭한 것이다. 1850년에 문과에 합격한 뒤, 관직은 예조 판서에까지 달하였으며 관상감 제조도 겸하였다. 저서로는 《시헌기요(時憲紀要)》, 《성경(星鏡)》, 《추보첩례(推步捷例)》 등이 있다.

여 글을 짓는 일에 성취한 것이 없었으나, 공은 뛰어난 자질과 통달한 식견으로 경전과 사서를 세밀히 연구하고 백가서를 두루 꿰뚫었으므로, 문장으로 나타내면 지극히 넉넉하여 스스로 숨길 수 없는 것이 있다. 지금 남아 있는 원고와 부본(副本)은 평소에 응수(應酬)하며 지은 글에 지나지 않아 이처럼 초라하다. 어찌 공의 뜻이 문장으로 자부하고 싶지 않았을뿐더러 이를 달가워하지 않았기 때문이 아니겠는가?

당송(唐宋) 이래로 사전(史傳 열전(列傳))을 엮은 자들이 문원(文苑)과 유림(儒林)의 구별을 두었으니, 진실로 문장으로 이름난 작가가 되는 것과 저술을 남겨 세상에 전해지는 것이 목표가 다르기 때문이다. 대체로 경전의 의리에 침잠하여 세밀하고 자세하게 분석해서 경전에 보탬이 되고 후학을 계발하는 것, 또 치세의 도리를 강구하여 예악을 밝혀 왕도(王道)를 높이고 패도(覇道)를 내쳐서 후세 사람들의 법도가 되는 것, 나아가 군대를 다스리고 농사를 살피며 하늘을 관측하고 땅을 조사하는 종류에 이르기까지, 학문에 근거가 있고 경세(經世)의 대업(大業)에 전심한 자가 아니라면 지을 수 없다.

군자가 학문을 하면서 문예에 마음을 두거나 경술을 선택함에, 각기 마음에 뜻한 바와 재능에 따를 뿐이다. 공과 나는 기호와 취향이 같지 않은 것이 없었다. 이 때문에 나는 공을 깊이 아는 자가 나만한 사람이 없다고 생각하였다. 이 단출한 몇 권으로 어찌 공이 지닌 뜻과 뛰어난 재주를 알 수 있겠는가?

공이 일찍이 나에게 말하였다.

예로부터 경학을 연구한 사람으로 강성(康成)[275]을 비롯한 여러 유학자들은 한가롭게 지내며 학문에만 전념하여 벼슬살이에 얽매이지 않은 자들이 많았고, 두원개(杜元凱)[276]로 말하면 전쟁 중에도 주석을 달고 저술하는 일을 그치지 않았으며, 정어중(鄭漁仲),[277] 마귀여(馬貴與)[278]와 같은 사람들도 작록(爵祿)에 얽매이지 않고 유유자적하였으며, 두군경(杜君卿)[279]과 왕백후(王伯厚)[280]의 홍전(鴻典)과

275 강성(康成) : 정현(鄭玄, 127~200)의 자(字)이다. 중국 후한 말기의 대표적 유학자로, 시종 재야학자로 지냈다. 훈고학·경학의 시조로 경학의 금문(今文)과 고문(古文) 외에 천문·역수에 이르기까지 광범한 지식의 소유자였다.

276 두원개(杜元凱) : 두예(杜預, 222~284)를 가리키며, 원개는 그의 자(字)이다. 중국 진대(晉代)의 학자·정치가로, 진주 자사(秦州刺史)·진남 대장군(鎭南大將軍) 등을 역임하였다. 저서로는 《춘추좌씨경전집해(春秋左氏經傳集解)》가 있다. 춘추학으로서의 좌씨학을 집대성하였고, 《좌씨전(左氏傳)》을 춘추학의 정통적 위치로 올려놓았다.

277 정어중(鄭漁仲) : 정초(鄭樵, 1104~1162)를 가리키며, 어중은 그의 자(字)이다. 남송 시대 학자로 만년에 지은 《통지(通志)》 200권은, 당나라 두우(杜佑)의 《통전(通典)》과 원나라 마단림(馬端臨)의 《문헌통고(文獻通考)》와 더불어 삼통(三通)이라 일컬어졌다.

278 마귀여(馬貴與) : 마단림(馬端臨, 1254~1323)을 가리키며, 귀여는 그의 자(字)이다. 호는 죽주(竹洲)이다. 20년 동안 각고의 노력으로 《문헌통고》를 편찬했다. 이 책은 두우의 《통전》을 저본으로 하여 고금을 꿰뚫었고, 해박한 고찰을 통해 역대 전장 제도를 집대성하였다.

279 두군경(杜君卿) : 두우(杜佑, 735~812)를 가리키며, 군경은 그의 자(字)이다. 당나라의 정치가·역사가로 덕종·순종·헌종 등 3제에 걸쳐 재상을 지냈다. 한(漢)나라의 사마천 이후 제일의 역사가로 인정받았으며, 그의 저서 《통전》은 상고(上古)로부터 당 현종(唐玄宗) 때까지 역대의 제도를 9부분으로 분류하여 수록한 역사서이다.

280 왕백후(王伯厚) : 왕응린(王應麟, 1223~1296)을 가리키며, 백후는 그의 자(字)이다. 호는 심녕거사(深寧居士)이다. 남송의 학자로 박식하고 합리적인 그의 고증적 학풍은 후세에 큰 영향을 주었다. 저서에 《곤학기문(困學紀聞)》, 《옥해(玉海)》, 《통감지리통석(通鑑地理通釋)》이 있다.

거편(鋸編)[281]은 조정에서 바쁘게 벼슬하던 시절에 지은 것이다. 이로써 말한다면 우리는 다만 그 뜻이 없음을 근심할 것이요 겨를이 없음은 근심할 일이 아니다.

공이 독실한 뜻으로 용감히 매진한 것이 이와 같았다. 지금 공이 경전과 사서를 고증한 흔적이 다만 붉고 누런 먹으로 교정하고 산삭하던 흔적[282]이 완연히 어제와 같음을 볼 수 있을 뿐이다. 그러나 하늘이 수명을 빌려주지 않았으니, 아마도 운명이 아니겠는가?

기억해보니 경술년(1850)에 내가 공을 호남(湖南)에서 만났는데, 공은 관찰사로 있으면서 경릉(景陵)[283]의 국상을 당해 한 해가 지나도록 돌아가지 못하고 있었다. 서로 마주보고 눈물을 흘리며 선조의 옛 은혜를 이야기하였다. 나는 공과 약속하기를, "한강 주변에 밭을 사서 이웃이 되어 살며, 조그마한 배에 책을 싣고 날마다 함께 오고간다면 그 즐거움은 백년의 즐거움에 필적할만할 것이요, 한가롭게 나누는 말들도 또한 책 상자 몇 개 분량은 될 것이오."라고 하니, 공은 매우 기뻐하였다. 그러나 돌이켜보니 나 역시 바빠 경황이 없었고, 좋은 시절을 꿈꾸기만 하다가 이 계획을 실행하지 못하고 말았다. 지금 나는 붓을 잡고 공의 유집에 서문을 쓰고 있으니, 또한 슬프지 않겠는가?

281 홍전(鴻典)과 거편(鉅編) : 홍전과 거편은 원래 성대한 의식(儀式)과 큰 저서란 뜻인데, 여기서는 두우가 지은 《통전》과 왕응린이 지은 《옥해》를 각각 가리킨다.

282 붉고……흔적 : 원문은 '단황도을(丹黃塗乙)'인데, 단황은 붉은빛과 누른빛으로 책을 교정할 때 쓰이며, 도을은 문장의 글자를 지우고 다른 글자를 넣는 일을 말한다.

283 경릉(景陵) : 조선 제24대 임금 헌종(憲宗, 1827~1849)의 묘호이다. 남병철과 헌종은 모두 안동 김씨 김조근(金祖根)의 사위로 동서지간이었다.

공이 중년(中年)에 편집한 책으로는 《해경세초해(海鏡細草解)》,[284] 《추보속해(推步續解)》,[285] 《의기집설(儀器輯說)》[286] 등 여러 책이 있다. 내가 지난번 북경에 있을 때에 태원(太原) 사람 왕헌(王軒) 하거(霞擧)[287]와 교유하면서, 그가 수학에 관심을 둔 것을 알았다. 지금 이 책들을 보내니, 하거도 반드시 그 정밀한 조예에 탄복하여 오래도록 전할 것이다.

284 해경세초해(海鏡細草解) : 활자본 12권 2책으로 1861년에 간행되었다. 구고현(勾股弦)의 이법(理法)을 해설하고 천체측량도 설명하고 있다. 동생 병길의 서(序)가 있다.

285 추보속해(推步續解) : 활자본 4권 3책으로 1862년에 저술하였다. 청나라 강영(江永)이 쓴 《역상고성(曆象考成)》에 의거, 일전(日躔)·월리(月離)·교식(交食)·항성(恒星) 등을 해설하였다.

286 의기집설(儀器輯說) : 전사자(全史字) 활자본 2권 2책으로 1859년에 간행되었다. 혼천의(渾天儀)·혼개통헌의(渾蓋通憲儀)·간평의(簡平儀)·험시의(驗時儀)·적도일구의(赤道日晷儀)·혼평의(渾平儀)·지구의(地球儀)·구진천추령의(勾陳天樞令儀)·양경규일의(兩景揆日儀)·양도의(量度儀) 등 10의(儀)에 대하여 해석한 것으로, 예로부터 우리나라에서 사용해 온 천문기구의 구조 및 사용법과 그 산법(算法)을 설명하였다.

287 왕헌(王軒) 하거(霞擧) : 청나라 학자 왕헌(王軒, 1823~?)은 자가 하거이며, 태원(太原) 출신이다. 환재가 1861년 열하문안사행 때 교분을 맺었던 중국 인사이다. 시문과 고증학에 뛰어났다고 한다. 저서로 《누경려시집(耨經廬詩集)》, 《고재시록(顧齋詩錄)》 등이 있다.

《둔오집》 서문[288]

屯塢集序

어떤 객이 헐렁한 옷과 폭이 넓은 띠를 두르고서[289] 십여 권의 책을 안고 내 집 대문에 찾아와 다음과 같이 말하였다.

나의 스승 둔오 처사(屯塢處士)[290]는 독실히 배우고 힘써 행하다가 79세에 돌아가셨습니다. 그분의 말씀에 '정주(程朱) 두 선생은 후대

288 《둔오집》 서문 : 이 글은 환재가 1872년(고종9)에 임종칠(林宗七, 1781~1859)의 《둔오집(屯塢集)》에 써 준 서문이다. 임종칠은 철종 때 오위장(五衛將)을 지낸 관북 지방의 주자학의 대가이다. 환재는 순계(醇溪) 이정리(李正履)를 통해 임종칠이 관북 지방에서 추앙받는 선비임을 진작부터 알고 있었는데, 문집을 읽고서 그가 관북 지방에서 몸을 수양하며 백성들을 도로써 가르친 행적이 관직에 나아간 사대부들보다 못하지 않았음을 강조하였다. 아울러 68세부터 죽을 때까지 하루의 일과는 물론 독서하며 깨달은 바를 모두 기록한 〈일적(日籍)〉 8편이 있음을 특기하였다.

《둔오집》은 11권 5책의 목활자본으로 1872년(고종9) 제자 김기형(金璣衡)이 수집·간행하였다. 책머리에 김병학(金炳學)·박규수의 서문과 책 끝에 김낙현(金洛鉉)·이응진(李應辰)의 발문이 있다.

289 헐렁한……두르고서 : 원문은 '부의박대(裒衣博帶)'인데, 품이 넓은 옷과 폭이 넓은 띠로서 곧 선비가 입는 옷차림을 뜻한다.

290 둔오 처사(屯塢處士) : 임종칠(林宗七)을 가리킨다. 본관은 전주(全州), 자는 내경(來卿), 둔오는 그의 호이다. 아버지는 상직(相稷)이며, 어머니는 충주 최박(崔璞)의 딸이다. 1836년 강릉참봉을 비롯해 1851년 오위장(五衛將)등을 지냈다. 관북(關北)의 학자 이원배(李元培)의 문하에서 수학하여, 관북지방 유학 진작에 큰 공헌을 하였다. 경사(經史)와 주자학에 조예가 깊어 《주자어류(朱子語類)》, 《주자어류절약(朱子語類節約)》 등의 저술을 남겼다.

의 공자이며, 율곡(栗谷) 이문성공(李文成公)과 우암(尤庵) 송문정공(宋文正公)은 후대의 정주이다. 성인을 배우려면 반드시 정주로부터 시작해야하고, 정주를 배우려면 반드시 문성공・문정공으로부터 시작해야 한다. 비록 은미한 말과 세세한 행실일지라도 주자와 송문정공의 정론(定論)을 거친 것이라면, 단호히 힘차게 나아가 감히 의심하거나 주저해선 안 된다.'라고 하셨습니다. 이것이 바로 선생이 남기신 책으로써 언행이 대략 갖추어져 있습니다. 바라건대 공의 한마디 말을 얻어 책머리에 두어 후세 사람들에게 믿음을 주고자 합니다.

나는 이미 유자(儒者)의 사업을 발휘시켜 줄 만한 진지(眞知)와 실천이 없고, 또 전현(前賢)의 경계를 굳게 지키며 문장을 꾸며 빈말하기를 좋아하지 않았기에 정중히 거절하였다. 그러나 객은 내 말을 믿지 않고 몇 달이나 객지 생활을 하면서 빈손으로는 돌아갈 수 없다고 하니, 그의 뜻이 사람을 감동시킬 만하였다.

하늘이 낸 이 백성 중에서 농부・공인・상인은 일을 하여 먹고 살지만, 오직 선비들이 남의 도움으로 생활하는 것은 그들이 치인(治人)의 도리를 지니고 있기 때문이다. 왕공대인(王公大人)으로부터 온갖 벼슬아치에 이르기까지 도로써 백성을 다스리니, 비록 직분의 대소는 있으나, 선비라는 점에서는 같다. 그런데 초가집에서 예의염치를 갈고 닦으며 자신의 몸을 수양하는 자가 있으면, 사람들은 혹 한 고을의 착한 선비〔善士〕라고 여길 뿐, 그 선비가 도로써 백성들을 다스리는 공로가 관직에 있는 군자만 못하지 않음을 전혀 모른다.

내가 지난날 학사 순계(醇溪) 이공(李公)[291]에게 들어서, 둔오 처사가 학문에 연원이 있고 실천이 독실하여, 우뚝이 관북 지방 인사들에게 추앙을 받았음을 진작부터 알고 있었다. 지금 그가 선배 여러 공들과 주고받은 편지글을 훑어보니, 그의 조예가 정심하였으며, 순계공과는 천리를 오가며 깊이 사귄 벗이었음을 더욱 자세히 알 수 있었다. 나를 찾아온 그 문하의 제자들도 모두 중후하고 질박하며 행동거지에 바른 몸가짐이 있었다. 이 어찌 처사의 학문이 근본을 돈독히 하고 실질에 힘쓰며, 몸소 행하고 마음으로 체득하여 자기 몸에 가득차서 남에게까지 끼친 때문이 아니겠는가? 문집 가운데 여러 편의 시문은 다만 여사(餘事)일 뿐이다.

그가 저술한 〈일적(日籍)〉 8편은 68세부터 시작하여 그가 죽을 때까지 12년 간, 하루 동안 했던 일을 전부 기록하고, 또 어떤 책을 몇 쪽 읽었으며, 그에 대한 견해와 새로 알게 된 것들도 모두 기록하여, 그것으로 몸소 체험하고 스스로 경계하던 글이다. 몸을 다스리고 공부에 힘쓰는 각고의 노력과 정밀함이 늙어서도 더욱 독실하기가 이와 같았다.

아! 군자가 학문을 함은 홀로 내 몸만 선하게 하고자 하는 것이 아니다.[292] 비유하자면 규구(規矩)과 준승(準繩)이 먼저 스스로를 바로 잡

291 순계 이공 : 이정리(李正履, 1783~1843)를 가리키며, 순계는 그의 호이다. 본관은 전주(全州), 자는 심부(審夫)이다. 보천(輔天)의 손자로, 재성(在誠)의 아들이며, 유은(柳愸)의 외손자이며, 연암의 처조카인 염재(念齋) 이정관(李正觀 : 1792~1854)의 형이다.

292 홀로……아니다 : 원문은 "독선기신(獨善其身)'인데, 《맹자》 〈진심 상(盡心上)〉에 "곤궁해지면 자기 몸만이라도 선하게 하고, 현달하게 되면 온 천하 사람들과 그 선을 함께 나눈다.〔窮則獨善其身 達則兼善天下〕"라는 구절에서 인용하였다.

은 연후에 남을 다스리는 것과 같다. 처사는 조정의 천거로 여러 번 관직이 주어졌으나 나아가지 않았다. 비록 산림에서 생을 마쳤으나 솔선하여 모범이 되어, 그 고장 학자들로 하여금 직접 보아 감동하고 권면되도록 만들었다. 그리하여 왕성하게 성현의 글을 읽고 효제의 행실을 일으켜, 밝은 조정의 교화 속에서 함양되도록 하였다.

처사와 같은 이는 지위는 없으나 행한 사적이 있으니, 선비된 도리를 저버리지 않았다고 이를 만하다. 후대의 군자들이 그의 글을 읽는다면 저절로 분별할 수 있을 것이다. 나를 찾아와 글을 부탁한 자는 이강렬(李綱洌)·허륜(許侖)[293]·임희증(林熙曾)[294]이다.

293 허륜(許侖) : 자세한 행적은 미상이나, 《승정원일기》 고종 44년 정미년(1907, 광무11) 4월 18일에 안협군 주사(安峽郡主事) 허륜을 면직하였다는 기사가 보인다.

294 임희증(林熙曾) : 생몰년 미상. 호는 과재(果齋)로 둔오 처사의의 족질이자 문인이다. 문집으로 《과재집》이 있다.

《서귀집》 서문[295]

西歸集序

서귀(西歸) 이공(李公)의 시문 약간 편을 후손인 절도사 승연(承淵)이 모아서 교정하고, 공의 백씨가 저술한 《운암유고(雲巖遺稿)》를 덧붙이고서,[296] 나에게 서문을 구하며 말하였다.

295 《서귀집》 서문 : 이 글은 환재가 1876년에 이기발(李起浡, 1602～1662)의 《서귀집(西歸集)》에 써 준 서문이다. 환재는 이기발과 이흥발 형제가 병자호란 때에 척화를 주장하였고, 이후 은거하여 평생 명나라에 대한 절개를 지킨 사적을 서술하고서, 숭정(崇禎) 말년의 명청 교체기를 당하여 절개를 지키다 죽은 배신(陪臣)과 의리를 지킨 유민(遺民)이 우리나라만큼 많은 나라가 없었다는 사실을 특기하여 투철한 존명사상을 가감 없이 드러내었다.

296 서귀(西歸) 이공(李公)……덧붙이고서 : 이기발(李起浡, 1602～1662)은 조선 중기의 문신으로 본관은 한산(韓山), 자는 패연(沛然), 호는 서귀이다. 형 이흥발(李興浡), 동생 이생발(李生浡)과 함께 석계(石溪) 최명룡(崔命龍)의 문하에서 학문을 닦았다. 병자년(1636)에 대동 찰방(大同察訪)으로 있을 때에 호란(胡亂)이 일어나자, 당시 옥과 현감(玉果縣監)이었던 형 이흥발, 순창 군수 최온(崔薀), 전 찰방(察訪) 유즙(柳楫), 전 한림(前翰林) 양만용(梁曼容) 등과 더불어 의병을 모집하였다. 여산(礪山)의 모의소에서 다른 의병단과 합류한 후 남한산성(南漢山城)으로 진격하였으나, 화의(和議)가 이루어졌다는 소식을 듣고 전주로 돌아가 은거하였다. 끝까지 청나라와의 화친을 반대하고 명나라에 대한 의리를 주장하였으며, 인조가 승하하자 상을 치르며 3년간 술과 고기를 멀리하였다. 우암 송시열은 그를 동방의 백이(伯夷)와 숙제(叔齊)로 비교하면서 칭찬하기도 하였다.

《서귀집(西歸集)》은 1876년에 후손 이승연(李承淵)이 이기발의 유고를 모아 간행한 10권 6책의 목활자본인데 말미에 이흥발의 《운암일고(雲巖逸稿)》를 덧붙였다. 첫머리에 김병학(金炳學), 김상현(金尙鉉), 박규수의 서문이 있다. 앞의 1～5책이 《서귀집》이고, 제6책이 《운암일고》이다. 권1～4는 시(詩), 권5는 소(疏)와 서(書), 권6은 서 우리 선조 형제분은 저술이 풍부했는데 중간에 불에 타버렸습니다. 지금 타다 남은 이 잔편(殘編)을 차마 좀벌레나 쥐에게 버려둘 수 없어서 간행하려 하오니, 군자의 높으신 말씀에 힘입어 후손들이 받들어 지키도록 해주시기 바랍니다.

내가 그 원고를 읽고 나서 감탄하며 말하였다.

서귀공 형제의 대의(大義)와 고절(高節)은 진실로 문자가 전해지거나 전해지지 못함에 달려 있지 않다. 그러나 단출한 한 권의 책이 사람들로 하여금 격앙되고 비분한 심정을 가눌 수 없게 하니, 이것이 어찌 다만 문장 때문에 그러한 것이겠는가?

내가 젊었을 때, 황 문경공(黃文景公)의 〈황명배신전(皇明陪臣傳)〉[297]을 읽었는데, 사간 이홍발(李興浡)[298] 공이 척화(斥和)를 주장한 상소

(序)와 기(記), 권7은 잡저(雜著)와 묘지(墓誌), 권8은 제문(祭文)과 문답(問答), 권9~10은 부록(附錄)으로 구성되었다. 《운암일고》에는 노사(蘆沙) 기정진(奇正鎭)이 쓴 서문과 황경원(黃景源)이 쓴 〈명배신전(明陪臣傳)〉이 실려 있다.

297 황 문경공(黃文景公)의 〈황명배신전(皇明陪臣傳)〉: 문경공은 황경원(黃景源: 1709~1787)의 시호이고, 〈황명배신전〉은 그가 지은 〈명배신전(明陪臣傳)〉을 가리킨다. 〈명배신전〉은 병자호란 때부터 숙종 연간에 이르기까지의 인물 중 조선 사람으로 중국 조정에 절의(節義)를 지킨 65명에 대한 개별적인 전기(傳記)로, 황경원 일생의 문장이 〈명배신전〉에 들어있다는 평을 들을 정도로 심혈을 기울인 작품이다.

298 이홍발(李興浡): 1600~1673. 본관은 한산(韓山), 자는 유연(悠然), 호는 운암(雲巖)이다. 1628년 별시 문과에 을과로 급제하였다. 1636년 청나라 사신이 와서 화친을 청하자, 집의(執義)로 있으면서 척화를 주장하는 상소를 올리고, 이듬해 벼슬을

와 그 아우의 강개한 말은 서술되어 있었으나 그 아우는 입전(立傳)하지 않았다. 도암(陶菴) 이 문정공(李文正公)[299]의 글을 읽고 나서야 비로소 그 아우가 집의(執義) 휘 기발(起浡)이고, 형제가 의(義)를 지켜 관직을 버리고 서로 이끌고 산에 들어가 늙어 죽을 때까지 후회하지 않았으며, 운암과 서귀는 그들이 살던 곳을 사람들이 일컬어 호로 삼은 것임을 알게 되었고, 황공이 서귀공을 입전하지 않아 누락이 생긴 것이 몹시 한스러웠다.

아! 역대로 흥망(興亡)의 사이에서 충신과 열사가 인(仁)을 이루고 절개를 온전히 지킨 데 대해서는 기록이 무수히 많으나, 송원(宋元) 교체기보다 성대한 시대는 없었다. 저 명문세족으로부터 악공과 광대, 천한 장인에 이르기까지 이름이 전하는 자들은 천백을 헤아릴 수 있지만, 종적을 감춘 자들도 얼마나 되는지 알지 못한다. 그러나 제후의 나라 중에 숭정(崇禎)[300] 말년 때의 우리나라만큼 절개를 지키다 죽은 배신(陪臣)과 의리를 지킨 유민(遺民)이 많은 나라가 있다는 것을 들어보지 못하였다.

이것은 무슨 까닭인가? 이 또한 중국이 돌보아준 은혜가 특히 우리나라에 후하였고, 우리나라 선왕들이 배양한 교화가 오랜 세월 동안

버리고 향리에 돌아가 명나라에 대한 절개를 지키며 학문을 닦았다. 그 뒤 인조·효종·현종 조에 걸쳐 여러 차례 관직을 제수 받았으나 모두 거절하였다. 죽은 뒤 고향에 정문이 세워졌다. 저서로 《운암일고》가 있다.

299 도암(陶菴) 이 문정공(李文正公) : 이재(李縡, 1680~1746)를 가리킨다. 본관은 우봉(牛峰). 자는 희경(熙卿), 호는 도암·한천(寒泉), 시호는 문정이다.

300 숭정(崇禎) : 중국 명나라의 마지막 황제 의종(毅宗) 때의 연호(1628~1644)로, 명나라가 망한 뒤에도 조선에서는 청나라 연호를 쓰는 것을 꺼려 이 연호를 애용하였다.

쌓이고 쌓였기 때문이다. 이 때문에 그 시대의 암담함과 위태로움은 반드시 송원 교체기보다 더 심하지는 않았지만, 선비들이 다투어 삶을 버리고 의를 취하며 바름을 얻어 죽었으니, 이는 천자께 보답하기 위해서요, 선왕께 답하기 위해서였다. 심지어는 "죽지 않는 사람이 없고, 망하지 않는 나라가 없다. 사직과 함께 죽어도 조금도 후회하지 않는다."라고 말하는 사람도 있었으니, 그 매섭고 웅장한 기세는 일월(日月)과 빛을 다툰다고 일컬을 만하다. 천자께서 우리 선왕을 후하게 대하고, 우리 선왕께서 천자께 사랑을 받았음을 여기에서 볼 수 있으니, 어찌 전대와 비교하여 논할 수 있겠는가?

아! 천지가 뒤집혀 명나라의 황통이 마침내 추락하니, 천하의 한을 품고 뜻을 간직한 선비들이 종적을 감추고 세상을 피하여 절개를 지키다 죽음을 맞이한 자들을 이루 다 헤아릴 수 없다. 그런데 시대가 점점 내려오면서 차츰 이 세상에 드러나, 다시는 꺼리거나 숨김이 없이 가는 곳마다 그분들의 절개를 표창하고 기려서, 그들의 문자를 책으로 간행하고 향리에서 제사를 지내게 되었으니, 중원 사대부들의 마음속에 맺힌 원한도 조금 풀릴 수 있을 것이다.

그러나 자나 깨나 가슴을 치며 끝내 전왕(前王)을 잊지 못하는 것은 어째서인가? 생각건대 삼대(三代) 이후로 성인(聖人)의 지위를 얻어 성인의 정사를 행하여 큰일이나 작은 일이나 법도가 되었으며, 사해의 백성들이 오늘날까지 복택을 누리는 것은 명나라 황제가 주신 것이다. 이로써 논한다면 비록 명나라의 황업(皇業)이 아직 망하지 않았다고 해도 좋을 것이다.

내가 일찍이 북으로 연경을 유람할 적에 식견 있는 선비와 만나 토론하였다. 그들의 전제(典制)와 법도를 살펴보면 대체로 모두 전조(前

朝)를 준수하였으며, 만력·숭정 모후(母后)의 영정을 종종 성대히 장식하여 절이나 도관에 모시고 받들었으니,[301] 또한 도성 남녀들의 심정을 알 수 있었다. 이로써 논한다면 명나라 황실이 여전히 보존되었다고 말해도 좋을 것이다.

지금 서귀의 문집에 서문을 쓰며 구태여 이 말을 쓰니, 이공이 혼령이 있다면 '누가 장차 서쪽으로 돌아갈까?〔誰將西歸〕'라는 탄식을 위로받는 한편, '호음의 회포〔好音之懷〕'를 느끼시기 바라노라.[302]

301 만력……받들었으니 : 명나라 신종(神宗)의 모후인 효정태후(孝定太后) 이씨(李氏)와 의종(毅宗)의 모후인 효순태후(孝純太后) 유씨(劉氏)의 유상(遺像)을 만들거나 효정태후의 모습을 본떠서 관음상을 만들었던 일 등을 말한다.

302 누가……바라노라 : 원문의 '수장서귀(誰將西歸)'는 현인들이 서쪽으로 망한 주(周)나라를 바라보며 탄식하는 말인데, 여기서는 이기발의 호가 서귀(西歸)임에 포착하여 망한 명나라를 그리워하며 탄식함을 의미이다. '호음지회(好音之懷)'는 현인들이 좋은 말로써 위로해 준다는 의미인데, 여기서는 《서귀집》이 간행되면 돌아가신 공께 좋은 말로 위로를 드리는 것과 다름없다는 의미를 내포하고 있다. 《시경》〈비풍(匪風)〉에 "누가 장차 서쪽으로 돌아갈까, 내 좋은 목소리로 위로하리라.〔誰將西歸 懷之好音〕"라고 하였다.

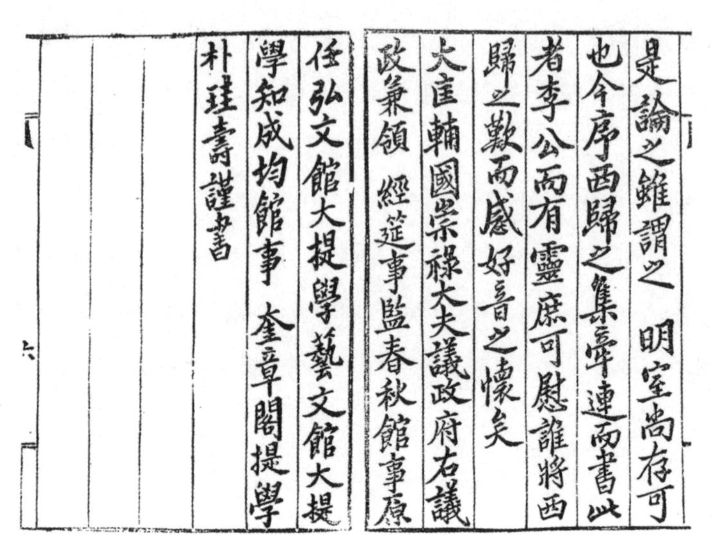
是論之雖謂之 明室尚存可
也今序西歸之集章連而書此
者李公而有靈庶可慰誰將西
歸之歎而感好音之懷矣
大匡輔國崇祿大夫議政府右議
政兼領 經筵事監春秋館事原
任弘文館大提學藝文館大提
學知成均館事 奎章閣提學
朴珪壽謹書

그림 10《서귀집》에 실린 환재의 서문

환재집

제5권

제문 祭文
신도비명 神道碑銘
묘갈명 墓碣銘
묘지명 墓誌銘
시장 諡狀

반남(潘南) 박규수(朴珪壽) 환경(瓛卿) 저(著)
제(弟) 선수(瑄壽) 온경(溫卿) 교정(校正)
문인(門人) 청풍(淸風) 김윤식(金允植) 편집(編輯)

제문祭文

북해 조공에 대한 제문[1] 경인년(1830) 2월

祭北海趙公文 庚寅二月

모년 모월 모일, 모산 아래 모좌의 무덤에 술을 따르고 절하고 곡하며 다음과 같이 말합니다.

아! 여기는 북해(北海) 조공(趙公)[2]의 무덤입니다. 아! 조공의 영령이시여, 곡하러 온 자가 박규수(朴珪壽)임을 아십니까. 어둡고 혼미하여 알지 못하십니까. 빛나고 밝아서 가지 못하는 곳이 없으십니까.

1 북해……제문 : 이 글은 환재가 1830년(순조30) 2월에 북해(北海) 조종영(趙鍾永, 1771~1829)의 영전에 올린 제문이다. 환재는 어린 나이 때부터 자신의 재능을 높이 평가해주고, 나이 차이가 있음에도 망년지교(忘年之交)를 맺어 수시로 자신을 격려해 주었던 조종영과의 추억을 비통한 심정으로 서술하였다.

2 북해(北海) 조공(趙公) : 조종영(趙鍾永, 1771~1829)을 가리키며, 북해는 그의 호이다. 본관은 풍양(豐壤). 자는 원경(元卿). 호는 북해 또는 두양(斗陽), 시호는 충간(忠簡)이다. 경상도관찰사 진택(鎭宅)의 아들이다. 1799년 정시 문과에 병과로 급제, 부교리・우승지를 역임하였다. 1810년 안주목사, 1813년 황해도관찰사, 한성부의 좌윤・우윤을 거쳐 공조・형조・호조의 참판을 차례로 역임하였고, 예조・이조 판서를 지냈다. 1829년 우참찬에 임명되었으나 곧 죽었다. 벼슬길에 오른 초기부터 경제문제에 관심을 두었으며, 국가의 전장 제도와 백성들의 이해문제 해결에 진력하였다. 성력(星曆)・복서(卜筮)・용병(用兵)의 요체에도 밝았다.

우뚝 솟아 무너지지 않아 만 길이나 솟은 높은 산처럼 창공을 뚫고 오르려 하십니까. 흐르고 흘러 메마르지 않아 광활한 못이 되고 드넓은 바다가 되려 하십니까. 모여 흩어지지 않아 은하수가 밝게 빛나듯, 샛별이 반짝이듯 하려 하십니까. 삶과 죽음의 자취에 한이 없으니, 저승과 이승의 이치가 어찌 다르겠습니까. 그 맑고 신중하고 화락한 덕, 장중하고 온화한 거동, 온후하고 전아한 문장, 경전과 사서를 기초로 한 학문을 아, 다시 볼 수 없습니다.

아! 나는 늦게 태어나 배움이 적고 고루하고 견문도 좁아 말할 것이 없습니다만, 오직 조공께서는 높은 나이와 지위를 잊고 나의 작은 한 가지 재능도 아껴주셨습니다. 귀인의 수레를 굽히시어 어린 아이를 귀한 손님으로 대해주셨으니,[3] 장려하며 쏟아주신 관심이 그저 가르칠 만한 사람이라고 보아주신 때문만이 아니었을 것입니다. 즐거움이 극에 달하면 예로부터 지금까지 백성들의 걱정거리, 국가의 대계(大計), 문장과 사업, 성패와 안위의 사적(史蹟), 동이(同異)와 득실의 변별, 제도의 연혁과 시가(詩歌)의 정오(正誤)에 이르기까지 종횡무진 담론하였습니다. 슬픈 마음이 이어지고 강개한 마음이 격앙되어 밝고 명쾌하고 호탕하게 미세한 것까지 되풀이하여, 지사의 마음을 열어주고 문인의 정신을 고취시키셨습니다. 매양 한번 흉금을 터놓으면 얻은

3 어린……대해주셨으니 : 원문은 '해유자지현탑(解孺子之懸榻)'인데, 훌륭한 선비를 예우(禮遇)함을 비유하는 말이다. 유자(孺子)는 후한(後漢) 때 (南州)의 고사(高士)로 일컬어지던 서치(徐穉) 자(字)이다. 현탑(懸榻)은 매달아 놓았던 걸상이란 의미이다. 후한의 고사(高士)로 이름난 진번(陳蕃)은 손님 접대에 인색하기로 소문이 났는데, 서치(徐穉)가 올 때만은 매달아 놓았던 걸상을 풀어 정중히 접대하고, 그가 떠난 뒤에는 다시 그 걸상을 매달아 두곤 했다고 한다. 《後漢書 卷53 徐穉列傳》

것이 수 백 마디였으니, 가슴 속이 가득해진 듯하여, 해가 서쪽으로 기우는 것도 잊어버렸습니다. 일찍이 이러한 즐거움은 백년의 즐거움에 맞먹을 만하다고 여겼는데, 아! 다시 그럴 수 없게 되었습니다.

아! 옛날의 통달한 이는 살고 죽는 것을 머물렀다 돌아가는 것으로 보았고, 오래살고 일찍 죽는 것을 하나의 이치로 여겼습니다. 공을 통해서 살펴보건대, 또한 무엇이 기쁘고 무엇이 슬프겠습니까.

가만히 생각건대, 마음이 텅 비어 즐거운 것이 없고, 몽롱하여 의심이 있어도 질문할 곳이 없으니, 감히 공을 위하여 슬퍼하는 것이 아니라, 도리어 저 자신을 위해 슬퍼할 뿐입니다.

아! 공의 혼령이 앎이 있다면, 오히려 나의 괴로운 심정을 슬퍼하실 것입니다. 다행히도 몸가짐과 행실이 군자의 비방을 면할 수 있었고, 또 다행스럽게도 훼손되고 좀먹은 책 끝에 내 이름을 붙여 전하게 되었으니, 백 세 뒤에 평하는 사람이 있다면 이 사람은 이러이러했다고 할 것입니다. 이렇게 해야만 나의 괴로운 심정을 사라지지 않게 할 수 있고, 우리 조공께서 나를 알아주시고 살펴주신 성대함을 저버리지 않을 수 있을 것입니다.

아! 공의 혼령이 앎이 있다면, 오히려 나의 괴로운 심정을 슬퍼하실 것입니다. 오히려 나의 괴로운 심정을 슬퍼하실 것입니다. 진심으로 고합니다.

아! 슬픕니다. 흠향하소서.

외구 이공에 대한 제문[4]

祭外舅李公文

기유년(1849, 헌종15) 2월 초하루 경자일에, 반남 박규수는 삼가 조촐한 제수를 마련하여 외구(外舅 장인) 전 군수 연안 이공[5]의 영전에 곡하며 영결합니다.

아! 공이 돌아가신 지 이제 석 달이 지났습니다. 자연의 순리에 따라 태허(太虛)로 돌아가셨고, 살아서는 천리에 따르다가 죽어서도 편안하시니,[6] 무슨 한과 무슨 슬픔이 있겠습니까? 백도(伯道)처럼 자식이

4 외구……제문 : 이 글은 환재가 1849년(헌종15)에 장인 이준수(李俊秀, 1778~1848)의 영전에 올린 제문이다. 환재는 장인이 선비의 본분을 지켜 청빈하고 곤궁한 삶을 살았고, 통달한 식견으로 세상의 명리에 초연하였음을 서술하였다. 아울러 장인이 생전에 후사가 없어 종손(從孫) 중에 한 사람을 정하여 세대를 건너뛰어 후사를 정하는 것이 고례(古禮)에 부합한지 고심하다가 타계했음을 특기하고, 이에 대해 환재는 중국에서도 세대를 건너 뛰어 후사를 삼은 예가 있으므로 우선 종손(從孫)으로 하여금 제사를 대행케 하다가 소목(昭穆)이 이어지기를 기다리는 것이 좋은 방책이라고 절충안을 제시하였다.

5 연안 이공 : 이준수(李俊秀, 1778~1848)는 본관이 연안(延安), 자는 계영(季永)으로 월사 이정귀(李廷龜)의 7대손이다. 1814년(순조14)에 생원시에 급제하였고, 안산 군수를 지냈다. 연안 이씨 명가 출신으로 이정귀의 아들 이명한(李明漢)은 환재의 선조 박동량(朴東亮)의 사위였고, 고조 이해조(李海朝)도 시문에 능하여 김창흡으로부터 천재라는 격찬을 받았다.

6 살아서는……편안하시니 : 원문은 '존순몰녕(存順沒寧)'인데, 장횡거(張橫渠)의 〈서명(西銘)〉 말미에 "살아서는 내가 순리에 따르다가, 죽어서는 내가 편안하다.〔存吾順事 沒吾寧也〕"라는 구절이 있다.

없었으나[7] 공에게는 한이 될 수 없고, 검루(黔婁)처럼 가난하게 살았으나[8] 공에게는 슬픔이 될 수 없습니다.

공의 평생을 더듬어보면 청빈하고 담박하시며 곤궁하고 외로우셨으니, 이것이 군자들이 말하는 운명입니다. 공의 통달한 견문과 높은 식견으로 이미 편안히 여겨 원망함이 없으셨고, 이에 처하여 후회하지 않았으며, 꿋꿋이 지조를 지키며 깨끗한 몸으로 돌아가셨으니, 어찌 아녀자들처럼 구구한 말로써 비통한 마음을 서술할 필요가 있겠습니까?

아! 공께서 병이 위중했을 때, 저는 대궐에서 직무에 매여[9] 감히 사사로운 일을 말할 수 없었습니다. 바삐 달려 돌아와 보니, 공께서 빈소에 드신 지 이미 여러 날이 되었습니다. 끝내 하축(夏祝)・상축(商祝)[10]의 일을 몸소 받들지 못하였으니, 이것이 유명(幽明)의 한이 되어

7 백도(伯道)처럼 자식이 없었으나 : 원문은 '백도무아(伯道無兒)'이다. 백도는 진(晉)나라 등유(鄧攸)의 자(字)이다. 하동 태수(河東太守)로 있을 때 석륵(石勒)의 난리를 만나, 아내와 함께 아들과 조카를 데리고 피란을 갔는데, 도중에 도적을 만나자 모두를 살릴 수 없다고 여겨 자기 아들을 버리고 조카를 보전하였다. 뒤에 끝내 아들을 두지 못하고 죽자, 당시 사람들이 의롭게 여겨 "천도(天道)가 무지(無知)하여 등백도에게 아들이 없게 하였다."라고 탄식하였다고 한다. 《晉書 卷90 鄧攸列傳》

8 검루(黔婁)처럼 가난하게 살았으나 : 원문은 '검루포피(黔婁布被)이다. 검루는 춘추시대 제(齊)나라의 고사(高士)로 검루가 죽었을 때 증자(曾子)가 조문을 갔는데, 염습을 할 이불조차 부족하여 시신의 수족(手足)이 밖으로 삐져나왔다고 한다. 《列女傳 卷2》

9 대궐에서……매여 : 원문의 '금성(禁省)'은 궁궐의 각사를 지칭하는 말이다. 이 해에 환재는 사간원 정언, 병조 정랑의 직책을 맡고 있었다.

10 하축(夏祝)・상축(商祝) : 상례(喪禮)의 예식에 익숙하여 의식 절차를 돕는 사람을 가리킨다.

더욱 가슴속에 맺혀 풀리지 않습니다.

공께서는 후사가 없으시어 일찍이 종손(從孫) 중에 한 사람을 세대를 건너뛰어 후사로 정하려 하였으나, 고례(古禮)에 부합한지의 여부를 의심하여, 분명하게 유언에 남기지 않았습니다. 혹시 병환이 깊어졌을 때[11] 한마디 말씀을 하시려고 나를 만나고자 하였으나 되지 못한 것입니까?

옛날에 진나라 순의(荀顗)[12]는 형의 손자로 후사를 삼았고, 하기(何琦)[13]의 종부(從父)는 손자로 조부의 뒤를 잇게 하였는데, 하기는 "예는 일에 따라서 일어나는 것이니, 상례에 구애받지 않는다.〔禮緣事興 不拘於常也〕"[14]라고 하였습니다. 뇌차종(雷次宗)이 《의례(儀禮)》의 '후사가 된 자〔爲人後者〕'라는 조목을 풀이하면서, 후사를 이은 아버지〔所後之父〕를 말하지 않은 것은 간혹 조부를 잇기도 하고 간혹 증조를 잇기도 하므로, 후사가 되는 것은 모두 그 속에 포함된다고 여겼기 때문입

11 병환이 깊어졌을 때 : 원문의 '철슬(撤瑟)'은 질병을 가리키는 말이다. 《의례(儀禮)》 〈기석례(旣夕禮)〉에 "질병이 있는 자는 재계하고, 봉양하는 자는 모두 재계하며 금슬을 치운다.〔有疾疾者齊 養者皆齊 徹琴瑟〕"라고 하였다.

12 순의(荀顗) : 자는 경천(景倩), 서진(西晉)의 영천(潁川) 출신으로 박학하여 어린 나이에 명성을 날렸다. 위나라에 벼슬하여 관직이 시중에까지 올랐고 무구검(毌丘儉)을 토벌하는데 공을 세워 만세정후(萬歲亭候)에 봉해지고, 상서복야(尙書僕射)에까지 올랐다가 모친상으로 관직을 떠났다. 삼례(三禮) 및 조정의 의식에 밝았다. 《晉書 卷39 荀顗列傳》

13 하기(何琦) : 자는 만륜(萬倫)으로 사공(司空) 하충(何充)의 종형이다. 옛글을 매우 좋아하였고, 박학하여 효렴에 천거되었고 낭중에 제수되었다. 어머니가 죽자 은거하여 출사하지 않고서 거문고와 책을 보며 즐겼다고 한다. 《晉書 卷88 何琦列傳》

14 예는……않는다 : 《통전(通典)》 권96 〈위증조후복의(爲曾祖後服議)〉에 보인다.

니다.[15] 유순(庾純)[16]의 말에도 '후사가 되어 3년상을 치르면 아들이 되기도 하고, 손자가 되기도 한다.〔爲人後者三年 或爲子或爲孫〕'라고 하였습니다.[17]

하기와 유순은 예로부터 '예를 아는 군자'로 일컬어졌습니다. 이 때문에 식견 있는 선비들이 이 몇 사람의 설에 의거하여 대를 뛰어넘어 후사를 삼는 것이 예에 어긋나지 않는다고 여겼습니다.

그러나 내 생각에, 예의 쓰임은 시의(時宜)가 중요한 것입니다. 과거에는 통용할 수 있었으나 지금에 통용하지 못하는 것이 있는데, 하물며 법령을 고찰해보면 이미 우리나라에는 정해진 제도가 없으니, 주(周)나라의 예법을 따르는 것이 허물이 적을 것입니다. 그렇게 할 수

15 뇌차종(雷次宗)이……때문입니다 : 뇌차종의 자는 중륜(仲倫), 남조(南朝) 송(宋)나라 남창인(南昌人)이다. 젊어서 여산(廬山)에 들어가 혜원(慧遠) 법사를 섬겼으며 독지호학(篤志好學)하여 삼례(三禮)·모시(毛詩)에 특히 밝았다. 원가(元嘉) 연간에 도하(都下)에 불려왔다가, 계롱산(鷄籠山)에 학관을 열어 놓고 학도를 모아 교수하였다.

《의례》〈상복(喪服)〉 편의 '위인후자(爲人後者)' 조목에 대해 뇌차종은 "이 구절은 마땅히 '후사가 된 자가 후사를 이은 아버지를 위하여〔爲人後者 爲所後之父〕'라고 말해야 하는데, 다섯 글자를 누락시킨 것은 후사를 이은 아버지가 혹 일찍 돌아가실 수도 있고, 혹 조부를 잇기도 하고, 혹 증조나 고조부를 잇기도 하여 일정하지 않기 때문에 뺀 것이다.〔雷氏次宗曰 此當云爲人後者爲所後之父 闕此五字者 以其所後之父或早卒 或後祖父 或後曾高祖父 所後不定 故闕之也〕"라고 하였다. 《欽定儀禮義疏 卷22 喪服 第11》

16 유순(庾純) : 자는 모보(謀甫), 서진(西晉) 영천(潁川) 출신으로 박사를 역임하였고 국자제주(國子祭酒)에까지 올랐다. 《晉書 卷50 庾純列傳》

17 하였습니다 : 이 단락에서 중국의 순의(荀顗), 하기(何琦), 뇌차종(雷次宗), 유순(庾純)의 사례를 고증한 대목은 청초의 학자 서건학(徐乾學, 1631~1694)의 글을 요약하여 인용한 것이다. 《讀禮通考 卷5 喪期5》

없다면 우선 종손(從孫)으로 하여금 제사를 대행케 하다가 소목(昭穆)이 이어지기를 기다리는 것이 바로 남은 사람의 책무가 아니겠습니까?

아! 갑자기 생각이 납니다. 지난 해 봄에 제가 동당(東堂)에서 사책(射策)하고서[18] 공의 집에 들렀는데, 푸른 이끼가 뜰을 뒤덮어 사람이 없는 듯이 고요하였습니다. 묵은 매화나무 아래를 서성거리자니, 공께서 마른 얼굴에 흰 머리로 방문을 열고 내다보셨습니다. 제가 과거 시험장에서 돌아오는 길이라는 말을 듣고는 웃으면서 "내가 잊었네. 오늘이 회시(會試) 날인가?"라고 하셨습니다. 아! 공은 명리와 영달에 초연하여 얽매인 분이 아닙니다만, 그래도 늙은 사위가 과거에 이름 한번 올리기를 몹시 바랄만도 한데, 오히려 이처럼 조금도 마음속에 담아두지 않으셨습니까?

아! 빙벽(氷蘗)의 절개,[19] 견개(狷介)한 자태, 낙이(樂易)한 운치, 노성(老成)한 전형을 알아주는 이가 누구겠습니까? 정한 기일이 되어 상여가 장차 떠나려 하는데, 동쪽 교외에 새 무덤이 20리 거리입니다. 때로 그 아래를 지나다가 무덤에 술을 뿌리며, 거과복통(車過腹痛)의 경계를 저버리지 않겠습니다.[20]

18 동당(東堂)에서 사책(射策)하고서 : 환재가 1848년(헌종14) 5월에 증광 문과에 급제한 것을 가리킨다. 동당은 진(晉)나라 궁전 이름으로, 이곳에서 현량(賢良)을 뽑아 시험보인 일이 있으므로 후대에는 과거 시험장을 지칭한다. 사책은 시험의 일종으로 경서(經書)의 의의(疑義)와 시무(時務)에 대한 문제를 죽찰(竹札)에 써 놓으면, 수험자가 죽찰을 뽑아 그 문제의 답안을 책(策)에 써서 올렸다.

19 빙벽(氷蘗)의 절개 : 얼음물을 마시고 황벽나무를 먹는다는 말로, 청고(淸苦)한 생활을 하며 절조를 지키는 것을 뜻한다.

20 때로……않겠습니다 : 죽은 뒤에도 자꾸 무덤을 찾겠다는 의미이다. 거과복통(車

아! 슬픕니다. 흠향하소서.

過腹痛)은 삼국 시대 위(魏)나라 조조(曹操)가 지은 〈사교태위문(祀橋太尉文)〉에서 "죽은 이를 떠나 보낸 뒤에, 그곳을 지나면서 소박한 제수나마 마련하여 찾아가 제사드리지 않으면, 수레가 세 걸음 지나는 사이 복통이 일어나는 것이 당연하다.〔殂逝之後 路有經由 不以斗酒隻鷄 過相沃酹 車過三步 腹痛勿怪〕"라고 한 고사에서 유래하였다. 《漢魏六朝百三家集 卷23》

선조 호장공의 묘를 배알하며 올린 글[21]

謁先祖戶長公墓文

유세차 신해년(1851) 3월 무자삭(戊子朔)[22] 28일 을묘일에, 후손 통훈대부 행 부안 현감 규수가 감히 선조 반남현(潘南縣) 호장 부군(戶長府君)[23]께 밝게 아뢰옵니다.

생각건대 우리 조상께서는	恭惟我祖
신성의 후손으로서	神聖之裔
덕을 쌓아 경사를 기르시어	種德毓慶
영원히 백세토록 전하였습니다	綿永百世

누가 그 후손이 아니리오	孰非其孫
천억이나 되는 후손이	雲仍千億
명망이 높은 사람도 있고	磊落聞望

21 선조……글 : 이 글은 환재가 1851년(철종2)에 나주에 있는 반남 박씨의 시조 박응주(朴應珠)의 묘소를 배알하고 올린 제문이다. 조상의 훌륭한 덕행을 추모하고, 후사를 잇도록 자식을 점지해 달라는 간곡한 심정을 표하였다. 환재는 용강 현령으로 재임하던 중에 1850년 6월에 순원왕후의 명으로 전라도 부안 현감과 자리를 맞바꾸어 8월에 부임하였다.

22 무자삭(戊子朔) : 신해년 3월의 초하루가 무자일 임을 밝히는 말이다.

23 반남현(潘南縣) 호장 부군(戶長府君) : 반남 박씨의 시조 박응주(朴應珠)를 가리킨다. 반남 박씨는 신라 혁거세의 후예로서 고려조에 들어 나주 반남현을 본관으로 삼았다.

현덕을 지닌 사람도 있습니다　亦在賢德

혈맥이 길이 이어져　血脉繩繩
내 몸에 이르렀으니　以曁我躬
골육을 생각해 보건대　靜思骨肉
감사한 마음 끝이 없습니다　感念無窮

구리도장에 화려한 수레로[24]　銅章華轂
남쪽으로 벼슬살이 와서　宦遊南國
조촐한 제수를 정성스레 갖추어　虔具菲薄
무덤가에 와 절을 올립니다　來拜塋域

주위를 돌아보니 어렴풋이　周瞻僾然
자애로운 얼굴을 뵈옵는 듯　若承慈顔
누런 얼굴에 흰 머리털로　黃耈鶴髮
나를 보고 기뻐하시면서　顧我以歡

이 어린 후손은　曰此小孫
누구의 아이런고　云誰之兒
내 무릎에 올라　左右余膝

24 구리도장에 화려한 수레로 : 원문은 '동장화곡(銅章華轂)'으로 동장은 수령이 차는 관인이며, 화곡은 수령들이 타는 수레를 높여 이르는 말로 지방관으로 부임하는 것을 가리킨다.

재롱과 아양을 지어보아라 載嬌載癡

귀여운 그 얼굴 婠妠其容
색동옷도 예쁘구나 亦有娉服
어루만져 어르지 않으리오 曷不撫愛
이 큰 복을 받거라 受玆介福

소손도 드릴 말씀이 있어 小孫有辭
조고에게 조아리며 아뢥니다 稽首祖考
조고의 은혜는 祖考之賜
밤도 아니고 대추도 아닙니다 匪栗匪棗

조고께서 복이 많으시어 祖考多福
본손과 지손이 길이 이어지니 本支悠悠
혹시라도 전통을 실추하여 恐墜厥緒
조고께 부끄러움이 될까 두렵습니다 爲祖考羞

석류(錫類)[25]의 남은 경사를 錫類餘慶

25 석류(錫類) : 후손에게 선을 끼쳐주는 것을 가리킨다. 《시경》 〈기취(旣醉)〉에, "효자가 다하지 않으니, 길이 너에게 선을 끼치리라.〔孝子不匱 永錫爾類〕"라고 하였는데, 주희(朱熹)는 '類'를 '선(善)'으로 풀이하였다. 참고로 《춘추좌씨전》 노 은공(魯隱公) 원년에 같은 구절이 있는데, 송나라 임요수(林堯叟)는 부주(附注)에서 "효자의 마음은 끝이 없어서 영원히 나의 효성으로 효심을 가진 같은 무리에게 영향을 끼쳐 모두 효자가 되게 하는 것이다.〔孝子之心 無有窮匱 長以己之孝誠 錫及其疇類 皆爲孝

조고께서 묵묵히 도우시면	祖考默祐
집안의 제사와 문헌을	俎豆文獻
대대로 이어갈 것입니다	庶有承授
소손이 어리고 몽매하여	小孫稚騃
아직 자식을 보지 못하여	尙未抱子
매양 종사를 걱정하면서	每念宗祀
몸 둘 바를 모르겠습니다	靡所底止
정신과 기운이	精神氣息
한 이치로 소통하니	一理相通
재배하고 마음속으로 빌며	再拜默禱
제 고충을 호소합니다	訴我苦衷
하늘의 도움과	賴天之靈
조고의 훌륭함에 힘입어	祖考之休
큰 인물 태어나게 하여	挺生偉人
우리나라[26]에 큰 복을 내리소서	景貺潛周
국가에 보답하고 가통을 이어	報國承家

也〕"라고 하여 '類'는 '무리〔疇類〕'로 풀이하였다.

26 우리나라 : 원문은 '잠주(潛周)'인데, 주나라의 문물을 계승한 나라라는 뜻으로 우리나라를 가리킨다.

아름답게 공을 세운다면 休有光烈
우리 조고께서도 惟我祖考
어찌 기쁘지 않겠습니까 豈不以悅

밝으신 우리 시조께서 明明我祖
처음에 천지에 감응해 태어나셨으니 厥初感生
어찌 고매에게 빌었겠습니까[27] 豈必高禖
선조께선 하소연을 들어주소서 先祖是聽

27 어찌 고매에게 빌었겠습니까 : 선조가 도우면 훌륭한 자식을 얻을 수 있으므로 삼신할미에게 빌 필요가 없다는 의미이다. 고매(高禖)는 귀신 이름으로 천자(天子)가 태자(太子)를 점지해 달라는 뜻으로 고매신에게 융숭한 예를 갖추어 제사를 올린다고 한다. 《禮記 月令》

신도비명神道碑銘

충정공 박심문 신도비명[28]

忠貞朴公審問神道碑銘

명나라 경태(景泰) 7년(1456, 세조2)에 전(前) 행 예조 정랑(行禮曹正郞) 박심문(朴審問) 공이 질정관(質正官)[29]으로 북경(北京)에 갔다가 10월 정미일(11일)에 의주(義州)에 이르러 성삼문(成三問) 등 육신(六臣)이 상왕(上王)의 복위(復位)를 도모하다가 일이 발각되어 죽었다는 소식을 들었다. 밤에 종행인(從行人)을 불러 한 통의 편지를 주면서 "내 아들에게 일러서 '상왕 때에 제수된 예조 정랑〔上王時所除禮曹郞〕'이라고 내 무덤에 쓰라고 하라. 육신의 모의에 나도 실제 참여하였는데, 이제 육신이 실패하고서 나 홀로 산다면 무슨 면목으

28 충정공 박심문 신도비명 : 이 글은 고종 8년 신미년(1871) 3월에 박심문(朴審問, 1408~1456)에게 충정(忠貞)이란 시호가 내리자 이 즈음에 지은 신도비명이다.

29 질정관(質正官) : 조선 시대에 중국에 보내던 사신의 한 종류로, 특정의 사안에 대하여 중국 정부에 질의하거나 학습하는 일을 담당하였다. 조선 초기에는 동지사(冬至使)·성절사(聖節使) 등의 정기사행에 정규 사신의 일원으로 서장관(書狀官)과 함께 파견되었으나, 중기 이후에는 서장관이 질정관을 겸임하는 것이 관례화되어 정규 인원에서 제외되었다.

로 죽어서 선왕을 뵙겠는가."라고 하고서 드디어 약을 마시고 죽었다.

이때에 상왕을 위해 죽은 신하들은 모두 혹독한 화를 만났는데, 공은 멀리 변방에서 죽었으니, 사람들이 두려워 말하기를 꺼렸으므로 그 일이 묻혀 드러나지 않았다. 영양위(寧陽尉) 정종(鄭悰)[30]은 상왕의 누이 경혜공주(敬惠公主)의 의빈(儀賓 부마)인데, 은밀히 육신의 사적을 기록하면서 공의 죽음에 대해서도 매우 자세히 언급하였다. 순조 갑자년(1804, 순조4)에 대신이 공의 후손 경운(景雲)이 조상을 위해 신원(伸冤)한 일을 처리하면서 정공의 기록을 근거로 논주(論奏)하기를 "단종의 옛 신하 박심문이 임금을 위해 죽은 절개는 육신보다 못하지 않으니, 높은 관작을 추증해야 합니다."라고 하였다. 이에 순조는 이조 참판에 증직하라고 명하였다.

무자년(1828, 순조28)에 장릉(莊陵) 곁의 육신을 모신 창절사(彰節祠)에 나란히 합사(合祀)하였고, 철종(哲宗) 병진년(1856, 철종7)에 이조 판서와 홍문관 예문관 대제학을 더 증직하였다. 금상(今上) 8년 신미년(1871, 고종8)에 충정(忠貞)이란 시호를 내렸으니, '임금을 섬기며 절개를 다하는 것을 충이라 하고, 깨끗하게 자신을 지키는 것을

30 영양위(寧陽尉) 정종(鄭悰, ?~1461) : 조선 전기의 문신으로 본관은 해주(海州)이다. 1450년(세종32)에 문종의 딸 경혜공주(敬惠公主)와 혼인한 뒤 영양위에 봉해졌고, 단종 초기에 형조 판서가 되어 단종의 두터운 신임을 받았다. 1455년(세조1)에 금성대군(錦城大君) 유(瑜)가 수양대군에 맞서 단종을 보호하다 유배되자, 정종도 이에 연루되어 영월에 유배되었다. 이듬해 사육신 사건으로 죄가 가중되어 광주(光州)에 안치되었고, 1461년 승려 성탄(性坦) 등과 반역을 도모하였다는 명목으로 능지처참되었다. 영조 때 신원(伸冤)되었고, 단종묘(端宗廟)와 공주 동학사(東鶴寺) 숙모전(肅慕殿)에 배향되었다. 시호는 헌민(獻愍)이다.

정이라 한다.〔事君盡節曰忠 淸白自守曰貞〕'라고 하였다. 이때에 공의 훌륭한 절개가 비로소 크게 드러나 백세 뒤까지 밝게 빛나게 되었다.

공의 자는 모(某)[31]이고, 호는 청재(淸齋)이다. 박씨의 선계는 신라 왕자에서 나왔는데, 그가 밀양(密陽)을 봉읍으로 받았기 때문에 후손이 밀양인이 되었다. 고려 때에 휘 사경(思敬)[32]으로 전법 상서(典法尙書) 상장군(上將軍) 추성익위 공신(推誠翊衛功臣)이 있었으니, 이 분이 공의 증조이다. 조(祖)는 전의시 판사(典儀寺判事)를 지낸 휘 침(忱)[33]으로 조선조에 개국 공신에 책록되었다. 고(考)의 휘는 강생(剛生)[34]으로 호는 나산경수(蘿山耕叟)인데, 정주학(程朱學)을 창도하여 밝혀 당시의 빼어난 인재들이 모두 경술(經術)로 떠받들었다. 관직은

31 모(某) : 박심문의 자는 신숙(愼叔)이다.

32 사경(思敬) : 박사경(朴思敬, 1312~1404)은 문유(文有)의 아들로 문과에 급제하여 벼슬이 전법 판서(典法判書) 상장군(上將軍)에 올랐다. 충정왕(忠定王)이 홍서한 뒤에 후사가 없음을 빌미로 친원파가 왕위를 노릴 때, 박사경이 원나라에서 급히 귀국하여 공민왕과 함께 이들을 처단하여 추성익위 공신에 책록되었다.

33 침(忱) : 박침(朴忱)은 공민왕 때 문과에 올라 전의 판사(典儀判事)가 되었으나, 조선 태조를 섬겨 공로가 있었기에 원종공신(原從功臣)에 녹권되고, 벼슬은 호조 전서(戶曹典書)에 이르렀다.

34 강생(剛生) : 박강생(朴剛生, 1369~1422)의 자는 유지(柔之), 호는 나산경수이다. 아버지는 호조 전서(戶曹典書) 침(沈)이며, 어머니는 밀산군(密山君) 박린(朴隣)의 딸이다. 1390년(공양왕2)에 문과에 급제하여 예문 검열(藝文檢閱)에 보직되었다. 1392년 조선이 개국되자 호조 전서에 임명되었으나 사퇴, 1408년(태종8) 진위사(陳慰使)의 서장관으로 명나라에 가서 세자에 대해 보고를 잘 함으로써 황제의 환심을 사고 돌아오자 태종으로부터 미두(米豆)를 하사받고 이어 선공감역(繕工監役)이 되었다. 1417년 수원 부사를 지내다 사헌부의 탄핵을 받고 파직, 뒤에 다시 등용되어 세종 때 안변 도호부사(安邊都護府使)를 지냈다. 문장이 전아(典雅)하여 이름이 높았다.

집현전 부제학(集賢殿副提學)을 지냈고, 좌찬성에 증직되었다. 비(妣)는 파평 윤씨(坡平尹氏)로 삼사우윤(三司右尹)을 지낸 승경(承慶)의 딸이다. 아들 셋을 두었는데, 공이 막내이다.

공은 영락(永樂) 무자년(1408, 태종8)에 태어났다. 어려서 총명하여 보는 자들이 큰그릇이 될 것으로 기대하였다. 찬성공이 돌아가시고 두 형도 먼저 죽자, 나이 겨우 열여섯에 외로운 고아가 되었으나, 상중에 있으면서 예를 다하였고, 어머니를 봉양하며 효성을 다하였다. 독실한 뜻으로 학문에 힘써서 사우(士友)들의 신망을 얻으니, 당시의 재상이 천거하여 인수부 승(仁壽府丞)과 사온서 직장(司醞署直長)에 보임되었다. 정통(正統) 병진년(1436, 세종18)에 세종이 과장에 나와 선비들에게 시험을 보였는데, 공은 병과(丙科)에 급제하였다.

공은 법도 있는 집안의 자제로 명성이 자자하여 당시 여론이 청요직(淸要職)에 올려야 한다고 칭송하였는데, 여동생이 후궁에 선발되어 장의 궁주(莊懿宮主)에 책봉되자 이 때문에 두려워하며 겸양하였다.

정사년(1437, 세종19)에 조정에서 육진(六鎭)을 개척하려고 하자, 도절제사(都節制使) 김종서(金宗瑞) 공이 종사관으로 초빙하여 변방의 일을 자문하였다. 공은 "혹자는 그 땅을 개척하고 그곳 사람을 축출하자고 하는데, 이는 왕자가 먼곳을 회유하는 정치가 아닙니다. 그러나 야인(野人)은 거친데다 조석으로 반란의 기회를 노리니, 차라리 남쪽 백성을 옮겨다 그곳에 살게 하는 것이 온전한 계책이 될 것입니다."라고 하자, 김공이 조정에 강력히 요청하여 공의 건의대로 시행하니, 북변이 안정되었다. 그 공로로 예조 정랑에 올랐다.

경태(景泰) 계유년(1453, 단종1)은 단종 원년이다. 영의정 황보인(皇甫仁), 좌의정 김종서(金宗瑞), 우의정 정분(鄭苯)이 국난(國難)에 죽고, 세조가 선양을 받아 단종을 상왕(上王)으로 추존하였다. 그러자 공이 비분강개하여 형의 아들 중손(仲孫)[35]에게 말하기를 "'스스로 몸을 깨끗이 하라. 사람마다 스스로 선왕께 의로운 뜻을 바쳐야 한다.〔自靖 人自獻于先王〕'[36]라고 한 것은 무엇을 말하는가?"라고 하고서, 드디어 병을 핑계로 문을 닫아걸었다.

공은 평소 충렬공(忠烈公) 하위지(河緯地), 충문공(忠文公) 성삼문(成三問), 충간공(忠簡公) 이개(李塏)와 친하여 때때로 방문하며 어울렸다. 공이 질정관에 뽑혀 북경으로 갈 때에 여러 사람과 송별연을 벌이게 되었는데, 슬픈 노래를 부르고 통분해 하고 한숨을 쉬고 눈물을 흘렸으나, 사람들은 아무도 그 의미를 몰랐다. 공이 임종 시에 남긴 말씀을 듣고서 자제와 식구들은 비로소 공이 육신과 함께 죽기로 맹세한 지가 오래 되었음을 알게 되었다.

아, 육신의 일이 발각된 것은 공이 국경을 나선 뒤이니, 육신은 비록 죽지 않고자 한들 될 수 없었고, 공은 죽을 수도 있었고 죽지 않을 수도 있었다. 이 때문에 논평하는 자들이 공의 죽음을 어려운 일로 여겼다.

35 중손(仲孫) : 박중손(朴仲孫, 1412~1466)의 자는 경윤(慶胤), 호는 묵재(默齋)이다. 아버지는 교서관 정자(校書館正字) 절문(切問)이며, 어머니는 왕고(王高)의 딸이다. 1453년(단종1) 계유정난 때 수양대군을 도와 김종서(金宗瑞) 등을 제거한 공으로 정난 공신(靖難功臣) 1등에 책록되고 응천군(凝川君)에 봉해지면서 병조 참판에 제수되었다. 각조 판서를 거쳐 밀산군(密山君)으로 개봉(改封)되었다. 시호는 공효(恭孝)이다.

36 스스로……한다 : 《서경》 〈미자(微子)〉에 보이는데, 은(殷)나라가 점점 망해 가자, 은나라의 종실(宗室)인 미자(微子)가 기자(箕子)와 비간(比干)에게 한 말이다.

그러나 공이 속으로 꾹 참고서 죽지 않은 것도 이미 오래이다. 때를 기다려 한번 그 뜻을 펴고자 생각하였는데, 마침내 어찌할 수 없게 되자 죽을 수밖에 없었던 것이 육신의 뜻이고, 공의 뜻이었다. 우리 성스런 조정이 충의(忠義)와 절열(節烈)을 기리고 장려한 것이 전대보다 뛰어나, 아무리 은미하고 아무리 그윽한 것이라도 다 드러내 표창하지 않은 것이 없으니, 육신과 공이 누가 먼저 드러나고 나중 드러나느냐는 논할 것이 못된다.

배(配)는 청주 한씨(淸州韓氏) 부사(副使) 승순(承舜)의 딸로, 공의 부음을 듣고서 따라 죽었다. 7남 1녀를 두니, 원충(元忠)은 문과에 급제하여 통판(通判)이 되었고, 원공(元恭)은 사직(司直), 원의(元懿)는 사직(司直), 원정(元正)은 진사(進士), 원량(元良)은 생원(生員), 원온(元溫)과 원준(元俊)은 호군(護軍)이다. 손자는 18인으로 후손이 번창하여 대대로 명성이 드러난 사람이 나왔다. 유학을 흥기시켜 진도(珍島)에 제향된 이가 연(衍)이고, 영남에서 왜적을 격파하여 의열(毅烈)이란 시호를 받은 이가 진(晉)이고, 남한산성에 임금을 호종한 이가 수형(隨亨)이고, 세자를 심양(瀋陽)까지 모셔서 임금이 충절(忠節)이라고 써서 하사한 이가 민도(敏道)이고, 효성으로 정려받은 이가 인수(麟壽)이니, 가장 드러난 분들이다. 아, 하늘이 공에게 보답한 것이 육신에 비교하면 두텁다 하겠다. 명(銘)은 다음과 같다.

고양군	維高陽郡
원당리에	里曰元堂
높이 4척으로	其崇四尺
언덕에 무덤이 있는데	有封于岡

큰 글자 깊이 새기니	大書深刻
예조 정랑이라	禮曹正郎
이곳은 충정공	是維忠貞
박공이 묻힌 곳이다	朴公之藏
충정공은	維此忠貞
백세토록 명성이 흘러	百世流光
육신과 짝이 되어	六臣與儔
죽어서도 강상을 지켰네	死爲綱常
우연으로 지는 해를 붙들어	扶日虞淵
부상으로 되돌리려 하였으니[37]	欲返榑桑
계획은 엉성했으나	謀則疏矣
의리는 푸른 하늘에 가득찼네	義塞穹蒼
부끄러운 낯빛도 없이	庶無愧色
죽어서 선왕을 배알하니	歸拜先王
성관에 패옥을 차고	星冠玉佩
백운향에 머물리라	左右雲鄉

37 우연으로……하였으니 : 단종 복위를 꾀했음을 비유한 말이다. 우연(虞淵)은 전설상에 해가 지는 곳이고, 부상(榑桑)은 부상(扶桑)과 같은 말로, 동해 속에 있다는 상상의 신목(神木)인데, 해가 뜰 때에는 이 나뭇가지를 흔들고서 올라온다고 한다.

생을 버리고 인을 이룬	捐生成仁
요해는 아득한데	遼海茫茫
묻혀도 결국 드러나고	始晦終顯
오래될수록 더욱 빛나네	悠久彌彰

태사가 명을 지어	太史作銘
무궁한 후세에 알리니	用詔無疆
지나는 자 공경하여	過者其式
탄식하며 방황하리	咨嗟傍徨

묘갈명墓碣銘

성균 생원 하군 묘갈명[38]

成均生員河君墓碣銘

생원 하승문(河承門)[39]이 선왕부(先王父 조부)의 가장(家狀)을 가지고 와서 명(銘)을 청하였다.

나는 평소 남을 위해 글을 지어 묘지에 아첨하기를 좋아하지 않았기에 굳이 사양하였으나, 그의 간청이 더욱 완고하여 버티고 떠나지 않았다. 나는 거절할 수 없음을 알고 또 그의 성의에 감동하여 그 가장을 읽어보고서, "아, 이 분은 명을 지을만하다. 이는 모두 사람이 평소 행해야할 인륜의 당연한 바로써, 매우 기이하고 특이하여 남들이 미치지 못할 사적은 없으나, 이 분은 명을 지을만하다."라고 하였다.

어려서부터 영민하여 일을 도모함에 주밀하였고, 남의 어려움을 힘써 구제하였으며, 장성해서는 몸을 수양하여 경전에 온 마음을 기울였고, 어버이를 섬기며 봉양을 극진히 하고 돌아가심에 슬픔을 다하였다.

38 성균……묘갈명 : 환재가 하치룡(河致龍, 1803~1865)을 위해 지은 묘갈명이다.

39 하승문(河承門) : 1849~? 본관은 단계(丹溪), 자는 공우(功禹)이고, 개성(開城)에서 거주했다. 부친은 유학(幼學) 하주(河鑄)이고, 아우로는 하승조(河承祚)와 하승렬(河承烈)이 있다. 1870년(고종7)에 식년 생원시에 급제했다.

아우와 누이를 독실히 대하여 친척에까지 미쳤으며, 고아를 구휼하고 산업을 일으킴에 모두 조리가 있었고, 제사를 지내고 빈객을 접대함에 소홀한 예절과 게으른 낯빛이 없었다. 이것을 끝까지 미루어 나간다면 조정에 출사해서도 어찌 임금을 섬김에 절개를 다하지 않았겠는가? 문장을 수식하거나 과장한 말이 없었고, 온 고을이 이구동성으로 선사(善士)라 칭송하였으니, 당연히 명을 지을 만한 분이다.

가장을 고찰하건대, 군의 휘는 치룡(致龍)이고, 자는 운경(雲卿)이다. 하씨(河氏)이고 단계인(丹溪人)으로 순조 계해년(1803, 순조3)에 태어났고, 정유년(1837, 헌종3)에 생원시에 합격하였으며, 을축년(1865, 고종2)에 졸하여 개성부(開城府) 서쪽 묵지동(墨只洞) 묘좌(卯座)의 언덕에 장사지냈다.

배(配)는 김해 이씨(金海李氏) 면조(勉祚)의 딸로 자식을 두지 못했다. 계배(繼配)는 양천 최씨(陽川崔氏) 진일(鎭日)의 딸로 3남 2녀를 두었으니, 아들은 주(鑄), 경(鏡), 선(銑)이고, 두 딸은 이은영(李殷榮), 최기순(崔基順)에게 시집갔다.

군이 집안에서 지낼 때의 행실에 대해서는 고을 인사 아무개의 지(誌)와 장(狀)에 실려 있으므로 지금은 그 대강만 거론하고 자세히 서술하지 않는다. 처음 청송군사(靑松郡事) 하공(河公) 휘 담(澹)이 충렬공(忠烈公) 휘 위지(緯地)를 낳았다. 경태(景泰) 병자년(1456, 세조2)에 육신(六臣)의 사건이 발각되어 충렬공의 네 아들과 한꺼번에 화를 당했다. 장자 생원 휘 련(璉)의 아들 침(沈)이 부친의 명으로 평구 박씨(平邱朴氏)에 의탁하여 이리저리 다니다 개성(開城)에 숨어 살며 자취를 감춘 채 죽었다. 이 분이 휘 순복(順福)을 낳고, 순복이 휘 운학(雲鶴)을 낳고, 운학이 휘 영담(永柟)을 낳았는데, 여전히 두렵고 조심하여 본관을 바꿔 단계인(澶溪人)으로 일컬었다. 운서(韻書)에 단(澶)은 시련절(時連切)로 음이 선(蟬)이다.[40] 세상 사람들은 단(丹)과 같은 것으로 읽으니, 단(丹)을 변화시켜 단(澶)으로 일컬은 것은 가문이 쇠미해져 흩어진 까닭으로 그 음운을 널리 고찰하지 못하고서, 오직 단계(丹溪)를 숨기는 데만 급급하여 속음의 잘못을 따른 것이다.

영담이 휘 청운(淸運)을 낳고, 청운이 휘 귀현(貴賢)을 낳고, 귀현이 휘 원징(元澄)을 낳으니, 숙종 무인년(1698, 숙종24)에 단종을 복위하면서 비로소 단계라는 본관을 회복하니, 이 분이 군의 고조이다. 증조의 휘는 태문(泰文)이고, 조부의 휘는 종제(宗濟)이고, 부친의 휘는 시천(始千)이니 무과에 급제하였다. 비(妣)는 청풍 김씨(淸風金氏) 택보(澤寶)의 딸이다.

진주인(晉州人) 하용익(河龍翼)이 거짓으로 충렬공(忠烈公 하위지(河緯地))을 조상으로 삼은 지 오래인데, 유손(遺孫)이 개성에 산다는 소문을 듣고서 족보를 합치자고 요청하였으나, 군의 증조가 거절하고 따르지 않았다. 정조 신해년(1791, 정조15)에 이르러 단종 때 죽은 여러 신하 및 자제들을 장릉(莊陵)의 옆에 제사를 지낼 때에 충렬공의 네 아들 연(璉), 반(班), 호(琥), 박(珀)의 신주도 함께 배열되었다. 조상을 바꾼 자는 충렬공의 혈손이 살아 있음을 몹시 꺼려서, 이에 연(璉)과 반(班)이 호(琥)와 박(珀)의 별명이지 따로 그 사람이 있는 것이

40 운서(韻書)에……선(蟬)이다 : 《패문운부(佩文韻府)》 권16에는 "선(澶)은 시련절(市連切)이다. 선연(澶淵)은 지명으로 둔구현(頓丘縣) 남쪽에 있다. 다른 음은 전(瀍)이다."라고 하였는데, 원문에 '시련절(時連切)'이라 한 것은 어느 책에 나오는지 미상이다.

아니라고 주장하기도 하였고, 련(璉)은 본래 성이 지(池)이지 원래 하씨가 아니라고 주장하기도 하였다.

군의 족숙부(族叔父) 중에 이름이 시철(始澈)이란 노인이 성난 눈으로 주먹을 휘두르며 그들의 거짓을 변박하니, 저들은 온갖 말로 거짓을 꾸며 궤변으로 현혹시켰다. 그러나 끝까지 추적하여 공격함으로써 그 간사함과 거짓을 찾아내 파헤치며, 증거를 널리 찾아내 낱낱이 깨뜨리자, 저들의 실상이 다 드러나 숨길 수 없었다.[41] 그가 공경대부 사이를 분주히 찾아다니며 눈물을 흘리면서 살고 싶지 않은 사람처럼 비분에 겨운 지 수십 년이었다. 당시 나는 나이가 어렸는데, 그 변박이 매우 자세함에 감탄한 적이 있었다. 이제 군의 조계(祖系)를 서술하면서 그 일을 자세히 써서 후세 사람들로 하여금 군이 충렬공의 혈통을 이은 훌륭한 자손이며, 지초뿌리와 샘물이 유래가 있음을 알게 하지 않을 수 없다. 명을 짓는다.

빛나는 충렬공이	赫赫忠烈
후예를 두었으니	得有遺裔

41 군의……없었다 : 하시철(河始徹)이 무고를 변명한 행적에 대해서는 《환재집》 권4 〈《하충렬공관계변무록(河忠烈公貫系辨誣錄)》 서문〉에 자세하다. 사육신(死六臣) 하위지의 관향이 단계(丹溪)라는 설과 진주(晉州)라는 설이 수백 년 동안 논란이 되었는데, 하시철이 환재를 찾아와 억울함을 호소하자 환재는 예조 판서 홍석주(洪奭周)에게 이를 알렸고, 홍석주가 예조 판서로 있으면서 단계의 하시철과 진주의 하석중(河錫中)을 대질시켜 그의 본관이 단계인 것으로 판정하였다. 하시철이 이 논쟁의 시말을 정리하여 1876년(고종13)에 6권 3책의 목활자본으로 간행한 책이 바로 《하충렬공관계변무록》이다.

하늘의 마음 밝게 보아	灼見天心
그 세대가 끊이지 않았네	不殄厥世
숨어서 묻혀 살며	隱約沉淪
수양하고 근신한 사람 많아	中多修謹
가시덤불과 박옥더미 속에	叢棘堆璞
난초와 옥이 숨어 있었네	蘭翳玉韞
오랜 뒤에 드러났으니	積久乃發
그 이치 참으로 믿을 수 있네	一理孔信
충현의 후예가	忠賢之後
어찌 떨치지 않으랴	豈其不振
이 좋은 언덕은	惟此鮮原
선사의 무덤이니	善士攸藏
명을 지어 후손에게 알리노니	銘詔後人
자손들 크게 창성하리라	必大以昌

홍 처사 묘갈명[42]

洪處士墓碣銘

처음 내가 용강현(龍崗縣)에 부임하여,[43] 제생(諸生) 중에 홍상빈(洪尙贇)[44]이라는 자가 헐렁한 옷에 너른 띠를 두르고서[45] 앉을 때 반드시 꿇어앉고 설 때는 반드시 두 손을 맞잡으며, 밤낮으로 익히는 것은 세속 선비들이 일삼는 것이 아니라는 말을 들었다.

내가 그를 불러 이야기를 나눠보니, 질박하고 정성스러운 뜻이 말과 얼굴에 넘쳐났다. 마음속으로 기이하게 여겨 "그대 선조 중에 반드시 행실이 돈독한 군자로 후인에게 모범이 된 분이 있을 듯하다."라고 하자, 상빈이 일어나 대답하였다.

> 저의 조부께서는 뜻이 독실하고 학문을 좋아하여 고을에서 처사(處士)로 칭송되었습니다. 태어나면서부터 남다른 자질이 있었고, 기

42 홍 처사 묘갈명 : 환재가 1849년에 처사 홍임제(洪任濟, 1727~1786)를 위해 지은 묘갈명이다.

43 용강현(龍崗縣)에 부임하여 : 용강현은 지금의 평안남도 용강군으로, 환재는 1849년(헌종15) 용강 현령으로 부임하였다.

44 홍상빈(洪尙贇) : 용강 출신으로 일찍 고아가 되어 서른 살이 넘도록 공부를 하지 못하다가 서울에 유학하여 매산(梅山) 홍직필(洪直弼, 1776~1852)의 문하에서 수업하였다. 그는 후일 환재가 평안 감사로 부임하자 그의 문객이 되어 미국 군함 셰난도어호 내항 사태 때 그를 보좌하였다.

45 헐렁한……두르고서 : 원문은 '포의박대(褒衣博帶)'인데, 품이 큰 옷에 폭이 넓은 띠로 유생(儒生)들의 옷차림을 가리킨다.

개가 높고 세속에 얽매이지 않아 유협 소년들과 어울려 호방하게 행동하기를 좋아하였습니다. 일찍이 형님께서 질책하며 주문공(朱文公 주희(朱熹))의 《소학(小學)》을 가르치니, 그것을 받아 읽고서 홀연히 탄식하기를 '배우지 않으면 어떻게 스스로 설 수 있겠는가? 그러나 학문은 한갓 책으로만 할 수 있는 것은 아니니, 내가 누구를 따라 도를 물어야 하겠는가?'라고 하였습니다.

누군가가 미호(渼湖)의 김원행(金元行)[46] 선생이 당대 유자들의 종장이라고 하니, 드디어 폐백을 바치고 가르침을 청하였습니다. 한참 만에 성경명덕(誠敬明德)의 가르침을 듣고서 자기를 이기고 선을 따르며 간절히 묻고 용감히 정진하여 선생께 큰 칭찬을 받았습니다.

돌아와서는 더욱 분발하고 힘써, 새벽에 일어나 안팎을 청소하고 방에서 옷깃을 바로하고 경전공부에 더욱 힘을 기울였습니다. 이미 학문에 전수받은 바가 있고 만년에 더욱 정진하여 정주학(程朱學)의 여러 글을 깊이 연구하였습니다.

저희 고을은 궁벽진 바닷가에 있어 선비들이 평생 갈고 닦는 것은 오직 공령문(功令文)[47]이었습니다. 이때에 멀고 가까운 곳에서 소문

46 김원행(金元行) : 1702~1772. 본관은 안동, 자는 백춘(伯春), 호는 미호(渼湖)·운루(雲樓), 시호는 문경(文敬)이다. 조선 후기 노론 명문가 출신으로, 노론의 학맥을 이어 큰 영향력을 미쳤다. 그의 사상은 대체로 김창협의 학설을 답습해 주리(主理)와 주기(主氣)의 절충적인 입장에 서 있었다. 저서로 《미호집》이 있다.

47 공령문(功令文) : 과거 시험에서 보이던 여러 문체의 글을 가리킨다. 과문(科文),

을 듣고 배우러 오는 자가 많았는데, 매양 가까운 것을 버리고 먼 곳에 달려가며, 밖으로 내달려 명성을 가까이하려는 폐단을 경계하고, 오로지 마음을 보존하여 하나에 집중하고〔存心主一〕, 근본에 힘써 실천하는〔務本踐實〕 것으로 규범을 삼았습니다. 산림에서 지내다가 한가한 날이면, 어른과 아이를 이끌고 소요하며 술잔을 기울이니, 따라온 사람들이 흡족히 심취하지 않은 자가 없었습니다. 조부의 순정(醇正)한 학문과 밝고 넓은 포부를 제가 어찌 감히 백분의 일이라도 따라갈 수 있습니까만, 이제 사또께서 물으시니, 한마디 말을 빌려 무덤의 비석을 장식하고자 합니다.

얼마 후 가장(家狀)을 안고 찾아왔으나, 나는 허락하지 않은 채 관직에서 해임되어 돌아왔는데, 해마다 그가 천릿길을 찾아와 더욱 간절히 요청하니, 끝내 그의 뜻을 저버릴 수 없었다.

삼가 살펴보건대, 처사의 휘는 임제(任濟),[48] 자는 경윤(景尹), 남양 홍씨(南陽洪氏)로, 고려 태사였던 은열(殷說)이 그의 시조이다. 휘 빈(彬)[49]은 덕업과 문장으로 고려조 명신이 되었고 시호는 강경공(康敬

과체(科體)라고도 한다.

48 임제(任濟) : 홍임제(洪任濟, 1727～1786)의 본관은 남양(南陽), 자는 경윤(景尹), 호는 경직재(敬直齋)로 용강 출신이다. 훈련원 첨정 주구(疇九)의 아들로 태어날 때부터 품성이 호방하여 시와 술로 세월을 보냈으나 늦게 깨달은 바 있어 당대의 명유 미호(渼湖) 김원행(金元行)의 문하에 들어가 학문에 침잠하였다. 존심주일(存心主一)을 강조하여 근본에 힘쓰고 실천을 위주로 하는 학문에 전념하여 여러 후진들을 훈도하였다.

49 빈(彬) : 홍빈(洪彬, 1288～1353)은 고려 후기의 문신으로 자는 문야(文野), 시호는 강경(康敬)이다.

公)이다. 증손인 휘 강(康)에 이르러 염주백(鹽州伯)에 봉해져 자손들도 염주[50]에 살게 되었다. 후에 다시 남양의 관적을 회복하였으나, 처사는 염주의 후예이다. 조(祖)의 휘는 신득(信得)으로 훈련원 첨정(訓鍊院僉正)을 지냈고, 고(考)의 휘는 주구(疇九)이다. 비(妣)는 진주 김씨(晉州金氏) 천진(泉鎭)의 딸이다.

처사는 정조 10년 병오년(1786) 윤7월 7일에 졸하였으니 태어난 정미년(1727)으로부터 60세가 된다. 용강 신덕산(神德山)[51] 곤좌(坤坐)의 언덕에 장사지냈다.

처사는 일찍 아버지를 여읜 것을 애통해하여 죽을 때까지 아름다운 옷과 진귀한 음식을 가까이하지 않았다. 어머니의 상을 당하자 3년간 시묘살이를 했는데, 몹시 야위어 거의 목숨을 잃을 뻔하였다. 백씨(伯氏)를 아버지처럼 섬기고, 마을 사람들을 예로써 대하였으며, 충신(忠信)하고 질박하여 마을에서 추앙받았다. 일찍이 《주역》 문언전(文言傳)의 '경이직내(敬以直內)'[52]의 뜻을 취하여 자신의 집에 '경직(敬直)'이란 편액을 거니, 배우는 사람들이 이것을 호로 불렀다고 한다.

처사는 거칠고 적막한 땅에서 일어나 어진 이를 스승으로 삼아 학문에 연원이 있으니, 이것조차도 하기 어려운 일이다. 하물며 기질을 바로잡아 끝내 성취한 바가 있어 우뚝이 후생에 모범이 되었으니, 또한

50 염주(鹽州) : 황해도 연백(延白)의 옛 지명이다. 예성강을 사이에 두고 개성과 마주보는 지역으로 고려 시대에는 군사적으로 매우 중요시되던 곳이었다.

51 신덕산(神德山) : 평안남도 용강군 서부에 남북으로 뻗어있는 오석산맥(烏石山脈)에 있는 산으로 해발 410m이다.

52 경이직내(敬以直內) : 《주역》 〈곤괘(坤卦) 문언(文言)〉에 "군자는 경으로써 안을 곧게 하고 의로써 밖을 방정하게 한다.〔君子 敬以直內 義以方外〕"라고 하였다.

호걸선비가 아니겠는가?

배(配)는 진주 강씨(晉州姜氏) 만상(萬尙)의 딸이고, 계배(繼配)는 청주 김씨(淸州金氏) 만유(萬維)의 딸인데, 모두 용강 율현(栗峴)에 안장하였다. 네 아들 중에 용언(龍彦)은 본부인이 낳았고, 용헌(龍獻)·용건(龍健)·용현(龍顯)은 둘째 부인이 낳았다. 용언은 아들 상근(尙根) 하나를 두었고, 네 딸은 각각 이동일(李東一), 김대구(金大垢), 김상룡(金尙龍), 임효원(林孝元)에게 시집갔다. 용헌은 용건의 아들 상주(尙柱)를 데려다 후사로 삼았다. 용건의 네 아들은 상주, 상빈(尙贇), 상권(尙權), 상정(尙楨)이며, 두 딸은 윤재돈(尹在敦), 김석로(金錫老)에게 시집갔다. 다음과 같이 명을 짓는다.

처사는 어렸을 때부터	處士初年
기이하고 뛰어나서	瓌奇卓犖
용감히 떨쳐 일어나	踔厲奮發
기질을 굽히고 학문에 힘썼네	折節爲學

높이 올라 세속에서 빼어나	遐擧拔俗
스승이 될 분을 구하니	求于人師
내게 큰 도를 보여주시어	示我周行
숫돌처럼 평평하네[53]	坦塗如砥

53 내게……평평하네 : 김원행에게서 바른 도리로 가르침을 받은 것을 가리킨다. 원문의 '시아주행(示我周行)'은 《시경》 〈녹명(鹿鳴)〉에 "나를 좋아하는 사람이, 나에게 큰 도를 보여주네.〔人之好我 示我周行〕"라는 구절을 가리킨다. '탄도여지(坦塗如砥)'는

돌아와서는 속이 가득차 歸來充然
콩과 좁쌀에 배부른 듯하고 如飽菽粟
경으로써 안을 곧게 하여 敬以直內
잠시 사이에도 의관을 정제했네 造次被服

내 몸만 선하게 하지 않고 匪以獨善
몽매한 선비들 깨우치니[54] 訓厥蒙士
그 도탑고 후덕한 풍도가 其風篤厚
고을에 널리 퍼졌네 施及州里

처사의 고을은 處士之鄉
나도 풍속을 본 적이 있어 我曾觀俗
명문을 지어 후세에 고하노니 銘以詔後
부끄러움 없기 바라노라 庶無愧恧

《시경》〈대동(大東)〉에 "주나라 길은 숫돌처럼 평평하고, 곧기가 화살 같도다.〔周道如砥 其直如矢〕"라는 구절에서 따온 것이다.

54 내……깨우치니 : 자신의 몸만 선하게 만들지 않고 고을에까지 널리 영향을 끼쳤음을 가리키는 말이다. 《맹자》〈진심 상(盡心上)〉에 "곤궁해지면 자기 몸만이라도 선하게 하고, 현달하게 되면 온 천하 사람들과 그 선을 함께 나눈다.〔窮則獨善其身 達則兼善天下〕"라는 구절이 있다.

묘지명墓誌銘

이조 판서를 지내고 영의정에 추증된 윤공 행임의 묘지명[55]
吏曹判書贈領議政尹公行恁墓誌銘

정종 문성 무열 성인 장효대왕(正宗文成武烈聖仁莊孝大王 정조)께서 승하하신 이듬해 신유년(1801)에 이조 판서 석재(碩齋) 윤공(尹公)[56]이 조정에 머무르는 것이 편치 못하여 호남 관찰사로 나가게 되었다. 얼마 후 더욱 맹렬한 화를 만나 유배지 신지도(薪智島)[57]에서 돌아가

55 이조 판서를……묘지명 : 1861년(철종12)에 윤행임(尹行恁)이 영의정에 추증되자 그의 아들 윤정현(尹定鉉)의 요청으로 지은 묘지명이다.

56 석재(碩齋) 윤공(尹公) : 윤행임(尹行恁, 1762~1801)을 가리키며, 석재는 그의 호이다. 본관은 남원(南原), 자는 성보(聖甫), 별호는 방시한재(方是閑齋)이다. 1782년(정조6) 정시 문과에 급제하여 검열(檢閱)에 올랐고, 초계 문신이 되었다. 1800년 정조의 시장(謚狀)을 썼으며, 순조가 즉위한 뒤 이조 판서에 올랐다. 이 해 수렴청정을 하던 정순왕후(貞純王后)가 시파(時派)를 추방하기 위해 일으킨 신유박해로 강진현 신지도(薪智島)에 유배되었으나 곧 풀려 나와 예조 판서를 역임하였다. 전라도 관찰사로 재직할 때 척신 김조순(金祖淳)의 주도로 옥당(玉堂)으로부터 서학(西學)을 신봉했다는 탄핵을 받아 신지도에 안치되었다가 곧 참형당하였다. 헌종 초에 신원되었고 영의정에 추증되었다. 시호는 문헌(文獻)이다. 저서로 《석재고(碩齋稿)》가 있다.

57 신지도(薪智島) : 전라남도 완도군 신지면에 딸린 섬 이름이다. 원래 지도(智島)라 칭하였으나 나주목에 지도라는 지명이 있어 이를 피하기 위하여 나무가 많은 섬이라

셨다. 61년이 흐른 신유년(1861)에 공의 아들인 판돈녕부사(判敦寧府事)로 치사한 봉조하공(奉朝賀公)[58]이 흰 옷과 흰 띠로 처음 돌아가셨을 때와 같은 슬픔을 머금고서, 공의 언행과 조정에 벼슬하던 본말을 기록하여 나에게 묘지명을 지어달라고 부탁하였는데, 나는 사양하였으나 허락받지 못하였다.

나는 보잘 것 없는 후생으로 선배들의 성대한 때를 미처 보지 못했고, 세상일이 백 번 변하고 세월이 흐를수록 듣는 바나 전해 듣는 것도 거의 없으니, 어떻게 글을 지어 후세 사람들이 믿게 할 수 있겠는가. 그러나 마음속에 크게 느껴지는 바가 있다.

아! 우리 정조대왕께서는 성스럽고 신령한 자질로 임금의 자리에 임하시어 영재를 널리 모아 인재를 기름에 늘 부족한 듯 급급해 하셨다. 공은 이러한 시대에 세상에 나오셨으니, 한결같이 임금과 신하의 뜻이 합치된 성대함은 전대에도 비할 사람이 드물 것이다. 정조가 승하

하여 신(薪) 자를 붙여 신지도라 부르게 되었다.

58 판돈녕부사(判敦寧府事)로 치사한 봉조하공(奉朝賀公) : 윤정현(尹定鉉, 1793~1874)을 가리킨다. 본관은 남원(南原), 자는 계우(季愚), 호는 침계(梣溪)이다. 51세의 나이로 늦게 출사하여, 이듬해 규장각대교에 뽑힌 뒤 학문과 문장 및 가문적 배경을 바탕으로 급속히 승진, 성균관 대사성, 홍문관 제학, 황해도 관찰사 등을 역임하였다. 1858년 이후 지중추부사(知中樞府事)·판돈녕부사 등의 명예직에 임명되었다가 82세의 나이로 죽었다. 효성과 우애가 돈독하여 그 덕망이 널리 알려졌고, 경사(經史)에 박식하고 문장으로 명성이 높았다. 특히 비문에 능하였다. 문집으로 《침계유고》가 있다. 시호는 효문(孝文)이다.

판돈녕부사는 조선 시대 돈녕부(敦寧府)의 종1품 벼슬이고, 봉조하는 종2품 이상의 벼슬아치가 치사(致仕)한 뒤에 임명되는 벼슬로 조정의 의식(儀式)에만 참여하고 종신토록 녹봉을 받는 은전이 있다.

하실 즈음에 간곡하고도 은밀한 부탁이 있으셨으니, 이는 반드시 공의 재략(才略)과 기식(器識 기국과 식견)이 시대의 어렵고 위태로운 일을 구제할 수 있다고 여겼기 때문이다. 성모(聖母 정순 왕후)께서 등용하신 것도 이 때문이며, 충왕(冲王 순조)이 크게 의지한 것도 이 때문이다. 그러나 곧 유언비어에 무함을 받고 뜻밖의 화를 당함을 면치 못하여[59] 선왕을 추모하고 금왕에 보답한다는 뜻을 안고서 절해고도(絶海孤島)에서 차마 눈을 감지 못하였으니, 이른바 시운이고, 천명이 아니겠는가. 천년의 뒤에까지 군신의 사이에 유감이 있을 것이다.

삼가 살펴보건대, 공은 휘가 행임(行恁)이고, 자는 성보(聖甫)이며, 초명은 행임(行任)이다. 순조가 5세 때 손수 공의 이름을 쓰면서 '任' 자에 '心'을 더하니, 정조께서 원자(元子)가 쓴 대로 이름을 고치라 명하시고, 또 주역의 '큰 과일은 먹히지 않는다.〔碩果不食〕'[60]는 뜻을 취하여 석재(碩齋)라는 호를 내려주었다.

윤씨는 본관이 파평(坡平)이고, 시조는 고려 태사 휘 신달(莘達)[61]인

59 유언비어에……못하여 : 1801년 윤행임을 추종하던 임시발(任時發) 등이 주축이 되어, 조정을 비방하는 문서를 작성하여 성문에 부착하고, 벽파(僻派)의 영수인 김관주(金觀柱)의 집에 투서한 일이 발생했다. 이 일이 문제가 되어 관련자들이 모두 체포당했는데, 그 중 윤가기(尹可基, 1747~1801)는 일찍이 윤행임의 도움으로 단성 현감에 올랐던 인물로, 윤행임이 처벌 받은 데 대해 불만을 품고 이러한 흉모를 꾸몄다는 추궁을 당하여 처형되었고, 윤행임도 이 사건에 연루되어 처형되었다.

60 큰 과일은……않는다 : 원문의 '석과불식(碩果不食)'은 어려움이 닥쳐도 덕성이 사라지지 않는다는 의미이다. 《주역》 〈박괘(剝卦)〉는 아래에 있는 다섯 효(爻)는 모두 음효(陰爻)이고 맨 위에 있는 한 효만이 양효(陽爻)인데 음이 아무리 치성해도 양이 아주 없어지지 않는다는 뜻으로, 상구(上九) 효사(爻辭)에 "큰 과일은 먹히지 않는다.〔碩果不食〕"라고 하였다.

데, 휘 위(威)[62]가 남원백(南原伯)에 봉해짐에 이르러 자손들이 이적하여 남원인이 되었다. 대대로 충효가 집안에 전해져 절개를 지키고 의를 위해 죽은 신하들의 자취가 역사책에 이어졌다. 숭정(崇禎) 연간에 남양 부사 휘 계(棨)[63]가 청나라 군대를 만나 성내어 꾸짖으며 굽히지 않다가 죽어 이조 판서에 추증되었고, 충간(忠簡)이란 시호를 받았다. 홍문관 교리 휘 집(集)[64]은 대의를 높이고 화의(和議)를 배척하다 심양(瀋陽)에서 순절하여 의로운 명성이 천하에 울렸으니, 영의정에 추증되었고 충정(忠貞)이란 시호를 받았다. 진사 휘 이진(以進)[65]은 갑신년

61 신달(莘達) : 윤신달(尹莘達, 893~973)은 918년에 고려 태조를 도와 후삼국을 통일한 공으로 개국통합삼한 벽상익찬 공신(開國統合三韓壁上翊贊功臣) 2등에 책록되었고, 관직은 삼중대광태사(三重大匡太師)에 이르렀으며, 소양(昭襄)이라는 시호를 받았다.

62 위(威) : 윤위(尹威)의 호는 벽송(碧松)으로 윤신달의 8세손이며, 중시조 윤관(尹瓘)의 증손이다. 1200년에 남원(南原)에서 복기남(卜奇男)이 반란을 일으켰을 때, 국자사복(國子司僕)으로 관찰사가 되어 이를 평정하였다. 그 공으로 남원백(南原伯)에 봉해져 땅을 식읍(食邑)으로 하사받으니, 후손들이 그곳에 정착하여 본관을 남원으로 하고 파평에서 분적하였다고 한다.

63 계(棨) : 윤계(尹棨, 1583~1636)는 조선 중기의 문신으로 자는 신백(信伯), 호는 신곡(薪谷)이다. 1636년에 남양 부사로 있을 때 병자호란이 일어나자 근왕병(勤王兵)을 모집하여 남한산성으로 들어가려다 청병에게 잡혀 굴하지 않고 대항하다가 몸에 난도질을 당하여 죽었다. 시호는 충간(忠簡)이다.

64 집(集) : 윤집(尹集, 1606~1637)은 조선 후기의 문신으로 자는 성백(成伯), 호는 임계(林溪) · 고산(高山)이다. 삼학사의 한 사람이다. 1636년 교리로 있을 때 병자호란이 일어났는데, 화의(和議)가 성립되자 척화론을 주장하다가 오달제(吳達濟) · 홍익한(洪翼漢)과 함께 청나라 심양에 끌려가 사형당했다. 뒤에 영의정에 추증되었으며, 시호는 충정(忠貞)이다.

65 이진(以進) : 윤이진(尹以進, 1624~1649)의 자는 원보(元輔)인데, 인조 20년

의 변고[66]를 듣고서 다시는 과거에 응시하지 않았으며, 벼슬을 주어도 나아가지 않으면서 신주에 '숭정진사〔崇禎進士〕'라고 쓰도록 유언하였다. 충간공과 충정공은 형제이고, 숭정진사는 충간공의 종증조형제의 아들이다. 증조(曾祖) 휘 홍(泓)[67]은 돈령부 도정을 지냈고 이조 참판에 추증되었으며 용평군(龍平君)에 봉해졌다. 조(祖) 휘 종주(宗柱)는 이조 판서에 추증되었고 용안군(龍安君)에 봉해졌다. 고(考) 휘 염(琰)[68]은 세자익위사 익찬(世子翊衛司翊贊)을 지냈는데 여러 번 추증되어 의정부 좌찬성에 이르렀고 용은군(龍恩君)에 봉해졌다. 용평군은 바로 충정공의 손자이나 충간공의 뒤를 이었고, 용은군은 용안군의 뒤를 이었으나 이 분이 숭정진사의 증손이다.

배(配)는 정경부인 경주 김씨(慶州金氏)로 군수를 지낸 치경(致慶)의 딸이고, 계배(繼配)는 정경부인 한양 조씨(漢陽趙氏)로 종철(宗哲)의 딸인데, 응교를 지낸 조비(趙備)의 현손이다. 조씨 부인이 임신을 했을 때 문묘(文廟)에 들어가는 꿈을 꾸고는 영종(英宗) 임오년(1762)에 공을 낳았다.

(1642)에 생원시에 합격하였다.

66 갑신년의 변고 : 명(明)나라 숭정(崇禎) 17년 갑신년(1644)에 이자성(李自成)이 북경을 함락하여 명나라가 망한 일을 가리킨다.

67 홍(泓) : 윤홍(尹泓, 1655~1731)은 조선 후기의 문신으로 자는 정원(靜源), 호는 정재(靜齋)이다. 삼학사 집(集)의 손자이며, 판관 이선(以宣)의 아들이다. 송시열의 문인으로 1685년(숙종11)에 음보로 광릉 참봉(光陵參奉)이 되었으며, 한성부 서윤·장악원 정·군자감 정을 거쳐, 노인직으로 첨지중추부사 겸 오위장·돈녕부 도정을 역임하였다.

68 염(琰) : 윤염(尹琰, 1709~?)의 자는 중옥(仲玉)으로 영조 16년(1740) 진사시에 합격하였다.

공은 어려서부터 총명하고 남달리 빼어나 약관이 되기도 전에 저술이 글상자에 가득 찼고, 예(禮)의 의문점을 질정하고 시무(時務)를 의논함이 모두 경세실용(經世實用)의 학문이었다.

정조가 사학 유생(四學儒生)[69]을 불러 대전에 납시어 몸소 강제(講製)[70]를 보이실 때마다, 공의 진퇴에 품위가 있어 임금께서 늘 눈 여겨 보시며 칭찬하지 않은 적이 없었다.

임인년(1782, 정조6)에 정시 문과에 급제하여, 계묘년(1783, 정조7)에 예문관 검열·승정원 주서에 제수되고 초계 문신(抄啓文臣)에 선발되었다. 규장각 대교에 제수되자 임금의 관심이 더욱 높아져 규장각의 여러 일을 모두 공에게 맡겨 처리하도록 하였다.

갑진년(1784, 정조8)에 세자시강원 겸설서(世子侍講院兼說書)가 되었다. 무신년(1788, 정조12)에 승정원의 어떤 하인이 죄를 지었는데, 공이 예전에 주서(注書)로 있으면서 단속하지 못했다 하여 성환역(成歡驛)에 유배를 갔다가 바로 풀려났고,[71] 겨울에 사간원 정언이 되었다.

69 사학 유생(四學儒生) : 조선 시대에 인재를 기르기 위하여 서울의 네 곳에 세운 교육기관으로 중학(中學)·동학(東學)·남학(南學)·서학(西學)이 있었다. 태종 11년(1411)에 설립하여 운영하다가 고종 31년(1894)에 폐지하였다. 양반의 자제들이 서당(書堂)에서 기초과정을 배운 뒤 8세가 되면 중앙의 사학(四學)과 지방의 향교(鄕校)에 진학하였고, 여기서 수학한 유생들이 소과에 응시하여 생원·진사가 되었다.

70 강제(講製) : 과거의 시험 형식으로 강경(講經)과 제술(製述)을 가리킨다.

71 승정원의……풀려났고 : 《정조실록》 정조 12년 6월 11일에 '주서(注書) 윤행임(尹行任)을 성환역(成歡驛)으로 유배하고, 김효건(金孝建)을 삭직하였다. 원예(院隷)를 단속하지 못했기 때문이다.'라는 기록이 보인다. 정조 12년 6월 22일에 '윤행임을 방면하다.'라는 기록이 보인다.

기유년(1789, 정조13)에 의성 현령(義城縣令)에 제수되었다가 직산 현감(稷山縣監)과 자리를 바꾸었고,[72] 곧 이어 고양 군수(高陽郡守)로 옮겼다가 홍문관에 들어와 부교리·부수찬이 되었다. 그 사이에 사복시 정(司僕寺正)·서학 교수(西學敎授)에 제수되었고, 과천 현감(果川縣監)으로 나가기도 하였다. 공이 고양 군수로 재직할 때 폐단을 많이 바로잡아 임금께서 공의 실무 능력을 인정하게 되었고, 과천 현감으로 재직할 때에는 현륭원(顯隆園)을 수원으로 옮기는 일로 길이 이 읍을 지나게 되었고, 또 행궁을 짓는 일에 물자와 노역을 제공하는 일이 번거롭고 거대하였음에도 백성들이 수고로움을 모르고 계획대로 다 이루어지니, 규장각 직각에 배수되었다. 현륭원을 옮길 때의 지방관이라 하여 통정대부로 승계하여 승정원 동부승지로 배수되었다. 여러 관직을 거쳐 좌승지에 이르렀으며, 그 사이에 형조 참의를 지냈다.

경술년(1790, 정조14)에 광주 부윤(廣州府尹)에 배수되었으나, 예전에 충정공(忠貞公 윤집(尹集))이 북쪽으로 끌려갈 적에 광주부 남한산성에서 붙잡혔기에, 공이 애통한 마음에 도저히 부임할 수 없어서 상소를 올려 심정을 토로하니, 임금이 허락하였다.[73]

72 의성 현령(義城縣令)으로……바꾸었고 : 《정조실록》 정조 13년 1월 13일에 '의성 현감 윤행임을 직산 현감과 교환하도록 전교하다.'라는 기사가 보인다. 교환한 이유로는 '다시 생각해보니 첫 솜씨에 큰 고을을 맡기면 만족스럽게 해나가기가 어려울 것이고, 또 그 전에 두 번씩이나 유배를 당한 적도 있어 틀림없이 그곳 풍속을 잘 알 것이니, 의성 현감 윤행임(尹行任)을 직산 현감(稷山縣監)과 서로 교환하도록 하라.'라는 기록이 있다.

73 공이……허락하였다 : 《정조실록》 정조 14년 6월 3일에 '윤행임이 남한산성이 그의 선조인 윤집이 잡혀간 곳이라고 사직을 청하다.'라는 기록이 보인다. 이 상소는 《석재집(碩齋集)》 권3 〈사광주부윤소(辭廣州府尹疏)〉라는 제목으로 실려 있다. 이 상소

신해년(1791, 정조15)에 양주 목사(楊州牧使)에 제수되었고, 임자년(1792, 정조16)에 사간원 대사간, 병조 참의, 예조 참의, 이조 참의에 배수되었다. 계축년(1793, 정조17)에 공조 참의에 배수되었고, 특지(特旨)가 내려 비변사 부제조에 차임되었다. 임금이 가까운 신하들에게 말하기를 "윤모가 주사(籌司 비변사)의 일을 처리하고부터 내 다시 아래로 유사의 일에 관여하지 않게 되었으니, 적임자에게 맡기고 편안히 지낸다〔逸於任人〕는 말이 사실이 아니겠는가?"라고 하였다.[74]

갑인년(1794, 정조18)에 예조 참의에 배수되었을 때, 대마도주(對馬島主)가 서계(書契)를 보내왔는데, 옛 규례에는 반드시 예조 참의가 답서를 쓰게 되어 있었다. 그런데 임진왜란 때 공의 7세조 문열공(文烈公) 윤섬(尹暹)[75]이 왜적을 막다가 순절하였으므로, 공은 의리상 수호(修好) 문서를 쓸 수 없다고 하며 체직시켜줄 것을 상소하니, 얼마

에 대해 비변사에서는 예법으로나 전례로 보아 근거할 만한 것이 없다고 아뢰었고, 이에 대해 임금은 특별히 허락하여 다른 사람으로 교체하였다.

74 임금이……하였다 : 이 구절은 《홍재전서》 권173 〈일득록(日得錄)〉 13에 보인다. 정조가 "근자에 묘당(廟堂)의 일을 일체 묘당에 일임하고 있는데, 이우규(李右揆)를 재상에 임명하고부터이다. 거기에 또 윤행임(尹行恁)까지 있어 유사(有司)가 되어 나의 수고를 대신하기에 충분하니, 이에 내가 아래로 유사의 일을 할 필요가 없게 된 것이다. 옛말에 '적임자에게 맡기고 편히 지낸다.'라고 하였는데 어찌 맞는 말이 아닌가. 〔近日廟堂事 一付之廟堂 蓋自右揆拜相 又有尹行恁爲有司 足以代予之勞 於是乎予不必下行有司之事 逸於任人 豈不然歟〕"라고 한 말이 서영보(徐榮輔)의 기록으로 실려 있다.

75 문열공(文烈公) 윤섬(尹暹) : 1561~1592. 본관은 남원(南原), 자는 여진(如進), 호는 과재(果齋)이다. 1592년 임진왜란이 일어나자, 교리로 있다가 순변사(巡邊使) 이일(李鎰)의 종사관이 되어 싸우다가 상주성(尙州城)에서 전사하였다. 시 22수와 대책(對策) 1편이 《삼절유고(三節遺稿)》에 전한다.

후 정리 정례 당상(整理定例堂上)에 차임되었다.

을묘년(1795, 정조19) 봄에 임금께서 혜경궁(惠慶宮)을 모시고 현륭원에 배알할 때에 봉수당(奉壽堂)에서 진찬(進饌)을 하고, 양로연(養老宴)을 행하고 문·무(文武) 과거 시험을 실시하였으며, 백성들을 진휼하고 병사들을 호궤하여 자애로운 은혜를 널리 폈다. 의식과 절차가 번잡하였고 경비가 막대하였으나, 공이 이미 여러 실무를 전담하면서 임금의 뜻을 받아 결정하니, 모든 관서를 단속하거나 경비를 절약하고 번거로운 일을 줄이는 것이 모두 적절하게 처리되었다. 공이 벼슬을 시작한 이래로 임금의 인정을 받음이 더욱 깊어졌고, 임금께서 공을 대하는 것도 집안의 부자(父子)와 다름없으니, 공이 특별한 예우(禮遇)에 감격하여 온 성심을 다 바쳤다.

예컨대 관직을 역임하던 중에 드러나 민첩하고 통달하다 하여 사람들이 감복한 한두 가지 공적은 공에게 있어서는 부차적인 일에 불과하였다. 경연의 자리에서 논의하고 조정에 자문하여 계획한, 나라를 경륜하고 세상을 다스리는 책략에 대해 임금께서 공이 영특한 지모와 신이한 계책을 지녔다고 언급했던 것은 다른 사람들이 알 수 있는 바가 아니었다. 이는 진실로 신하의 지극한 영예였지만, 훗날의 화가 애초에 여기에 숨어있을 줄을 누가 알았겠는가?

무오년(1798, 정조22) 5월에 태부인(太夫人)의 상을 당하였다. 예전에 공이 10살 때 부친을 여의었으니, 가르치고 훈도하여 성취된 것은 모두 어머니의 가르침을 따른 것이었다. 임금께서 태부인의 현숙함을 추념하셔서, 특별히 봉부(賵賻 부의)를 내리시고, 또 어필(御筆)로 친히 묘지(墓誌)를 쓰기를 '현숙태부인지장(賢肅太夫人之藏)'이라 하였다. 공이 상중에 있을 때에 임금께서 저술한 것이 있으면 번번이 서찰을 내려 질문하셨으며, 경전에서 의심나는 구절을 주고받은 문답이 책을 이룰 정도로 많았다.

경신년(1800, 정조24) 6월에 정조 임금이 병환이 생기자, 여러 번 손수 편지를 내려 뒷일을 부탁하셨고 28일에 승하하였다. 정순 대왕대비(貞純大王大妃)[76]께서 명하시어 공의 품계를 한 등급 올려주고, 공에게 도승지를 제수하여 입궐할 것을 재촉하였다. 이때 경황이 없어서 유교(遺敎)를 아직 선포하지도 못했는데, 공이 대신들을 힐난하고는 어탑전(御榻前)에 나아가 교지에 쓰기를 "대보(大寶)를 왕세자에게 전한다."라고 하였다. 선포하여 읽기를 마치고는 또 정색하여 말하기를 "대행왕(大行王)께서 평소에 내시와 궁인을 가까이한 적이 없거늘, 지금 이러한 무리들이 어찌 감히 상차(喪次)에 섞여 있단 말이오?"라고 하니, 이에 궁중이 숙연하였다.

순조 임금이 왕위를 이으니, 나이가 겨우 11세라 나라 사람들이 두려움과 불안에 떨었다. 대왕대비께서 수렴첨정을 하며 박준원(朴準源)[77] 공과 김조순(金祖淳)[78]공을 모두 대장(大將)에 배수하여 호위(護衛)를

76 정순 대왕대비(貞純大王大妃) : 1745~1805. 조선 제21대 왕 영조의 계비(繼妃)로 본관은 경주(慶州)이다. 사도세자를 참소하였으며, 세자에 부정적인 벽파(僻派)를 옹호하였다. 순조가 어린 나이로 즉위하자 수렴청정을 하면서 벽파인 공서파(攻西派) 등과 결탁, 시파 등의 신서파(信西派)를 모함하여 천주교에 대한 탄압 실시하였다. 능호는 원릉(元陵)으로 경기도 구리시 인창동에 있다.

77 박준원(朴準源) : 1739~1807. 본관은 반남(潘南), 자는 평숙(平叔), 호는 금석(錦石), 시호는 충헌(忠獻)이다.

78 김조순(金祖淳) : 1765~1832. 본관은 안동(安東), 초명은 낙순(洛淳), 자는 사원(士源), 호는 풍고(楓皐), 시호는 충문(忠文)이다.

맏게 명하니, 안팎이 믿고 편안이 여겼다. 이는 공이 계달(啓達)한 계책이었다.

《예기》에 이르기를, "임금을 아직 빈전(殯殿)에 모시기 전에 부모의 상이 있으면, 집으로 돌아가서 부모의 빈소를 마련하고 임금이 계신 데로 되돌아온다.〔君未殯而有父母之喪 則歸殯 返于君所〕"[79]라고 하였다. 공이 비록 담복(禫服)[80]을 몸에 걸치고 있더라도, 국상에 나아가 조문함은 예에 잘못이 없었으나, 끝내 스스로 직무에 거처하지 못하여 상소를 올렸으나 윤허를 받지 못하였다.

상을 마치고 나서 비로소 명을 받들어 이조(吏曹)·공조 참판(工曹參判)과 동지의금부사(同知義禁府事), 도총부 부총관(都摠府副摠管)에 배수되었고, 관상감(觀象監)·선혜청(宣惠廳)·장용영(壯勇營)·승문원(承文院)·경모궁(景慕宮)·상의원(尙衣院)의 제조(提調)에 제수되었으며, 비변사 유사당상(備邊司有司堂上)에 차임되었다가, 얼마 후 권강각신(勸講閣臣)에 차임되었고, 동지경연사(同知經筵事)에 배수되었다.

매양 임금께 아뢰기를 "선대왕께서 독실히 효도하여 전궁(殿宮 혜경궁)을 섬기셨으며, 하늘을 공경하고 백성을 권면하여 밥 먹을 겨를도

79 임금께서……되돌아온다 : 《예기》 〈증자문(曾子問)〉에 보인다. 증자가 공자에게 임금이 승하하여 아직 염습을 하지 않았을 때, 부모의 상이 생길 경우에 어떻게 해야 좋은지 물었다. 이에 공자는 "돌아가 빈소를 마련하고, 임금 계신 곳으로 돌아온다. 집에 삭월제사가 있으면 돌아가고, 조석제에는 가지 않는다.〔歸殯 反于君所 有殷事則歸 朝夕否〕"라고 대답한 구절이 있다.

80 담복(禫服) : 대상(大祥)을 치른 다음 달 하순의 정일(丁日)이나 해일(亥日)에 지내는 담제(禫祭) 때 입는 옷으로 흰 색이나 옥색(玉色)을 쓴다.

없었습니다. 오늘날의 도는 오직 그 뜻을 잘 계승함에 있습니다. 선대왕께서 돌아가셨을 당초에 여러 신하들은 국세(國勢)가 위태로워질까 애통해하고, 임금의 은혜를 미처 갚지 못함을 염려하여 모든 생각과 정성을 여기에 기울였습니다. 세월이 조금 지나자 인심이 익숙해지고 점차 느슨해졌으니, 전하께서는 선왕의 정일(精一)의 심법(心法)[81]을 이어 조정을 바로잡으십시오."라고 하였다.

《건릉지(健陵誌)》[82]를 찬진하고 가의대부로 승진하였는데, 선왕의 유지를 찬술한 것 중에 '은전군(恩全君)을 위하여 후사를 세워주고, 서얼을 뽑아 쓰고, 노비는 세습하지 못하도록 할 것' 등은 뒤에 대부분 차례대로 시행되었다. 예조 참판과 홍문관 부제학에 배수되었다가 얼마 후 제학으로 옮겼으며, 규장각 직제학, 동지실록사에 배수되었다. 동조(東朝 대왕대비)께서 공에 대해 '선왕께서 마음을 의탁하신 믿을만한 신하〔先王所託 心膂之臣〕'라 하여 특별히 이조 판서에 발탁하였다.

공은 선왕의 좌우에서 19년간 조석으로 섬겼으나 지위가 하대부(下大夫)[83]에 불과하였는데, 이때에 이르러 단계를 밟지 않고 갑자기 승진

81 정일(精一)의 심법(心法) : 인심(人心)은 사욕에 빠지기 쉽고 도심(道心)은 밝아지기 어려우므로 정(精)으로 도심을 보존하여 기르고, 일(一)로 인심을 성찰하는 수양법이다. 《서경》〈대우모(大禹謨)〉에서 순 임금이 우 임금에게 "오직 정일(精一)하여 마땅히 그 중(中)을 잡아 지키라.〔惟精惟一 允執厥中〕'라고 하였다.

82 건릉지(健陵誌) : 원명은 《정종대왕건릉지(正宗大王健陵誌)》로 탁본 1첩(帖)이다. 윤행임이 경기도 수원에 있는 정조의 능침의 지문을 탁본한 것이다. 건릉의 연혁과 정조의 일대기 및 그 공적 등이 수록되었다.

83 하대부(下大夫) : 조선 시대 당하관 대부를 가리키는 말로, 정삼품 통훈대부에서부터 종사품 조봉대부까지 이에 해당한다.

함을 두려워하여 여러 번 사직 상소를 올렸으나 허락을 얻지 못하였다. 일찍이 말하기를, "신이 마음으로 맹서하고 손이 믿는 바는 오직 주자께서 말씀하신 '천하가 수부강녕을 누리고, 조정이 탕탕평평함을 본다.〔天下享壽富康寧 朝廷見蕩蕩平平〕'라는 것에 있을 뿐입니다."라고 하였다.

이때를 당하여 새로 대상(大喪)을 겪으면서 세도(世道)가 어려워지고 문호(門戶)의 다툼이 더욱 분분해졌으니, 공이 상소문에 그 문제를 언급하자 당시 사람들 중에 기뻐하지 않는 자가 많았다. 종자(從子) 상현(象鉉)[84]이 청하여 말하기를, "선왕께서 신하들을 버리고 돌아가시어 시사(時事)에 근심이 많은데, 숙부께서 도와주는 이 없이 외로이 공도(公道)를 지키고 계시니, 반드시 용납되지 못할 것입니다. 전려(田廬)로 돌아가셔야 합니다."라고 하였다. 이에 공이 탄식하기를 "내가 어찌 이것을 생각하지 않았겠는가? 다만 내가 선왕에게 세상에 드문 예우를 받았는데 임종 시의 부탁을 받듦에 만약 화복(禍福)을 따져 내 자신만을 생각한다면, 죽어서 선왕을 뵐 수 있겠는가? 오직 선왕을 섬기던 마음으로 어린 임금을 보필하여 한 번 죽음으로 나라에 보답할 뿐이다."라고 하였다.

하루는 동조(東朝)께서 재상과 여러 대신들을 나오게 하여 홍낙임(洪樂任)[85]을 어떻게 처리해야 할지 물었다. 공은 혜경궁께서 춘추가

84 상현(象鉉) : 윤상현(尹象鉉, 1765~1841)의 자는 자국(子國), 호는 조강헌(朝江軒)이다. 생부는 행인(行仁)이고, 윤행임의 큰형인 행엄(行儼)의 양자가 되었다. 이조판서, 동지의금부사, 오위도총부 부총관을 지내고 용풍군(龍豐君)에 추증되었다.

85 홍낙임(洪樂任) : 1741~1801. 본관은 풍산(豐山), 자는 숙도(叔道)이다. 영조 때 영의정을 지낸 봉한(鳳漢)의 셋째 아들로 혜경궁의 동생이다. 1801년에 신유박해 때

높은데다 정조대왕의 상을 만난 때부터 섶나무처럼 야위어 아침저녁을 기약하기 어려운데, 만약 다시 동기(同氣)를 해쳐 거듭 근심을 끼친다면 선왕의 효성스런 마음을 체득한 것이 아니라고 생각하였다. 그리하여 말하기를 "한 고조와 효 문제는 서경(西京)을 일으킨 임금이지만, 한신(韓信)·팽월(彭越)·박소(薄昭)의 일[86]에 대해서는 선왕께서 개탄하셨습니다. 그러므로 홍국영(洪國榮)과 같은 죄인에 대해서도 끝내 노륙(孥戮)을 하지 않았습니다. 그러나 오늘의 도리는 먼저 홍국영을 성토해야 합니다."[87]라고 하였다. 이에 시론(時論)을 주장하는 자들이

체포되어 제주도로 유배되었다가 그해 5월 사사(賜死)되었다.

86 한신(韓信)·팽월(彭越)·박소(薄昭)의 일 : 한신은 한 고조(漢高祖)를 도와 천하를 평정하였으나, 뒤에 여후(呂后)와 태자(太子)를 습격하려다 오히려 여후의 속임수에 빠져 목이 잘렸다. 팽월은 항우(項羽)를 섬기다 한나라에 귀순하여 빼어난 공적을 세우고 양왕(梁王)에 봉해졌는데, 한신의 죽음을 보고 두려워한 나머지 병력을 동원하여 자신을 보호하다가 고조의 노여움을 사 마침내 효수(梟首)되었다. 박소(薄昭)는 문제(文帝)의 어머니인 박 태후(薄太后)의 오라비로, 대왕(代王)으로 있던 문제를 맞이하여 황제에 오르게 하였으나, 뒤에 불법으로 사자(使者)를 살해하여 처벌을 받게 되자 자결하였다.

87 그러므로……합니다 : 노륙(孥戮)은 죄인의 처자까지 처벌하는 것을 말한다. 《조선왕조실록》순조 즉위년 12월 29일 조에, 대왕대비가 신료들과 홍낙임의 처분에 관해 논의하였는데, 윤행임은 당시에 정조대왕께서 '홍국영을 노륙시키자'는 계사에 대해 끝내 윤허하지 않은 것은 성인의 권도(權度)에 정미한 뜻이 부쳐져 있는 것인데, 그러나 역적 홍국영의 직명(職名)이 그대로 있기 때문에 어리석고 무식한 부류들이 극악한 대역죄인인 줄 모르고 있으므로 홍국영 같은 자의 직명을 추탈하는 것을 서둘러 먼저 거행해야한다고 건의하였다.

홍국영(洪國榮, 1748~1781)은 본관은 풍산(豐山), 자는 덕로(德老)이다. 영조 말년에 세손(정조)을 보호하여 정조가 등극한 뒤로 벼슬길이 열렸고, 이어 누이동생을 정조의 후궁〔元嬪〕으로 바쳐 자신의 입지를 굳혔다. 그러나 원빈이 20세도 못 된 나이로

더욱 크게 미워하였다.

신유년(1801, 순조1)에 홍문관·예문관 대제학, 지성균관사·지경연사·지실록사 도총관에 배수되었고, 얼마 뒤에 사재감·내의원 제조에 제수되었으며, 예조 판서에 배수되었다.

정조대왕이 24년간 왕위에 있으면서 의리(義理)가 정미해지고 정치의 계책이 세밀히 살펴졌으며, 더불어 조정 신하들의 붕당결성을 경계하고 외척들의 간섭을 막으셨으니, 이는 공께서 날마다 향안(香案)을 모시고 몸소 임금의 뜻을 받든 바입니다. 이때에 이르러 들어가 아뢰고 나와서 말하며 초원(初元)[88]의 청명한 다스림을 돕고자 하여, 곧 "선왕의 뜻을 계승하시고, 선왕의 도를 준수하십시오."라고 말씀을 올렸다. 입대하여 건의할 때마다 번번이 선왕의 뜻과 사업을 계승하지 못한 것이 많다는 취지로 아뢰었다. 서양 사교(邪教 천주교)의 옥사가 끊임없이 번져 도저히 수습할 수 없는 지경에 이르자, 공은 심문하지도 않고 법률을 적용하면 거의 초옥(楚獄)[89]의 남용과 다름없다고 여겨 공석에서 기탄없이 말을 하니, 더욱 시론(時論)과 맞지 않았다.

1년 만에 병들어 죽자, 이를 왕비 순정왕후의 모략으로 오해하여, 1780년 음식에 독약을 섞어 왕비를 독살하려다가 발각되어, 집권 4년 만에 축출당하여 향리로 돌아와 울화에 못 이겨 죽었다.

88 초원(初元) : 임금이 등극하여 연호를 정한 원년(元年)을 가리킨다.

89 초옥(楚獄) : 후한 명제(明帝) 때의 옥사 이름으로 억울한 옥사를 가리킨다. 후한 명제 영평(永平) 연간에 초왕(楚王) 유영(劉英)이 역모를 꾀한 사건이 발생하였는데, 유영의 무리인 안충(顔忠)과 왕평(王平) 등이 죄 없는 사람들을 연루시켰다. 이때 한랑(寒朗)이 역옥을 조사하다가 수향후(隧鄉侯) 경건(耿建), 낭릉후(郎陵侯) 장신(臧信), 호택후(護澤侯) 등리(鄧鯉), 곡성후(曲成侯) 유건(劉建) 등이 무고하게 걸린 것을 알고서 명제께 직간하여 풀려나게 하였다. 《後漢書 卷41 寒朗列傳》

또 일찍이 당시 재상 심환지(沈煥之)[90]에게 말하기를 "주상께서 어린 나이로 선왕의 대업을 계승하시어 나라의 정세가 힘들고 어려우니, 신하들은 응당 정신을 모아 민생을 안정시키고 나라의 근본을 견고하게 하는 것을 급선무로 삼아야 합니다. 그러나 지금 급급히 문호(門戶)를 다투어 아침에 하나의 계(啓)를 올리면 저녁에 한 사람을 죄주고, 오늘 하나의 소(疏)를 올리면 내일 한 사람을 귀양 보냅니다. 행동거지는 다급하고 얼굴빛은 근심에 겨우니, 화기(和氣)를 맞이하는 방도가 아닙니다."라고 하였다.

여러 외척들 중에 병권을 잡으려 하고 과명(科名)을 차지하려는 자에 대해서 공이 배척하며 말하기를 "선대왕께서 25년 동안 어진 사람을 높이고 외척을 낮춘 것이 바로 성헌(成憲)이 되었는데, 감히 하늘나라가 멀다고 하여 갑자기 어길 수가 있는가?"라고 하며 불가함을 힘써 주장하였다.

공이 이미 당시 사람들에게 여러 번 거슬리고 외척들이 감정이 쌓여 깊이 미워하였으니, 이에 더욱 얽혀 풀리지 않아 재앙이 닥칠 날이 급박해졌다. 그때 대신(臺臣) 송문술(宋文述)[91]이 상소하여 말하기를,

90 심환지(沈煥之) : 1730~1802. 본관은 청송(靑松), 자는 휘원(輝元), 호는 만포(晩圃)이다. 영의정에 올라 원상(院相)으로서 벽파(僻派)의 선봉이 되어 시파(時派)의 인물들을 크게 살육하였다. 삼사의 직책을 두루 거치면서 준엄하고 격렬한 언론을 펴서 의리·공의(公議)를 강조함으로써 몇 차례의 유배생활을 겪었으며, 사후에 관작이 삭탈되었다.

91 송문술(宋文述) : 1746~? 본관은 진천(鎭川), 자는 선지(善之)이다. 헌납(獻納)으로서 1801년에 김이교(金履喬)를 방송하자는 상소를 올렸다가 거제부(巨濟府)에 유배되었다.

'김이교(金履喬) 형제가 귀양을 가게 되었는데, 집에 노모가 계시므로 그 형(兄)을 방면하여 돌아가 봉양토록 해야 합니다.'라고 하였다.[92] 그러나 이것도 공이 시킨 것이라고 의심하였다.

5월에 동조(東朝)께서 전라 감사를 제수하여 당일로 조정에 하직하도록 명하였다. 대간들의 상소와 재상의 차자가 기회를 엿보아 번갈아 일어나니,[93] 이 때문에 헐뜯고 무고하여 죄에 빠뜨리는 자들의 행위가 많아져 전라감영에 이른 지 5일 만에 강진현(康津縣)의 신지도(薪智島)로 유배되었다.

8월에 임시발(任時發)의 괘서지옥(掛書之獄)[94]이 있었다. 전(前) 장

92 김이교(金履喬)……하였다 : 《순조실록》 순조 1년 5월 10일 조에 보인다. 헌납 송문술의 상소는, 김이재(金履載)가 이조 판서 이만수(李晩秀)의 상소내용을 흠을 잡은 죄로 그의 형 김이교까지 연루되어 찬배되었으나, 늙은 어미가 집에 있으니 특별히 효리(孝理)의 정치를 베풀어 김이교의 귀양을 방면하여 주자는 내용이다. 김이교(金履喬, 1764~1832)의 본관은 안동, 자는 공세(公世), 호는 죽리(竹里), 시호는 문정(文貞)이다. 그는 시파로서 정권을 잡은 노론 벽파에 의해 함경북도 명천에 유배당하고 동생 김이재도 전라남도 고금도에 안치되었다. 1806년(순조6) 부사과의 직첩을 환수받았으며 통신사로 일본을 수차례 다녀왔다. 관직이 우의정까지 올랐고, 순조 묘정에 배향되었다. 저서에 《죽리집(竹里集)》이 있다.

93 대간들의……일어나니 : 《순조실록》 순조 1년 5월 14일에 윤행임을 절도(絶島) 안치하라는 옥당의 차자 이어졌고, 동조(東朝)가 처분한 내용이 보인다.

94 괘서지옥(掛書之獄) : 성문에 투서한 일이 발생하여 전 현감(縣監) 윤가기(尹可基)와 그의 가객(家客)이었던 임시발(任時發)을 체포하여 추국한 일을 가리킨다. 그 두 사람은 세상을 개탄하는 담화를 발설하고, 심지어 당시의 재상이었던 심환지 일당의 행동을 '임의처분(任意處分)'이라 비난하여 대역죄로 처단되었다. 윤가기의 아우 윤필기(尹必基)는 차율(次律)로써 경흥부(慶興府)로 정배되었다. 《순조실록》 순조 원년 8월 28일에 투서죄인 임시발을 추국한다는 내용이 보인다.

악원 주부(掌樂院主簿) 윤가기(尹可基)[95]의 아우와 아들이 일찍이 장옥(場屋 과거 시험장)에서 임시발을 알았다는 구실로 윤가기를 연루시켰다. 윤가기는 공이 천거하였는데, 심환지가 분수에 넘치는 관직이라고 주장하여 배척을 당한 자였다. 당시에 심환지가 안옥대신(按獄大臣)이 되어 이르기를 '윤가기는 관직을 잃고 나라를 원망하면서 판서 윤공(尹公)이 계셨다면 내가 이런 지경에 이르지 않았을 것이라고 자탄하였다. 그러므로 지금 임시발의 흉서(凶書)는 틀림없이 윤가기의 지시일 것이고, 윤가기는 아무개의 문객이니 반드시 신지도와 연줄을 통하고 있을 것이다.'라고 하면서 윤가기를 죽게 만들었다. 심환지가 공경대신들을 이끌고 아뢰기를 '윤가기와 임시발의 일은 아무개가 마땅히 모르지 않을 것이니, 대계(臺啓)를 따르소서.'라고 하였다.

후명(後命 사약)이 신지도에 이르자,[96] 공은 북쪽을 향해 네 번 절하고는 평소처럼 편안한 태도로 금오랑(金吾郎)에게 묻기를, "내려올 때

95 윤가기(尹可基, 1747~1801) : 본관은 파평(坡平), 서울(京)에 거주하였다. 유학(幼學)이었던 윤광빈(尹光賓)의 아들로 본인도 유학(幼學)을 지냈다. 윤행임의 추천으로 단성 현감(丹城縣監) 자리를 얻었다가 파직되었는데, 이후 심환지의 방해로 벼슬길이 막혔다. 1801년(순조1) 윤행임을 추종하던 임시발(任時發) 등이 주축이 되어, 조정을 비방하는 문서를 성문에 부착하고, 벽파의 영수인 김관주(金觀柱)의 집에 투서하였는데, 이 일이 문제가 되어 관련자들이 모두 체포당하였다. 윤가기 또한 임시발과 결의한 것으로 지목되어, 윤행임의 처분에 대해 불만을 품고 이러한 흉모를 꾸몄다는 추궁을 당하였다. 이후 몇 차례의 심문을 거쳐 사형을 당하였다. 1809년(순조9)에 사은을 입어 관직이 회복되었다.

96 후명(後命 사약)이 신지도에 이르자 : 《순조실록》 순조 1년(1801) 9월 10일 조에, 신지도(薪智島)에 도배(島配)된 죄인 윤행임을 사사(賜死)하라는 대왕대비의 하교가 보인다.

임금님의 체후(體候)는 어떠했는가? 권강(勸講)은 예전 같으신가?"라 하고, 또 "윤가기는 일찍이 아는 사람이지만, 임시발은 어떤 사람이며, 흉서는 무슨 말인가?"라고 하였고, 또 "죽더라도 여한이 없지만, 오직 임금의 용안을 다시 뵙지 못하고, 어린 자식의 얼굴을 다시 볼 수 없는 것이 근심일 뿐이다."라고 하였으니, 9월 16일의 일이었다.

순조(純祖)가 세자로 계실 적부터 공을 아낌이 이미 깊었고, 왕위에 오르자 믿고 가까이함이 더욱 융성했다. 때로 혹 휴가를 청하기라도 하면, 친히 서찰을 내려 부르며 "문에 기대어 경(卿)을 기다린다."라고 하였고, 유배지에 있을 때에는 근시(近侍)에게 "윤아무개가 보고 싶구나."라고 말하였다.

기사년(1809) 가을에 공의 부인이 어가가 지나가는 길에 억울함을 호소하니, 임금이 어필로 판결하기를 "늘 원통하게 여기던 바이니, 관작을 회복시켜 주겠다."라고 하였다.[97] 그러나 외척들 가운데 전부터 유감을 쌓은 자들이 한창 권세를 부리고 조정의 의론을 주관하였기에 끝내 막혀 시행되지 못하다가, 헌종(憲宗) 을미년(1835) 정월에 순원성모(純元聖母)가 비로소 특별히 명을 내려 관작을 회복시켜 주었다.[98]

97 기사년……하였다. 《순조실록》 순조 9년(己巳, 1809) 9월 21일(戊寅) 조에, "용인(龍仁)의 이소사(李召史)가 죄사(罪死)한 윤행임의 억울함을 상언하였고, 순조임금께서 이에 의거하여 복관(復官)을 시행토록 하라는 명을 내리셨다."는 기록이 있다. 그러나 각사 및 대신들이 복관의 명을 거두라고 끈질긴 요청에도 순조가 윤행임의 복권을 강행하였는데, 바로 시행되지는 못한 듯하다.

98 헌종……주었다 : 《헌종실록》 헌종 1년(1835) 1월 15일 조에, 대왕대비가 "윤행임의 관작을 회복시켜 주라는 명을 내리셨다."라는 기록이 있다.

순원성모(純元聖母)는 순조(純祖)의 비 순원왕후(純元王后, 1789~1857)를 가리킨다. 익종의 생모이고, 헌종의 조모로 김조순(金祖淳)의 딸이다. 1802년(순조2) 왕비에 처음 공이 쫓겨났을 때, 공을 비난하던 구설(口舌)이 남기(南箕)처럼 커져서,[99] '위복(威福 상벌)을 멋대로 농간하였다.'느니, '선왕의 유지를 사칭(詐稱)하였다.'느니, '사옥(邪獄)을 비호(庇護)하였다.'느니, '슬픔을 잊고 영화(榮華)를 탐하였다.'느니, "사사롭게 당(黨)을 짓고 공도(公道)를 해쳤다."라고 하면서, 신하로서 있어선 안 될 것들을 공에게 덮씌우지 않음이 없었다. 또 선조(先朝 정조) 때에 임금의 환한 낯빛을 받지 못했던 여러 사람들이 사소한 것까지 다투어 공에게 허물을 돌리면서, 군자로서 지녀선 안 될 것들을 더욱 공의 몸에 돌리지 않음이 없었다. 또 집안이 망하고 자식은 어려 억울함을 송사(訟事)할 수 없다고 여겨, 무고한 말을 지어내 멋대로 붓을 놀리면서 더욱 거리끼는 바가 없었으니, 아! 서글픈 일이다. 비록 그러하나 예로부터 몸을 바쳐 충절(忠節)을 다한 신하 중에는, 시대가 바뀌고 일이 변한 뒤에도 종종 허물을 면치 못하는 경우가 있었으니, 어찌 공만이 그러했겠는가.

공께서 임금과 뜻이 맞았던 때는 어떤 시기였으며, 낭패하여 함정에 빠진 것은 또 어떤 시기였던가. 공의 영욕(榮辱)과 굴신(屈伸)에 대해 군자가 보았다면 반드시 그 시대를 논하였을 것이다. 문충공(文忠公)

책봉되었고, 1834년 헌종이 즉위한 뒤에 왕대비, 다시 대왕대비에 진호(進號)되었으며, 이때부터 철종 대까지 수렴청정하였다. 69세로 창덕궁에서 세상을 떠났으며, 능은 인릉(仁陵)이다.

99 구설(口舌)이 남기(南箕)처럼 커져서 : 남기는 기성(箕星)을 가리키며, 남방 하늘에 나타나므로 남기성(南箕星)이라 부른다. 기성은 구설을 주관하는 별로 간주되었으며, 참언을 비유하는 말로 즐겨 쓰였다. 《시경》 〈항백(巷伯)〉에 "입을 크게 벌려 이 남기성을 이루었도다, 남을 헐뜯는 저 자들은 누구와 더불어 음모를 꾸미나.〔哆兮侈兮 成是南箕 彼譖人者 誰適與謀〕"라고 하였다.

소식(蘇軾)이 말하기를, "이미 성스러운 임금에게 깊은 인정을 받았으니, 어찌 다시 뭇사람들과 사귐을 갖겠는가.〔旣蒙深知於聖主 肯復借交於衆人〕"[100]라고 했는데, 공께서는 이 말을 깊이 좋아하여 종신토록 외우셨다.

정조가 일찍이 여러 신하들을 평하신 일이 있는데, 공에 대해서는 "윤아무개는 나라가 있는 줄만 알고, 벗도 없이 외로운 사람이다."라고 하였으니, 진실로 성주(聖主)가 신하를 알아봄이 명철하여 공이 평생토록 지킨 본말이 여기에 다 드러났다고 하겠다. 봉조하공(奉朝賀公 윤정현(尹定鉉))이 임금을 가까이서 모시게 되었을 때, 헌종대왕께서 매양 "그대의 부친이 밝은 시대를 만나 왕실을 위해 힘을 썼다."고 칭찬하며, 그 때문에 여러 차례 감회에 잠기곤 하였다. 아! 저승에서 이러한 사실을 안다면, 공은 유감이 없을 것이다.

공의 효성과 우애는 천성에서 나와, 평소 행실이 순정(純正)하고 독실(篤實)하였으며, 문학과 경륜이 세상으로부터 널리 추중을 받았다. 그러나 겸허(謙虛)하고 검약(儉約)하여 자만하지 않았으며, 사양하고 받는 일과 취하거나 주는 일을 반드시 의리(義理)로 살폈다. 이미 귀하게 되고 나서도 거처하는 집과 입은 옷이 한사(寒士)와 다름없었다. 기품이 장중하고 안광이 형형하였으며, 글을 읽다가 고인(古人)의 우뚝하고 열렬한 사적에 이르면 강개(慷慨)함을 스스로 이기지 못하셨다. 더욱 경세제민(經世濟民)에 마음을 쏟아 역대의 전장(典章)에 대해 강구하여 관통하지 않음이 없었다. 문장을 지으면 문사(文辭)와

100 이미……갖겠는가 : 《소동파전집(蘇東坡全集)》 권66 〈대등보변방걸군장(代滕甫辨謗乞郡狀)〉에 나오는 말이다.

이치가 통달하여 밝고 깨끗하였다. 의리와 관계된 문자에 있어서 더욱 뜻에 맞았으니, 정조대왕이 매양 이를 칭찬하였다.

저술로는 유고(遺稿) 16권이 있고, 신라·백제·고구려의 유사(遺事)를 모아 《동삼고(東三攷)》 8권을 지었고, 왕명을 받들어 편찬한 것으로 《이충무공전서(李忠武公全書)》와 《임충민공실기(林忠愍公實記)》가 있다. 정조 임금께서는 일찍이 주자(朱子)의 여러 서적을 모아 '주자대일통서(朱子大一統書)'를 편찬하려 하였는데, 그 체제와 범례가 정밀하고도 넓었으니, 공이 왕명을 받들어 몇 해를 연구하던 것이었다. 공은 반드시 임금의 유지(遺旨)를 완수해내려고 하였으나, 조정에서 물러나자 마침내 폐지되고 말아 지극한 한으로 여겼다. 명나라와 우리나라 선유(先儒)들이 학술을 논했던 요점을 모아 《성리편(性理篇)》 6권을 만들었다. 《신호수필(薪湖隨筆)》은 유배지에 별다른 책이 없고 가지고 간 것으로는 방각본 구경(九經)과 주자의 《소학(小學)》뿐이었으며, 어부의 집에서 빌린 것도 겨우 《통감절요(通鑑節要)》와 《십구사략(十九史略)》에 불과하니, 경전(經傳)과 예설(禮說)을 논증하고 사학(史學)을 평가한 것이 모두 기억과 암송에서 나온 것이었다. 1백일이 채 못 되어 21권을 만들었으니, 공의 탁월한 정력(精力)이 이와 같았다.

공께서 뜻을 독실히 하여 힘을 오로지 기울인 곳은, 더욱 내면을 살피고 사욕을 제거하는 데에 있었다. 공이 말하기를 '학문을 하는 요점은 속이지 않는 것〔不欺〕으로부터 시작한다. 배워야 함을 알면서 배우지 않고, 배우면서 힘을 기울이지 않는 것이 속이는 것이다. 누구를 속이는 것인가? 마음을 속이고, 하늘을 속이고, 선왕을 속이고, 선인을 속이는 것이다.'라고 하였다. 그리하여 '불기(不欺)'로 당호를 삼고 명(銘)을 지어 스스로 경계하였다.

용인현(龍仁縣) 청탄(靑灘) 자좌(子坐)의 언덕에 장사지내니, 선고(先考) 용은군(龍恩君)의 무덤 바로 아래이다. 부인 증정경부인(贈貞敬夫人) 이씨(李氏)를 왼편에 합장하니 목사(牧使) 이명걸(李命杰)의 딸로 선조 임금의 왕자 영성군(寧城君) 이계(李琈)의 후손이다.

부인은 시어머니를 효성으로 섬겨 3년 동안 중병수발을 드니 친지나 고을 사람들이 보고 너나없이 감탄하였다. 신유년 옥사가 일어나자 원통함을 머금고 죽음을 참아내어 자식을 길러 성취시켜 밤낮으로 가문의 회복을 바랐다. 36년 동안 갖은 고생을 다 겪고 나서 공이 복관된 해(1835, 헌종1) 6월 28일에 졸하니 향년 76세였다. 아! 공의 집안이 다시 보존된 것은 부인의 힘이었다.

일남(一男) 정현(定鉉)은 곧 봉조하이다. 딸 셋을 두었는데 첫째는 이의(李儀)에게 출가했고, 둘째는 부사(府使) 김용순(金用淳)에게 출가했으며, 셋째는 이용연(李用淵)에게 출가했다. 봉조하 윤정현은 고령 박씨(高靈朴氏) 군수(郡守) 민순(民淳)의 딸을 맞이하였고, 둘째 부인으로 전주 이씨 의규(義圭)의 딸을 맞았다. 아들을 여럿 두었으나 모두 일찍 죽어 친족 중에 태경(泰經)을 아들로 삼으니, 지금 승지(承旨)로 있다. 금상(今上) 무오년(1858, 철종9)에 봉조하공은 품계가 보국(輔國)에 올라 벼슬에서 물러났고, 공은 대광보국숭록대부 의정부 영의정 겸영경연 홍문관 예문관 춘추관 관상감사(大匡輔國崇祿大夫 議政府領議政 兼領經筵弘文館藝文舘春秋館觀象監事)에 추증되었다.

명(銘)은 다음과 같다.

정조께선 도가 있으시어	正宗有道
백관들을 고무시키니	鼓舞臣工
흥기된 이 누구인가	誰其興者
태사 윤공이셨네	太史尹公

이 윤공께서는	維此尹公
총명함이 출중하여	聰明特達
심장과 팔다리로 삼고자	心膂股肱
임금께서 골라 뽑으셨네	王所簡拔

넓고도 많은 나라의 전적을	鴻文鉅典
공이 맡아 찬술하였고	維公是修
깊고도 원대한 계책은	深籌遠略
공이 참여해 도모했네	維公與謀

천재일우 군신의 만남	千載遭逢
공이 성대한 때를 만났고	公當其盛
외로운 충정 나라에 보답하고자	孤忠報國
목숨 바칠 뜻을 지녔네	志在授命

공이 하늘로 돌아가	公歸在天
다시 선왕을 모시니	亦侍先王
좌우로 오르내리며	左右陟降
우리나라를 보살펴 주시리	眷顧家邦

명군과 현신이 만나기 어려움을	際會之難
아는 자가 세상에 드무니	知者今希
공의 무덤에 명을 지으매	我銘公墓
이 때문에 탄식하노라	是用獻欷

서석사 묘지명[101]

徐石史墓誌銘

석사(石史)의 휘는 미(湄)이고, 자는 죽해(竹海)이며, 서씨(徐氏)로 대구인(大邱人)이다. 선대 조상에 휘 침(沈)[102]이 포은(圃隱) 정몽주(鄭夢周) 선생을 사사(師事)하였으며, 조선에서 벼슬하여 삼남균전제처사(三南均田制處使)가 되었다. 세종 때에 자기가 살던 땅을 나라에 헌납했는데, 가운데가 움푹하고 사방이 절벽이라 천혜의 요새가 되었다. 임금께서 이를 가상히 여겨 그의 소원에 따라 달성(達城)의 환곡에서 모곡(耗穀)[103]의 3분의 1을 영원히 감면해 주었다. 지금까

101 서석사 묘지명 : 이 글은 환재가 1875년(고종12)에 기사(奇士) 서미(徐湄, 1785~1850)를 위해 지은 묘지명이다. 시인으로 명성이 있었고, 충효와 절의를 숭상하였으며, 당대의 공경과 여항인에 이르기까지 교유가 넓었던 서미의 모습과 환재가 어려서 《이소(離騷)》를 읽으면서 겪었던 일화를 애정 어린 시선으로 서술하였다. 서미의 본관은 달성(達城), 자는 덕정(德井)·죽해(竹海), 호는 석사(石史)로 충주(忠州)에서 살았다. 저서로 《호해주선록(湖海周旋錄)》 2권과 시문 몇 권이 있다고 한다.

102 침(沈) : 서침(徐沈)은 조선 전기의 문신으로 본관은 대구(大邱), 자는 성묵(聖默), 호는 구계(龜溪)이다. 정몽주에게서 학문을 배웠고, 여말선초의 변혁기에 향리에 은거하여 학문을 연구하였다. 1433년(세종15) 첨지중추원사가 되었고, 전의 소감(典醫少監)을 거쳐, 다음 해에 전라도 처치사(全羅道處置使)가 되었다. 대구의 구암서원(龜巖書院)에 제향되었다.

103 모곡(耗穀) : 각 고을의 사창(社倉)·의창(義倉)에 저장된 양곡을 춘궁기에 백성에게 빌려주고 가을에 거두는데, 말이 축나거나 보관 중에 생기는 자연감소분에 대비하여 대여 원곡(元穀)의 10분의 1을 부가징수하였다. 원래 대여곡은 이식의 부가가 없었으나, 고을의 원들이 법률규정에 관계없이 모미를 징수하였다.

지 자손들이 번성하니, 백성에게 은혜를 끼친 음덕이라고 사람들이 칭송한다.

석사는 나면서부터 남다른 자질을 지녀 약관이 되기도 전에 백가(百家)를 섭렵하였고, 시와 문을 지어서 종종 선생이나 어른들을 탄복시켰다. 만년에는 더욱 구속에서 벗어나 스스로 말하기를 "나에게 세 가지 큰 소원이 있으니, 천하의 빼어난 산수를 보고, 천하의 훌륭한 인물을 만나고, 천하의 좋은 문장을 읽는 것이다."라고 하였다. 집이 매우 가난하여 처자들이 궁벽한 산골에서 주려 쓰러져도 짧은 지팡이에 짚신을 신고 날마다 사방으로 돌아다녔다.

내가 18, 9살 때의 일이다. 어느 가을날 《이소(離騷)》[104]를 읽고 있자니, 어떤 나그네가 다 떨어진 의관차림으로 문을 밀치고 자리에 들어와, "그대가 어찌 《이소》를 알 수 있겠는가? 《이소》는 읽어서는 안 되네!"라고 하였다. 나는 놀라 괴이하게 여기고 또 위험한 사람으로 여겼다. 한참 뒤에 "어찌하여 《이소》를 알지 못하며, 어찌하여 읽어서는 안 된다고 하십니까?"라고 물었다. 그 나그네는 "젊은이는 시서(詩書)를 뱃속에 가득 채워, 밝은 임금을 만나서 태평세월을 이루어 청묘(淸廟)[105]의 송축을 기약해야지, 저 초대부(楚大夫)가 실의하여 방황하는 글 따위는 의당 산택(山澤)에 사는 가난한 선비 서석사(徐石史)에

104 이소(離騷) : 《이소경(離騷經)》. 초(楚)나라 회왕(懷王) 때 굴원(屈原)이 소인들의 참소를 당하여 쫓겨난 뒤 읊은 작품으로, 임금이 간신의 유혹에서 벗어나 정도(正道)로 돌아와 자기를 다시 불러주기를 바라는 뜻을 서술하였다.

105 청묘(淸廟) : 《시경》 주송(周頌)의 편명인데, 문왕을 제사 지내면서 문왕의 덕을 극찬하여 노래한 시이다. 후대에는 고대 제왕들이 조상에게 지내는 제사의 악장을 가리키며, 종묘를 가리키기도 한다.

게나 읽도록 주어야하네."라고 하였다. 내가 평소 석사의 이름을 들은 터라, 이에 서로 마음이 쏠렸고, 동사(同社)의 벗들이 번갈아 초대하여 즐겁게 술을 마시며 어울렸다.

석사는 시 짓기를 즐겨 사람을 시켜 운을 뽑게 하고, 그 운에 따라 지으면 입에서 나오는 대로 문장이 되었다. 여러 벗들이 그가 말문이 막혀 곤욕을 당하게 하려고, 일부러 궁벽한 문자를 뽑되 앞뒤를 전도시켜 사리(辭理)가 어그러지고 막혀 어찌 할 수 없게 만들었다.[106] 그러나 석사는 더욱 손뼉을 치며 의기양양해 하며 잠깐사이에 100여 구를 줄줄 읊으니, 한 편이 끝나자 그 기세가 넓고 호탕하여 읽을 만하였다.

석사는 성품이 술을 좋아하였으나, 조금만 마셔도 곧 취했다. 그러나 늘 "한 말 한 섬으로는 내 주량을 채울 수 없다."라고 큰소리를 쳤다. 그는 과장과 해학을 좋아하여 스스로 자중하지 않았다. 종유한 사람들로는 공경귀인으로부터 포의(布衣)와 위항인(委巷人)에 이르기까지 모두 당대의 덕업과 명망이 있는 호걸스러운 재사(才士)들이었다. 그리고 또 어느 한 곳에 오래 머문 적이 없어서 아침에 왔다가 저녁에 떠나는 것이 마치 흐르는 구름과 구르는 쑥대와 같으니, 그를 모르는 사람들은 '광생(狂生)'이라 지목하였으나, 석사는 이것을 기쁘게 여겼다. 술이 거나하여 고인들의 충효와 절개를 말할 때면, 일찍이 비분강개하여 눈물을 흘리지 않은 적이 없었다. 선을 즐기고 어진 사람을 좋아하며, 악한 사람을 원수처럼 미워하였고, 남이 아첨하는 말이나 아첨하는 기색을 보면 마치 자기를 더럽힌 듯이 침을 뱉고 천하게 여겼

106 일부러……만들었다 : 고시(古詩)나 문장을 뽑아서 뒤섞은 후, 말이 되도록 시문을 지으라고 문제를 내는 것을 가리킨다.

다. 이는 천성이 깨끗하여 자유롭고 활달하게 세상을 살았기 때문이다.

징사(徵士) 이우신(李友信)[107]공이 지평(砥平 양평)의 산중에 은거하여 배우는 사람들에게 추앙을 받았는데, 석사가 폐백을 싣고 가서 뵈려 하였으나, 문에 이르기 전에 선생께서 돌아가시니, 이를 통한으로 여겼다. 석사는 평소 인간세상을 유희(遊戲)하는 듯하였으나, 경학을 닦고 예법을 지키는 선비가 있다는 말을 들으면 천리 길도 멀다 않고 찾아가 만나 보지 않은 적이 없었다.

나와 수십 년 동안 사귀면서 늘 말하기를 "내가 그대의 문장이 좋다고 여기지는 않지만, 죽은 뒤에 그대의 묘지명을 얻는다면 나도 명성이 영원히 전해질 것이네."라고 하였다. 지금 그가 죽은 지 25년이 지났는데, 그의 막내아들 모(某)가 선친의 유언이라고 하며 해마다 나를 찾아왔다. 나는 온 마음을 다해 지으려고 하여 오래도록 붙들고만 있었는데, 지금 대략이나마 몇 백 자를 기록하였으니, 혹 필묵 사이에서 석사를 볼 수 있으리라.

석사의 고조(高祖)는 휘가 광벽(光璧)이고, 증조(曾祖)는 휘가 세중(世重)이며, 고(考)는 휘가 석윤(錫胤)이니 모두 문학과 독행이 있었다. 비(妣)는 안동 김씨 취겸(就謙)의 딸이다. 석사는 정조 을사년(乙巳, 1785)에 태어나 경술년(庚戌, 1850) 8월 22일에 죽었고, 괴산군

107 이우신(李友信, 1762~1822) : 조선 후기의 문신이며 학자로, 본관은 덕수(德水). 자는 익지(益之), 호는 문원(文原)·죽촌(竹村)·수산(睡山)이다. 김양행(金亮行)의 문하에 들어가 학문을 깊이 연구하였고, 특히 《근사록》과 주자서(朱子書)를 중점적으로 연구하여 성리와 인물성에 대하여 탐구하였다. 양평 산중에 은거하였는데 학문이 깊고 지식이 해박하여 많은 사람의 존경을 받았다. 저서로 《수산유고》 4권이 있다.

북쪽 백마산(白馬山)[108]에 장사지냈다. 배(配)는 평해 황씨(平海黃氏)이며, 아들은 병륜(秉倫)·병유(秉攸)·병서(秉敍)이고, 딸 하나는 권응하(權應河)에게 시집갔다. 석사의 저술에 시문 약간권이 있고, 《호해주선록(湖海周旋錄)》 2권이 있는데 모두 당세에 교유하며 수창했던 자취들이다. 명(銘)은 다음과 같다.

이 사람은 기괴하고 오만하였으니 是必嶔崎傲兀
죽어서 늙은 잣나무나 소나무가 되리 化爲老栢長松
만일 그렇지 않다면 如其不者
첩첩청산의 삼척의 무덤일 뿐 纍纍青山三尺之封

108 백마산(白馬山) : 충북 음성군 원남면(遠南面) 주봉리(住鳳里)에 있는 산 이름이다.

처사 칙천 신공의 묘지명[109]

處士湢泉申公墓誌銘

처사(處士) 칙천(湢泉) 신공(申公)[110]은 철종 무오년(1858) 11월 그믐날 신축(辛丑)일에 광주(廣州)의 두릉(斗陵) 시골집에서 졸하였다. 이듬해 3월 경신(庚申)일에 양근군(楊根郡) 서쪽 오빈역(娛賓驛)[111] 뒤 자좌(子坐)의 묘역에 장사지내고, 부인 이씨[112]를 왼쪽에 합장하였다. 장남 기영(耆永)[113]이 공의 언행을 찬술하고서 아버지의 친구인 나에게 묘지명을 부탁하면서 말하기를 "가장 으뜸은 입덕(立德)이고, 그 다음은 입공(立功)과 입언(立言)이니, 이는 고인들이 이

109 처사……묘지명 : 이 글은 환재가 1859년(철종10)에 처사(處士) 신교선(申敎善, 1786~1858)에 대해 서술한 묘지명이다. 환재는 신씨 집안과 세교(世交)가 있어 신교선의 장남 기영(耆永)의 요청으로 묘지명을 짓게 되었는데, 신교선이 젊어서부터 재능과 학문이 뛰어났으나 부친 귀조(龜朝)가 응교를 지내다 조정의 탄핵을 만나 칩거하자, 신교선 또한 벼슬을 단념하고 부친을 봉양하였고, 부친과 백부가 졸하자 두릉(斗陵)에 은거하여 생을 마친 모습을 자세히 서술하였다.

110 처사(處士) 칙천(湢泉) 신공(申公) : 신교선(申敎善)의 본관은 평산(平山), 초명은 술선(述善), 자는 조경(祖卿), 호는 칙천(湢泉)이다. 재야의 은사로 생을 마쳤고, 1884년(고종21)에 이조 참판에 추증되었고 저서로 《칙천존고(湢泉存稿)》가 있다.

111 양근군(楊根郡) 서쪽 오빈역(娛賓驛) : 양근군은 현재 경기도 양평군 양평읍 일대의 옛 지명이다. 오빈역은 양근군 남쪽 10리 지점에 있다.

112 부인 이씨 : 신교선의 아내 전의 이씨(全義李氏, 1783~1845)로 부친은 이정회(李靖會)이다. 묘지명은 종제(從弟)인 참판 이시민(李時敏)이 지었다.

113 기영(耆永) : 신기영(申耆永, 1805~1884)을 가리킨다. 자는 치영(穉英), 호는 산북(汕北)이다. 벼슬은 동돈녕(同敦寧)에 올랐다.

른바 '삼불후(三不朽)'입니다.[114] 저의 선친께서 50년 동안 힘써 독서하며 조용히 은거해 살면서 포부를 펴지 못했으니, 공(功)을 이룬 것은 말할 것이 없으나, 덕행과 문장은 진실로 세상에서 인멸되어선 안 됩니다. 그러나 말이 아니면 전해질 수 없고, 그 말에 문식이 없으면 먼 훗날까지 전해질 수 없으니, 오직 입언하는 군자만이 돌아가신 분을 불후(不朽)하게 할 수 있습니다."라고 하였다.

나는 세교가 있는 집안의 후생이라 의리상 감히 사양할 수 없었고, 또 일찍부터 공의 청수(淸修)한 인품과 경개(耿介)한 덕을 사모하였기에, 온 마음을 다해 묘지명을 지어 효자의 마음에 부응하고자 하여 창작에 고심한 지 오래되었다.

아! 공은 명문세족으로 선대의 덕을 계승하였고, 뛰어난 식견과 깊은 학문이 당시의 추앙을 받았다. 재주는 임금을 높이고 백성을 감싸기에 충분하였고, 문장은 시대에 부응하고 교화를 돕기에 충분하였지만, 전원에서 종신토록 늙어 그 시행을 보지 못했으니, 기록할만한 것은 평소 행실의 세세한 예절에 불과하고, 상자에 남아있는 초고는 오직 쓸쓸한 몇 부의 글일 뿐이다. 황숙도(黃叔度)[115]의 언행이 드러난 것이

114 삼불후(三不朽) : 춘추 시대 숙손표(叔孫豹)가 한 말로, 사람이 죽어도 썩지 않는 세 가지 즉 입덕(立德)과 입공(立功)과 입언(立言)이 그것이다. 《춘추좌씨전》 양공(襄公) 24년 조에 이르기를, "최상은 입덕(立德)이요, 그 다음은 입공(立功)이요, 그 다음은 입언(立言)이니, 아무리 세월이 흘러도 없어지지 않는 이것을 불후라고 하는 것이다."라고 하였다.

115 황숙도(黃叔度) : 후한(後漢)의 황헌(黃憲)을 가리키며, 숙도는 그의 자이다. 학행(學行)으로 한 시대의 추중을 받았는데, 진번(陳蕃)이 말하기를, "얼마간 황생(黃生)을 보지 않으면 비루하고 인색한 마음이 다시 싹튼다."라고 하였다. 《後漢書 卷83 黃憲列傳》

없어 옛사람들이 탄식했는데, 지금 나도 신공에 대해 탄식한다.

공은 휘가 교선(敎善), 초휘(初諱)는 술선(述善), 자는 조경(祖卿), 칙천은 그의 호이다. 신씨는 계보가 곡성(谷城)에서 나왔다. 태사(太師) 장절공(壯節公) 휘 숭겸(崇謙)[116]이 고려 개국원훈(開國元勳)이 되었는데, 자신을 희생하여 임금을 구했으므로 평산(平山)의 원적(原籍)을 하사받아 후손이 마침내 평산인이 되었다. 조선에 들어서 우정언(右正言) 휘 효(曉)[117]는 간언하는 일로 인해 물러났고, 여러 차례 조정의 부름을 받았으나 종신토록 나아가지 않고 서호산인(西湖散人)이라 자호하였다. 몇 대를 내려와 휘 흠(欽)[118]은 영의정을 지내고 문정공(文貞

116 숭겸(崇謙) : 신숭겸(申崇謙, ?~927)의 본관은 평산(平山), 초명은 능산(能山), 평산 신씨(平山申氏)의 시조이다. 궁예(弓裔) 말년에 혁명을 일으켜 궁예를 몰아내고 왕건(王建)을 추대해 개국 일등공신(開國一等功臣)에 봉해졌다. 927년에 견훤이 고울부(高鬱府)를 습격하고, 신라를 공격해 경애왕(景哀王)을 죽이고 갖은 만행에 약탈을 하자, 태조는 친히 기병 5천을 거느리고 대구의 공산(公山) 동수(桐藪)에서 견훤을 맞아 싸우게 되었다. 그러나 후백제군에게 포위되어 태조가 위급하게 되었을 때, 신숭겸은 대장(大將)이 되어 힘써 싸우다가 전사하였다. 994년(성종13) 4월에 태사(太師)로 추증되어 태사 개국장절공(太師開國壯節公)으로 태묘의 태조 사당에 배향되었다.

117 효(曉) : 신효(申曉, 1381~1461)의 본관은 평산, 호는 서호산인(西湖山人)·효창(曉窓)이다. 1402년(태종2)에 식년 문과에 장원급제하여 1404년 사간원 우정언이 되어 노이(盧異)·이양명(李陽明) 등과 궁중의 비밀을 발설하여 탄핵을 받아 연안에 유배되었다. 2년 만에 풀려났으나 행주에 은거하여 다시는 관직에 나아가지 않고 81세로 죽었다. 도승지에 추증되었다.

《태종실록》 태종 4년(1404) 4월 27일 조에 사간원에서 궁중의 기밀을 누설한 좌정언 노이를 탄핵하였다는 기사가 있는데, 노이와 신효가 모의를 함께했다는 내용이 있다.

118 흠(欽) : 신흠(申欽, 1566~1628)의 자는 경숙(敬叔), 호는 현헌(玄軒)·상촌(象村)·현옹(玄翁)·방옹(放翁)이다. 1599년 장남 익성(翊聖)이 선조의 딸인 정숙옹

公)이란 시호를 받았는데, 세상에서 상촌선생(象村先生)이라 칭한다. 국가의 종신(宗臣)[119]이 되어 인조 묘정에 배향되었다. 아들 익성(翊聖)[120]을 낳았는데, 선조의 셋째 딸 정숙옹주(貞淑翁主)에게 장가들어 동양위(東陽尉)에 봉해졌고, 명나라를 위하여 절개를 지켜 문충공(文忠公)이란 시호를 받았다. 4대를 내려와 휘 치원(致遠)[121]은 지중추부사를 지냈으니, 공의 고조(高祖)이다. 증조(曾祖)의 휘는 수(燧)[122]로 세자시강원 필선(弼善)을 지냈고 이조 판서에 추증되었으며 문장과 행실이 있었다. 조(祖)의 휘는 사현(師顯)[123]으로 선공감 부정(繕工監副正)으로 정직한 도리로 임금을 섬겨 권신들에게 밉보여 벼슬이 올라

주(貞淑翁主)의 부마로 간택되어 동부승지에 발탁되었다. 1627년 영의정에 올랐다가 죽었다. 이정귀(李廷龜)・장유(張維)・이식(李植)과 함께 조선 중기 한문학의 정종(正宗)으로 칭송되었다. 저서로 《상촌집》・《야언(野言)》 등이 있다. 시호는 문정(文貞)이다.

119 종신(宗臣) : 종묘를 수호하는 신하, 또는 나라에서 추앙받는 신하를 가리킨다.

120 익성(翊聖) : 신익성(申翊聖, 1588~1644)의 자는 군석(君奭), 호는 낙전당(樂全堂)・동회거사(東淮居士). 선조의 부마로 정숙옹주와 혼인하여 동양위(東陽尉)에 봉해졌다. 병자호란 때의 척화오신(斥和五臣)의 한 사람이다. 문장・시・서에 뛰어났으며, 특히 김상용(金尙容)과 더불어 전서의 대가였다. 저서로는 《낙전당집》・《낙전당귀전록(樂全堂歸田錄)》・《청백당일기(靑白堂日記)》 등이 있다. 시호는 문충(文忠)이다.

121 치원(致遠) : 신치원(申致遠, 1672~1754)의 자는 의백(毅伯)으로 유집(遺集)이 남아있다.

122 수(燧) : 신수(申燧, 1693~1741)의 자는 사순(士純), 호는 무경와(無競窩)이다. 1735년 정시 문과에 장원하고 벼슬은 시강원 필선(侍講院弼善)에 그쳤다.

123 사현(師顯) : 신사현(申師顯, 1712~1797)의 자는 석보(錫甫)이고 자세한 행적은 미상이다.

가지 못했으나, 뒤에 두 아들이 귀하고 현달해지자 여러 차례 봉해져 자헌대부 지중추부사에 이르렀다. 고(考)의 휘는 귀조(龜朝)[124]로 홍문관 응교를 지냈다. 비(妣) 숙인(淑人) 인동 장씨(仁同張氏, 1744~1770)는 학생 희소(禧紹)의 딸이다. 숙인 경주 김씨(慶州金氏, 1748~1780)는 진사 한술(漢述)의 딸이며, 숙인 순천 현씨(順天玄氏, 1760~1797)는 첨지중추부사(僉知中樞府事) 정우(正宇)의 딸이다. 정조 병오년(1786) 12월 3일 임인(壬寅)에 숙인 현씨(玄氏)가 공을 낳았다.

공은 나면서부터 재주가 뛰어나고 어려서부터 지혜가 있어, 겨우 열 살에 붕당(朋黨)이 나라의 환란이 됨을 논하여 수백 마디의 글을 지으니, 보는 사람마다 놀라고 기이하게 여겼다. 어려서부터 장난하기를 좋아하지 않고 말수가 적고 정중해서 여러 종형제 수십 명이 함께 모여 공부를 하는데, 누구도 경외하지 않는 이가 없었고, 문중의 어른들도 모두 그가 큰 그릇이 되리라 기대하였다. 약관(弱冠)이 되기 전에 상서(庠序 성균관과 사학)에서 유학하니, 문명(文名)이 자자하게 온 세상을 진동하였다. 매양 대과 때마다 시험을 주관하는 여러 공경(公卿)들이 앞 다투어 공을 뽑아서 자기의 방(榜)을 빛내고자 하였으나, 공은 부친의 가르침이 엄하다는 이유로 사양하며 끝내 응하지 않았다. 여러 공경들이 모두 응교공(應敎公 신귀조(申龜朝))의 뛰어난 식견에 탄복하였고 공에게 더욱 마음을 기울였다.

처음에 응교공은 정조의 특별한 예우를 받았으므로 보답하려는 마음 간절하였으나, 성품이 강직하여 세상 사람들에게 미움을 받는 일이

124 귀조(龜朝) : 신귀조(申龜朝, 1748~1813)의 자는 계행(季行), 호는 종옹(鍾翁)이다 1791년 응제에 장원하고 벼슬은 응교에 그쳤다.

많았다. 정조께서 승하하자 당시의 정국에 어려움이 많아, 의리(義理)의 분별이 오랫동안 문호의 다툼이 되어 조정에 가득한 사대부들이 제각기 표방하는 바가 있어, 은혜와 원한, 재앙과 행복이 진퇴(進退)와 용사(用捨)하는 사이에 행해졌다.

병인년(1806)에 응교공이 병이 위독해 강상(江上)에 누웠을 때에 탄핵상소를 만나니,[125] 평소에 헐뜯던 자들이 더욱 기세를 떨쳐 영해(嶺海 유배지)가 눈앞에 있었으며 앞날의 일도 예측할 수가 없었다. 공은 노심초사 근심하다가 이에 여러 차례 국정을 담당하는 공경들을 찾아가, 그들이 재갈을 물려 선동하고 내외를 이간질하는 실상을 밝게 변론하였다.

공경들이 평소 응교공을 중시한데다가, 또 공의 용모가 순수하고 언사가 명쾌하며, 요점을 드러내고 핵심을 분석한 것이 세세히 사리에 들어맞으며, 위축되어 어쩔 줄 모르고 애처로이 아첨하는 기색이 조금도 없음을 보고서 누구나 감동하여 개연히 일을 주선해주겠다고 허락하였다. 그런데도 공은 밤낮으로 눈을 붙이지 못한 것이 번번이 수십

125 병인년(1806)에……만나니 : 《순조실록》 순조 6년 병인(1806) 4월 27일 조에 지평 이남규(李南圭)가 상소로 현중조(玄重祚) · 정언인(鄭彦仁) · 신귀조(申龜朝) · 이기경(李基慶)을 처벌할 것을 청했다는 기록이 보이는데, 역적 권유(權裕)를 비호하였다는 죄목이었다. 권유는 1801년(순조1)에 신유사옥이 시작되면서 대사헌으로 발탁되어 이른바 벽파(僻派)의 언론을 선도하여 윤행임(尹行恁) · 정민시(鄭民始) · 이재학(李在學) · 서유린(徐有隣) 등을 맹렬히 비판하였고, 또 김조순(金祖淳)의 딸 순원왕후(純元王后)와 순조와의 국혼을 반대하는 소를 올려 삼간택(三揀擇)을 방해하다가 추국을 당하였다. 그 후 순원왕후의 가례가 끝난 뒤, 1804년 6월 가족, 제자들과 함께 추국을 당하여, 마침내 김관주(金觀柱) · 정일환(鄭日煥)의 사주를 받은 대역부도죄로 지목, 2차의 혹심한 형을 받아 죽었다.

일이나 되었다. 당시에 세상의 변고에 걸린 자 중에 완전히 벗어난 이가 드물었으나, 오직 응교공만이 홀로 탈이 없었고, 만년에 강호의 즐거움을 누렸다.

어버이를 위하여 환난을 막는 것은 자제의 직분이다. 그러나 젊은 서생으로 지극히 어렵고 지극히 위험한 때를 만나, 들판의 불길과 거센 파도 속에서도 두려워하거나 꺾이지 않고 끝내 뜻을 이루었으니, 이것이 공의 평생에 가장 큰 일이었고 재주와 국량을 여기서 볼 수 있다.

응교공이 문을 닫아걸고 한가롭게 지내게 되자 공은 기쁜 낯빛으로 성심껏 봉양하였고 꽃과 대나무와 도서를 마련하여 즐겁게 해 드렸다. 부인과 함께 힘을 다하여 맛있는 음식을 공양하였고, 명절과 삼복과 세모에는 술잔을 올려 기쁘게 해 드렸다. 응교공은 느긋하고 만족스러워하며 세상에서 배척된 줄도 모르고 십여 년을 지냈다. 응교공이 세상을 떠나자 백부(伯父) 참판공(叅判公)이 공을 친아들보다 더 아끼더니, 얼마 안 있어 세상을 하직하였다.

공이 드디어 두릉(斗陵)의 시골집으로 돌아오니, 궁벽진 산은 적막하였고 집은 쓸쓸하였으나 태연하게 거처하며 경술(經術)에 온 마음을 기울여 책을 읽고 글을 베끼는 일을 밤낮으로 그치지 않았다. 이렇게 38년 동안 거친 밥에 물을 마시며 하루도 책을 보지 않은 적이 없으니, 사서(四書)에 대해서는 스스로 터득한 바가 있었으며, 더욱 《상서(尙書)》에 힘을 기울여 이치를 연구한 것이 정밀하고 깊었다. 마음이 툭 트이고 지론이 공평하여 자제들을 가르치던 조리 있는 격언들이 모두 후인들의 교훈이 될 만하였다.

평소 교유하던 이들 중에는 일세에 이름난 학자들이 많았는데, 대산

(臺山) 김매순(金邁淳)[126] 공과의 교분이 가장 깊어 도의로써 서로 절차탁마하였다. 매양 조각배를 타고 오가며 서로 만나 베개를 나란히 하고 며칠 밤을 함께 보내며 고금(古今)을 토론하였다. 김공은 성품이 간결하고 엄격하여 높은 벼슬아치나 귀한 사람을 만나더라도 마음으로 어울리는 경우가 드물었는데, 유독 공에 대해서는 오래도록 사귀며 싫증내지 않으니, 집안 사람들이 이상하게 여겼다고 한다.

고동(古東) 이익회(李翊會)[127] 공은 부인의 숙부이다. 고아한 명망으로 세상에서 추앙받았는데, 공의 맑은 지조와 고상한 절개를 깊이 허여하였다. 북해(北海) 조종영(趙鍾永)[128] 공이 총재(冢宰 이조 판서)

126 대산(臺山) 김매순(金邁淳) : 1776~1840. 본관은 안동, 자는 덕수(德叟), 호는 대산, 시호는 문청(文淸)이다. 1795년 정시 문과에 병과로 급제, 검열·사인을 거쳐 초계 문신(抄啓文臣)이 되었고, 그 뒤 예조 참판을 거쳐 1821년 강화부 유수를 역임하였다. 조선 후기의 문신이며 학자로 당대의 문장가 홍석주(洪奭周) 등과 함께 명성이 높았으며, 여한십대가의 한 사람으로 꼽혔다. 저서로는 《대산집》·《대산공이점록(臺山公移占錄)》·《주자대전차문표보(朱子大全箚問標補)》·《전여일록(篆餘日錄)》·《열양세시기(洌陽歲時記)》 등이 있다.

127 고동(古東) 이익회(李翊會) : 1767~1843. 본관은 전의(全義), 자는 재보(在輔), 호는 고동이다. 음보(蔭補)로 김제 군수가 되었고, 1811년(순조11) 정시 문과에 병과로 급제하였다. 대사간·대사성을 거쳐 1827년 이조 참의가 되었고, 1834년 홍문관 제학에 올라 동지사로 청나라에 다녀왔다. 1835년(헌종1) 대사헌이 된 뒤 여러 번 거듭해서 대사헌의 직을 지냈으며, 1843년 한성부 판윤에 이르렀다. 시호는 문간(文簡)이다.

128 북해(北海) 조종영(趙鍾永) : 1771~1829. 본관은 풍양(豐壤), 자는 원경(元卿), 호는 북해이다. 1799년 정시 문과에 병과로 급제, 부교리·우승지를 역임하였다. 1810년(순조10) 안주 목사가 되었고, 이듬해 홍경래(洪景來)의 난이 일어나자 민병을 규합하여 난의 평정에 진력하였다. 1813년 황해도 관찰사가 되었고, 이후 한성부 좌윤·우윤을 거쳐 공조·형조·호조의 참판을 차례로 역임하였다. 이어 경기도 관찰사와 예조·이조의 판서를 지냈다. 시호는 충간(忠簡)이다.

가 되어 공을 선공감 감역(繕工監監役)에 추천하려고 하자, 공이 그 소식을 듣고 정색하여 말하기를 "우리 집안의 종부형(從父兄)[129]이 바로 종손인데, 가난하고 늙었습니다. 이런 분을 돌보지 않고 멀리 전야의 사람을 언급하시니, 제가 어찌 이 산을 나갈 명분이 있겠습니까? 푸른 솔 흰 돌이 실로 이 말을 듣고 있습니다."라고 하였다. 조공이 더욱 감탄하며 여러 차례 불러 만나보려 하였으나 끝내 응하지 않았다. 조공이 뒤에 서충보(徐忠輔)[130] 공에게 말하기를 "국가를 위하여 한 고을의 수령이 된다면 능히 임금의 근심을 없게 할 수 있고, 가령 불행한 사태를 당해도 절개를 지키다 의롭게 죽을 자는 오직 신모가 그 사람일 것이오."라고 하였다. 조공이 평소 사람을 알아보는 눈이 있었고, 또 공이 쓸모 있는 학문을 하여 백성과 나라의 이해와 정치의 득실에 대하여 모두 헤아리고 계획하여 시험할만한 재능이 있었으므로 그렇게 말한 것이다.

나는 일찍이 이렇게 생각하였다. 남을 먹이면서 남에게 다스림을 받는 자는 야인(野人)이고, 남을 다스리면서 남에게 얻어먹는 자는 군자(君子)이다. 바른 지위를 얻어서 치인(治人)의 도를 행해야 진실로 군자인데, 만약 혹 그렇게 할 수 없다면 끝내 지위도 없이 치인의 도를 간직하는 것만 못하리라. 고아한 이상과 돈독한 행실은 당시의 모범이 되고, 끼친 영향과 남긴 자취는 후인(後人)들이 상상해 볼 수

129 종부형(從父兄) : 신봉조(申鳳朝, 1745~?)의 아들인 사촌형 신우선(申友善, 1779~1847)을 가리킨다.

130 서충보(徐忠輔) : 본관은 대구(大邱)로 자세한 행적은 미상이다. 화서(華西) 이항로(1792~1868)와 깊이 사귀었고, 1868년(고종5) 4월 1일에 효행이 특이하다 하여 동몽교관(童蒙敎官)에 추증되었다.

있을 것이다. 그렇지만 그들이 세상에 거처할 때에는 초가집〔衡茅〕 아래에서 고고하고 맑게 지내는 자가 예로부터 어찌 한정이 있었겠는가마는, 이들은 오직 덕을 숭상하고 도를 즐기다 온전히 돌아간 선비이다. 만약 이렇다하여 선배와 장자들이 시대와 운명에 곤란을 겪었던 것에 대해 한스러워 한다면, 이 또한 고루한 유생의 견해일 뿐이니, 어찌 말할 가치가 있겠는가?

공이 지은 시문에 《칙천존고(湢泉存稿)》 약간 권이 있고, 경전을 연구한 바로는 《독맹정훈(讀孟庭訓)》[131] 7권과 《상서차록(尙書箚錄)》 약간 권과 완성되지 못한 초고 수백 권이 있다.

부인은 전의 이씨(全義李氏)로 목사(牧使) 정회(靖會)[132]의 딸이다. 덕성과 아름다움을 갖추어 여사(女士)의 행실이 있었는데, 공보다 13년 앞서 졸하였다. 2남 1녀를 두니, 아들은 감역이 된 기영(耆永)과 보영(普永)[133]이 있다. 딸은 심우영(沈愚永)에게 출가하였다. 기영(耆永)은 아들 성수(性秀)[134]와 응수(膺秀)[135]를 두었고, 딸은 윤용보(尹龍普)에게 출가하였다. 보영은 응수를 계자(系子)로 삼았고, 딸은 진사 정해주

131 독맹정훈(讀孟庭訓) : 신교선(申敎善)이 《맹자》의 의문점을 문답체로 풀이한 7권 7책의 필사본이다. 1861년(철종12) 그의 손자 응수(膺秀)가 편집하고 필사하였다. 권두에 이시민(李時敏)의 서문이 있다.

132 정회(靖會) : 이정회(李靖會, 1751~1821)의 자는 여도(汝度)로 부평 부사(富平府使)와 진주 목사를 역임하였다.

133 보영(普永) : 신보영(申普永, 1809~1846)의 자는 치정(穉靖)이다.

134 성수(性秀) : 신성수(申性秀, 1826~1868)의 자는 대수(大受), 호는 이원(怡園)이다.

135 응수(膺秀) : 신응수(申膺秀, 1837~1868)의 자는 천수(天授)이다.

(鄭海周)에게 출가하였으며, 측실에서 아들 긍수(肯秀)를 두었다. 심우영은 두 딸을 두니 사위는 민성호(閔性鎬)와 판서 이재원(李載元)이다.

나의 선조 충익(忠翼)[136]·문정(文貞)[137] 두 분은 공의 선조 문정(文貞)[138]·문충(文忠)[139] 두 분과 함께 왕실을 도와 평온한 시절이건 험난한 시절이건 충절을 다하였다. 국가의 경사와 슬픔, 융성과 쇠퇴의 때를 당하여 두 집안의 근심과 즐거움, 영광과 고난을 함께 하지 않은 적이 없었으니, 백세 뒤의 자손들은 잊어서는 안 될 것이다. 이제 공의 무덤에 명을 지으면서 아첨하는 말을 한다면 두 선조의 가르침이 아니다. 다음과 같이 명을 짓는다.

이 곳은 73년간 성현의 글을 읽은	是惟七十三年讀聖賢書
신공의 무덤이다	申公之藏
지나는 이마다 예를 갖추고	過者必式
옛일 논하는 말 길어지리	尙論彌長
용문산은 우뚝하고	龍門巖巖
한강은 유유히 흐르는데	洌水洋洋
무덤이 편안하고 견고하니	旣安且固
그 후손을 번창케 하리	俾厥後克昌

136 충익(忠翼) : 박동량(朴東亮, 1569~1635)의 시호이다. 본관은 반남, 자는 자룡(子龍), 호는 기재(寄齋)·오창(梧窓)·봉주(鳳洲)이다.

137 문정(文貞) : 박미(朴瀰, 1592~1645)의 시호이다. 본관은 반남, 자는 중연(仲淵), 호는 분서(汾西)이다.

138 문정(文貞) : 신흠(申欽, 1566~1628)의 시호이다..

139 문충(文忠) : 신익성(申翊聖, 1588~1644)의 시호이다.

시장諡狀

예조 판서 신공 시장[140]

禮曹判書申公諡狀

성상 12년(1875, 고종12) 겨울에 여러 대신이 말하기를, "고(故) 대종백(大宗伯) 신공(申公)이 졸한 지 벌써 10년인데, 절혜(節惠 시호)의 문서가 태상(太常 봉상시)에 이르지 않았고, 지금 여러 신하들이 시호를 논의하는 날에 홀로 빠뜨리고 거론하지 않으니, 조정의 동료로서 부끄러운 일이오. 그의 어린 손자가 가장(家狀)을 갖출 겨를이 없더라도 신공의 평생을 아는 자로 아무개만한 이가 없을 것이오."라고 하고서 마침내 그 죄를 나에게 돌리니, 이는 정말로 나의 책임이다. 그러나 시호를 의논하는 공석(公席)이 겨우 하루 뒤라서 창졸간에 너무 급하여 그 언행을 추억하여 수식을 할 겨를도 없이 그 문자를 엮어 시장을 지었다.

공의 휘는 석우(錫愚), 자는 성예(成睿), 호는 해장(海藏)이다. 신씨(申氏)의 선계는 평산(平山)에서 나왔다. 시조는 휘가 숭겸(崇謙)[141]

140 예조……시장 : 이 글은 환재가 1875년(고종12)에 신석우(申錫愚, 1805~1865)의 시호를 청하려고 지은 시장(諡狀)이다.

으로 고려 태사(高麗太師) 장절공(壯節公) 좌명개국(佐命開國) 공신이다. 견훤(甄萱)의 난에 태조(太祖)를 대신해 동수(桐藪)에서 죽으니,[142] 이로부터 명성과 덕망이 이어져 우리나라 거대 벌족이 되었다. 휘 호(浩)는 지신사(知申事)로 우리 태조가 천명을 받음에 벼슬하지 않고 평산(平山)에 은거하였다. 뒤에 전리판서(典理判書)에 추증되고 사간(思簡)이란 시호를 하사받았다. 휘 민일(敏一)[143]이란 분은 우계

141 숭겸(崇謙) : 신숭겸(申崇謙, ?~927)의 본관은 평산(平山), 초명은 능산(能山), 평산 신씨(平山申氏)의 시조이다. 궁예(弓裔) 말년에 혁명을 일으켜 궁예를 몰아내고 왕건(王建)을 추대해 개국일등공신(開國一等功臣)에 봉해졌다. 927년에 견훤이 고울부(高鬱府)를 습격하고, 신라를 공격해 경애왕(景哀王)을 죽이고 갖은 만행과 약탈을 하자, 태조는 친히 기병 5천을 거느리고 대구의 공산(公山) 동수(桐藪)에서 견훤을 맞아 싸우게 되었다. 그러나 후백제군에게 포위되어 태조가 위급하게 되었을 때, 신숭겸은 대장(大將)이 되어 힘써 싸우다가 전사하였다. 994년(성종13) 4월에 태사(太師)로 추증되어 태사 개국장절공(太師開國壯節公)으로 태묘(太廟)의 태조 사당에 배향(配享)되었다.

142 견훤(甄萱)의……죽으니 : 927년(고려 태조10)에 후백제의 견훤이 신라를 침공하자 고려 태조가 친히 기마병을 거느리고 대구로 가서 팔공산(八空山)의 동수(桐藪)에서 견훤과 전투를 하였는데, 이때 견훤의 군대에 포위되어 태조가 위급하게 되자, 신숭겸이 목숨을 걸고 싸우다 전사하였고, 태조는 위기를 간신히 벗어날 수 있었다.

143 민일(敏一) : 신민일(申敏一, 1576~1650)의 본관은 평산, 자는 공보(功甫), 호는 화당(化堂)이다. 아버지는 사재감 첨정 암(黯)이며, 어머니는 김지(金墀)의 딸이다. 1615년(광해군7) 식년 문과에 병과로 급제, 성현도(省峴道)·연서도(延曙道)·은계도(銀溪道) 찰방, 예조 정랑 등을 지냈다. 1627년 정묘호란 때에는 왕을 호종하여 강화도로 피난하였고 청나라와의 화의에 반대하였다. 1636년 병자호란 때에는 왕을 호종하여 남한산성에 들어갔다. 화의가 성립된 뒤에는 영남에 내려가 있다가 1640년 동부승지가 되고 이어 우승지에 임명되었으며, 1650년 대사성에 이르렀다. 저서로 《화당집》이 있다.

(牛溪) 성 선생(成先生)에게 수학하여 경술(經術)로 세상에 명성이 있어 효종(孝宗) 원년에 대사성(大司成)에 제수되니, 배우는 자들이 화당 선생(化堂先生)이라 일컬었다. 이 분이 휘 상(恦)[144]을 낳으니, 문과에 급제하여 부사(府使)를 지냈으며 통정대부에 올랐다. 병자년(1636, 인조14)에 척화(斥和)를 주장하여 특별히 이조 판서에 추증되었고 충정(忠貞)이란 시호를 받았다. 이 분이 휘 명규(命圭)[145]를 낳으니, 집의(執義)를 지냈고 좌찬성(左贊成)에 추증되었다. 이 분이 휘 심(鐔)[146]을 낳으니, 이조 참의를 지냈고 이조 참판에 추증되었다. 고조(高祖)의 휘는 사건(思建)[147]이니, 대사헌을 지냈다. 증조(曾祖)

144 상(恦) : 신상(申恦, 1598~1662)의 본관은 평산, 자는 효은(孝恩), 호는 은휴와(恩休窩)이다. 아버지는 대사성 민일(敏一)이고, 어머니는 성문준(成文濬)의 딸이다. 1629년(인조7) 별시 문과에 병과로 급제, 1636년 정언(正言)이 되어 병자호란 때 묘사(廟社)를 따라 강화에 피난하였다. 이듬해 척화(斥和)를 주장하다 면직되어 원주에 머물면서 독서에 힘썼다. 1646년 이후 장령(掌令), 필선(弼善)을 지내고, 1660년(현종1) 종성 부사로 발탁되었다가 1662년 관찰사와의 반목으로 파직되어 돌아오던 중 명천에서 병사하였다. 시호는 충정(忠貞)이다. 저서로 《은휴와집》·《부음록(缶音錄)》·《휘언(彙言)》 등이 있다.

145 명규(命圭) : 신명규(申命圭, 1618~1688)의 본관은 평산, 자는 원서(元瑞)·군서(君瑞), 호는 묵재(默齋)·적안(適安)이다. 아버지는 부사 상(恦)이며, 어머니는 이홍인(李興仁)의 딸이다. 1662년(현종3) 증광 문과에 병과로 급제, 지평·장령을 지내고 1666년에 전라도 암행어사로 파견된 바 있다. 이어 정언·헌납·집의·사간 등 주로 대간을 역임하였다.

146 심(鐔) : 신심(申鐔, 1662~1715)의 본관은 평산, 자는 익중(翼仲), 호는 봉주(鳳洲)이다. 아버지는 집의 명규(命圭)이며, 어머니는 남호학(南好學)의 딸이다. 1704년(숙종30) 춘당대 문과에 을과로 급제, 지평·정언·이조 참의·대사간 등을 지냈다.

147 사건(思建) : 신사건(申思建, 1692~?)의 본관은 평산, 자는 경첨(景瞻)이다. 1736년(영조12)에 정시 문과에 급제, 이듬해 정언이 되었고, 이후 지평·교리·승지

의 휘는 소(韶)[148]니, 병자년 남한산성의 일에 분격하여 과거 시험을 그만두고 벼슬하지 않고서 성리학에 전심하여 문원공(文元公) 송명흠(宋明欽, 1705～1768), 문경공(文敬公) 김원행(金元行, 1702～1772)과 도의(道義)의 사귐을 맺었다. 뒤에 의황제(毅皇帝)[149]가 사직을 위해 순절한 네 번째 갑신년(1884, 고종21)에 특별히 대사헌에 추증되었고, 손자 재식(在植)[150]이 귀하게 되어 뒤에 이조 판서에 추증되었다. 조(祖)의 휘는 광손(光遜)이니, 이조 참판에 추증되었고, 본생조(本生祖)는 휘가 광직(光直)으로 현령을 지냈고 이조 참판에 추증되었다. 고(考)의 휘는 재업(在業)[151]으로 교리를 지냈고 이조 판서에 추증되었다. 문학(文學)과 행의(行誼)로 당세에 기림을 받았으나, 지위가 덕망에 맞지 않아 식자들이 애석해하였다. 두 세대에 추증이 연이은 것은

등을 거쳐 대사간·대사헌 등을 역임하였다.

148 소(韶) : 신소(申韶, 1715～1755)의 본관은 평산, 자는 성중(成仲), 호는 함일재(涵一齋)이다. 아버지는 신사건(申思建)이고, 광산(光山) 김진옥(金鎭玉)의 딸이다. 어려서부터 학문에 매진하여 경전과 예학에 조예가 깊었고, 당대의 명유들과 깊이 사귀었으나 일찍 죽었다.

149 의황제(毅皇帝) : 중국 명나라 17대 황제(皇帝)이자 마지막 황제인 숭정제(崇禎帝, 재위 1628～1644)를 가리킨다. 이름은 주유검(朱由檢)이며 묘호(廟號)는 청(淸)에서는 회종(懷宗)이라고 했으며, 명나라 유신(遺臣)들이 세운 남명(南明)에서는 사종(思宗)이라고 했다가 뒤에 의종(毅宗)으로 바꾸었다.

150 재식(在植) : 신재식(申在植, 1770～1843)의 본관은 평산, 자는 중립(仲立), 호는 취미(翠微)이다. 아버지는 판관 광온(光蘊)이며, 어머니는 송익흠(宋益欽)의 딸이다. 1805년(순조5) 별시 문과에 병과로 급제, 벼슬이 판서에 이르렀다. 시호는 문청(文淸)이다. 저서로 《취미집》이 있다.

151 재업(在業) : 신재업(申在業, 1767～1815)의 본관은 평산, 자는 덕지(德之)이다. 1805년(순조5)에 증광 문과에 급제, 용강 현령(龍岡縣令)을 지냈다.

모두 공이 고귀하게 된 때문이다.

비(妣)는 증 정부인(贈貞夫人) 안동 김씨(安東金氏)로 병조 판서 정헌공(正獻公) 이도(履度)의 딸이다.

공은 순조 을축년(1805, 순조5) 6월 10일에 태어났다. 을해년(1815, 순조15)에 부친이 돌아가시자, 집안에 거듭된 초상으로 인해 형제가 서로 부축하며 고단한 신세가 보존치 못할 듯하였으나, 백부(伯父)가 길러주고 가르쳐줌에 힘입어 독서에 게으르지 않아 15살에 경사(經史)에 대략 통하였고, 약관에는 명성이 온 세상에 진동하였다. 무자년(1828, 순조28)에 진사가 되었고, 신묘년(1831, 순조31)에 감제(柑製)[152]에 장원하였고, 갑오년(1834, 순조34) 식년 문과에 급제하여 겨울에 가주서(假注書)에 제수되었다. 순조가 승하하자 사직(史職 승정원)이 더욱 바쁘고 어지러웠으나, 울부짖고 가슴을 치는 중에도 일처리가 여유로워 온 정원 사람들이 공을 중하게 여겨 의지하였다.

헌종(憲宗) 을미년(1835, 헌종1)에 예문관에 들어가 검열(檢閱)이 되었고, 정유년(1837, 헌종3)에 부묘(祔廟)의 예[153]가 끝나자 배종(陪從)한 공로로 6품에 올라 실록 기사관(實錄記事官)이 되었고, 사간원 정언에 제수되었다. 무술년(1838, 헌종4)에 훈국(訓局)에 종사하였고, 용강 현령(龍岡縣令)으로 나갔다. 부친이 일찍이 이 고장을 다스려

152 감제(柑製) : 황감제(黃柑製). 해마다 제주도에서 귤을 진상하면, 임금이 이를 성균관과 사학 유생들에게 내리고 실시하던 과거이다.

153 부묘(祔廟)의 예 : 《헌종실록》 헌종 3년 정유년(1837, 도광17) 1월 7일에, 순종대왕(純宗大王)과 익종대왕(翼宗大王)을 태묘(太廟) 16실과 17실에 올려서 부묘(祔廟)하였다는 기사가 있다.

은혜를 남긴 일이 있었으므로, 공이 대부인을 모시고 다시 부임하게 되자, 임금의 은혜에 감격하고 부친이 남긴 공적을 생각하여 폐단을 제거하고 기근을 구제하는데 온 정성을 다하였다. 용강 고을에는 조적(糶糴)을 돈으로 바꾸고 남은 돈이 관아창고에 잘못 들어간 것이 해마다 7, 8천금이 되는데, 이를 작여전(作餘錢)이라 하였다. 사람들이 모두 상공(常供 일상적 판공비)으로 여겼는데도 공은 홀로 모두 내보내서 민폐를 고치도록 하면서, "우리들이 고을을 다스리는 데 어찌 다른 방법이 있겠는가? 이런 남은 돈을 모두 백성에게 돌려주는 데 불과하다." 라고 하였다.

10년 뒤에 내가 이 고을에 부임하여[154] 아전과 백성의 말을 들어보니, 작여전을 쓰지 않은 사람은 오직 신공 한 사람뿐이었다고 하였다. 경자년(1840, 헌종6)에 홍문관 교리에 제수되었고, 신축년(1841, 헌종7)에 자성(慈聖)께 존호를 올릴 때에[155] 도청(都廳)에서 일한 공로로 통정대부의 품계에 올라 병조 참지가 되었고, 승정원 동부승지에 제수되었다. 겨울에 이천 부사(伊川府使)로 나갔고, 계묘년(1843, 헌종9)에 좌부승지에 제수되었으며, 갑진년(1844, 헌종10)에는 연달아 제수되어 우승지에 이르렀다.

가을에 대부인(大夫人)의 상을 당하여 통곡하며 부르짖어 마치 따라

154 10년……부임하여 : 환재는 사간원 정언을 거쳐 이듬해인 1849년(헌종15) 5월에 용강 현령에 임명되었다.

155 자성(慈聖)께……때에 : 순조의 비 순원왕후(純元王后, 1789~1857)에게 존호를 올린 것을 가리킨다. 《헌종실록》 헌종 7년 신축년(1841, 도광21) 1월 13일에, 임금이 인정전(仁政殿)에 나아가 대왕대비(大王大妃)에게 올리는 존호의 단자(單子)를 친히 받고, 이어서 전문(箋文)을 올려 존호를 광성(光聖)이라 하였다는 기사가 있다.

죽을 것처럼 하였고, 장례에 임해서는 오직 예를 어길까 두려워하였다. 복을 마치고 정미년(1847, 헌종13)에 양주 목사(楊州牧使)에 제수되었고, 무신년(1848, 헌종14)에 성균관 대사성에 제수되었다.

철종 경술년(1850, 철종1)에 이조 참의에 제수되었다가 이내 좌부승지에 제수되어 좌승지에 이르렀다. 은대(銀臺 승정원) 및 같은 관직에 거듭 제수된 것은 모두 기록하지 않는다.

신해년(1851, 철종2)에 선원전(璿源殿) 작헌례(酌獻禮)에 예방(禮房)으로 참여한 공로로 가선대부(嘉善大夫)의 품계에 올라 형조 참판, 도총부 부총관에 제수되었다. 임자년(1852, 철종3)에 동지경연사에 제수되었고, 승문원 제조, 동지의금부사에 차임되었다. 계축년(1853, 철종4)에 동지돈녕부사에 제수되었고, 갑인년(1854, 철종5)에 동지춘추관사, 홍문관제학 겸 경연일강관, 이조 참판, 한성부 좌윤에 제수되었고, 사역원 제조에 차임되었다.

을묘년(1855, 철종6) 겨울에 경상도 관찰사로 나갔는데, 하직하는 날 임금이 불러서 유시하였다.[156] 임금이 정중한 말씀으로 "감사를 면대하여 타이르는 것은 예이다. 이제 경이 떠남에 외직에 오래 있을 것이므로 불러 본 것이다. 경이 강연에서 진달한 바를 보면 지금 이 직임에 대해 더 권면하지 않아도 될 듯하다."라고 하였다. 공이 머뭇거리며 재주가 없어 감당할 수 없다고 대답하자, 임금께서 "경의 평소의 언행에 대해 내가 익히 알고 있으니, 지나치게 겸손해 할 필요가 없다."라고 하였다. 임금께서 공을 알아주고 관심을 기울인 것이 이처럼 깊었으니,

156 을묘년……유시하였다 : 《철종실록》 철종 6년 을묘년(1855, 함풍5) 11월 16일에, 사폐(辭陛)한 경상 감사 신석우를 소견하였다는 간략 기사가 있다.

공의 재식(才識)과 기량(器量)이 어찌 일개 영남 고을을 다스리는 데 그칠 뿐이겠는가? 그런데 공이 만년에 낭패하고 어그러진 일이 바로 이번 행차에 있을 줄 어찌 알았으랴.

병진년(1856, 철종7)에 온 도에 큰 홍수가 져 농토가 유실되고 백성이 빠져죽으니, 공이 백방으로 구제하였으나 재해를 당한 농토가 1만 결에 달하였다.[157] 보고가 올라간 날에 조정에서 그 절반의 세금을 탕감해 주었다. 공은 상소를 올려 사직하면서 재해를 당한 백성의 질고를 사실대로 진술하자, 임금이 특별히 요청한 숫자대로 탕감시켜주어 남쪽 백성들이 질고를 면할 수 있었다.[158] 영남은 큰 고장인데도 공의 사무처리가 시원스레 막힘이 없었으므로 항상 읊조릴 여가가 많았으니, 이는 평소 총명하다고 하여 세밀하게 살피는 것을 능사로 여기지 않아서이다.

157 병진년에……달하였다 : 《철종실록》 철종 7년 병진년(1856, 함풍6) 6월 27일에, 경상 감사 신석우가 도내(道內)의 수재(水災)와 농형(農形)에 대해 아뢴 계문(啓聞)에 대해, 임금이 특별히 진휼할 방안을 하교하였다는 기사가 있다. 이때 철종은 좌부승지 신석희(申錫禧)를 구전(口傳)으로 위유사(慰諭使)에 임명하여, 공곡(公穀)으로 재민을 우선 구제하고, 구휼할 방책을 소상히 보고하라고 명하였다.

158 임금이……있었다 : 《철종실록》 철종 7년 병진년(1856, 함풍6) 12월 19일에, 경상 감사 신석우가 상소하여 재결(災結)에 준획(準劃)할 것을 요청한데 대한 임금의 비답이 실려 있다. 철종이 비답하기를, "말하기 어려운 것은 재정(災政)이다. 허실(虛實)을 서로 속인들 누가 능히 알겠느냐? 주사(籌司)의 계사(啓辭)에 재감(裁減)하려는 것은 이것이다. 그런데도 소(疏)로써 민정(民情)을 진달한 것이 또 이와 같이 간곡하기 때문에 요청한 것을 특별히 준허(準許)하니, 실분(實分)을 따르도록 하여 한 명의 백성이라도 억울하게 징수한다는 한탄이 없게 하라."라고 하였다.

정사년(1857, 철종8) 여름에 수령을 평가하면서 하고(下考)[159]의 등급이 없으니, 임금이 엄한 말로 계본(啓本)을 돌려보내면서 다시 수정하여 올리도록 하였다. 공은 이미 결정한 논의이므로 다시 높이고 내릴 수 없다고 상소를 올려 교지를 반려하니, 마침내 파직의 명이 있었다가 곧 견서(甄敍)를 받아 사헌부 대사헌에 제수되었다.[160]

무오년(1858, 철종9)에 자헌대부의 품계에 올라 판윤에 제수되었고, 양관 대제학(兩館大提學)의 회권(會圈)에 참여하여 지춘추관사에 제수되었다.[161] 3월에 영남 어사 서상지(徐相至)가 공이 관찰사로 있으면서 환자(還上)의 모곡(耗穀)을 가작(加作)으로 받은 실정을 논핵하여 보고하자, 그 죄에 연루되어 중화부(中和府)에 유배되었다가 얼마 안

159 하고(下考) : 수령의 성적 등급을 때길 때에, 상고(上考)·중고(中考)·하고(下考)의 3등으로 구분하는데, 하고는 그중의 하위이다.

160 정사년……제수되었다 : 《철종실록》에 따르면, 철종 8년 정사년(1857, 함풍7) 6월 15일에 경상 감사 신석우를 함사 추고(緘辭推考 서면으로 신문함)하고, 전최(殿最)의 계본을 되돌려 보내어 고쳐 수정하여 올려 보내게 하라는 철종의 하교가 있다. 6월 28일에 철종이 하교를 내려, "전교를 되돌리는 계본에 스스로 '처음에 결정했던 소견을 고치지 못한다.'고 하였는데, 1도(道) 72주(州)의 수령이 어찌 모두 잘하여 하자가 없겠는가? 경상 감사 신석우에게 파직의 형률을 시행하라."라고 하였다. 이어 11월 1일에 신석우를 사헌부 대사헌으로 삼는다는 기사가 실려 있다.

161 무오년에……제수되었다 : 양관(兩館) 조선 시대 예문관(藝文館)과 춘추관(春秋館), 또는 예문관과 홍문관(弘文館)을 아울러 이르는 말이다. 회권(會圈)은 대제학의 적임자를 선정할 때 전임자들이 모여 후보자의 성명 위에 권점을 찍는 일을 가리킨다. 《철종실록》 철종 9년 무오년(1858, 함풍8) 3월 4일에 문형(文衡 대제학) 회권을 행하여 이약우(李若愚)·윤정현(尹定鉉)·남병철(南秉哲)·김병학(金炳學)·신석우를 뽑았다는 기사가 있다.

있어 방면되어 돌아왔다.[162] 임금이 판윤에 제수하고서[163] 엄한 교지가 여러 차례 내려 재촉하였으나 감히 숙명(肅命 왕명에 사은숙배)할 수 없다고 버티자 경기지역에 내쳐졌다가 얼마 안 있어 방면되어 돌아왔다.

기미년(1859, 철종10)에 형조 판서에 제수되니, 지난 일로 상소하여 자인(自引)하고서,[164] 드디어 노원(蘆原)의 금천(琴泉) 별장으로 돌아왔다. 때로 관직에 제수 받는 일이 있으면 억지로 일어나 띠를 매고 나갔으나, 항상 울적하게 기뻐하지 않고서 다시 세상에 뜻을 두지 않았다. 예조 판서, 지경연사에 제수되었고, 내의원 제조에 차임되었다. 경신년(1860, 철종11)에 사은 겸 동지정사(謝恩兼冬至正使)에 뽑혀 연경에 갔다가 신유년(1861, 철종12) 3월에 복명(復命)하고서 동지성균관사에 제수되었다. 임술년(1862, 철종13)에 비변사 유사당상(備邊司有司堂上), 이정청(釐整廳)[165] 당상(堂上)에 차임되었다가 예문관 제

162 3월에……돌아왔다 : 모곡(耗穀)은 환곡으로 거두어들인 곡식이 봄철이 되면 축이 나기 때문에 미리 여분으로 받는 것을 말하고, 가작(加作)은 규정보다 더 거두는 것을 말한다. 《철종실록》 철종 9년 무오년(1858, 함풍8) 3월 21일에, 임금이 경상우도 암행어사 서상지를 불러 보았다는 기사가 있는데, 서상지가 전 감사 신석우 및 각 고을 수령 10여 명을 탄핵하였기 때문이다.

163 임금이 판윤에 제수하고서 : 《철종실록》 철종 9년 무오년(1858, 함풍8) 11월 13일에 신석우를 한성부 판윤으로 임명한다는 기사가 있다.

164 기미년에……자인(自引)하고서 : 《철종실록》 철종 10년 기미년(1859, 함풍9) 7월 19일에, 신석우를 형조 판서로 삼는다는 기사가 있다. 자인(自引)이란 자기의 허물을 스스로 말하여 직위에서 물러남을 말하는데, 지난번에 왕명을 거부하다 처벌받은 일을 가리킨다.

165 이정청(釐整廳) : 삼정이정청(三政釐整廳)을 가리킨다. 조선 후기 삼정(三政)의 잘못을 바로잡기 위해 1862년(철종13) 5월에 설치한 관서이다. 조선 후기의 이정청은 원래 1703년(숙종29)에 설치하였으나, 경비의 부족으로 효과를 보지 못하였다. 철종

학에 제수되었고, 봉상시 제조(奉常寺提調)에 차임되었다.

당저(當宁) 갑자년(1864, 고종1)에 지실록사(知實錄事)에 제수되어, 나라에 예전(典禮)이 있으면 문자를 제술(製述)하는 일에 여러 차례 차임되었으나, 지금 모두 기록하지 않는다.

을축년(1865, 고종2) 2월 24일에 가회방(嘉會坊)의 집에서 졸하니, 향년 61세였다. 서교(西郊) 가좌동(佳佐洞)에 장사지냈다.

부인은 정부인 남양 홍씨(南陽洪氏)로 교리(校理)를 지내고 좌찬성(左贊成)에 추증된 승규(勝圭)의 따님이다. 계자(系子) 태흥(泰興)은 진사(進士)로 일찍 죽었다. 손자는 양균(養均)이고, 큰딸은 행이조 판서 김병주(金炳澍)에게 시집갔고, 둘째 딸은 김응현(金膺鉉)에게 시집갔으며, 셋째 딸은 가감역(假監役) 이양직(李良稙)에게 시집갔다.

공은 몸가짐이 엄정하고 성품이 너그러웠고, 화평한 마음으로 사람을 대하여 빠른 말과 갑작스런 낯빛이 없었으며, 내 마음을 미루어 남을 헤아려 온화하고 후덕한 기상이 있었으므로 한번 보면 군자라는 것을 알 수 있었다. 효성은 천성(天性)에서 나와서 판서 계씨(季氏 신석희(申錫禧))와 함께 대부인(大夫人)을 모시고 한 방에 거처하면서, 일에 응하거나 손님 접대를 할 때가 아니면 형제가 어버이 곁을 떠난 적이 없이 무릎 아래에서 어린아이처럼 기쁘게 해드렸다.

어버이의 병을 돌볼 때에는 약을 재거나 물을 맞추면서 남의 손을

때에 들어와 오랫동안 누적된 삼정문란과 탐관오리의 착취로 삼남 일대에 민란이 잇달아 일어났고, 안핵사로 파견된 박규수의 상소로 시정책이 건의되어, 이때 이정청이 설립되었다.

빌리지 않았고, 상을 당해서는 슬픔이 이웃 고을까지 감동시켰고 미음도 넘기지 못했다. 빈렴(殯斂)과 무덤을 쓰는 일에 정성과 신중함을 극진히 하여 3년 내에 상복을 벗지 않았다. 우애가 매우 돈독하여 판서 아우와 가산을 나누거나 따로 살림을 차리지 않아 사우들이 감탄하였다.

공의 집안에서의 행의(行誼)가 돈독하고 몸을 닦은 것이 순수함은 붕우들이 대부분 아는 바인데, 굉박(宏博)한 학문과 침후(沈厚)한 식견은 한 시대를 경영하여 임금을 높이고 백성을 덮어주기에 충분하였고, 선현들의 전형(典型)을 꿈속에서도 생각하고 선철들의 자취를 사모하였으니, 스스로 기대함이 진실로 작지 않았다. 예로부터 영준(英俊)들이 뜻을 품고도 펴지 못하고, 재주를 지니고도 펼치지 못한 자가 어찌 한량이 있겠는가마는, 유독 공과 같은 아량(雅量)으로 1천 이랑의 들판에 넘실넘실 물을 대기에 충분했는데, 끝내 소멸되어 뜻대로 되지 않은 것이 괴이하다.

나는 공과 가장 친하게 사귀었는데, 대대로 우호가 있었기 때문만이 아니라 붕우로서 서로 권면했기 때문이다. 공을 위해 무엇을 설명할 때면 마음을 비우고 나의 말을 받아들이지 않은 적이 없었다. 공이 경상도 관찰사로 있으면서 구설수에 시달릴 때에 마음에 거리껴 떨쳐버리지 못한 것도 진실로 깨끗한 자질로 조금의 허물도 받고 싶어 하지 않았기 때문이다.

공이 남쪽으로 나갈 때는 바로 내가 영남 어사를 마치고 돌아온 지 겨우 1년 남짓이었는데, 공이 나에게 "그대가 별단(別單)에서 논한 이폐(利弊)가 매우 상세하니, 내가 한 통을 베껴 가서 일처리에 지침으로 삼아야겠소."라고 하였다. 그리고는 조적(糶糴)에서 이른바 가작(加

作)과 이무(移貿)[166] 등 나라를 좀먹고 백성을 병들게 하는 폐단을 논하면서 분개해 마지않았으니, 공이 어찌 고개를 넘자말자 행실이 말을 돌아보지 않고서 붕우를 저버렸겠는가?

감영에서 관찰사를 위해 원래 해마다 지급하는 실수(實數)가 있으나, 늘 넉넉지 못하여 곡모(穀耗)를 가져다 쓰기 때문에, 가분(加分 규정된 수량을 초과)하여 모곡(耗穀)을 거둘 것을 계청(啓請)하여 시행하자 드디어 규례가 되었으니, 이른바 응가작(應加作)이 그것이다.

응(應)이란 뜻은 응당 행해야 하는 것〔應行〕을 이른다. 응당 행해야 한다고 함부로 칭하여 가작(加作)을 그치지 않은 것은 오래 된 폐단이고, 가작이란 말에 응작(應作)이란 이름을 더한 것은 실상과 어긋난 잘못이다. 근거 없는 말을 하는 자들이 갑자기 논한다면 누가 그 득실(得失)을 구분할 수 있겠는가. 이것이 공이 근심과 불만을 그치지 않았던 까닭이다. 또한 스스로를 단속하며 자중자애한 것을 보면 속인들이 논할 수 있는 바가 아니다.

공은 깊고 순수한 자질과 높고 빼어난 재주고 가정에서 시(詩)와 예(禮)를 전수받아 일찍부터 몸에 체득하였고, 천인(天人)과 성명(性命)에 대해서는 일찍부터 마음으로 궁구하고 의리에 잠심하여 성현을 배우기를 원하였다.

일찍이 문장을 지어 회암(晦庵 주자(朱子))의 글을 읽으라고 추천하였

166 가작(加作)과 이무(移貿) : 조선 시대 환곡의 대표적 폐단이다. 가작은 환곡을 출납하면서 그 이자를 규정보다 많이 받아들이거나 소모분을 더 거두던 일을 가리키고, 이무는 지방 관원들이 자기 고을 환곡의 시세가 오르면 내다 팔고, 값이 싼 다른 고을의 곡식을 사서 채워 넣어 시세차익을 취하던 일을 가리킨다.

는데, 그 글에 "음탕과 사치를 세상에서는 양능(良能)이라 하지만 선생께서 그것을 바로잡으셨으니, 후생들은 가슴 속에 새겨라."라는 구절이 있었고, 또 "지역과 세대가 멀지만 조석으로 본받아 마음속에 전해받으면 모든 이치가 자세히 갖추어질 것이다."라고 하였고, 또 "기품이 국한되고 형체가 피폐하여 끝내 익은 돌피보다 못하지만, 망극한 은혜를 받아 사숙하게 되었다."라고 하였으니, 공이 주자(朱子)를 존숭하고 우러러 스스로 자임한 것이 있었음을 알 수 있다.

공이 문장을 지을 때는 반드시 경전에 근거를 두어 웅혼하고도 넓어서 문단의 여러 사람들이 모두 대가(大家)의 솜씨로 추대하였고, 저술에 《해장문고(海藏文稿)》 약간권이 있어서 그 문장을 읽은 자들은 "신채(神采)와 풍운(風韻)이 음풍(吟諷)하고 저술(著述)하는 사이에 저절로 드러났다. 사업은 삼영(三英)을 기약하였고, 문장은 천고(千古)를 하찮게 여겼으니, 뜻은 펴지 못했으나 반드시 후세에 전해질 것은 여기에 있다."라고 하였다. 또 말하기를 "주렁주렁한 패옥의 아름다움을 무고(武庫)처럼 사용해야 하고, 비분강개한 검축(劍筑)의 울림을 풍아(風雅)로써 절제해야 하는데, 공은 실로 이를 겸하였으니, 거의 근래에 드물게 보는 바이다."라고 하였으니, 이는 말을 할 줄 아는 자라 하겠다.

기억하건대, 신유년(1861, 철종12)에 공이 사신의 임무에서 돌아오자 나는 열하(熱河)로 떠나게 되었다. 공과 요좌(遼左)의 도중에서 만나 연경에서 교유한 즐거움에 대해 이야기를 나누었다. 내가 연경에 이르러 중국의 명사들을 만나니, 모두가 신금천(申琴泉)이 거유(鉅儒)이며 위인(偉人)이라고 입이 마르도록 칭송하였는데, 금천은 공의 또 다른 호이다.

철종 임자년(1852, 철종3) 겨울에 나는 시독관(侍讀官)으로 공은 동지사(同知事)로 일찍이 경연에 함께 참여하여 《맹자》 〈공손추(公孫丑)〉 장을 강(講)했는데, 임금이 "내가 구민(救民)의 정사를 행하고자 하는데, 법제에 구애됨이 많아 마음대로 행할 수가 없다."라고 하였다. 이에 공이 "조종(祖宗)의 법제는 모두 백성들의 편리를 도모하는 일입니다. 어찌 이것에 구애되어 행하지 못할 리가 있겠습니까. 다만 전하께서 용단이 부족하고 성심이 미치지 못할 뿐입니다. 비록 민생을 구휼할 생각이 있는데도 아직 행정조치의 효과가 없으니, 전하께서 용단을 내려 행하시어 성심으로 구하시기를 추위에 떠는 자가 옷을 구하고 굶주린 자가 밥을 찾듯이 강구하여 시행하시면, 어찌 시의적절한 좋은 계책이 없겠습니까?"라고 하였다. 임금이 "강관의 말은 참으로 급암(汲黯)의 말과 같다."[167]라고 하였다. 아, 공이 밝은 임금의 알아줌을 받은 것이 오래 전의 경연(經筵)으로부터인데 이날 급암과 같다는 칭찬은 어찌 이른바 '신하를 아는 것이 임금만한 이가 없다.'는 경우가 아니겠으며, 백세의 뒤에도 정론(定論)이 될 수 있을 것이다.

삼가 대략을 엮어 태상(太常)에 고한다.

167 강관의……같다 : 거리낌 없이 직간함을 비유한 말이다. 급암(汲黯)은 한 무제 때에 직신(直臣)으로 이름이 높았는데, 무제가 일찍이 천하에 인의(仁義)를 베풀고자 한다는 말을 했을 때, 급암이 대답하기를 "폐하께서는 속으로는 욕심이 많으면서 겉으로만 인의를 베푸니, 어떻게 요순의 정치를 본받으려 한단 말입니까.〔陛下內多欲 而外施仁義 奈何欲效唐虞之治乎〕"라고 하자, 무제가 노하여 얼굴을 붉히고 조회를 파하였다. 무제는 물러가서 다른 사람에게 이르기를 "심하다, 급암의 우직함이여.〔甚矣 汲黯之戇也〕"라고 하였다고 한다. 《史記 卷120 汲黯列傳》

영의정으로 치사한 봉조하 조공의 시장[168]

領議政致仕奉朝賀趙公諡狀

공의 성은 조씨(趙氏)이고, 휘는 두순(斗淳)이고, 자는 원칠(元七)이고, 호는 심암(心庵)이다. 본관은 양주(楊州)이다. 상조(上祖)의 휘는 잠(岑)으로 고려에서 판원사(判院事)를 지냈고, 두 대를 전하여 서운관 정(書雲觀正) 휘 의(誼)가 조선조에 들어 관직을 버리고 향리로 돌아와 은거하였다. 이 분이 휘 말생(末生)[169]을 낳으니, 대제학을 지냈고 시호는 문강(文剛)으로 영릉(英陵 세종)조의 명신이 되었다. 그로부터 7대를 전하여 휘 존성(存性)[170]이 지돈녕부사를 지냈고 영의정에 추증되어 소민(昭敏)이란 시호를 받았으며, 우계(牛溪) 성 선생(成先生)을 스승으로 섬겼다. 이 분이 휘 계원(啓遠)[171]을 낳았는데, 형조 판서를 지냈고 영의정에 추증되었으며 시호가 충정(忠靖)으로 효종과 현종 대의 명신이 되었다. 다시 두 대를 전하여 우의정을 지낸 충익공(忠翼公) 휘 태채(泰采)[172]는 호가 이우당(二憂堂)으

168 영의정으로……시장 : 이 글은 환재가 1874년(고종11)경에 조두순(趙斗淳, 1796~1870)의 시호를 청하려고 지은 시장(諡狀)이다.

169 말생(末生) : 조말생(趙末生, 1370~1447)의 본관은 양주, 자는 근초(謹初)·평중(平仲), 호는 사곡(社谷)·화산(華山)이다.

170 존성(存性) : 조존성(趙存性, 1554~1628)의 본관은 양주, 자는 수초(守初), 호는 용호(龍湖)·정곡(鼎谷)이다.

171 계원(啓遠) : 조계원(趙啓遠, 1592~1670)의 본관은 양주, 자는 자장(子長), 호는 약천(藥泉)이다.

172 태채(泰采) : 조태채(趙泰采, 1660~1722)의 본관은 양주, 자는 유량(幼亮), 호

로 경종(景宗) 임인년(1722, 경종2)에 대저옥(懟儲獄)이 일어나자 충헌(忠獻) 김공(金公 김창집(金昌集)), 충문(忠文) 이공(李公 이이명(李頤命)), 충민(忠愍) 이공(李公 이건명(李健命))과 함께 화에 연루되었으니, 세상에서 건저사대신(建儲四大臣)이라 부른다.[173] 이 분이 휘 정빈(鼎彬)[174]을 낳으니 음직으로 도정(都正)을 지냈고, 개제(介弟 동생)인 교관(敎官) 휘 겸빈(謙彬)의 맏아들 휘 영극(榮克)을 후사로 삼았다. 이 분이 공의 증조(曾祖)인데, 선공감 부정(繕工監副正)을 지냈고, 이조 판서에 추증되었다. 조(祖)의 휘는 종철(宗喆)[175]인데, 의령 현감(宜寧縣監)을 지냈고 좌찬성에 추증되었다. 고(考)의 휘는

는 이우당(二憂堂)이다.

173 우의정을……부른다 : 대저옥(懟儲獄)이란 신축옥사(辛丑獄事)와 임인옥사(壬寅獄事)를 합쳐서 일컫는 말이다. 신축년(1721, 경종2)에 경종(景宗)이 즉위하자 집권세력인 노론은 왕의 건강이 좋지 않고 후사가 없는 것을 이유로 경종의 이복동생인 연잉군(延礽君 영조)을 왕세제로 책봉할 것을 발의하고, 영의정 김창집, 좌의정 이건명, 중추부판사 조태채, 중추부영사 이이명(李頤命) 등 이른바 노론 4대신들이 인원왕후(仁元王后) 김대비(金大妃)의 지원을 요청하면서 추진하였다. 그리하여 노론의 강공으로 연잉군의 대리청정에까지 논의가 미쳤으나, 이에 우의정 조태구(趙泰耉)를 필두로 한 소론측의 공격으로 노론 4대신과 핵심세력들이 삭탈관직되고 유배형을 받았다. 이어 임인년(1722, 경종2)에는 소론의 영수 김일경(金一鏡) 등이 주도하여 남인 목호룡(睦虎龍) 등을 시켜 노론이 경종을 제거하기 위한 세 가지 계획〔三手逆〕까지 세웠다고 고변하여 이미 유배를 떠난 노론 4대신을 비롯한 60여 명을 처형하였고 노론 170여 명을 유배 또는 치죄하였다.

174 정빈(鼎彬) : 조정빈(趙鼎彬, 1681~?)의 본관은 양주, 자는 중보(重甫)이다. 1705년(숙종31) 진사시에 합격하였다.

175 종철(宗喆) : 조종철(趙宗喆, 1737~?)의 본관은 양주이다. 영조 41년(1765)에 진사시에 합격하였다.

진익(鎭翼)[176]인데, 진주 목사(晉州牧使)를 지냈고 영의정에 추증되었다. 비(妣)는 증 정경부인(贈貞敬夫人) 반남 박씨(潘南朴氏)로 우의정 충헌공(忠憲公) 종악(宗岳)의 딸로 정조 병진년(1796, 정조20) 4월 7일 자시(子時)에 공을 낳았다.

공은 나면서부터 특이한 자질이 있어 함부로 말하거나 웃지 않았고, 스승에게 나아가서는 각고의 노력으로 공부에 온 마음을 기울이니, 의정공(議政公 부친)이 그 맑고 가녀린 모습을 가련히 여겨 여유를 가지고 공부하라고 권면하였다. 이에 밤마다 등불에 바구니를 씌워 의정공이 모르게 하였다. 순조 병자년(1816, 순조16)에 사마시에 합격하였고, 병술년(1826, 순조26)에 황감응제(黃柑應製)에 장원하였으며, 정해년(1827, 순조27)에 문과에 합격하여 권점을 받아 규장각 대교(奎章閣待敎)에 제수되었다. 9월에 의정공의 상을 당했다. 경인년(1830, 순조30)에 6품에 올랐고, 임진년(1832, 순조32)에 통정대부, 헌종 병신년(1836, 헌종2)에 가선대부, 을사년(1845, 헌종11)에 자헌대부, 무신년(1848, 헌종14)에 정헌대부와 숭정대부, 철종 경술년(1850, 철종1)에 숭록대부, 신해년(1851, 철종2)에 보국대부, 계축년(1853, 철종4)에 우의정, 무오년(1858, 철종9)에 좌의정, 금상 갑자년(1864, 고종1)에 영의정, 을축년(1865, 고종2)에 기사(耆社)에 들어가 기사년(1869, 고종6)에 치사(致仕)하였으니, 이것이 공이 역임한 관직과 품계이다.

그리고 양사(兩司 사헌부와 사간원)로는 사간과 대사헌, 옥서(玉署 홍문관)로는 부교리 · 응교 · 부제학, 은대(銀臺 승정원)로는 동부승지를 시

176 진익(鎭翼) : 조진익(趙鎭翼, 1762～?)의 본관은 양주, 자는 사현(士顯)이다. 1789년(정조13)에 식년 생원시에 합격하였다.

작으로 차례로 올라 도승지에까지 이르렀다. 제조(諸曹 육조)로는 이조·호조·병조의 참의를 지냈고, 이조·호조·예조·병조·형조의 참판을 지냈으며, 이조·호조·예조·형조·공조의 판서를 지냈다. 경조(京兆 한성부)로는 우윤과 판윤, 돈부(敦府 돈녕부)로는 도정과 동지사를 지내고 두 번 판사(判事)가 되었고, 추부(樞府 중추부)로는 두 번 판사가 되었고 다시 영사(領事)가 되었으며, 간간이 의정부 사인(舍人)·검상(檢詳), 장악원(掌樂院)·훈련원(訓鍊院) 정(正), 성균관 대사성이 지냈고, 여러 차례 홍문관·예문관 제학(提學)이 되었고, 두 차례 대제학(大提學)에 제수되었고, 규장각 제학에 제수되었다. 겸직으로는 설서(說書), 사서(司書), 필선(弼善), 선전관(宣傳官), 동학 교수(東學敎授), 경연관·춘추관·의금부의 동지사(同知事)와 지사(知事), 경연관에서는 다시 영사, 의금부에서는 다시 판사가 되었고, 지실록사(知實錄事), 일강관(日講官), 특진관(特進官), 주사 당상(籌司堂上), 부도총관(副都摠管)이 되었고, 승문원·사역원·내의원·종묘서의 제거(提擧)가 되었고, 종묘·사직·남전(南殿)·비궁(閟宮)·훈국(訓局)·군감(軍監)·내의(內醫)·사역(司譯)·사복(司僕) 등은 도상(都相 도제조)으로 겸직하였다.

참여한 사업으로는 《문헌비고(文獻備考)》 찬집당상(纂輯堂上), 《정순익삼조보감(正純翼三朝寶鑑)》 찬집당상, 《철종실록(哲宗實錄)》 총재관(摠裁官), 《대전회통(大典會通)》 찬집총재관(纂輯摠裁官), 가례도감(嘉禮都監) 제조(提調)와 총호사(摠護使)를 지냈다.

봉명(奉命)으로는 문례관(問禮官), 동지 부사(冬至副使), 관반(館伴)을 지냈다. 공로로 은혜를 입은 것으로는 휘경원(徽慶園) 친제(親祭)에 대축(大祝)이 되어 6품에 올랐고, 문우묘(文祐廟) 입묘도감(入

廟都監)의 도청(都廳)이 되어 통정대부에 올랐고, 순·익 양조의 어제(御製)를 봉인할 때 교정각신(校正閣臣)이 되어 가선대부에 올랐고, 익종(翼宗)의 존호(尊號)를 추상(追上) 때에 악장문 제술관(樂章文製述官)이 되어 정헌대부에 올랐고, 《삼조보감(三朝寶鑑》 찬집당상이 되어 숭정대부에 올랐고, 《헌종어제(憲宗御製)》를 봉인(奉印)할 때 교정각신이 되어 숭록대부에 올랐고, 순원왕후(純元王后) 존호(尊號)를 더 올릴 때에 옥책문 제술관(玉冊文製述官)이 되어 보국대부에 올랐다. 문표(文豹 무늬 있는 범 가죽)와 상사(上駟 좋은 말) 등 특별 하사를 받은 것이 23차례였다.

외직으로는 안악 군수(安岳郡守), 황해(黃海)·평안(平安) 관찰사, 광주부 유수(廣州府留守)를 지냈고, 두 차례 탁지부(度支府 호조)를 맡고 여덟 차례 중서성(中書省 의정부)에 들어갔으니, 여기에서 관력의 아름다움과 임무의 중대함을 볼 수 있다.

공은 충성스럽고 전통 있는 가문의 종손으로 시(詩)와 예(禮)를 익히고 효도와 우애의 근본을 길렀다. 의정공이 진주(晉州)의 관아에서 돌아가시자 천리 길에 상여를 운구하면서 모든 절차가 정성과 예에 맞아 성신(誠信)을 다하여 후회를 남기지 않았으며, 상례의 형식과 슬픈 마음〔易戚〕[177]이 절도에 맞았다. 여러 아우들과 유무(有無)를 함께 하여, 스스로 궁핍함을 편안히 여겼고 여러 아우들은 늘 넉넉하였

177 상례의……마음 : 원문은 '이척(易戚)'인데, 이는 형식에 치중한 것을, 척은 슬픔을 가리키는 말이다. 《논어》 〈팔일(八佾)〉에 임방(林放)이 예(禮)의 근본을 묻자, 공자가 대답하기를 "예는 사치하기보다는 차라리 검소한 것이 낫고, 상은 형식적으로 잘 치르기보다는 차라리 슬퍼하는 것이 낫다.〔禮 與其奢也 寧儉 喪 與其易也 寧戚〕"라고 하였다.

다. 누이 이씨(李氏)가 과부로 지내자, 더욱 가련히 여겨 맛난 음식도 나누고 부족한 것도 잘라 주었다. 집안에 화재가 나자 3천 꿰미를 내어 집을 사서 안돈시켰고, 곤궁과 가난을 구휼하고 상례와 혼례를 도와 친척과 친구들이 공의 도움을 받았으니, 이는 공이 집에 거처하며 실제로 행한 일이다.

외직에 나가 재능을 펼칠 때에는 먼저 은혜와 신의를 베풀고 강함과 엄함으로 조절하여, 중후한 위엄으로써 백성을 거느리고 청렴과 근면으로 스스로를 단속하였다. 양도(兩道 황해도·평안도)의 관찰사가 되어 수령을 평가할 때에는 고관도 꺼리지 않았고, 바닷가 전답에 흉년이 들어 진휼의 방도를 논의할 때에 조정에서는 남쪽의 곡식을 이송하려 하였는데, 이리저리 뒤바뀌는 바람에 어느 때가 될지 헤아릴 수 없으니, 공이 결국 상소를 올려 선혜청에 납부해야 할 연안(延安)과 배천(白川)의 상정미(詳定米)[178] 3천 7백 석을 환용(換用)하기를 청하고, 스스로 1천여 곡(斛)을 마련하여 굶주림을 구제하여 살려낸 백성이 매우 많았다.

내직에서는 양전(兩銓 이조와 병조)을 관장하여 한미하고 지체된 인재들을 발탁하였고, 나라의 재정을 관장할 때는 재원을 맑게 다스려 봉장(封樁)[179]을 넉넉히 채웠으며, 과거 시험을 관장하면서 선발을 정밀하

178 상정미(詳定米) : 상정법(詳定法)에 의하여 거둔 미곡을 가리킨다. 상정법은 조선조 숙종 34년(1708)에 황해도에 실시한 세법의 하나로, 대동법이 적용되기 어려운 지방의 특수성을 고려하여 전(田) 1결(結)에 12두(斗)를 징수하였으나, 그 후 별수미(別收米) 3두를 가하여 15두를 징수하였다.

179 봉장(封樁) : 창고의 한 종류로 홍수나 기근, 우박, 지진 등의 천재지변이나 전란이나 전염병 등의 비상시에 대처하기 위한 재용(財用)을 저장하던 곳을 말한다.

고 공정히 하여 사론(士論)이 흡족해 하였다. 이것은 공이 조정에서 행한 성대한 일이었다.

연공사(年貢使)의 임무를 수행하고 돌아올 때엔 중국의 물건을 가져오지 않았고, 호조에서 주조하고 남은 돈 3만 꿰미를 평소 아는 궁핍한 자들에게 나누어 주었다. 사역원 제거(司譯院提擧)로 있을 때에 역관이 비단과 완상품을 진상하자 모두 내치고 받지 않았다. 이것이 공이 자신을 수양함에 엄격한 사례이다.

삼사(三事 정승)로 있을 때에는 덕이 있고 어진 이를 높이는 일을 급선무로 삼아, 선유(宣侑 제사를 올려줌)를 청하기도 하였고, 세사(世祀 영원히 제사를 올림)를 청하기도 하였으며, 절혜(節惠 시호)와 이증(貤贈 추증)을 청하기도 하였고, 자손을 녹용(錄用)하기를 청하기도 하였다.

선유(宣侑)로는 문충공(文忠公) 정 선생(鄭先生), 문경공(文敬公) 김 선생(金先生), 문순공(文純公) 이 선생(李先生), 문성공(文成公) 이 선생(李先生), 문원공(文元公) 김 선생(金先生), 문정공(文正公) 두 송 선생(宋先生)이고, 충절공(忠節公) 길재(吉再)인데, 길재는 고려 충신이다.

이증(貤贈)과 절혜(節惠)로는 태백 사현(太白四賢)인 심공 장세(沈公長世), 정공 양(鄭公瀁), 강공 흡(姜公恰), 홍공 석(洪公錫)[180]이 있는데, 홍공 우정(洪公宇定)에게 이미 시행한 예를 따라 시호를 추증한 것이다. 고(故) 참판 이공 선(李公選), 증(贈) 참판 이공 재형(李公載亨), 증(贈) 이조 참의 김공 신겸(金公信謙), 고(故) 지평 이공 봉상(李

180 홍공 석(洪公錫) : 원문에는 '홍공석지(洪公錫志)'로 되어 있으나, 사실관계를 고려하여 수정하였다.

公鳳祥), 증(贈) 도헌(都憲) 임공 성주(任公聖周), 고(故) 동추(同樞) 김공 상악(金公相岳), 고(故) 참판 이공 채(李公采)에 시호를 추증했고, 문목공(文穆公) 유숭조(柳崇祖)에게 이상(貳相 찬성)을 추증했고, 증(贈) 지평(持平) 이공 기지(李公器之)에게도 아경(亞卿)에 초증(超贈)하고 정려를 내렸다.

세사(世祀)로는 문충공(文忠公) 박공 순(朴公淳), 문충공(文忠公) 유 선생 계(兪先生棨), 문간공(文簡公) 김 선생 창협(金先生昌協), 문정공(文正公) 이 선생 재(李先生縡), 문경공(文敬公) 이공 태중(李公台重), 충정공(忠貞公) 김공 성행(金公省行), 장무공(莊武公) 신공 여철(申公汝哲), 무숙공(武肅公) 장공 붕익(張公鵬翼), 이공 홍술(李公弘述), 이공 우항(李公宇恒), 윤공 각(尹公慤), 백공 시구(白公時耈), 이공 상(李公尙), 심공 진(沈公榗), 유공 취장(柳公就章), 김공 시태(金公時泰)이다.

사손(祀孫)을 녹용한 일로는 길 충절(吉忠節), 문정공(文正公) 조 선생(趙先生), 박 문충(朴文忠), 유 문충(兪文忠), 이공 선(李公選), 문충공(文忠公) 민공 정중(閔公鼎重), 신 장무공(申莊武公), 고(故) 도헌(都憲) 공공 서린(孔公瑞麟), 참봉(參奉) 공공 덕일(孔公德一)의 자손 중에 음직으로 조용(調用)했다. 이것은 공이 풍성(風聲 풍교)을 수립하고 명교(名教)를 격려한 사례이다.

유학을 보호하고 인재를 양성하는 것을 자신의 책무로 삼아, 임공 헌회(任公憲晦)가 어질다는 명성을 듣고 벼슬에 오르도록 천거하였고, 또 상소를 올려 전(前) 참봉 이항로(李恒老)를 통선(通選)의 직임에 천거하였다. 절차에 따라 후보자를 검토하여 문학(文學)과 행의(行誼)가 뛰어난 사람이 있으면, 반드시 찾아내어 모두 선발하니, 한 가지 재능으로 이름이 나고 작은 선행을 행한 선비들은 누구나 메아리가 호응하고 그림자가 따르듯이 모여들었다. 이것은 공이 누락된 인재를 천거하고 어진 인재를 장려한 사례이다.

임술년(1862, 철종13)에 영남과 호남의 백성들이 환향(還餉 환곡(還穀)과 군향(軍餉))의 누적된 폐단에 시달리다 소요를 일으키자, 임금이 특교(特敎)를 내려 이정청(釐整廳)을 설치하여 삼정(三政)의 폐단을 함께 구제하도록 하였다. 공이 명나라 장거정(張居正)의 일조편(一條鞭)[181]의 남긴 뜻을 인용하여, 열읍의 환향을 거두고 베푸는 법을 모두 혁파하고 일체를 전부(田賦)에서 받아들여 창고를 만들어 나누어 저장하였다가 경용(經用)에 제공토록 하고자 절목을 찬진(撰進)하였는데 계획이 세밀하였으나 끝내 시행되지 못하여 공이 늘 한스러워했다.

이 해 봄에 철종이 편치 않자, 공이 내국(內局 내의원)의 도제조로 본원에 숙직하면서 관복을 입고 단정히 앉아 밤에도 눈을 붙이지 않았다. 대궐 안에서 급작스럽게 나삼(羅蔘)을 들이라고 명하자 공은 크게 놀라 코피를 쏟으니,[182] 조복이 흥건히 젖었다. 들것에 실려 돌아와

181 장거정(張居正)의 일조편(一條鞭) : 장거정(張居正)은 명나라 신종(神宗) 때에 10년간 재상의 지위에 있으면서 대외적으로는 몽고의 침입을 막고 여진을 평정하였으며, 대내적으로는 재정의 낭비를 줄이고 황하의 치수 공사를 완성하며 농민의 조세 부담을 줄이는 등의 많은 치적을 올렸다.

일조편법은 장거정이 주도하여 가정(嘉靖) 연간 이후 시행된 새로운 조세수취 제도로 청나라 초기까지 계속되었다. 각 주현(州縣)의 토지세나 요역을 한 항목으로 통합하여, 전지(田地)의 넓이와 성년남자의 수에 비례하여 액수를 정하고 은(銀)으로 납부시킴으로써 지방 관리들의 부정을 막는 이점이 있었다.

182 나삼(羅蔘)을……쏟으니 : 최후의 약재를 써야할 정도로 임금의 목숨이 경각에 달린 줄 알고 놀랐다는 의미이다. 나삼은 조선 시대 영·호남, 즉 지금의 소백산과

한 달이 넘어서야 비로소 회복되었다.

계해년(1863, 철종14)에 임금이 아직 정양중이었는데, 공은 전직(前職)으로 진료하는 자리에 들어가 몸을 보호할 방도를 면전에서 아뢰는데, 그 말이 격렬하고 간절하였고 눈물이 철철 흐르니, 임금이 낯빛을 바꾸고 가납하였다.

고종 기사년(1869, 고종6) 봄에 질병을 이유로 휴가를 청하여 세 차례의 상소를 올리고서야 허락을 얻었다. 교지가 내리는 날에 임금이 편전으로 불러서 내찬(內饌)을 하사하고 법온(法醞)을 친히 권하며 섭섭하다는 뜻을 여러 차례 표하였다.

이듬해 가을에 병이 위중하였으나, 삭망 때에 종묘를 향해 절하는 예를 폐하지 않았다. 자질(子侄)을 돌아보며 말하기를 "운명은 하늘에 달렸으니, 의원도 사람을 살리지 못한다. 내가 오늘 나이와 지위가 모두 높아 오직 저승명부가 이르기를 조용히 기다릴 뿐이니, 어찌 약물을 쓰겠는가"라고 하였다. 마침내 10월 8일 축시(丑時)에 정침(正寢)에서 돌아가시니, 춘추가 75세였다.

임금이 어의를 보내 간병케 하고, 부고가 이르자 애통해 하는 하교를 내리고, 조정과 시장을 정지시키고, 예에 맞게 부의를 보내서 장례를 돕게 하였다. 이해에 윤달이 들어 발인일이 11월에 있었고, 4일 해시(亥時)에 홍주(洪州) 금정리(金井里) 오좌(午坐)의 언덕에 장사지냈다. 저서에 유고(遺藁) 30권이 있으나, 아직 간행되지 않았다.

배(配)는 정경부인(貞敬夫人) 대구 서씨(大邱徐氏)로 판중추부사 문정공(文貞公) 준보(俊輔)의 딸이다. 유순하고 아름다워 여사(女士)

지리산 일대에서 나는 산삼으로 최고의 품질로 쳤다.

의 행실이 있었고, 공보다 한 살이 적었다. 열네 살에 공에게 시집와서 시부모를 섬김에 깊은 사랑이 있었고, 동서 사이에 비난하는 말이 없었으며, 하인들을 부림에도 은혜로운 뜻이 넘쳐났다. 남편을 공경히 섬기고 예스러운 용모를 단속하여 늙도록 변함이 없었으니, 이는 부인의 내행(內行 부인의 행실)의 아름다움인데, 이 또한 공이 집안을 바르게 단속한 데서 연유한 것이다.

종자(從子) 병집(秉集)을 후사로 삼으니, 전현령(前縣令)을 지냈다. 자식이 없자 공의 종손(從孫) 동희(同熙)를 후사로 삼았다.

공이 어려서 중주(中洲) 이 문경공(李文敬公)[183]의 문하에서 공부하였고, 다시 화천(華泉) 이 참판공(李參判公)[184]에게 학업을 청하였으며, 풍고(楓皐) 김 충문공(金忠文公)[185]의 인정을 받았다. 선진장덕(先

183 중주(中洲) 이 문경공(李文敬公) : 이직보(李直輔, 1738~1811)를 가리키며, 중주는 그의 호이다. 본관은 연안(延安), 초명은 성보(城輔), 자는 유종(維宗), 호는 중주·돈암(遯庵)이다. 일찍이 김양행(金亮行)에게 수학해 크게 아낌을 받았고, 동몽교관(童蒙教官), 경연관(經筵官) 등을 거쳐 벼슬이 이조 판서에까지 올랐다. 경사(經史)에 박통해 평소 선비들의 중망을 받았고, 제자들을 가르칠 때에는 항상 《논어》와 《맹자》 중에서 인용하기를 좋아했다고 한다. 시호는 문경이다.

184 화천(華泉) 이 참판공(李參判公) : 이채(李采, 1745~1820)를 가리키며, 화천은 그의 호이다. 본관은 우봉(牛峯), 자는 계량(季亮)이다. 1774년(영조50) 사마시에 합격, 휘령전(徽寧殿) 참봉, 사헌부·호조·형조의 벼슬을 거쳐 돈녕부 주부를 지냈다. 음죽 현감이 되었을 때 무고로 벼슬을 그만두고 귀향하여 학문에 전념함과 동시에 가업을 계승하는 데 힘썼다. 1790년(정조14) 다시 출사하여 벼슬이 호조 참판, 동지중추부사에 올랐다. 시호는 문경(文敬)이다.

185 풍고(楓皐) 김 충문공(金忠文公) : 김조순(金祖淳, 1765~1832)을 가리키며, 풍고는 그의 호이다. 본관은 안동(安東), 자는 사원(士源)이다. 영의정 창집(昌集)의 4대손이며, 순조의 장인이다. 1785년(정조9) 약관에 정시 문과에 병과로 급제, 정조,

進長德)이 큰 그릇이 될 것으로 칭찬하여 먼 장래를 기대하였다. 이 때문에 도를 일찍 듣고 학문을 널리 하여 전예(典藝)를 깊이 탐구하여 백가(百家)에까지 섭렵하였으며, 사자서(四子書)에 대해서는 더욱 전력을 기울였다. 평생의 수용(需用)은 《논어》 한 부에 있었으니, 만년에 문하생에게 읽게 하여 이를 듣는 것을 일과로 삼았고, 때로 읊조리며 느긋이 즐기곤 하였다.

문장을 지을 때는 옛 작가의 문로(門路)를 추종하여 이경(二京 서한과 동한)의 끊어진 궤도에 곧장 나아가 나루를 얻어 건너니, 금석의 악기에 올리고 아름다운 옥을 내건 듯이 기운이 화창하고 말이 전아하였다. 웅장하고도 넓어 응용이 끝이 없고 정결(潔淨)하고 간고(簡古)하여 탁연히 일가의 문장을 이루니, 이는 경례(經禮)에 근거하고 홍유(弘猷)로 윤색하지 않은 것이 없었다. 그러므로 사업과 공적에 드러난 것이 또한 모두 의리의 바름을 준칙으로 삼았다.

을묘년(1855, 철종6)에 조석우(曺錫雨)가 선조의 문집을 간행했는데, 문집 속에 우암(尤菴) 송 선생(宋先生)을 핍박하는 구절이 있으니, 중외의 많은 선비들이 상소를 올려 성토하였으나 번번이 배척되었다.[186] 이에 공이 상주하였다.[187]

순조 연간에 요직을 두루 거쳐 벼슬이 영돈녕부사에까지 이르는 동안 안동 김씨 세도정치의 기반을 조성하였다. 문장이 뛰어나 초계 문신이 되었고, 비명·지문·시책문·옥책문 등 많은 저술을 남겼다. 저서로 《풍고집》이 있다. 시호는 충문이다.

186 조석우(曺錫雨)가……배척되었다 : 《철종실록》 철종 6년 을묘년(1855, 함풍5) 8월 2일에, 윤선거·윤증·조석우·이현일을 탄핵하는 유학(幼學) 오혁(吳爀) 등 팔도 유생 3천 4백 16인의 상소가 실려 있다. 철종은 이 상소에 비답하기를, "당시에 스스로 시비(是非)가 있었는데, 지금 와서 무슨 변해(卞解)가 그리도 많은가? 대저

오혁(吳爀)의 상소에 처분이 이미 내렸으니, 이는 그가 까닭 없이 문제를 일으켜 7, 80년 전에 결말이 난 사건을 끄집어 내, 조정의 기상이 편안치 못하게 했기 때문입니다. 그 자취를 궁구해보면 참으로 놀랄 일이지만, 그 말은 폐기해선 안 됩니다. 반대편의 설이 나오자, 과장하여 사실을 변환시키고 군색하여 본말을 가려서, 스스로 배치되고 폐기되는 줄 깨닫지 못했으니, 비유하자면 사슴을 쫓는 자가 태산(泰山)을 보지 못하는 것과 같습니다. 이는 진실로 병신년(1716, 숙종42)과 임인년(1782, 정조6)[188]에 감히 마음을 먹거나 입

남의 장단(長短)에 대해 의논하기 좋아하는 것을 내가 매우 미워하고 있다. 소두(疏頭)를 우선 정거(停擧)시키게 하라."라고 하였다.

조석우(曺錫雨, 1810~?)는 조선 후기의 문신으로 본관은 창녕(昌寧), 자는 치용(稚用), 호는 연암(烟巖)이다. 1854년 고조부 하망(夏望)의 문집인 《서주집(西州集)》을 간행하였는데, 그 가운데 윤증에 대한 제문 속에 송시열을 비난하고 효종(孝宗)을 폄하한 구절이 말썽을 빚어 유생의 줄기찬 항의로 파직당하여 중화에 유배되었다. 그러나 1857년 석방되어 공조 참판에 올랐으며, 그 뒤 1867년 이조 판서가 되었다. 글씨에 뛰어나 일가를 이룰 정도였다. 시호는 문정(文靖)이다.

187 공이 상주하였다 : 조두순의 상소는 《철종실록》 철종 6년 을묘년(1855, 함풍5) 9월 5일 조에, '두 승선의 처벌 · 오혁의 상소에 대한 처리 등을 의논하다.'라는 조목에 보인다.

188 병신년(1716, 숙종42)과 임인년(1722, 경종2) : 병신년은 소론의 영수 유봉휘(柳鳳輝) 등이 소장을 올려 노론을 공격하자, 숙종이 하교하기를, '근일의 일은 시비가 아주 명백하여 백세 뒤에도 의혹되지 않는 것이었다. 그런데도 일종의 괴귀(怪鬼) 같은 무리들이 공의(公議)에 도전하여 혈전(血戰)을 벌이고 당여(黨與)를 위하여 죽는 것을 달갑게 여기고 있는데, 이것이 다름 아니라 처분(處分)이 엄중하지 못한 점이 있었기 때문이다.'라고 하고, 특별히 윤증 부자의 벼슬과 시호를 추삭(追削)하고, 사원(祠院)과 문판(文板)도 모두 훼철시키도록 명한 것을 가리킨다.

임인년은 소론의 주도로 노론이 경종의 시해를 도모했다고 고변하여 노론을 대거

밖에 내지 못하던 바이니, 그리하여 새벽까지 잠을 이루지 못함은 모든 식자들이 마찬가지입니다.

그런데 생각건대 선정신 송시열이 효종의 성대한 시대를 만나 의리를 잡아 널리 발양한 것은 바로 《춘추(春秋)》 대일통(大一統)의 의리입니다. 그리하여 천리를 밝히고 인심을 바로잡으며, 절의를 숭상하고 사특함을 내쳐서 쏠리는 파도를 벽처럼 막아서서, 한 몸으로 강상(綱常)을 담당하여 아홉 번 죽어도 후회하지 않았던 것입니다. 그러므로 그 후 2백 년 동안 마음에 새겨 준수하고 강론하여 밝혀 보호한 것이, 첫째도 국시(國是)이고, 둘째도 국시였으니, 어찌 일찍이 조금이라도 당파에 따라 달랐겠습니까. 비록 한쪽 편으로 말하더라도 그대로 인습하여 따른 논의가 있었더라도 저들 속에서 표방한 데 불과하였습니다. 그것이 사도(師道)와 연원(淵源)이 유래가 있음을 신은 듣지 못했습니다. 그런데 전후의 하교에 "백세 전부터 분분한 것이 당론이다."라고 한 것과 "각기 스승만 위한다."라고 한 것과 "스스로만 옳다고 하는 버릇이다."라고 한 말씀은 우리 성상께서 균형을 맞추고 포용하기 위한 성의(聖意)임을 신이 모르는 바는 아닙니다만, 또한 후세에 무궁한 염려가 없을 수 없습니다. 대저 확고히 정해진 국시임에도 일체를 당론으로 돌린다면 천하의 만사가 장차 어디로부터 손을 대서 변별하여 안정시킬 수 있겠습니까?

예로부터 오늘에 이르기까지 소인들이 이것을 구실로 함정을 파서

제거한 임인옥사(壬寅獄事)를 가리킨다.

집안을 해치고 나라를 그르쳤으니, 이것을 생각하면 관계됨이 작지 않습니다. 바라건대 은미한 조짐부터 막아야 하는 의미를 깊이 생각하시어, 모두 환수(還收)한다는 명을 내리시어, 성덕을 빛내시고 사문(斯文)을 다행스럽게 하소서.

성상 갑자년(1864, 고종1)에 정조(鄭造), 정인홍(鄭仁弘)의 후손이 스스로 조상이 원통함이 있다고 주장하며 임금의 거둥길에 호소하였다. 이에 공이 상주하여 "이 두 역적은 만세토록 반드시 토벌해야 함은 국사(國史)와 야승(野乘)에 실려 사람이라면 누구나 볼 수 있는데, 이 역적이 원통함이 있다면 혼미한 조정에서 흉화를 양성하여 윤리와 강상을 무너뜨린 자들도 아무도 죄를 성토당하거나 주벌을 당하지 않을 것이니, 우주 간에 이렇게 큰 변괴는 없었습니다. 조상을 위해 신원함은 여러 가지가 있으나 이것만은 결단코 평범히 처분해서는 안 됩니다."라고 하였다. 여기서 공이 선과 악을 구별하는데 명석한 것이 학문의 힘이 아님이 없음을 볼 수 있다.

신임대의(辛壬大義)에 이르러선 바로 공의 가학이어서, 늘 자질들을 훈계하여 "이것이야말로 나라와 집안이 흥망할 수 있는 핵심관절이니, 선비가 된 자라면 누가 굳게 지키지 않겠으며, 하물며 우리 집안 자손임에랴. 만약 몽매하여 살피지 않아 오래 지나서 점차 잊는다면, 곧 조상을 잊는 것이다."라고 하였으니, 여기에서 지수(持守)의 엄정함과 명론(名論)의 바름을 더욱 볼 수 있다.

늘 제갈무후(諸葛武侯 제갈량)와 한수정후(漢壽亭侯 관우)가 충의가 정대하여 천년 뒤에도 광채를 발하니, 실로 후생들이 존경해야 마땅하다고 생각하여 평상시의 말에서도 그 이름을 감히 지적하지 않았다.

공은 총명이 남보다 뛰어나, 공부를 시작할 때부터 열 줄을 한 번에 읽었고, 한번 눈에 지나치기만 하면 곧 외웠다. 연경에 다녀오면서 주고받은 시문(詩文)이 모두 몇 권이나 되는데, 모두 암송했다가 기록한 것이지, 행장 중에 초본을 간직한 적이 없었다.

공은 조정에서 벼슬한 45년간 문학과 품행, 정술(政術)과 덕업의 성대함이 사람들의 이목에 혁혁하여, 왕가의 주축이 되고 사류의 우두머리가 되었다. 태어나서 태평성대의 완인(完人)이 되었고, 죽어서 말세의 명상(名相)이 되었으니, 속에 쌓여 겉으로 드러나 가릴 수 없는 점이 있어서이다. 다시 어떤 칭송의 말을 늘어놓아 후세로 하여금 고증하지 못하게 해서야 되겠는가?

삼가 가장 드러난 것을 뽑아 편차하여 태상씨(太常氏)의 절혜(節惠)의 은택에 대비한다.

환재집

제6권

헌의 獻議
소차 疏箚

반남(潘南) 박규수(朴珪壽) 환경(瓛卿) 저(著)
제(弟) 선수(瑄壽) 온경(溫卿) 교정(校正)
문인(門人) 청풍(清風) 김윤식(金允植) 편집(編輯)

헌의獻議

헌종대왕을 부묘할 때, 진종대왕을 조천하는 것이 타당한지 여부에 대한 논의[1]

憲宗大王祔廟時 眞宗大王祧遷當否議

1 헌종대왕을……논의 : 이 글은 환재가 45세 되던 1851년(철종2) 6월경에 지은 글로, 헌종대왕을 부묘할 때 진종대왕을 조천하는 것이 타당하다는 견해를 진술한 글이다. 문제의 발단은 소목사묘(昭穆四廟)의 제도를 시행할 때, 왕통을 기준으로 보면 형제가 왕위를 잇더라도 왕마다 각 1기의 감실만 둘 수 있는 경우와 혈통을 기준으로 보면 형제는 1대에 속하므로 같은 대에 감실이 여러 개를 모셔야하는 경우가 생기는 데서 시작되었다. 1851년(철종2) 5월 18일에 예조에서 진종의 신주를 영녕전(永寧殿)에 조천해야 하는지에 대해 여러 대신과 유현(儒賢)에게 문의하기를 청하여 철종의 허락을 받았다. 이어 6월 9일에 이 문제에 대한 심도 있는 토론이 벌어졌는데, 영부사 정원용(鄭元容)과 좌의정 김흥근(金興根) 등은 소목사묘 제도를 근거로 5세 이상은 조천하는 것이 상례임을 주장하였고, 영의정 권돈인(權敦仁)은 진종을 조천하는 것이 오묘(五廟)의 제도에 부합하기는 하나, 진종이 철종에게 황증조(皇曾祖)가 되므로 지금 만약 조천한다면 이는 친등(親等)이 다하지 않았는데 조천하게 되어 불가함을 지적하면서 묘의 수에 구애받지 말기를 청하였다. 그러나 이때 양쪽의 입장에 모두 근거가 있어 결론이 나지 않았다. 환재의 이 글도 아마 이 즈음에 의견을 개진한 것으로 보인다. 6월 15일에 철종은 진종대왕을 조천하는 의절을 택일하여 거행하라는 하교를 내리면서, 갑자기 진종을 조천하는 것은 천리(天理)·인정(人情)에 있어 매우 미안한 일이지만, 제왕가는 승통(承統)을 중하게 여기는 것이 고금의 통의(通誼)임을 그 근거로 들었다. 6월 16일에 성균관의 거재 유생들이 조천에서는 왕통이 중요함을 전제로, 영의정 권돈인이 조천해선 안 된다고 하면서 거론한 친등(親等)이 다하지 않았으므로 미안하다는

지금 묘조(廟祧)[2]에 대한 의논은 실로 우리 헌종대왕을 부묘(祔廟)[3]하는 일 때문에 발의된 것입니다. 우리 성상께서 헌종의 종통을 이었으므로 헌종의 신주를 사당에 올려 모시는 날을 당하여, 헌종으로부터 위로 5세를 거슬러 올라가야하므로 진종(眞宗)대왕[4]은 마땅히 조

주장이 부당함을 지적하며 권당(捲堂)하는 사태가 생겼다. 이에 철종은 영의정이 정례(情禮)를 짐작한 주장에 다른 뜻이 있는 것이 아니므로 문제 삼지 말라고 하며 효유하였다.

이 글의 전반부는 왕통이 중대하므로 형제가 왕위를 이었더라도 각 1대로 보아야 하므로 진종은 마땅히 조천해야 한다는 내용을 개진하였다. 다음으로는 하순(賀循)과 공영달(孔穎達)로부터 시작된, 소목(昭穆)이 같으면 묘실(廟室)의 수에 구애받지 않는다는 설을 소개하고, 가령 그들의 설을 따르면 형제가 왕위를 계승해도 1대로 치므로 신주를 묘실에 많이 모실 수 있는 장점이 있으나, 당시 임금이 형제나 숙부로서 왕위를 이었다면 먼저 돌아가신 신주를 모실 방도가 없다는 허점이 생기므로 옳지 않은 설임을 증명하였다. 다음으로는 우리나라에서 역대로 부묘했던 세종 조와 선조 조의 사례를 소개하여, 형제가 왕위를 잇더라도 각기 1대로 보았던 증거를 나열하여, 사당의 조천은 오로지 종통을 이은 것을 중대하게 여김을 논증하였다. 말미에는 철종이 헌종대왕을 이었으므로 종통의 막중함으로나 예묘를 존숭하는 예법 및 정조 임금의 교지와 선정신들의 정론에 근거가 분명하므로 진종은 마땅히 조천하는 것이 옳다는 의견을 개진하였다.

2 묘조(廟祧) : 신사자(新死者)의 신주를 사당에 올리고, 대진(代盡)한 조상의 신주를 다른 사당으로 옮기는 것을 말한다.

3 부묘(祔廟) : 졸곡이 지나서 신사자(新死者)의 신주를 그 조부의 신주 옆에 모시는 것이다. 신주의 배열은 소목(昭穆)의 순서에 의해서 하므로 새로 들어가는 신주는 언제나 그 할아버지 신주 다음에 배열된다.

4 진종(眞宗)대왕 : 1719~1728. 이름은 행(緈), 자는 성경(聖敬)이다. 영조의 맏아들로, 어머니는 정빈 이씨(靖嬪李氏)이고, 사도세자(思悼世子)의 형이며, 비는 좌의정 조문명(趙文命)의 딸 효순왕후(孝純王后)이다. 1724년(영조 즉위년) 경의군(敬義君)에 봉해지고, 이듬해 왕세자에 책봉되었으나 즉위하기 전 나이 10세에 죽었다. 양자인 정조가 즉위하자 진종으로 추존되었다. 능은 영릉(永陵)으로 경기도 파주시 조리면 봉일천리에 있다. 시호는 효장(孝章)이다.

천해야 합니다.

삼가 고찰하건대, 정종(正宗 정조)대왕이 즉위하던 처음에 하교하시기를 "종통(宗統)이 중대하고 순서를 잇는 것이 무거우니, 비록 손자가 할아버지를 잇고, 아우로서 형을 이었다하더라도 할아버지와 형은 당연히 예묘(禰廟 아버지를 모신 사당)가 된다."라고 하였습니다. 정조대왕의 뜻을 자세히 헤아려보건대, 종통을 계승하는 것을 중대하게 여기고 윤서(倫序)에 구애되지 않으신 것입니다. 지금 우리 성상께서 이 예법을 처리하시면서 윤서에 구애를 받지 않고 종통을 잇는 것을 중대하게 여기신다면 어찌 문조(文祖 선왕)를 본받는 도리에 가깝지 않겠습니까?

종묘의 소목(昭穆)[5]은 4대로 제한하니, 선군(先君)을 소목의 끝에 부묘(祔廟)하게 되면 4세 이상은 조천하지 않을 수 없습니다. 비록 윤서와 계통에 간혹 어긋남이 있더라도 선군을 예묘로 삼지 않은 적이 없었으니, 진실로 대대로 전하는 대통(大統)보다 더 중대한 것이 없고 제한이 있는 묘제(廟制)보다 더 엄한 것이 없기 때문입니다. 그러므로 조천하는 때가 되어, 윤서로 보면 친(親)이 간혹 끝나지 않았더라도 사당의 종통으로 보면 세수(世數)가 이미 다했습니다. 이에 의리를

철종을 기준으로 보면 왕통을 이은 자가 위로 헌종, 익종(翼宗 효명세자), 순조, 정조, 장조(莊祖 사도세자), 진종(眞宗)이 되는데, 장조와 진종은 형제간이어서 이를 1대로 치느냐 2대로 치느냐 하는 문제가 생겼다.

5 소목(昭穆) : 사당에 조상의 신주를 모시는 차례로, 시조를 가운데 모시고 2세·4세·6세는 왼편에 모셔 소(昭)라 하고, 3세·5세·7세는 오른편에 모셔 목(穆)이라 한다, 천자는 7묘로 3소·3목이고, 제후는 5묘로 2소·2목이고, 대부는 3묘소로 1소·1목인데, 할아버지와 손자가 항상 배(配)가 된다.《文獻通考 宗廟考》

펴지 않을 수 없고 심정을 굽히지 않을 수 없는 것은, 조천이 아니면 선군을 예묘에 들여 모실 수 없고, 예묘가 아니면 선군(先君)을 받들 수 없기 때문입니다. 이런 의리는 이미 선유(先儒)들이 확실하게 논정한 말이 있습니다.

대체로 사당에 조천하며 예를 변개한 것은 예로부터 결론이 나지 않아 의논이 분분하지만, 이는 소목(昭穆)이 같으면 묘실(廟室)의 수에 구애받지 않는다는 설에 기인한 데 불과합니다. 그러나 이것은 경전에 분명한 글이 없고 다만 하순(賀循)의 융통성 없는 사견[6]과 공영달(孔穎達)이 좌씨(左氏)를 곡해한 글[7]에서 나왔을 뿐입니다. 가령 그들의 설처럼 형제가 뒤를 이어 즉위한 선군(先君)을 소(昭)를 같이하여

6 하순(賀循)의……사견 : 하순은 진(晉)나라 산음(山陰) 사람으로 자가 언선(彦先)이다. 매우 박학했으며 특히 예학(禮學)에 정통하였다. 진(晉)의 경제(景帝)와 문제(文帝)는 형제 사이였기 때문에 같이 1묘(廟)에 모셔 왔는데, 원제(元帝)·명제(明帝) 때가 되자 대(代)가 불어나 10실(室)까지 두게 되어 천자의 사당은 칠묘(七廟)를 둔다는 원칙에 배치되는 일이 발생하였다. 이에 당시 유종(儒宗)으로 추숭을 받던 하순은, 사당은 일정한 수가 있는 것이 원칙이 아니고 수용할 신주(神主)에 따라 증감한다는 칠실가일(七室加一)이란 주장을 하였다. 《晉書 卷68 賀循列傳》

7 공영달(孔穎達)이……글 : 공영달(574~648)은 당나라 초기의 유학자로 오경(五經)의 해석에 통일을 시도하여 《오경정의(五經正義)》를 편찬하였다. 《춘추좌전(春秋左傳)》 문공(文公) 2년에, "태묘에 큰 제사를 지내면서 희공을 전왕보다 높였으니, 순서를 바꿔 제사한 것이다.〔大事于太廟 躋僖公 逆祀也〕"라는 구절이 있다. 이는 희공이 민공(閔公)보다 형이기는 하지만 민공이 먼저 왕이 되었기 때문에 희공을 민공의 위에 올려 제사하는 것은 예에 어긋난다는 것을 의미한 말이다. 이에 대해 공영달은 소(疏)에서 "지금 희공을 올려 민공보다 높였으므로 순서를 바꿔 제사했다고 하는 것이다. 두 공의 위차가 바뀐 것은 소목을 어지럽힌 것이 아니다.〔今升僖先閔 故云逆祀 二公位次之逆 非昭穆亂也〕"라고 풀이하여 오해의 소지를 남겼다. 《春秋左傳注疏 卷17 文公 2年》

예묘에 모시는 것을 가정하면, 오히려 소목사묘(昭穆四廟)의 안에 있을 수 있습니다. 선군이 본래 부자간에 대를 이어 스스로 1대를 이루었는데, 시군(時君)이 혹 형으로서 계승하거나 혹 숙부로서 계승했을 경우에 이 설을 적용한다면, 비록 소(昭)를 같이하고자 해도 시군(時君)의 세대에는 행할 수 없고, 신주를 용납하고자 해도 세대가 반드시 소목의 밖으로 귀결됩니다. 이는 묘수(廟數)가 이미 차서 모실 수 있는 여지가 본래 없고, 위차(位次)가 아래로 증가하여 승부(陞祔)의 예를 잃게 되기 때문입니다. 심정과 예법을 모두 잃고, 진퇴에 근거가 없으므로 앞의 설을 따르면 이미 정론에 배척을 받게 되고, 뒤의 설을 따르면 더욱 막혀 통하지 않으니, 참으로 오늘날 근거로 삼을 수 없습니다. 만약 역대로 시행된 법전 및 조선 조의 고사를 논하자면, 한(漢)·진(晉)의 묘제는 옛 법도에 합치되지 않으므로 논할 가치가 없습니다. 당(唐)나라 선종(宣宗)과 명(明)나라 가정(嘉靖) 초기에 구묘(九廟)에 제향을 올린 주인을 살펴보면 선군을 아버지로 삼지 않은 경우가 없었습니다.

우리나라 세종(世宗) 3년에 정종(定宗)을 부묘하면서 목조(穆祖)를 조천하였는데, 당시에 태종(太宗)이 바야흐로 상왕(上王)으로 있었습니다. 종묘의 예법은 상왕이 주관하니, 이는 태종이 정종을 예묘로 모신 것입니다.

선조(宣祖)가 인종(仁宗)을 문소전(文昭殿)에 부묘할 때에 인종이 선군과 형제간이므로 비록 의자(議者)의 말을 따라 동소(同昭)의 제도를 행했으나, 선정신 이황(李滉)이 오히려 정론을 견지하여 예종(睿宗) 한 분을 조천하고자 하였습니다. 예종은 선조에게 고조(高祖)가 되니, 이는 원묘(原廟)[8]의 제도가 종묘의 막중함과 같지 않기 때문이었습니다. 그런데 당시 대유(大儒)의 설이 저와 같았으니, 어찌 고조가 친진(親盡)하지 않은 것을 생각지 않아서이겠습니까? 사당의 조천은 오로지 종통을 이은 것을 중대하게 여김을 알 수 있습니다.

현종(顯宗) 조에 효종(孝宗)을 태묘(太廟)에 부묘하면서 인종을 처음으로 명종(明宗)과 함께 조천하였는데, 당시 선정신 송시열(宋時烈)이 상소를 올려 인조를 부묘할 때에 마땅히 먼저 인종을 조천하고, 오늘 또 명종을 조천하면 이것이 예의 바름을 얻을 수 있음을 진언하였습니다. 이를 근거로 논한다면 인종을 먼저 조천하지 않은 것은 아마 그 당시에 겨를이 없던 데 말미암았을 것이니, 절대로 예제의 당연한 바가 아닙니다. 혹 그렇지 않아서 동소(同昭)의 설을 근거로 삼더라도 이미 행한 법전을 고칠 수 없고, 소목이 어떠한가를 논하지 않고 다만 부묘만 있고 조천이 없다고 하는 것도 옳지 않다고 생각합니다.

삼가 생각건대 전하께서는 헌종대왕에 대해 종통을 계승한 막중함은 실로 계체(繼體)[9]가 같고, 사당에 배향하는 예는 예묘를 존숭하는 것보다 엄한 것이 없으며, 하물며 정조 임금의 교지가 해와 별처럼 밝고, 선정신의 정론이 역사책에 밝게 실려 있으니, 오늘날 조천과 부묘의 절차에는 마땅히 정해진 예가 있는 것입니다. 신은 예를 배우지 못하였는데도 외람되게 하문을 받게 되어 망녕되게 중대한 전례에 대해 논하게 되니 두려움에 흐르는 땀을 가눌 길 없습니다. 원하옵건대

8 원묘(原廟) : 종묘(宗廟) 외에 따로 세운 별묘(別廟)를 가리키는데, 대를 이은 임금이 돌아간 이를 생존 시에 섬기던 것같이 섬기려고 하는 정성에서 건립하였다. 고려 시대의 경령전(景靈殿)과 조선 시대의 문소전(文昭殿)·광효전(廣孝殿) 등이 이에 해당한다.

9 계체(繼體) : 선왕을 이어 왕위를 계승하는 것을 말한다.

성명께서는 널리 신하들의 의견을 들으시어 타당한 곳으로 귀결되도록 힘쓰소서.

노천(魯川)[10]이 말하였다. "부묘의 논의에 경전을 근거로 드는 것은 참으로 쉽지 않다. 옛날 단무당(段茂堂)[11] 선생이 〈명세종론(明世宗論)〉[12]을 지으면서 공양(公羊)의 '신하와 자식은 일례로 취급한다.〔臣子一例〕'[13]라는 한 마디를 위주로 수만 마디를 반복하여, 분분한 송사를 불식시키기에 충분하였으니, 후학자들이 놀라움을 금치 못했다. 어찌 동국의 사대부가 말을 잘하여 그 나라가 결정하여 따를 줄 생각이나 했겠는가? 그렇다면 기자(箕子)가 봉해졌던 나라에 인

10 노천(魯川) : 풍지기(馮志沂, 1814~1867)의 자(字)이다. 호는 미상재(微尙齋)·적적재(適適齋)이다.

11 단무당(段茂堂) : 단옥재(段玉裁)를 가리킨다. 청나라 금단(金壇) 사람으로 자는 약응(若膺), 호는 무당인데, 건륭 연간의 거인(擧人)으로 지현(知縣)을 역임하였다. 고의(古義)를 강구하여 소학(小學)에 정심하였다. 저술로는 《설문해자주(說文解字注)》가 있다.

12 명세종론(明世宗論) : 단옥재가 지은 〈명세종십론(明世宗十論)〉을 가리킨다. 명세종의 이름은 주후총(朱厚熜)으로 헌종(憲宗)의 손자이고, 홍헌왕(興獻王) 주우원(朱祐杬)의 아들이다. 정덕(正德) 16년(1521)에 대신들의 논의를 거쳐 무종(武宗)의 종제(從弟)라는 신분으로 황위를 계승하여 이듬해 연호를 가정(嘉靖)으로 고쳤다. 단옥재는 세종이 무종의 아들이라는 전제로 논지를 전개한 것이다.

13 신하와……취급한다 : 신하가 임금을 계승하는 것은 자식이 아비를 계승하는 것과 같다는 말이다. 노(魯)나라 민공(閔公)이 아버지 장공(莊公)을 이어 즉위했다가 시해를 당하자 민공의 서형(庶兄)인 희공이 뒤를 이었는데, 희공은 군신의 의리에 따라 아버지인 장공에 대해 할아버지로 섬겨야 한다는 논리이다. 《春秋公羊傳注疏 卷10 僖公元年》

재가 있다고 하리라! 인재가 있다고 하리라!"

심중복(沈仲復)[14]이 말하였다. "부묘에 대한 한 가지 논의는 더욱 명교(名教)에 공이 있다. 한유(漢儒)들은 공양춘추(公羊春秋)를 중시하였는데, '신하와 자식은 일례로 취급한다.〔臣子一例〕'는 한 마디는 정도(定陶)의 논의에서,[15] 여러 학자들이 스승의 설을 굳게 지키지 못하였으니, 송(宋)·명(明) 시대는 논할 것도 없다. 이 논의가 한번 나오면 분분한 이설(異說)을 막아서 천백 년의 옥송을 결정할 수 있으니, 어찌 문장으로 그치고 말겠는가. 손을 씻고 두 번 세 번 읽으면서 마음의 탄복을 멈출 수 없다."

14 심중복(沈仲復) : 심병성(沈秉成, 1823~1895)을 가리키며, 중복은 그의 자(字)이고, 호는 우원(藕園)이다. 청나라 귀안(歸安) 사람으로 함풍 연간에 진사에 급제한 후, 한림 편수, 시강 등을 거쳐 지방관으로 나가 선정을 폈으며, 벼슬이 안휘 순무(安徽巡撫), 양강총독(兩江總督)에 이르렀다. 금석서화를 애호하여 골동과 고서를 많이 수장했으며 안휘 순무 시절에 경고서원(經古書院)을 창설하여 고증학의 진작에 힘썼다.

15 정도(定陶)의 논의에서 : 한 성제(漢成帝)의 후사를 정도왕(定陶王)의 아들로 정한 일을 가리킨다. 한 성제에게 후사가 없어 친동생 중산왕(中山王) 유흥(劉興)과 정도왕 유강(劉康)의 아들 유흔(劉欣) 중에 황위계승자를 골라야 했다. 성제가 승상 적방진(翟方進), 어사대부 공광(孔光), 우장군 염포(廉褒), 후장군 주박(朱博), 표기장군 왕근(王根) 등을 불러 누구를 정해야 할지 묻자, 적방진, 왕근, 겸포, 주박 네 사람은 유흔이 성제의 조카이므로 조카로 형의 후사를 이으면 형의 아들이나 다름없으니, 유흔을 황태자로 삼는 것이 합당하다고 하였다. 그런데 공광 홀로 입사(立嗣)는 친한 순서대로 하는 것이 예법이니, 형이 죽으면 아우가 계승한다는 예법에 따라 중산왕이 계승해야 한다고 주장하였다. 그러나 성제는 중산왕보다 유흔이 재능이 있음을 알고, 형제가 함께 태묘에 들면 소목(昭穆)이 어그러진다는 논리로 공광의 주장을 반박하고 유흔을 후사로 삼으니, 이 사람이 애제(哀帝)이다. 《資治通鑑 卷32 孝成皇帝中》

황상운(黃緗芸)[16]이 말하였다. "부묘의 논의는 지금을 기준으로 옛날을 헤아려 의리가 바르고 말이 엄정한데, 대례(大禮)를 밝게 논쟁하는 사람의 견해가 여기에 미치지 못함이 애석하다."

침계(梣溪)[17]가 말하였다. "부묘의 논의는 예법과 의리가 밝고 바르니, 천고의 묘제(廟制)에 정안(定案)이 될 수 있다. 풍지기, 심병성, 황상운 세 사람의 평론은 적확하고 근거가 있다. 우재(尤齋) 송 문정공(宋文正公)의 상소에서 인조와 명종 두 사당을 마땅히 선후로 조천해야 한다는 것은 전날의 동소목(同昭穆)의 실수를 바로잡고자 한 것이다. 그러나 이 논의에서 이른바 '오히려 동소(同昭)의 설을 근거로 삼더라도 이미 행한 법전을 고칠 수 없고, 부묘만 있고 조천이 없다고 하는 것도 옳지 않다.'라고 한 것은 바로 당시의 실상이다. 지금 혹시 효종이 인종을 조천하지 않은 것을 가지고 '고조와 증조를 조천하지 않는 것이 우리나라의 전장(典章)이다.'라고 여긴다면, 이는 인종과 명종이 소목을 같이한 것이 이미 선조 때에 있던 일음을 모르고서 망녕된 말을 하는 것이다. 약간이라도 지식이 있는 자라면 믿을 수 있을 것이다. 아, 개탄스럽다.

16 황상운(黃緗芸) : 황운혹(黃雲鵠, 1818~1897)을 가리키며, 상운은 그의 자(字)이고, 호는 양운(驤雲)이다. 진사 급제 후 형부 주사, 병부 낭중을 거쳐 성도 지부(成都知府), 사천 안찰사(四川按察使)로서 선정을 폈으며, 벼슬에서 물러난 후 종산서원(鍾山書院), 강한서원(江漢書院)의 주강(主講)을 지냈다. 저서로 《실기문재전집(實其文齋全集)》이 있다.

17 침계(梣溪) : 윤정현(尹定鉉, 1793~1874)의 호이다.

묘사의 대향에 서계와 이의를 옮겨서 거행하는 데 대한 논의[18]

廟社大享誓戒肄儀移行議

묘사(廟社 종묘사직)와 영녕전(永寧殿)[19]의 대사(大祀)에 서계(誓戒)와 이의(肄儀)[20]를 의정부와 예조에서 거행하는 것은 바로 《오례의(五禮儀)》에 정해진 제도입니다. 나라의 대사(大事) 가운데 사전(祀典)이 가장 중대하니, 성조(聖朝)께서 예의를 제정하면서 반드시 경전에서 근거를 끌어와 옛일을 모범 삼아 만들었습니다.

삼가 고찰하건대, 《주례(周禮)》 〈태재직(太宰職)〉에 "오제에게 제사를 올릴 때에 백관의 서계를 관장하고, 선왕께 제사를 지낼 때도 똑같이 한다.〔祀五帝 則掌百官之誓戒 享先王亦如之〕"[21]라고 하였고,

18 묘사의……논의 : 이 글은 환재가 59세 되던 1865년(고종2) 6월 12일에 올린 글이다. 당시 환재는 예조 판서로서 서계(誓戒)와 이의(肄儀)를 만약 묘사(廟社)의 대문 안에서 거행한다면 위차(位次)와 진설(陳設)이 매우 부대끼고, 또 제사를 거행하기 전에 소란을 일으킬 염려가 있으므로 그 장소를 의정부와 예조로 옮겨 거행하자고 요청하였다. 이에 대해 고종은 "대신의 건의대로 시행하라.〔依大臣議施行〕"라고 전교를 내렸다.

19 영녕전(永寧殿) : 조선 시대의 임금 및 왕비로서 종묘에 모실 수 없는 분의 신위를 봉안하던 곳으로 종묘 안에 있다. 조선 태조의 사대조(四代祖) 및 그 비(妃), 대(代)가 끊어진 임금 및 그 비를 모셨다. 종묘보다 예법이 간소하여 정월과 7월에 관원을 보내 제사를 올렸고, 제수도 차별을 두었다.

20 서계(誓戒)와 이의(肄儀)를 : 서계(誓戒)는 나라의 큰 제사를 7일 앞두고 제관(祭官)이 될 관원들이 의정부에 모여서, 재계하는 동안 금기 사항을 어기지 않을 것을 서약하는 일을 가리키고, 이의(肄儀)는 행사의 의식(儀式)을 미리 익히는 것을 말한다.

〈춘관직(春官職)〉에 "태사는 재계와 재숙을 하는 날에 여러 집사들과 함께 예서를 읽고 합심하여 일을 처리한다.〔戒及宿之日 與群執事讀禮書而協事〕"[22]라고 하였으니, 지금 서계(誓戒)와 이의(肄儀)를 의정부와 예조에서 거행하는 것은 대개 여기에 근거한 것입니다.

또 역대의 예지(禮志)와 통고(通考) 등의 서적을 고찰하건대, 서계(誓戒)를 반드시 상서성(尙書省)과 중서성(中書省)에서 거행하는 것은 당(唐)·송(宋) 이래로 그렇지 않은 경우가 없었으니, 진실로 직사(職事)를 통괄하는 지위에 있는 사람은 의당 백관(百官)·유사(有司)와 더불어 엄숙히 삼가고 깨끗이 하여 위대한 신령으로부터 복을 맞이해야 하기 때문입니다.

지금 만약 묘사(廟社)의 대문 안에서 거행한다면 위차(位次)와 진설(陳設)이 이미 매우 부대끼고, 또 제사를 거행하기 전에 소란을 일으킬 염려가 있으니, 엄숙과 공경을 다하는 도리가 전혀 아닙니다.

전(傳)에 "군자는 옛일을 회복함을 중대하게 여기고, 옛것을 변화시키기를 어렵게 여긴다.〔君子大復古 重變古〕"라고 하였으니, 어리석은 신(臣)은 《오례의》에 정해진 제도 이외에는 감히 단정해 말할 수 없습니다. 바라건대 널리 물어 재량하여 처리하시기 바랍니다. 황단(皇壇 대보단)의 의례와 절차로 말하자면 부득이한 데서 나온 것이니, 증거로 인용하기에 마땅치 않을 듯합니다.

21 오제에게……한다 : 《주례》 〈천관(天官) 태재(太宰)〉에 보인다.

22 태사(太史)는……처리한다 : 《주례》 〈춘관(春官) 태사(太史)〉에 보인다. 계(戒)는 산재(散齋)를 가리키는데, 제사 지내기 전에 7일 동안 여자를 가까이하지 않으며, 음악을 듣지 않으며, 조상하지 않는다. 숙(宿)은 치재(致齋)를 가리키는데, 제사를 거행하기 전에 몸과 마음을 깨끗이 하고 정성과 공경을 극진히 하는 것을 가리킨다.

만동묘의 의절을 강정하는 데 대한 논의[23]

萬東廟儀節講定議

성인(聖人)께서 정(情)을 따라서 예(禮)를 제정하였으므로 인정에 부합하면 의기(義起)[24]할 수 있었습니다. 이것이 바로 선왕조에서 대보단(大報壇)을 설치하고,[25] 선민(先民)들이 만동묘(萬東廟)를 건립한 까닭입니다.[26]

23 만동묘의……논의 : 이 글은 환재가 68세 되던 1874년(고종11) 9월에 지어 올린 글이다. 서원 정비 정책에 따라 1865년에 철폐되었던 만동묘가 임헌회(任憲晦), 이항로(李恒老), 최익현(崔益鉉) 등의 상소로 1873년에 다시 건립되자, 환재는 어명에 따라 우의정으로서 제사를 지낼 날짜와 격식(格式)에 대해 의견을 개진하였다.

전반부에는 만동묘가 건립된 의의와 이미 국가의 사전(祀典)으로 승격되었으면 그에 맞는 절문(節文)과 의물(儀物)이 있어야 하는 당위성을 서술하였다. 이어 만동묘와 대보단에서 따로 제향을 올릴 수밖에 없는 이유를 설명하고, 대보단의 제향을 늦봄에 시행하고 만동묘의 제향을 늦가을에 시행하여 제사가 중첩되는 일이 없도록 절충안을 제시하였다. 말미에는 전 대제학으로서 지은 축문을 실어 놓았다.

24 의기(義起) : 예문(禮文)에 없더라도 의리를 참작하여 새로운 예(禮)를 만드는 것이다. 《예기》 〈예운(禮運)〉에 "예라는 것은 의(義)의 실질이니, 의에 맞추어서 맞으면 비록 선왕 때에 없던 예일지라도 의로써 새로 만들 수 있다.〔禮也者 義之實也 協諸義而協 則禮雖先王未之有 可以義起〕"라고 한 데서 온 말이다

25 선왕조에서 대보단(大報壇)을 설치하고 : 선왕조는 대보단의 설치를 명한 숙종을 가리킨다. 대보단은 임진왜란 때 구원병을 보내준 명나라 신종(神宗)의 은혜를 추모하기 위해 쌓은 제단이다. 1704년(숙종30) 예조 판서 민진후(閔鎭厚)의 발의로 옛 내빙고(內氷庫)의 터에 지었다. 건물이 없는 제단 형식으로 만들고 매년 2월이 천자가 동순(東巡)하는 시기이므로 매년 2월 상순에 제사를 지냈다. 팔일(八佾)의 악무를 사용하고, 문묘(文廟)의 악장을 쓰도록 하였다. 1884년 갑신정변 이후부터 중단되었다.

사당을 세워 제사를 올린 것은 실로 대보단을 세워 제사지내기 전부터인데, 우리나라의 백성들이 망극한 은혜에 감격하고 풍천(風泉)의 슬픔[27]을 자나 깨나 슬퍼하였으므로 그 때문에 의리에 따라 예를 일으켜 거행한 것입니다.

지금 중건(重建)한 뒤로는 드디어 왕조(王朝)의 사전(祀典)이 되었으니, 전날 사민(士民)들이 사사로이 제사하는 것에 비한다면 몹시 성대한 일입니다.

이미 왕조의 사전이 되었다면 절문(節文)과 의물(儀物)이 마땅히 사민들이 사사로이 제사하던 것보다는 높아져야 마땅하므로 종백(宗伯 예조 판서)의 신중함이 여기에 있어서 아래로 자문을 구하기에 이른

26 선민(先民)들이……까닭입니다 : 선민은 만동묘의 건립을 발의한 송시열(宋時烈) 및 이를 시행한 권상하(權尙夏)를 비롯한 유림들을 두루 가리킨 말이다. 만동묘는 임진왜란 때 우리나라에 원군을 보내준 명나라 신종을 위하여 세운 사당이다. 만동은 '만절필동(萬折必東)'에서 나온 말로, 중국의 모든 강물이 천번 만번 굽이쳐 흘러가도 결국은 동쪽 바다로 흘러 들어가는 것처럼 천자에 대한 제후의 존모의 뜻은 변하지 않음을 의미한다. 일찍이 민정중(閔鼎重)이 북경에 사신으로 갔다가 의종(毅宗)의 친필인 '비례부동(非禮不動)' 네 글자를 얻어가지고 와서 송시열에게 주자, 송시열은 충청북도 화양동(華陽洞)의 절벽에 이를 새기고 암자를 지었는데, 김수항(金壽恒)이 장편을 지어서 그 일을 기록하였다. 송시열이 죽으면서 권상하에게 사당을 세워 의종과 신종을 제사지내도록 유언을 남기자, 권상하는 유림들의 협조를 얻어 화양동에 만동묘를 짓고 제사지냈다. 그 후 조정에서는 전토(田土)와 노비(奴婢) 등을 내려 잘 관리하도록 하였다. 만동묘의 건립 및 훼철에 관한 사항은 뒤에 나오는 〈만동묘를 철폐하라는 명을 거두기를 청하는 소〔請還寢萬東廟停撤疏〕〉가 참고가 된다.

27 풍천(風泉)의 슬픔 : 명나라가 망함을 슬퍼하는 것이다. 풍천은 《시경》의 편명인 〈비풍(匪風)〉과 〈하천(下泉)〉을 합칭한 말로, 현인이 국가의 쇠망을 걱정하는 내용으로 되어 있다.

것입니다.

그러나 교사(郊祀)에 견율(繭栗)과 도포(陶匏)를 쓰는 것[28]은 더 없이 높은 신령께 공경을 표하기 위함입니다. 명당(明堂)을 만들면서 모자(茅茨)와 호주(蒿柱)를 쓰는 것은[29] 더 없이 귀한 신령께 검소함을 드러내기 위함입니다.

지난날 사당을 건립하던 날에 여러 가지 예의와 제도가 모두 선정신(先正臣)이 남긴 뜻과 대유(大儒)들의 충분한 토론에서 나왔으므로 공경을 표하고 검소함을 드러내는 일이 모두 옛일을 참작하고 경전을 인용하여 간소하면서도 중도를 얻지 않음이 없었습니다. 지금 더하거나 빼지 않고 한결같이 전날의 규식을 준수하는 것이 온당할 듯합니다만, 오직 축식(祝式)과 날짜는 다시 상의하여 정하지 않을 수 없습니다. 왕조(王朝)의 제사는 이미 대보단에서 거행하고 있는데 지금 만동묘에 다시 하나의 제사를 설행하게 되면, 따로 정밀한 의리가 있음을 진술하여 밝히지 않을 수 없습니다. 그러므로 마땅히 온 나라 사민들의

28 교사(郊祀)에……것 : 교사는 제왕이 교외에 나아가 하늘과 땅에 올리는 제사이다. 견율(繭栗)은 송아지의 작은 뿔이 누에고치나 밤톨처럼 작은 것을 가리키는데, 제수를 범칭하기도 한다. 《예기》 〈왕제(王制)〉에 "하늘과 땅에 제사지내면서 쓰는 소는 그 뿔이 누에나 밤톨만하다.〔祭天地之牛角繭栗〕"라고 하였다. 도포(陶匏)는 질그릇과 바가지인데 질박함을 가리킨다. 《예기》 〈교특생(郊特牲)〉에, 천자가 하늘에 제사를 올리면서 "제기로 도포를 사용하는 것은 그것이 천지의 질박한 본성을 상징하기 때문이다.〔器用陶匏 以象天地之性〕"라는 말이 나온다.

29 명당(明堂)을……것은 : 명당은 고대 제왕이 정사와 교화를 펼치던 곳으로, 조회와 제사 등 각종 중요한 국가 행사를 이곳에서 거행하였다. 《孟子 梁惠王下》 모자(茅茨)는 띠풀로 지붕을 올린 것을 가리키고, 호주(蒿柱)는 쑥대로 기둥을 세운다는 말로 모두 검소함을 상징하는 말이다.

심정에 의거하여 백대토록 무궁한 사모의 심정을 펴고자 제사를 거행하여 특별히 향기로운 제수를 마련하게 되었으니, 따로 축문을 제정하여 영구히 준수할 법식을 삼아 만동묘의 제사가 사민들을 위해 설치한 것임을 밝히는 조치가 없어선 안 될 듯합니다. 만약 그런 조치가 없이 이미 대보단에 제사를 올리고 또 만동묘에 제사를 올리면, 밝으신 황제의 영령이 장차 어떻게 다시 제사를 올리게 된 정밀한 의리를 굽어 살피겠습니까.

지난날 만동묘의 제사는 늦봄과 늦가을에 거행하였는데, 이제 왕조의 사전이 되었으므로 대보단과 똑같이 예를 제정하여 매년 한 번만 제사를 거행하면, '제사란 자주 거행하지 않는다.〔祭不欲數〕'[30]는 뜻이 더욱 근엄할 것입니다.

《대명회전(大明會典)》을 고찰하건대, 역대 제왕의 사당을 건립하고 해마다 봄가을로 성제명왕(聖帝明王)께 제사를 올리되, 자(子)·오(午)·묘(卯)·유(酉) 년에 능침(陵寢)에 각각 제사를 올리는 해에는 가을 제사를 정지하였으니, 이는 제사를 연거푸 지내 모독하지 않고자 한 까닭입니다.

대보단의 대향(大享)을 이미 늦봄에 시행하니, 이제 만약 《대명회전》에 정해진 제도를 근거하여 만동묘의 제향을 늦가을에 거행하기로 정하면, 중첩하여 제사지내는 혐의가 없어서 종주(從周)의 의의[31]에도

30 제사란……않는다 : 제사를 자주하면 경건함을 해친다는 의미이다. 《예기》 〈제의(祭義)〉에 "제사는 자주 지내려고 하지 않는다. 자주 지내면 번거롭고, 번거로우면 경건하지 않다.〔祭不欲數 數則煩 煩則不敬〕"라고 하였다.

31 종주(從周)의 의의 : 당시의 문화를 따르는 것을 가리키는데, 여기서는 명나라의 문화를 따르는 것을 가리킨다. 공자가 "주나라의 문물제도는 하·은의 두 왕조를 본받았

부합할 것이니, 어떤지 모르겠습니다.

고(故) 상신(相臣) 문경공(文敬公) 정호(鄭澔)[32]가 주자(朱子)의 〈우제묘영송신사(虞帝廟迎送神詞)〉를 본떠서 2편의 악장을 지어 만동묘의 제사에 오래전부터 사용해 왔는데,[33] 그 가사가 감동과 울분을 자아내고 울림이 맑고 섬세합니다. 지금도 옛것을 그대로 사용하는

으니 빛나고도 찬란한지라 나는 주나라를 따르리라.〔周監於二代 郁郁乎文哉 吾從周〕" 라고 하였다. 《論語 八佾》

32 정호(鄭澔) : 1648~1736. 본관은 연일(延日), 자는 중순(仲淳), 호는 장암(丈巖)으로 송시열의 문인이다.

33 주자(朱子)의……왔는데 : 〈우제묘영송신사(虞帝廟迎送神詞)〉는 송나라 장식(張栻)이 일찍이 계림군(桂林郡)의 지주사(知州使)를 지내면서 순(舜) 임금을 모신 우제사(虞帝祠)를 세웠는데, 주희(朱熹)가 가사(歌詞)를 지어 그곳 사람을 시켜 사당에 올리게 한 것이다. 원문은 다음과 같다. 皇胡爲兮山之幽 翳長薄兮俯清流 渺冀州兮何有 眷茲土兮淹留 皇之仁兮如在 子我民兮不窮以愛 沛皇澤兮橫流 暢威靈兮無外 潔尊兮肥俎 九歌兮招舞 嗟莫報兮皇之祜 皇欲下兮儼相羊 烈風雷兮暮雨(右迎神) 虞之陽兮漓之滸 皇降集兮巫屢舞 桂酒湛兮瑤觴 皇之歸兮何許 龍架兮天門 羽旄兮繽紛 俯故宮兮一慨 越宇宙兮無隣 無隣兮奈何 七政協兮群生嘉 信玄功兮不宰 猶彷彿兮山阿(右送神)《晦庵集 卷1 虞帝廟迎送神樂歌詞》

정호(鄭澔)가 지은 〈만동사영송신사(萬東祠迎送神詞)〉의 원문은 다음과 같다. 擇良辰兮虔余誠 穆將愉兮皇靈 蕙爲肴兮桂爲酒 籩豆孔嘉兮有序 靈皇皇兮陟降以時 上天下地兮無不之 瞻彼中土兮不可留 飆遠擧兮周流 獨我東方兮受賜罔極 一草一木兮孰非餘澤 澡余身兮姣余服 中心好兮無斁 駕飛龍兮雲爲車 遭吾待兮山之阿 御蘭舟兮蓀爲檣 澹延佇兮水中央 至誠攸届兮神所監臨 皇庶幾兮我歆 福我兮壽我 千秋萬歲兮報事無怠(右迎神) 華之陽兮巴之曲 中有壽宮兮翼翼 桂爲棟兮辛夷楣 蓀爲壁兮薜荔帷 靈於焉兮周章 芳菲菲兮滿堂 旣康樂兮娛嬉 舍此兮將何之 思九州兮博大 天路險難兮焉所届 俯故都兮盤桓 越宇宙兮無與爲隣 無以下土兮鄙夷 我衣光華兮我佩陸離 春蘭秋菊兮爲期靈 莫我違兮毋使我悲 禮旣終兮樂旣闋 乘雲氣兮儵惚 極勞心兮不可攀 山蒼蒼兮水潺湲(右送神)《丈巖集 卷26 詞》

것이 좋을 듯합니다. 악무(樂舞)의 예는 이미 갖추어졌으니 본래 논할 필요가 없고, 수령 중에서 제관(祭官)을 차출하여 보내고, 사대부의 제복(祭服)을 복색(服色)으로 응용해 사용하는 것이 사체(事體)에 마땅합니다. 그리고 이 밖의 절목도 미루어 나갈 수 있으니, 간소함을 귀함으로 삼고 검약을 공경으로 삼아야 합니다. 오직 바라건대 널리 자문을 구하여 처리하시기 바랍니다.

부록(附錄) 축식(祝式)

전에 전(前) 대제학(大提學)이 지어 바치라는 명이 있었다. 갑술년(1874) 9월 일.

신종현황제위(神宗顯皇帝位)

은택이 우리나라에 흘러와	澤流東服
천지가 다하도록 영원할 것입니다	地久天長
오늘날 남은 백성들 위로하여	慰玆遺黎
향기로운 제수 경건히 올립니다	虔奉馨香

의종열황제위(毅宗烈皇帝位)

의리는 일월처럼 빛나고	義光日月
은혜는 바다처럼 깊습니다	恩深滄溟
지금껏 남은 백성들이	于今遺民
감격에 눈물 떨굽니다	感激涕零

청전을 혁파한 후에 폐단을 구제할 조치에 대한 논의[34]

清錢革罷後 措畫救弊議

갑술년(1874) 정월 13일 어전에 올린 계사[35]

청전(淸錢)의 통용은 한 때의 임시방편에서 나왔는데, 7, 8년 이래로 너무 많이 흘러들어와 돈은 흔해지고 물건은 귀해지는 것이 자연히 날로 심해져, 가난하건 부유하건 모두가 곤란을 겪어 백성의 실정이 황급합니다. 그런데 끝내 청전을 혁파해야 마땅하다고 성급히 거론

34 청전을……논의 : 이 글은 환재가 68세 때인 1874년(고종11) 1월 13일에 청전(淸錢)의 수입을 금지한 조치와 관련하여 화폐 정책을 논한 글이다. 고종이 창덕궁 중희당(重熙堂)에 거둥하여 빈대를 행할 때, 환재는 우의정으로 참여하였다.

전반부에서는 청전이 많이 수입되어 경외(京外)의 공화(公貨)가 모두 청전으로 축적된 실정과 단번에 청전의 혁파를 명하여 민심이 환호하는 실상, 그런데 이 조치로 인해 청전이 무용지물이 되어 백성들의 물화가 유통되지 못하는 병폐를 서술하였다. 이어 재물이란 유통이 되어야 민생에 이로우므로 한성부에서 물가와 교역에 관여하는 행위와 형조(刑曹)와 포청(捕廳)에서 시장의 매매에 간섭하지 못하게 명을 내려야 한다고 건의하였다. 후반부에서는 무분별한 화폐주조로 인해 화폐유통이 막힌 실정과 청전이 혁파될 것이란 유언비어를 퍼뜨려 그 사이에서 이익을 도모하는 모리배의 소행을 진술하고, 주전(鑄錢)해야 한다는 설을 퍼뜨려 인심을 현혹시키는 자들을 처벌해야 함을 역설하였다. 말미에서는 매년 연공사(年貢使)와 별사(別使)의 행차에 드는 노자와 잡비를 은 대신 청전으로 지급하면 청전은 제자리로 돌아가 해마다 감소할 것이고, 은의 유출이 줄어 관고가 풍부해질 것이라는 하나의 해결책을 제시하였다. 《승정원일기》에는 중반부까지만 실려 있고, 건의한 대로 시행하라는 임금의 전교가 실려 있다. 《承政院日記 高宗 11年 1月 13日》

35 어전에 올린 계사 : 원문은 '상전계(上殿啓)'인데, 전폐(殿陛)에 올라가 아뢴다는 의미이다.

하지 못하는 것은 진실로 경외(京外)의 공화(公貨)가 모두 청전으로 쌓여 있어서 한번 혁파한 뒤에는 이를 보충할 계책이 없이 모두 무용지물로 되고 말 것이기 때문입니다.

지금 임금께서 말끔히 쓸어버리고자 결단하시어 내탕고에 든 돈이 얼마나 되는지 따지지 않고 하루아침에 혁파하셨으니, 명령을 들은 날에 부녀자나 노인, 어린아이 할 것 없이 모두 우레와 같은 환호성을 질렀습니다. 이는 지난 역사책에도 드문 성대한 조치입니다.

그러나 공화(公貨)는 마침내 쓸 수 없는 재물이 되었고, 백성의 재물은 유통의 이로움을 볼 수 없으니, 이것이 지금 가장 절박한 근심거리입니다. 민간의 재물이 막힘없이 유통된 뒤에야 공가(公家)에 필요한 물자가 점차 불어나기 마련입니다. 만약 물화(物貨)를 유통시키고자 한다면 자연에 맡기는 것보다 나은 것이 없습니다. 만약 그렇지 않고서 물화의 출입을 구속하거나 값의 고하를 조종하게 되면 백성들의 마음이 이해를 계산하여 갈수록 의구심을 품어 교역(交易)의 도리가 이로부터 순탄치 못하게 될 것이니, 옛사람이 이른바 "부디 시장을 교란시키지 말라.〔愼毋擾市〕"라고 한 것이 이를 두고 한 말입니다.

신의 생각에는, 한성부의 오부(五部)에 신칙하되 혹시라도 물가를 조종하거나 교역을 규찰하지 못하도록 하고, 형조(刑曹)와 포청(捕廳)에서 시전(市廛)의 매매에 간섭하는 것은 본래 그들의 직임이 아니므로 다시는 월권을 하지 말라는 뜻으로 아울러 신칙하심이 어떻겠습니까.

돈과 물화의 경중과 귀천은 반드시 공평하게 된 뒤에야 백성과 나라에 해가 되지 않습니다. 이는 예로부터 이미 증명된 일이므로 일일이 거론하여 논할 필요도 없습니다. 지금 청전의 폐단이 근래에 극심한 것은 그 이유가 있습니다.

갑자년(1864) 이전에 부유한 백성으로 하여금 사사로이 물력을 갖추어 용광로를 설치하여 돈을 주조하고서 관가에 세금을 바치도록 허가하면서 공사 간에 모두 이익이라고 하였습니다. 그리하여 조악한 돈이 나라에 두루 퍼져 물건값이 치솟았으니, 이것이 병의 근원이 되었습니다. 용광로를 설치한 백성은 때를 틈타 이익을 보지 않은 자가 없었고, 근래에 이르러서는 사기꾼과 모리배들이 청전이 백성들의 큰 근심이 되어 반드시 혁파될 것을 미리 헤아려, 망녕되게 욕심을 품고서 번번이 주전(鑄錢)을 한 연후에 공사 간에 모두 이롭다는 설로 되지도 않은 말을 엮어 백성들을 현혹하여 갈수록 전파하니, 법령이 반포되기도 전에 모두가 청전은 반드시 혁파된다고 말을 합니다. 이런 까닭에 온갖 물화가 유통되지 않아 교역이 드디어 끊어졌습니다. 지금 청전이 이미 혁파된 뒤에도 이런 무리들은 기회를 얻었다고 여겨, 반드시 다시 주전하여 이로움을 취하려고 유포시킨 말이 시끄럽게 그치지 않습니다. 이들은 법령과 기강을 문란시킨 자들이므로 용서 없이 주벌해야할 무리입니다.

다시 주전을 허가하는 것은 가장 신중해야 합니다. 만일 이 일을 가볍게 처리하면 백성과 나라의 질병이 됨이 이루 말할 수 없을 것이니, 엄히 방비하지 않을 수 없습니다. 한성부에 분부하여 만약 다시 주전해야 한다는 설을 퍼뜨려 인심을 현혹시키는 자가 있으면 반드시 용서치 않고 죽일 것이라는 뜻을 방방곡곡에 내걸게 하심이 어떠하겠습니까.

지금 혁파된 청전은 바로 무용지물입니다. 민간에서 부수고 녹여 기물을 만드는 것도 그대로 내버려 둠이 마땅합니다. 그런데 관고(官庫)에 그득 쌓인 것은 만약 조금이라도 변통할 길이 있으면 한번 시험해본 뒤에 그만두어도 무방합니다. 매년 연공사(年貢使)와 별사(別使)의 행차에 경외(京外)에서 지급하는 노자와 잡비가 그 수량이 적지 않은데, 은화로 바꾸려면 또한 수량이 많으니, 지금 만약 청전으로 지급하여 중국에 들어가는 경비로 삼는다면, 저 청전은 제자리로 돌아가 해마다 감소할 것이고, 우리나라 돈은 저절로 관고에 들어가 해마다 늘어날 것입니다. 이것이 한번 시험해볼만한 일이지만, 돈과 은을 바꾸는 값이 어떠한지, 수송하면서 소모되는 비용이 어떠한지는 만책(灣柵 국경)의 사정을 익숙히 아는 자가 아니면 미리 억측하여 결단할 수 없습니다.

영상(領相)[36]께서는 지금 역원(譯院)의 도제거(都提擧)를 겸임하고 계시니, 일을 아는 역원(譯員)에게 널리 문의하시어 그들로 하여금 품의하게 하여 처리하심이 어떻습니까.

36 영상(領相) : 당시 영의정은 이유원(李裕元 1814~1888)이었다.

강화도의 군량미를 비축하는 방안에 대한 논의[37]

沁都兵餉措畫議

오랑캐의 실정은 헤아릴 수 없고, 오고 가는 것이 일정하지 않으니, 관방(關防)을 소홀히 해선 안 됩니다. 매양 위급할 때에 징발하는 것은 군사를 두어 수비를 증대하는 것보다 못하니, 병향(兵餉 군량미)에 대한 조치는 급선무에 해당합니다.

지금 전결(田結)을 거두는 것을 삼수량(三手糧)[38]의 예에 비추어 배정한 것은 실로 부득이한 사정에서 나온 것입니다. 모든 사람의 논의가 동일하여 다른 견해가 없는데도, 오히려 다시 백성들의 질고를 염려하여 이렇게 널리 조정의 의견을 자문하시니, 진실로 우러러 송축하는 심정 가눌 길 없습니다.

근래 결역(結役)[39]의 징수가 정부(正賦)보다 많아져 해마다 증가하였고, 읍마다 규칙이 다르고 도마다 명목이 달라 민력이 고갈되어 오래

37 강화도의……논의 : 이 글은 환재가 1874년(고종11) 이후에 지은 글로 강화도의 군량확보 방안을 강구하라는 임금의 자문에 응대하여 올린 글이다. 서양 오랑캐를 방비하기 위해 강화도에 군사를 두는 것이 급선무이고, 군량미를 확보하기 위해 삼수량의 사례에 비추어 조세를 거두게 한 것도 부득이한 일이며, 원활한 납부를 위해 결역전과 같은 번다한 명목을 혁파하여 군량미를 확보하는 것이 좋은 방안임을 건의하였다.

38 삼수량(三手糧) : 훈련도감에 소속된 포수(砲手), 사수(射手), 살수(殺手)를 양성하는 경비에 충당하기 위해 전결(田結)의 정해진 조세 이외에 더 받는 세미(稅米)를 말한다.

39 결역(結役) : 결세(結稅) 속에서 경저리(京邸吏)·영저리(營邸吏)에게 주는 급료(給料)를 말한다.

도록 식자들의 한탄을 자아냈습니다.

지금 만약 번다한 명목을 조사하여 덜어낼 것은 덜어내고 혁파할 것은 혁파하여 전날의 번다하고 무거운 것을 단번에 덜어낸다면, 군량에 보충될 두미(斗米)를 앞 다퉈 바치고 칭송의 소리가 일어날 것입니다.

소차疏箚

사직하며 올린 의례적인 소는 모두 싣지 않았다.

기구를 설치하여 환향을 정리하기를 요청하는 소[40]

請設局整釐還餉疏

신이 외람되게 임금의 선발을 받아 명을 받고 남쪽으로 내려와, 난민(亂民)의 옥사를 다스리고 감포(勘逋 포흠을 조사함)의 방도를 강구하

40 기구를……소 : 이 글은 환재가 56세 때인 1862년(철종13) 5월 22일에 삼정이정청(三政釐正廳)을 설치하여 환향을 정리할 것을 촉구한 상소이다.

진주 민란(晉州民亂)은 임술년(1862, 철종13) 2월 18일에 경상도 진주 일대에서 발생한 농민들의 항쟁이다. 조선 후기에 심화된 삼정(三政)의 문란에 대항하여 전라도 38개 지역, 경상도 19개 지역, 충청도 11개 지역, 기타 3개 지역에서 농민 항쟁이 일어나자, 조선정부는 농민들의 요구에 따라 널리 삼정책(三政策)을 모집하고 삼정이정청(三政釐整廳)을 설치하여 대책을 만들기 시작했는데, 이 상소도 그 사이에 작성된 것이다.

환재는 경상도 안렴사로서 진주 민란을 직접 체험하였는데, 백성들이 민란을 일으킨 것이 삼정(三政)의 문란으로 인해 어쩔 수 없이 궐기한 것이므로 긍휼히 여겨야 한다는 취지를 견지하였다. 이어 환재는 경상도 안렴사로 두 차례 부임한 8, 9년 사이에 영남고을이 온통 피폐해진 현실과 삼정 중에서도 환곡제도가 문란하여 전국적으로 거짓장부만 안고서 폐단에 대한 대책을 찾지 못하는 실정을 서술하였다. 말미에는 따로 기구를 설치하여 폐단의 근원인 환향을 정리하되, 예전에 가작(加作)과 이무(移貿)를 금지한 것이 허례허식에 불과했던 것을 반면교사로 삼아 이번에는 조정에서 충분히 논의하여 한 도에서 우선 시험해 보고 전국으로 확대하자고 제안하였다.

였습니다. 그 일은 몹시 신중하고 그 임무가 가볍지 않은데, 재주와 식견이 용렬하여 일을 그르칠까 근심하여 밤낮으로 불안하여 스스로 편안하지 않았습니다. 사폐(辭陛)하던 때에 임금의 하교가 정중하였고, 고을에 당도한 날에 전에 없는 윤음을 받았습니다.

신은 이에 성상의 뜻을 선포하고 밝으신 명을 선양하여 스스로 만분의 일이나마 보답하고자 하였으니, 모든 것을 임금의 은총을 의지하여 모든 일을 처리하는데 힘입는 바가 있었습니다. 그리하여 포안(逋案 포흠의 조사)과 옥헌(獄讞 옥사를 평의함)이 대략 단서가 갖추어져 이제 비로소 차례대로 보고하고자 합니다. 조사하고 검토하는 중에 시일을 많이 허비하여 문비(問備)[41]의 명을 듣기까지 했는데, 또 이렇게 지체되어 더욱 황송하기 그지없습니다.

이어 생각건대, 지금 진주(晉州)의 사변(事變)은 실로 이전 시대에 듣지 못하던 일입니다. 무례하고 사나운 병졸들이 장수를 겁박하여 난리를 일으킨 일도 있었고, 완악하고 간사한 소인들이 관리를 해치고 도적질을 한 일도 있었으니, 이것은 모두 말세의 패란(敗亂)한 자취입니다. 어찌 성명(聖明)께서 위에 계시어 기강이 무너진 일이 없고 백성들을 품어 보호하여 덕교(德敎)가 날로 융성한데, 밭두둑에 도롱이 입은 백성들이 제 분수를 편히 여기지 못하여 서로 이끌고 강상(綱常)을 범한 일이 이토록 심한 적이 있었습니까? 이는 그저 곤궁한 백성들이 원통한 울분을 표출한 것이지, 실로 도적을 불러 모은 형세는 아니니, 참으로 이른바 '그 실정을 파악했으면 애처럽고 불쌍히 여겨야지 기뻐해선 안 된다.〔得其情 哀矜而勿喜〕'[42]라는 것입니다.

41 문비(問備) : 관원의 죄를 서면으로 신문하는 것을 말한다.

그렇지만 사람의 마음은 쉽게 흔들리고, 평정하기 어려운 것은 일입니다. 신이 한밤중에 생각할 때마다 그 때문에 마음이 섬뜩해집니다.

신이 진주에 도임하여 사태를 처리한 이래로 귀에 들리는 것들이 대체로 놀라운 일뿐이었습니다. 우도(右道) 중에 단성(丹城)·함양(咸陽)·거창(居昌)·성주(星州)·선산(善山)·상주(尙州)·개령(開寧)과 좌도(左道) 중에 울산(蔚山)·군위(軍威)·비안(比安)·인동(仁同) 등의 고을은 어디나 무리지어 준동하여 일마다 분쟁을 일삼아, 관장(官長)을 포위하여 조부(租賦)의 감액을 억지로 요구하기도 하였고, 연리(掾吏 아전)를 몰아내어 조적(糶糴)[43]의 문서를 빼앗기도 하였으며, 심한 경우엔 사람을 죽이고 불을 지르거나 집을 부수고 재물을 노략질하여 길길이 날뛰며 들이닥치면서 조금도 꺼리는 바가 없었으니, 도적들이 갑자기 모였다 종적 없이 흩어지는 것과 차이가 별로 없었습니다.

이들을 탄압하고 진압하는데 도신(道臣)의 조치에 의지하고 힘입어 그 정범(情犯 죄상)의 얕고 깊음과 사체(事體)의 경중을 헤아려보건대, 개령(開寧)의 민변(民變)으로 말하자면 역시 보고를 올리지 않을 수 없습니다.

42 그……안 된다 : 범법자(犯法者)를 처벌할 때 긍휼히 여기는 마음을 지녀야 한다는 말이다. 증자(曾子)가 "위에서 제 도리를 못하여 백성들이 흩어진 지가 오래되었으니, 만일 그들이 죄를 지은 실정을 알았다면 애처롭고 불쌍하게 여기고 기뻐하지 말아야 한다.〔上失其道 民散久矣 如得其情 哀矜而勿喜〕"라고 한 데서 온 말이다. 《論語 子張》

43 조적(糶糴) : 환곡(還穀)을 방출하고 수납하는 것을 가리키는 말로, 봄에 백성들에게 나라 곡식을 꾸어 주는 것을 조(糶)라 하고, 가을에 백성에게서 봄에 꾸어 주었던 곡식에 10분의 1의 이자(利子)를 덧붙여 거두어 들이는 것을 적(糴)이라 한다.

신이 막 달려가 안찰하고 조사하는데 이때 백성을 위무하는 윤음이 특별이 하늘에서 내려와 애통하고 슬퍼하시니, 누가 감격의 눈물을 흘리지 않겠습니까. 이로부터 불온한 무리들도 장차 숨을 죽이고 안정될 것이니, 백성들이 고개를 빼고 기다리는 바람이 이에 더욱 간절합니다.

아, 이 백성들은 바로 우리 조종(祖宗)의 열성(列聖)께서 정성들여 길러내어 우리 성상께 물려준 적자(赤子)들인데, 어찌하여 하루아침에 스스로 불의(不義)에 빠져 기꺼이 이토록 패악하게 태평세상의 난민(亂民)이 되었단 말입니까. 여기엔 반드시 그 까닭이 있습니다.

이 무리들이 구실로 삼아 원망을 토로하는 것은 바로 삼정(三政)이 온통 문란해 진 것에 불과한데, 세금을 각박히 거둬 황망히 아침저녁도 보존치 못하게 된 이유로는 오직 환향(還餉)[44]의 폐단이 가장 심합니다.

지금 저 환향의 극심한 폐단은 한 고을 한 도의 근심이 아니고, 바로 팔로(八路)가 마찬가지여서 온 나라가 깊이 우려하는 바입니다. 나라의 재정이 고갈되고 민생이 곤궁한 것은 사람이라면 누구나 알 수 있고, 사람이라면 누구나 말할 수 있으니, 신은 장황하게 늘어놓지 않겠습니다. 그런데 신이 여러 해 전에 외람되게 안찰사의 명을 받고서 영남고을의 이병(利病)을 대략 살펴보니, 적법(糴法)이 무너지고 문란한 것이 이루 말할 수 없었는데, 이제 거듭 영남에 오니, 그간 8, 9년 사이에 영남고을이 온통 피폐하고 백성들이 도탄에 빠진 것이 더욱

44 환향(還餉) : 환곡(還穀)과 향곡(餉穀)을 합칭한 말이다. 환곡은 정부의 비축곡식을 춘궁기에 대여했다가 추수 후에 이자를 붙여 회수하는 것이고, 군량미를 대여했다가 회수하는 것을 향곡이라 한다.

전날에 비할 바가 아닙니다.[45] 이것이 어찌 영남만이 그렇겠습니까. 한 고장을 미루어 모든 고장이 날이 갈수록 심해짐을 더욱 알 수가 있습니다.

옛날의 선량하고 아름다운 법규로써 백성과 나라가 힘입던 것이 이제 백성을 해치고 나라를 좀먹는 빌미가 되었음에도 아무도 바꾸거나 고치지 못하고, 아무도 구제하거나 치료하지 못합니다. 수령으로서 아무도 어찌하지 못하고 관찰사로서 아무도 어쩌지 못하여, 얼버무리거나 임시방편으로 구차하게 버텨나가서 인습된 온갖 폐단이 그 속에서 점점 자라나니, 그 조목과 세세한 절목은 다시 헤아릴 수조차 없습니다. 그런데 우선 지금 온 나라의 창향(倉餉)을 논해보건대, 어딜 간들 허부(虛簿 거짓장부)만 안고 있는 꼴입니다.

신이 지금 진주에 머물고 있으면서 최근에 듣고 본 것을 거론해 보고자 합니다.

진주의 허포(虛逋 거짓장부)는 이미 사계(査啓)를 올려 자세히 논했습니다만, 단성현(丹城縣)은 진주 인근의 작고 잔약한 고을로 민가는 수천 호(戶)에 불과한데 환향(還餉)의 각 곡식이 10만 3천여 석이 되고, 적량진(赤梁鎭)은 진주 경계의 탄환만한 부속 섬으로 민가는 1백 호에 차지 못하는데 환향의 각 곡식이 10만 8천 9백여 석이 되니, 갑자기 들어보면 그 허무맹랑함이 어찌 사리에 가당키나 하겠습니까.

이와 같은 종류가 도처마다 마찬가지여서 슬픈 울음과 흩기는 눈초리가 안정될 기미가 없습니다. 군읍(郡邑)에서 보충할 방도라곤 온통

45 신이……아닙니다 : 환재는 1854년(철종5)에 경상좌도 안렴사로 부임하였고, 1862년(철종13)에 진주 민란을 수습하기 위해 경상도 안렴사로 다시 부임하였다.

원칙을 어기고 이치를 해치는 이야기뿐이고, 조정에서 탕감해주는 은전이 또 어찌 원하는 대로 시행해줄 수 있는 일이겠습니까. 그저 병드는 것은 우리 백성일 뿐이고, 거듭 곤액을 당하는 것은 우리 백성일 뿐입니다.

지금 태평스럽고 일이 없는 때에도 오히려 한꺼번에 준동하는 근심이 있으니, 만약 한번 홍수와 가뭄이 닥쳐 구제할 재물을 논하거나, 국경에 사변이 생겨 저축된 곡식을 풀어야 한다면, 또 어찌 임시 창졸간에 거짓장부를 잡고서 이 백성들에게 급박하게 독촉할 수 있겠습니까. 흙이 무너지는 형세가 잠깐 사이에 달렸으니, 이것을 생각하면 어찌 두렵지 않겠습니까.

대체로 좋은 법도 폐단이 없은 적이 없으니, 오직 손익(損益)과 인혁(因革)을 때에 맞게 시행하여 마땅함을 얻는 데 달려 있습니다.

이제 환향이 이 지경에 이르러 오래도록 식자들의 한탄을 자아냈으나, 끝내 바꾸거나 고치는 조치가 없었던 것은 진실로 그 일이 지극히 어렵고 그 사무가 지극히 크기 때문입니다. 사물의 이치는 궁극에 달하면 반드시 변하고, 궁하면 반드시 통하니, 어찌 오늘을 기다린 것이 아니라 하겠습니까.

국가의 대전장(大典章)과 대의론(大議論)은 간혹 기구를 설치하여 모든 계책을 모으고 여러 계책을 뽑아서 강구하고 상량하여 마땅함을 구해야 하니, 송(宋)·명(明) 이래로 이따금 이렇게 하였습니다. 조선에서도 도감(都監)을 설치할 때에 이 일을 오로지 관리하고자 하여 다른 사무에 흔들리지 않고 일을 끝까지 처리하고서야 그쳤으니, 흐지부지 세월만 보내다 중지되지 않도록 하고자 한 까닭입니다.

신이 생각건대 환향을 정리하는 방략은 마땅히 이때에 따로 하나의 기구를 열어서 관리를 뽑아 위임하고 조리를 갖추어, 두루 재야의 현자를 찾아가 묻고 노성한 인물에게 나아가 절충하면, 이것이 차례와 절목이 됩니다. 그런데 멀리 전대의 득실을 거슬러 헤아리고 두루 중국의 이폐(利弊)를 살핀다면, 은자의 경륜 있는 설을 채록하지 못할 것이 없고, 조정의 큰 논의에 반드시 정견(定見)이 있을 것이니, 마땅히 옛것을 따라서 수식할 수도 있고, 옛날을 본보기로 증손(增損)할 수도 있을 것입니다.

하나의 시행할 만한 좋은 법규를 강구하여 토론하고 윤색하기를 충분하고 자세히 한 연후에 이것을 먼저 한 도(道)에 시험해보고 차례로 여러 고장에 두루 시행해야 합니다. 이렇게 하고도 적폐를 끝내 제거하지 못하고 백성들이 끝내 평안하지 못하다는 것은 신이 듣지 못했습니다.

이제 대신(大臣)들이 경연에서 아뢰어 가작(加作)과 이무(移貿)[46]의 잘못 인습되어온 폐단을 거듭 금지하시고, 모곡(耗穀)과 경비(經費)를 없애거나 보탤 방도를 두루 물으시니, 멀고 가까운 곳에 소문을 들은 사람들이 누구나 기뻐해마지 않습니다.

생각건대, 지방의 관찰사에게 폐단에 대해 묻고, 여러 고을의 수령에게 계책에 대해 물은 것이 예전부터 여러 차례였습니다. 그런데 시대를 구제할 방도에 대해서는 원대한 계책을 논의하지 못하였고, 곳에

46 가작(加作)과 이무(移貿) : 조선 시대 환곡의 대표적 폐단이다. 가작은 환곡(還穀)을 출납하면서 그 이자를 규정보다 많이 받아들이거나 소모분을 더 거두던 일을 가리키고, 이무는 지방 관원들이 자기 고을 환곡의 시세가 오르면 내다 팔고, 값이 싼 다른 고을의 곡식을 사서 채워 넣어 시세차익을 취하던 일을 가리킨다.

따라 임시방편으로 처리하다보니 간혹 맑은 근원을 보지 못하여, 매양 구애되는 일이 많아 지금에 이르도록 시행하지 못했습니다. 그리하여 번번이 경비가 궁핍해짐을 두려워하면서도 시행할 만한 계책이 없어 근심과 탄식만 하다 그쳤고, 의론만 하다가 그칠 뿐이었습니다.

가작(加作)과 이무(移貿)를 금지한 일로 말하자면 어찌 일찍이 엄하고 무겁지 않은 적이 있었겠습니까만, 전후로 인습하다보니 저렇게 되고 말았습니다. 신이 이른바 '특별히 기구 하나를 설치하여 이 일을 전담하여 처리하자'는 것은 진실로 얼버무리거나 임시방편으로 막다가 세월만 보내다 중지되고 말아서 다시 전날처럼 되고 말까 두렵기 때문입니다.

아, 간가(間架)와 세맥(稅陌)으로 인해 경원(涇原)의 병졸이 시끄럽게 일어났고,[47] 청묘(青苗)와 조역(助役)으로 인해 금나라의 침입을 초래했습니다.[48] 조선의 환향은 그 법이 본래 아름다워 그 효과가 매우

47 간가(間架)와……일어났고 : 간가는 집의 칸수를 가리키는데, 당(唐)나라 건중(建中) 4년(783)에 조찬(趙贊)이 제정한 법으로 가옥의 칸 수에 따라 상중하로 나누어 세금을 매긴 것이 간가세이다. 제맥(除陌)은 공사(公私)의 무역 때에 매매(賣買) 액수에 따라 일정한 비율로 세금을 매긴 제맥전(除陌錢)을 가리킨다. 덕종(德宗) 연간에 경원 절도사(涇原節度使) 요영언(姚令言)이 반란을 일으켜 태위(太尉) 주자(朱泚)를 맹주로 삼았다. 이에 주자는 황제라 자칭하고 국호(國號)를 대진(大秦)이라 하였으나 이성(李晟)의 토벌을 받고 부하에게 살해되었다.

48 청묘(青苗)와……초래했습니다 : 청묘는 송(宋)나라 왕안석(王安石)이 제정한 신법(新法) 가운데 한 가지로 민간의 고리(高利)를 없애고 정부의 세입을 증가시키기 위하여 매년 봄과 가을에 관청에서 백성에게 2분(分)의 이식(利息)으로 전곡(錢穀)을 대여하던 제도이다. 조역(助役)은 면역법(免役法)이라고도 하는데, 왕안석이 제창한 신법의 한 가지로 부역에 나갈 만한 사람이 없는 집에서 돈을 내고 부역을 면제받던 제도를 가리킨다.

켰으니, 어찌 전대의 피폐한 정치와 잘못된 계책에 비교하여 논할 수 있겠습니까.

오늘날 말류의 폐단을 돌아보건대 소홀히 여길 수 없는 근심걱정이 있으니, 신이 감히 일부러 망녕된 말을 하여 임금의 귀를 혼동시키려는 것이 아닙니다. 경(經)과 변(變)에 따른 백성의 실정을 묵묵히 관찰하고, 일처리 하는 여가에 두루 자문하시니, 저의 근심과 생각은 진실로 가슴 속에 간절한 생각을 스스로 그만 둘 수 없습니다. 북쪽으로 궁궐을 바라보고 벽을 따라 돌며 잠 못 이루다가 어리석은 견해나마 진술하여 미천한 사람의 의견을 채택하는 데 대비하고자 합니다.

삼가 바라건대 성상께서는 고요히 멀리 살피시어 생각을 기울이시기 바랍니다. 신은 두려운 마음 가눌 길 없습니다.

우부승지의 소명을 어긴 후에 올린 자핵소[49]

右副承旨違召後自劾疏

신이 지난번 사명을 받들고 영남고을을 안찰하여 옥사를 결단하고 포흠을 조사하면서 시일을 많이 허비하였으니, 변변찮은 재주를 스스로 부끄러워하며 처벌을 기다리고 있었습니다. 옥사의 결과를 보고하던 날에 대신이 말하기를 "죄를 판결하려면 열흘이나 석 달쯤 걸려야 한다고 했으나, 옥사가 오래되면 간사함이 생기니 유념해야 마땅하고, 또 옥사를 논단한 것이 지나치게 가벼운 데로 따랐으니, 청컨대 간삭지전(刊削之典)을 시행하소서."[50]라고 하였다.

49 우부승지로……자핵소 : 이 글은 환재가 1862년(철종13) 5월 이후에 우부승지에 임명되자 자신의 허물을 자책하며 올린 사직 상소이다.

환재가 진주 민란을 조사하여 5월 22일에 올린 장계가 조정에 큰 논란을 일으켰는데, 핵심은 진주 민란의 주도층으로 경상도 양반 사족층을 지목했다는 점이 영남 사림 및 조정 관료들의 반발을 자아냈고, 또 옥사를 맡아 3개월 동안 논단(論斷)하면서 지나치게 온건한 쪽으로 처벌한 점을 들어 박규수에게 간삭(刊削)의 율을 시행해야 한다고 비변사에서 상주하였다. 이에 5월 27일에 부호군 이만운(李晩運) 등 영남 유생들이 연명하여 환재를 규탄하는 상소를 올리자, 철종은 박규수가 올린 관문에 영남 선비를 거론한 것이 지나친 점이 있음을 들어 영남 유생들을 두둔하면서도 지역 주민들을 잘 타일러 기강과 명분을 바로잡고 생업에 전념케 하는 것이 사대부의 책무이므로 박규수가 올린 관문에 대해 더 이상 시시비비하지 말라고 하며 환재의 처지를 옹호하였다. 《哲宗實錄 13年 5月 22日, 27日》《김명호, 환재 박규수 연구, 창비, 2008, 487~489쪽》

50 죄를……시행하소서 : 이 내용은 《승정원일기》 1862년(철종13) 5월 23일 비변사의 계사(啓辭)에 보인다. 죄를 판결하면서 열흘이나 석달쯤 걸린다는 말은 《서경》 〈강고(康誥)〉에 나오는 말로, "죄를 판결하려면 5~6일 동안을 두고 깊이 생각하고도 열흘이나 석 달쯤 더 지나서 죄를 판결하라.〔要囚 服念五六日 至于旬時 丕蔽要囚〕"라고

신이 사태 처리를 지체한 죄는 회피할 방도가 없는데, 이에 임금께서는 신이 노둔하여 통변(通變 상황에 맞게 대처함)의 마땅함에 어두운 것을 알아주시고, 또한 신이 자세히 살펴서 거의 출입에 실수가 없음을 헤아려주시어, 칠수(七囚)가 마침내 차율(次律)에 부쳐지고,[51] 거대한 포흠이 모두 맑은 장부를 얻었으니, 신이 논의하여 상주한 것을 따르지 않음이 없었습니다.

대체로 사람을 죄를 주어도 그 말은 채용하는 것이 제왕의 훌륭한 범절이고, 몸은 버림받아도 말은 시행되는 것이 신하의 지극한 영광입니다. 신은 지금 손 모아 칭송하고 감격하며 죽을 때까지 한을 품을 수 없거늘, 하물며 다시 견책을 가벼이 하여 곧바로 서용해주시어 은혜로운 제수가 연달아 내려오니, 오직 허둥지둥 나아가 받들어야 마땅한데 어찌 감히 머뭇거리며 거절할 수 있겠습니까.

다만 신이 지난번에 여러 차례 사람들의 구설수에 올랐는데, 대부분

하였다.

51 칠수(七囚)가……부쳐지고 : 칠수는 진주 민란에 호응한 일곱 명의 죄수를 가리킨다. 차율(次律)은 적용해야 할 형률보다 한 등급 낮은 형벌로, 유형(流刑)을 지칭하는 경우가 많다. 박규수가 안핵사의 임무를 수행하고 올린 장계에 근거하여 비변사에서 복계(覆啓)하여 유계춘(柳繼春)·김수만(金守萬)·이귀재(李貴才)가 수창자(首倡者)이고, 이계열(李啓烈)·박수익(朴守益)·정순계(鄭順季)·곽관옥(郭官玉)·우양택(禹良宅)·최용득(崔用得)·안계손(安桂孫) 등 7명의 죄수는 용의주도하게 호응하여 시종 능범(凌犯)했으니, 이상 10인을 부대시(不待時)로 효수(梟首)하여 대중을 경계시키라고 청하였다. 이에 대해 철종은 "이계열(李啓烈) 등 7인은 묘당(廟堂)에서 복계한 것이 엄하고 정당하니, 진실로 일체 형법을 시행해야 하겠지만, 다만 사안(查案)을 구별하여 이런 등급으로 나누어 놓았으니, 죄가 의심스러우면 가벼운 쪽을 따르는 것이 신중하게 다스리는 정사에 해로울 것이 없다. 모두에게 차율(次律)을 시행하도록 하라."라고 하교하였다.《哲宗實錄 13年 5月 22日, 27日》

상정(常情)과 사리(事理)를 벗어나는 것이었습니다. 신이 명을 받고 남쪽으로 내려올 때에 속으로 헤아리기를, "대령(大嶺) 이남은 옛날에 군자의 고장으로 일컬어져 너그러운 교화와 예양하는 풍속이 일찍이 여러 고장에서 으뜸이었다. 그런데 불행히 민요(民擾)가 이 고장에서 일어났으니, 이곳 사대부들이 수치로 여기고 부로들이 근심할 것은 당연하다. 비록 소요를 일으킨 자들이 수심과 원망에서 말미암아 당장은 악행을 일삼더라도 뒤늦게 생각하면 어찌 후회하는 마음이 없겠는가. 임금의 위엄에 의지하여 덕스러운 뜻을 선포하고 그 실정을 헤아려 옥사를 공평히 결단하면 거의 어려움이 없을 것이다."라고 생각했습니다.

그러나 신이 진주에 도임하여 아직 열흘도 지나기 전에 여러 곳의 민변(民變)이 연이어 발생하였는데, 진주의 옥사가 한창 벌어진 것을 저들도 들어서 알고 있음에도 감히 뉘우치지 않는 형세로 조금도 두려워하는 기색이 없을 줄이야 생각이나 했겠습니까? 그 놀랍고 원통함은 신이 앞서 헤아렸던 것과 크게 어긋났고, 아무 고을과 아무 군에서 그릇이 엎어지듯 조석 간에 준동하려는 자들이 허실을 뒤섞어 퍼뜨린 소문이 하나만이 아니었습니다.

그런데 신이 맡은 것은 법으로 조사하는 직분이고, 다스리는 것은 난민(亂民)의 사태입니다. 비록 싹을 자르고 난을 중지시킬 계책이 없더라도 일이 관청 안에 있으므로 어찌 문을 닫고 팔짱을 끼고서 태평하게 지내며 물어보지 않을 수 있겠습니까. 이것이 신이 열읍(列邑)에 문서를 띄워 사민(士民)과 부로(父老)들에게 게시한 까닭인데, 격렬한 말로써 그들의 부끄러운 단서를 일으키고 경계하는 말로써 그들의 두려운 마음을 일으켜, 그들이 서로 경계하여 큰 형벌에 빠지지 않도록 하였으니, 신의 마음 씀 또한 매우 괴로웠습니다.

그런데 어찌하여 한 무리의 사람들이 되지도 않는 비방을 멋대로 씌워서, 사림(士林)과 선배들을 모멸하였다고 말하는 자도 있고, 부형와 장로들을 모욕하였다고 말하는 자도 있습니다. 그리고 떼를 지어 일어나 어지럽게 부르짖으며 저들의 이야기를 사론(士論)이라 떠받들면서 신이 논란을 부추겼다고 탓하는 자마저 있으니, 신은 참으로 그 까닭을 이해할 수 없습니다.

신이 논책(論責)한 것은 패류(悖類)의 부형들인데, 이것이 사림과 무슨 관련이 있을 것이며, 크게 기대하는 바는 독서하는 군자들인데, 이것이 사림에 무슨 해가 되겠습니까. 저들의 말이 어찌하여 스스로를 독서군자로 자처하지 않고, 또 제 부형들을 독서군자로 대우하지 않고서, 이에 꾸짖고 날뛰면서 패류를 대신하여 그 부형들의 송사를 하는지 모르겠습니다.

그들이 문자를 이해하지 못하여 스스로 속이고 모욕하여 이 지경에까지 이를 줄은 생각지도 못했습니다. 이는 실로 한 고장 사림들의 수치입니다. 만약 조금이라도 스스로를 지킬 줄 알고 대략이나마 사리를 아는 자들은 모두 일찌감치 뜻을 알아차렸을 것이니, 신이 어찌 여러 말 하겠습니까.

그러나 나오는 것은 대장(臺章 사헌부와 사간원의 탄핵소)이고, 이어진 것은 연소(聯疏 연명상소)이며, 더해지는 것은 수론(繡論 어사의 논핵)이어서, 주먹질당하고 발에 밟혀 몸에 온전한 살갗이 없을 지경이니, 망측한 재앙에 걸림이 이보다 심함이 있겠습니까.

충신(忠信)이 사람을 복종시키지 못하고, 위명(威明)이 사물을 진정시키지 못하니, 신이 재주가 없음은 본래 말할 가치도 없지만 지금 맡은 것은 총명(寵命)이고, 받들어 행하는 것은 왕장(王章)입니다. 가령 호령하는 사이에 간혹 저촉이 있더라도 어찌 개인적인 희노(喜怒)로써 번번이 모멸을 더하여, 조금도 거리낌 없이 패악한 욕설과 저주의 말을 공거(公車 탄핵소)에 번갈아 드러내고, 멋대로 뽑아내어 밥 먹고 차 마시며 하는 이야기 거리를 임금의 안목에 끼치니, 임금의 명을 모독하고 무시함이 저와 같단 말입니까.

신이 직무를 감당 못하여 왕명을 욕되게 함이 어찌 이 지경에까지 이르렀단 말입니까. 스스로 두려워하고 스스로 자책함은 신의 개인적인 일인데, 이와 같은 신을 용서하고 주벌하지 않는다면, 기강이 다시 펴질 수 없고 명령이 다시 시행되지 못할 것입니다. 신이 비록 형편없사오나 어찌 감히 형벌을 면할 요행을 바라고 분수에 넘는 은총을 탐하여, 임금의 권위가 날로 가벼워지고 조정의 체모가 날로 낮아짐을 홀로 생각지 않을 수 있겠습니까.

하물며 신이 포흠을 조사한 사안에 잘못된 실상을 더욱 지적하여, 정완묵(鄭完默)이 공전(公錢)을 범한 것이 아니라고 하면서 관청을 수리한 비용으로 귀결시키고, 박승규(朴承圭)가 환납(還納)을 이무(移貿)한 것이 이임(移任)하기 전이라고 합니다.[52] 그리하여 한편으론 분명한 하기(下記 장부)가 있다고 하고, 또 한편으론 문적(文蹟)이 분

52 신이……합니다 : 1862년(철종13) 6월 6일에 박규수가 진주목 안핵사로서 올린 사계(查啓)로 인해 전 병사(兵使) 이규철(李圭撤)·오길선(吳吉善), 전 우후(虞候) 신효철(申孝哲), 전 목사(牧使) 박승규(朴承圭)·남지구(南芝耉), 전 영장(營將) 정완묵(鄭完默)을 죄주었다는 기사가 있다.《哲宗實錄 13年 6月 6日》 그런데 이 사계에 물의가 있었던 듯, 정완묵과 박승규는 감사의 보고와 대신들의 상주를 통해 억울함을 주장하여 시비가 일었다.

명하다고 하면서 차례로 도신(道臣)의 보고를 근거로 대신들이 돌려가며 상주하니, 모두가 이들의 억울함을 변론하여 일찍이 잘못이 없었다고 주장하였습니다. 사람이 이미 잘못이 없는데도 억울하게 탄핵을 입었다면 잘못 조사한 책임을 신이 마땅히 스스로 인책해야 하고, 사람을 죄에 빠뜨린 죄를 신이 모면하지 못할 것이니, 그저 신이 촌야의 고루한 사람으로 세상일에 통달하지 못하여 행적만 가지고 사람을 논죄하여 여기에 이른 것입니다.

그러나 진장(鎭將)의 관사를 수리하면서 여러 고장의 창포(倉逋 창고의 포흠)를 거짓으로 더하는 것은 율령을 두루 고찰해도 끝내 허락한 바가 없었고, 하물며 분명하다는 하기(下記)도 본래 이를 증명할 문서는 아니니, 정완묵이 애당초 법을 범한 것이 없는 줄은 신이 이해하지 못하겠습니다.

박승규가 왕부(王府)의 공물을 바치면서 처음엔 "마침 이직(移職)하게 되었다."라고 하였고, 환납(還納)하지 못하자 이어서 "체직되어 떠난 후에 돈을 본읍에 두었다."라고 하여 중언부언 진술한 말과 장황하게 늘어놓은 말이 모두 해읍(該邑)에 돈을 남겨두었다는 내용에 불과합니다. 그런데 지금 "이임하기 전에 환납한 문적이 분명하다."라고 하니, 진실로 이와 같다면 어찌 대치하던 날에 일찌감치 스스로 변명하지 않았는지, 이것도 신이 이해하지 못하겠습니다.

이 모두가 신이 어리석어서 이런 분란을 초래하였으니, 신이 지은 죄가 갈수록 용서받기 어렵습니다.

삼가 바라건대 성명(聖明)께서는 급히 옥관에게 명하시어 신의 죄를 논의하여 백관들과 후대에 본보기를 보인다면 신은 죄를 영광으로 여겨 조금도 한을 품지 않을 것입니다.

예문 제학을 사직하는 소[53]

辭藝文提學疏

세월은 빠르게 흘러 효문전(孝文殿)의 성사(成事)[54]가 문득 지났습니다. 생각건대 전하께서 전각을 바라보시며 허전하고 두려운 마음이 더욱 끝이 없으리라 생각합니다. 좋은 날을 골라 사당에 고하는 예식을 마쳐 사모하는 심정을 잘 펴셨으니, 모든 신민들이 서로 기뻐하고 있습니다.

이윽고 생각건대 신은 쓸모없는 재주라서 쓰일 곳이 없는데다 속빈 자질이 갈수록 쇠약해지니, 벼슬길에 대한 생각은 이미 식었고 집에서 지내는 분수를 달게 여기는 그저 한 사람의 빈한한 늙은 선비일 뿐입니다. 그런데 어찌 즉위하신 초년에 출중한 인물을 선발하시면서 세상에 보기 드문 영광을 내리시어 경질(卿秩)에 올려주시고[55] 가까운 곳에

53 예문 제학을 사직하는 소 : 이 글은 환재가 58세 되던 1864년(고종1) 4월 22일에 예문관 제학을 사직하며 올린 소이다.

환재는 고종이 즉위하는 해에 품계가 경(卿)에 오르고 벼슬이 여러 차례 내린 것이 이미 분수에 편안하지 못함을 서술하고, 더욱이 예문관은 문장에 능한 자가 맡아야 하는데, 자신은 문장에 재주가 없어 적임자가 아님을 이유로 사직하였다. 이에 대해 고종은 "상소를 보고 잘 알았다. 경은 사직하지 말고 공무를 행하라.〔省疏具悉 卿其勿辭行公〕"라는 비답을 내렸다.

54 효문전(孝文殿)의 성사(成事) : 1864년(고종1) 4월 20일에 효문전에서 졸곡제를 지낸 것을 가리킨다. 효문전은 철종의 혼전(魂殿)이고, 성사는 길제(吉祭)를 이른다. 우제 때는 흉(凶)을 숭상하기 때문에 제례가 이루어지지 않지만 졸곡 때에는 무시로 곡하는 것을 끝내고 오직 조석으로 두 차례만 곡할 뿐이니, 흉이 점차 길(吉)로 변하기 때문에 성사라고 한다.

두실 줄 생각이나 했겠습니까. 매번 명을 들을 때마다 두려운 마음 더욱 간절했습니다.

그런데 며칠이 지나기도 전에 연이어 강관(講官)의 직함을 받으니, 이는 풍재(風裁 풍격)가 단정하고 밝아서 임금의 덕을 보필할 만한 사람이어야만 되니 신은 그런 사람이 아니고, 경사(經史)에 널리 통하여 조정에서 논리와 사고를 펼칠 자라야만 되니 신은 그런 사람이 아니며, 관각에 자급이 높아서 평소 영예를 쌓은 자라야만 되니 신은 그런 사람이 아닙니다.

섬돌 아래에서 하교를 받들자 두려워 땀이 등을 적시고, 향안(香案)에서 용안을 마주하자 용광(龍光)이 몸을 감쌌습니다. 성상의 물음이 내리실 때에 어찌 터럭만한 보답을 올릴 수 있겠습니까. 물러나 불안하여 몸 둘 곳을 찾지 못하였습니다.

또 며칠 지나지 않아서 문원(文苑 예문관)에 제수하는 교지가 하늘로부터 내려오니, 신은 이에 떨리고 두려워하며 죽을 곳이 어딘지 알지 못하였습니다.

명철한 이를 알아보아 임무를 맡김은 밝은 임금의 훌륭한 일이고, 어진 임금을 만나 벼슬하는 것은 신하의 더 없는 영광입니다.

우리 성상께서 모든 정사를 새로이 세워 만물이 모두 우러러 보고, 훌륭한 백관들이 제자리를 찾아 임무를 맡았는데, 신이 은총을 받음이 마침 이 때이니 사람의 성품을 지닌 자라면 어찌 발걸음도 가볍게 진출하기를 원하지 않겠습니까.

55 경질(卿秩)에 올려주시고 : 1864년(고종1) 1월에 대왕대비의 명으로 가선대부(嘉善大夫)가 된 것을 가리킨다.

그러나 단비가 고루 적시는데 신이 유독 융성한 은택을 입었고, 강하(江河)를 함께 마시는데 신이 배를 채움이 너무 지나쳐, 연달아 화려한 고명(誥命)이 한 몸에 모이니, 그 시일을 헤아리자면 불과 3개월 사이입니다. 비록 옛날의 큰 인물이 큰 자리를 받은 경우라 할지라도 오히려 근심할 만하거늘, 하물며 신처럼 한미한 이력과 천박한 재주로 이처럼 빨리 내달리다가 엎어질 염려가 없을 수 있겠습니까. 이처럼 가득 채우고서도 뒤집어질 재앙이 없겠습니까. 이것이 신이 감히 나아가지 못하는 첫 번째 이유입니다.

또 국가에서 이 관직을 설치한 것은 사령(詞令)을 관장케 하기 위함입니다. 춘추(春秋) 시대에도 초창(草創)하고 토론(討論)하고 수식(修飾)하고 윤색(潤色)하는 일에 반드시 네 현인의 손을 거쳐 각기 장점을 다 발휘하도록 했습니다.[56] 비록 재예(才藝)가 있어도 겸하여 총괄하지 못하게 했으니, 사명의 막중함이 이와 같습니다. 그러므로 당(唐)·송(宋) 이래로 육지(陸贄)가 한원(翰苑)에 재직하고, 구양수(歐陽脩)가 내외제(內外制)를 맡은 경우는, 그들의 깊은 학문과 훌륭한 글솜씨가 보불(黼黻)의 문장을 널리 밝혀서 우뚝이 일대의 추앙을 받은 뒤에 그 자리에 앉았습니다.

저 문장이란 〈문언(文言)〉에서 이른바 '수사(修辭)'[57]입니다.

56 춘추(春秋) 시대에도……했습니다 : 춘추 시대에 정(鄭)나라가 사명(使命)의 작성에 신중했던 것에 대해 공자가 칭찬한 말이다. "정나라에서 외교 문서를 작성할 적에는, 비침이 초고를 만들고, 세숙이 토론을 하고, 행인인 자우가 수식을 하고, 동리의 자산이 윤색을 하였다.〔爲命 裨諶草創之 世叔討論之 行人子羽修飾之 東里子産潤色之〕"라고 하였다.《論語 憲問》

57 수사(修辭) : 문장을 짓는 것을 가리킨다.《주역》〈건괘(乾卦)〉 구삼효(九三爻)

신이 견식이 거칠고 학술이 엉성하여 수사(修辭) 한 가지 일에 본래 거론할 대상이 못되는데, 다만 고문(古文)의 한 맥이 집안에 전해오는 전통이라 하여 사람들은 신이 대략이나마 집안의 가르침을 받았으려니 의심하기도 합니다. 그러나 신은 어려서부터 놀이에 골몰하였고 흰머리가 되도록 이룬 것이 없기에, 선대의 가업을 실추시켜 늘 부끄럽고 한스럽습니다. 공령(功令)과 시문(時文)[58]에 대해서는 평소 훌륭한 스승 밑에서 공부하지 못했고, 병려문(騈儷文)[59]에 대해서도 화려하게 꾸미는 재주가 부족하니, 어떻게 밝은 조정에서 붓을 잡고 임금의 말씀을 꾸며내고 전책(典冊)을 세상에 선양하겠습니까. 그저 좋은 관직만 탐하고서 직분을 수행하지 못하고, 헛된 명성만 차지하고 실상이 없는 것은 바로 스스로를 속이는 것입니다. 스스로를 속이는 것에서 중지하지 않으면 남을 속이는데 이르고, 남을 속이는 데서 중지하지 않으면 임금을 속이는데 이르니, 신하의 큰 죄입니다. 신이 만약 단점을 감추고 좋은 벼슬에 연연하여 뻔뻔스럽게 나아가 받는다면 이는 전하를

문언(文言)에 "군자가 종일토록 부지런히 힘쓰고 저녁까지도 두려워하면 위태로우나 허물이 없다.〔君子終日乾乾夕惕若 厲 無咎〕"라고 한 것에 대해 공자가 말하기를, "군자는 덕을 진취시키고 학업을 닦나니, 충신은 덕을 진취시키는 방도이고, 말을 함에 있어서 그 성실함을 세움이 학업을 보유하는 길이다.〔君子進德修業 忠信 所以進德也 修辭立其誠 所以居業也〕"라고 하였다.

58 공령(功令)과 시문(時文) : 예문관 제학으로서 지어야 하는 공식 문장을 두루 가리킨다. 본래 공령은 과거 시험을 위해 공부하는 문장을 가리키고, 시문은 고문(古文)에 상대되는 말로 당시에 유행하는 문장을 가리킨다.

59 병려문(騈儷文) : 산문과 운문의 중간 형태로 구절마다 대우(對偶)를 맞추어 짓는 사륙문(四六文)을 가리키는데, 외국에 보내는 표문(表文)과 전문(牋文) 등 외교 문서는 주로 이 형식을 쓴다.

속이는 것이니, 어찌 크게 두렵지 않겠습니까. 이것이 신이 감히 나아가지 못하는 두 번째 이유입니다.

여러 날을 엎드려 이리저리 생각해 보아도 사면을 바라는 일념은 마치 몸의 결박이 풀리기를 구하는 것과 같습니다.

지금 경모궁(景慕宮)[60]의 작헌례에 제문을 찬진하라는 명으로 경패(庚牌 임금이 부르는 패지)가 엄숙히 당도하매 더욱 두려움이 들어 이제 감히 자애로운 하늘에 간절한 속마음을 모두 토로합니다.

삼가 바라건대 성명께서 굽어 살피시고 동조(東朝 대왕대비)께 품의하시어 신이 지닌 직함을 깎아버리신다면 밝은 조정에서 인재를 등용함에 반드시 적임자를 얻을 것입니다. 미천한 신하가 직임을 받는 것이 분수를 넘지 않게 해주시기를 바라 마지않습니다. 신은 황공한 심정을 견딜 수 없습니다.

60 경모궁(景慕宮) : 장헌 세자(莊獻世子)와 그의 비 헌경 왕후(獻敬王后)를 모신 사당으로 본래 1764년(영조40) 봄에 서울 북부 순화방(順化坊)에 처음 세웠던 것을 그 해 여름에 동부 숭교방(崇敎坊)으로 옮기고 1776년(정조 즉위년)에 개축하여 경모궁이라 이름하고 정조가 현판글씨를 썼다. 현재 서울대학교 연건캠퍼스 안에 함춘문(含春門)과 석단(石壇)만 남아 있다.

만동묘를 철폐하라는 명을 거두기를 청하는 소[61]

請還寢萬東廟停撤疏

신이 지난날에 우리 자성(慈聖) 전하께서 만동묘의 편액을 옮겨 걸고 제향을 정지하라고 내리신 전교를 읽었습니다.[62] 열 줄의 글을 내리시어 반복해 애통해하시면서 먼저 효종 때에 임금과 신하가 굳게 지켰던 대의를 서술하시고, 다음으로 황단(皇壇 대보단)에서 제사를 올리는 절차의 융성함, 비풍(匪風)・하천(下泉)의 생각,[63] 일모도원(日

61 만동묘를……소 : 이 글은 환재가 59세 때인 1865년(고종2) 4월경에 올린 상소이다. 환재는 만동묘의 제향을 정지하고 만동묘를 훼철하라는 신정왕후의 명을 듣고서, 만동묘를 설치하게 된 연유와 건립과정, 만동묘에 대한 선유 및 정조의 말, 중국에서 제향해 온 사례를 자세히 서술하여 훼철해서는 안 되는 이유를 밝혔다. 아울러 명나라 조정에서 제왕의 사당을 경외(京外)에 첩설한 증거를 들어 대보단과 만동묘에서 첩향(疊享)해도 사전(祀典)을 모독하는 일이 아니고, 신령의 도움을 비는 도리에도 부합하니, 훼철의 명을 거두기를 요청하였다.

62 자성(慈聖)……읽었습니다 : 자성은 신정왕후(神貞王后, 1808~1890)를 가리킨다. 당시 대왕대비(大王大妃)로서 내린 전교는 전반부에는 효종 때에 송시열의 유언으로 화양동 만동묘의 건립이 추진되어 이후 조선에서 명나라 천자에 대한 제향이 끊이지 않게 된 취지를 서술하고, 중반부에는 숙종 때에 궁중에 대보단을 설치하고 영조 때에 중수하여 제사를 융성히 받들게 되었으므로 당연히 화양동의 제향을 폐지해야 했는데 경황이 없이 미루어 온 실정을 서술하였고, 말미에는 이후로는 만동묘의 제향을 정철(停撤)하고 지방위(紙榜位)와 편액(扁額)은 대신과 예조 판서를 보내 모셔 와서 대보단의 경봉각(敬奉閣)에 보관하고 편액은 그대로 경봉각에 걸며, 명(明)나라 관계의 옛 사적들을 다 가져오게 하라는 내용으로 구성되어 있다.《高宗實錄 2年 3月 29日》

63 비풍(匪風)과 하천(下泉)의 생각 : 모두 《시경》의 편명으로, 현자가 나라의 어지러움을 슬퍼한 내용의 시들이다.

暮途遠)의 애통함[64]을 서술하시면서 애처롭고 강개하였으니, 한 글자를 읽으면 한 줄의 눈물이 흘러 거의 충신과 의사들을 떨쳐 일어나게 합니다. 그리고 만동묘의 모습이 황량하고 황단의 제향과 중첩된 것이 아닌가 의아해 하는 데 이르러서는 더욱 대성인의 존주(尊周)의 정성과 예를 의논하는 정밀함을 볼 수 있었습니다.

삼가 생각건대 예에는 만세토록 바뀌지 않는 예가 있고, 한 때에 의기(義起)[65]로 생긴 예가 있습니다. 만약 천리와 인심의 바름에 부합한다면 처음에 한 때의 의기로 생겼더라도 끝내는 만세토록 변하지 않으니, 비록 성인이 다시 일어나도 천리와 인심이 합치 되는가 여부로 결단할 것입니다.

제도는 세대마다 다르고 연혁은 일정치 않으므로 제향이 간혹 철폐되기도 하지만 오직 천자의 제향만은 철폐할 수 없으며, 사당은 간혹 헐릴 수도 있지만 오직 천자의 사당만은 헐 수 없습니다. 배신(陪臣)으로서 사당을 세워 천자에게 제향을 올리는 것은 본래 의기입니다. 그러나 한번 제향을 올린 후라면 만세토록 바꿀 수 없는 예가 되는데, 갑자기 중도에 철폐한다면 천리와 인심에 합치되는가 여부는 어떤지 알 수 없습니다.

촉(蜀)나라 사람들이 소열(昭烈)의 의리를 사모하여 군신(君臣)을 한 몸으로 보아 제사를 받들자 두보가 찬미했고,[66] 초나라 백성들이

64 일모도원(日暮途遠)의 애통함 : 효종이 남긴 "날은 저물고 갈 길은 먼데, 사무친 통한이 가슴에 맺히는구나.〔日暮道遠 至痛在心〕"라고 한 말을 가리킨다.

65 의기(義起) : 의리에 비추어 새로운 예(禮)를 만드는 것을 가리킨다.

66 촉나라……찬미했고 : 촉(蜀)나라 유비(劉備)의 고묘(古廟) 옆에 그의 신하 제갈

소왕(昭王)의 덕을 그리워하여 초가집 한 칸을 지어 제사를 올리니 한유가 슬퍼했으며,[67] 남헌 장씨(南軒張氏)가 고을에 부임하여 우제사(虞帝祠)를 세워 제향을 올리자 주자(朱子)가 표창하는 글을 지었으니,[68] 이것은 모두 의기로 시작되어 바뀌지 않는 예가 된 사례입니다. 생각건대 만동묘를 세워 명나라 황실을 잊지 않고 대의(大義)를 밝게 드러낸 것은 또한 이런 뜻입니다.

신이 화양동(華陽洞)에 사당을 세운 연기(緣起)를 들어 대략 진술하겠습니다.

고(故) 상신(相臣) 문충공(文忠公) 민정중(閔鼎重)[69]이 일찍이 사신

량(諸葛亮)의 사당을 세우고 제향을 함께 올린 것을 가리킨다. 두보(杜甫)의 〈영회고적(詠懷古迹)〉이란 시에 "고묘의 삼나무에 수학이 깃들고, 삼복과 납일에는 마을 노인 다니도다. 무후의 사당이 영원히 인근에 있으니, 한 몸의 군신이라 제사를 같이 모시도다.〔古廟杉松巢水鶴 歲時伏臘走村翁 武侯祠屋長隣近 一體君臣祭祀同〕"라고 하였다. 《杜詩詳註 卷17》

67 초나라……슬퍼했으며 : 소왕(昭王)은 초(楚)나라 평왕(平王)의 태자로, 오자서(伍子胥)의 공격을 받아 나라가 거의 망할 상황에서 신포서(申包胥)의 노력으로 망하지 않고 중흥한 임금이다. 소왕의 사당이 선성(宣城)에 있는데, 한유(韓愈) 때에 한 칸 모옥(茅屋)이 남아 있어 그곳 사람들이 그때까지 매년 10월에 모여서 제사를 지내고 있었다. 한유의 〈제초소왕묘(題楚昭王廟)〉라는 시에, "오히려 나라 사람들이 옛 덕을 사모하여, 한 칸 모옥에 소왕을 제사하네.〔猶有國人懷舊德 一間茅屋祭昭王〕"라는 구절이 있다. 《韓昌黎集 卷9》

68 남헌 장씨(南軒張氏)가……지었으니 : 남헌 장씨는 송나라 장식(張栻)을 가리키고, 우제(虞帝)는 순(舜) 임금을 가리킨다. 장식이 일찍이 계림군(桂林郡)의 지주사(知州使)를 지내면서 순 임금을 모신 우제사(虞帝祠)를 세우고 제사를 드리자, 주희(朱熹)가 〈정강부우제묘비(靜江府虞帝廟碑)〉를 지어 이를 표창하였다. 《晦庵集 卷88》

69 민정중(閔鼎重) : 1628~1692. 본관은 여흥(驪興), 자는 대수(大受), 호는 노봉(老峯)으로 송시열(宋時烈)의 문인이다. 1669년(현종10)에 공조 판서로 재임하던 중

의 임무로 연경에 들어갔을 때, 의종황제(毅宗皇帝)가 친히 쓴 '비례부동(非禮不動)' 네 글자를 얻어오니, 선정신(先正臣) 문정공(文正公) 송시열(宋時烈)이 자기가 거처하던 화양동의 석벽에 이를 새겼고, 고(故) 상신 문충공(文忠公) 김수항(金壽恒)[70]이 시를 지어 그 일을 서술하였습니다. 송시열이 임종 시에 선정신 문순공(文純公) 권상하(權尙夏)[71]에게 부탁하기를 "내가 사당을 세워 만력(萬曆)·숭정(崇禎) 두 황제에 제사를 올리고자 했으나, 뜻을 품은 채 죽게 되었으니, 그대는 내가 이루지 못한 뜻을 성취해 주게."라고 하였습니다. 권상하가 고(故) 상신 문경공(文敬公) 정호(鄭澔)[72]와 함께 그 유지를 받들어 오가옥(五架屋)[73]을 지어 지방(紙榜)으로 두 황제께 제사를 드렸으니, 이것은 갑신년(1704) 정월의 일입니다.

이때 숙종께서 숭정황제가 국가를 위해 순절한 60주년에 개연히 느낌이 일어 신황(神皇)의 은혜에 크게 보답하려고 생각하여 사당을 창건할 논의를 대신들에게 물으니, 고(故) 상신 문경공(文敬公) 이여(李畬)[74]와 고(故) 중신(重臣) 충문공(忠文公) 민진후(閔鎭厚)[75]가 화양동

10월에 동지사(冬至使가 되어 북경에 다녀왔다.

70 김수항(金壽恒) : 1629~1689. 본관은 안동(安東), 자는 구지(久之), 호는 문곡(文谷)이다.

71 권상하(權尙夏) : 1641~1721. 본관은 안동(安東), 자는 치도(致道), 호는 수암(遂菴)·한수재(寒水齋)이고 송준길(宋浚吉)·송시열(宋時烈)의 문인이다.

72 정호(鄭澔) : 1648~1736. 본관은 연일(延日), 자는 중순(仲淳), 호는 장암(丈巖)으로 송시열의 문인이다.

73 오가옥(五架屋) : 다섯 가(架)로 이루어진 집을 말한다. 다섯 가는 후기(後庋), 후미(後楣), 동(棟), 전미(前楣), 전기(前庋)를 말하는데, 이 가를 기준으로 하여 방(房)과 실(室)과 당(堂)이 구분된다.

에 사당을 건립한 일을 상주하면서 "사민(士民)들이 추모하여 정성을 바치는 것은 국가의 사전(祀典)과 같지 않습니다. 그러므로 단지 보궤(簠簋) 각 1기, 변두(籩豆) 각 2기만으로 춘추로 제향을 드렸고, 자성(粢盛 제수 곡식)의 공양은 선비들의 사력(私力)에서 나왔습니다. 만약 공가(公家)에 소속된 전답과 백성을 참작하여 획급(劃給)한다면 또한 성상께서 오늘 느낀 심정을 드러낼 수 있을 것입니다."라고 하였습니다.

영조 갑자년(1744)에 고(故) 중신(重臣) 정익하(鄭益河)[76]가 상주하기를 "춘추로 제사를 올리면서 원속(院屬)들에게 쌀을 거두는 것은 구차하기 그지없습니다."라고 하자, 성상께서 여러 차례 탄식하며 하교를 내려 도신(道臣)으로 하여금 사당을 중수케 하고 면세전(免稅田) 20결을 획급하게 하였으니, 이에 열성조께서 감회를 일으킴이 깊으셨고, 정성을 다해 받드는 것이 지극해졌습니다. 비록 사전(祀典)이 국가의 전적에 실리지 못하고, 향축(香祝)이 서울에서 내려오지 않았으나, 실상 황단(皇壇 대보단)과 나란히 우뚝하여 존엄(尊嚴)의 체제와 숙경(肅敬)의 의례가 해와 별처럼 우뚝하고 하늘과 땅이 다하도록 쇠퇴하지 않을 것이니, 아, 어찌 성대하지 않겠습니까.

신주(神州)가 망하자 구묘(九廟)가 폐허가 되어 종거(鍾簴)는 이미 먼지 속에 묻혔고, 의관(衣冠)의 월유(月遊)를 다시 하지 못하게 되었

74 이여(李畬) : 1645~1718. 본관은 덕수(德水), 자는 자삼(子三)·치보(治甫), 호는 포음(浦陰)·수곡(睡谷)이다.

75 민진후(閔鎭厚) : 1659~1720. 본관은 여흥(驪興), 자는 정순(靜純), 호는 지재(趾齋)로 송시열(宋時烈)의 문인이다.

76 정익하(鄭益河) : 1688~?. 본관은 영일(迎日), 자는 자겸(子謙), 호는 회와(晦窩)·겸재(謙齋)이다.

습니다.[77] 기일(忌日)에 찬궁(欑宮)에서 일찍이 유민들의 제사를 보았는데, 한식(寒食)에 보리밥을 올리는 야로(野老)들의 정성이 오래도록 끊어졌습니다.[78] 밝게 하늘에 계신 영령께서 의지할 곳이 없어서 사해를 두루 돌아보매 오직 우리나라만이 충의로운 나라이고 깨끗한 땅이며, 이 사당의 건립이 진실로 그 즈음에 있었으니, 황제께서 구름수레를 타고 바람을 몰고서 반드시 이곳에 임하실 것이고 반드시 이곳으로 내려오실 것입니다. 증민(烝民)들이 의리를 부축하게 된 것도 오직 황제의 영령이 내려주신 것이고, 국가가 복록을 누림도 오직 황제의 영령이 내려주신 것입니다. 아, 어찌 중차대하지 않겠습니까.

대보단과 만동묘가 전후로 중첩되어 설치되자 성상께서 이런 신중한 뜻을 표하셨으나, 금원(禁苑)에 대보단을 쌓기 전에 화양동의 만동묘가 이미 건립되었습니다. 그 당시 조정에서는 첩향(疊享)이므로 만동묘를 철거해야 한다는 논의가 없었고, 선유들도 사설(私設)이므로 제사를 정지해야 한다고 거론하지 않았으니, 이로써 대보단과 만동묘

77 신주(神州)가……되었습니다 : 명나라가 망하여 선조께 제향을 모시지 못하게 된 것을 가리킨다. 신주는 명나라를 높여 부르는 말이고, 구묘(九廟)는 천자의 사당을 가리키는 말이다. 종거(鍾簴)는 종묘에서 종을 매다는 틀인데 맹수 형상을 장식한다. 의관(衣冠)의 월유(月遊)는 매월 제왕의 의관을 꺼내 바람을 쐬는 것을 가리키는데, 본래 한 고조(漢高祖)의 능침에 보관된 한 고조의 의관을 매달 꺼내 바람을 쐰 데서 유래하였다. 《漢書 卷43 叔孫通傳》

78 기일(忌日)에……끊어졌습니다 : 예전에는 빈전에서 선조께 제향을 올렸는데, 나라가 망하자 조촐한 제향조차 올리지 않게 되었음을 가리키는 말이다. 찬궁(欑宮)은 임금의 관을 모신 빈전(殯殿)을 가리킨다. 한식(寒食)은 동지에서 105일째로 청명절의 하루 이틀 전이 되는데, 진(晉)나라 충신 개자추(介子推)의 혼령을 위로한 데서 유래하였다. 3일 동안 불을 금하고 엿을 만들고 보리죽을 먹는다고 한다. 《荊楚歲時記》

가 똑같이 막중한 의례이며 폐지해선 안 될 법도임을 분명히 알 수 있습니다.

우리 정조께서 내리신 하교는 대략 다음과 같습니다.

> 우리나라의 풀 한 포기 나무 한 그루도 모두 황제의 은택을 입었으니, 집안마다 제사를 올려도 안 될 것이 없거늘, 하물며 오늘날 중국이 오랑캐 땅이 되었으니, 화양동에서 황제께 제사함은 예에는 없으나 예에 부합하는 것이다.[79]

훌륭합니다. 왕의 이 말씀은 백세의 뒤에도 미혹되지 않을 것입니다.

대보단의 의례는 대략 〈근례(覲禮)〉의 "궁(宮)은 사방 3백 보에 4문을 두고, 단(壇)은 12심(尋)에 깊이는 4척(尺)으로 만들며, 그 위에 방명(方明)을 세운다.〔爲宮方三百步四門 壇十有二尋 四尺 加方明于其上〕"[80]라는 구절에 근거하였습니다. 그러므로 관향(祼享)[81]을 올리는 저녁에 옥두(玉豆)와 조산(雕篹)[82]을 늘어놓고, 헌현(軒懸)과 일무(佾

79 우리나라의……것이다 : 이 내용은 이명휘(李明徽)란 자가 상소하여 화양동은 신종황제와 조금도 관련이 없고, 또 송시열이 제후를 대신해 천자께 제사를 올린 것은 더욱 옳지 않다고 거론하자, 이에 대해 정조가 존주대의의 정신을 거론하여 화양동에 만동묘를 세운 것이 안 될 것이 없음을 강조한 말 중의 일부이다. 환재가 축약하는 과정에서 글자의 출입이 생겼다. 《承政院日記 正祖 卽位年 4月 18日》

80 궁(宮)은……세운다 : 《의례(儀禮)》 〈근례(覲禮)〉에 나오는데, 제후가 천자를 뵐 때 설치하는 단이다. 12심(尋)은 96척이고, 방명(方明)은 사방 4자의 나무에 여섯 가지 색을 칠하여 상하사방의 신명을 상징한 신주이다.

81 관향(祼享) : 울창주(鬱鬯酒)를 땅에 뿌려 조상에게 올리는 제사를 가리킨다.

82 옥두(玉豆)와 조산(雕篹) : 옥두는 옥으로 장식한 제기 두(豆)를 가리키고, 조산

舞)[83]를 진열하여 좌우에서 쟁쟁 소리가 울려 소명 훈호(昭明焄蒿)[84]하여 위로 신명과 교감하기에 충분합니다. 그리고 저 맑고 엄숙한 빈 산속에서 한 줄기 향연기가 흰 구름까지 올라가 바위절벽의 황제의 글씨 사이에 맺히면, 너울너울 오르내리시는 혼령이 여기에도 저기에도 흠향하시며 싫어하지 않으실 것입니다. 시에 "신이 이르는 것은 헤아릴 수가 없도다.〔神之格思 不可度思〕"[85]라고 한 것은 아마 이것을 말한 것입니다. 이로써 대보단과 만동묘에서 첩향(疊享)해도 사전(祀典)을 모독하는 일이 아니고, 신령의 도움을 비는 도리에도 부합하니, 유념하지 않을 수 있겠습니까.

또 우리나라의 전장(典章)은 오로지 명나라의 제도를 따랐습니다. 삼가 고찰하건대 홍무(洪武) 6년(1373)에 이미 역대 제왕의 사당을 경사(京師)에 건립하였고, 26년(1393)에는 또 사전(祀典)에 오른 성제명왕(聖帝明王)에 대해 각처에 사당을 건립하여 매년 날짜를 정해 제

(雕篹)은 대나무로 만든 제기로 거(筥)와 모양이 비슷한 변(籩)의 일종이다.

83 헌현(軒懸)과 일무(佾舞) : 헌현은 헌현(軒縣)과 같은 말로, 고대에 제후가 악기를 삼면에 진열하여 걸어둔 것을 말한다. 일무는 고대에 천자와 제후가 제향 때에 사용한 악무(樂舞)로 일(佾)은 춤추는 대열을 가리킨다. 천자는 팔일(八佾)을 사용하여 가로 세로 8명씩 모두 64명이 춤을 추고, 제후은 육일(六佾)을 사용하여 모두 36명이 춤을 춘다.

84 소명훈호(昭明焄蒿) : 귀신의 기(氣)를 형용한 말이다. 《예기》 〈제의(祭義)〉에 "그 기가 위로 올라가서 소명 훈호 처창함이 된다.〔其氣發揚于上 爲昭明焄蒿悽愴〕"라고 하였는데, 주희(朱熹)는 주석에서 "귀신이 밝게 드러나는 것을 소명, 그 기가 위로 올라가는 것이 훈호, 사람의 정신을 두렵게 하는 것이 처창이다.〔如鬼神之露光處是昭明 其氣蒸上處是焄蒿 使人精神悚然是悽愴〕"라고 풀이하였다.

85 신이……없도다 : 《시경(詩經)》 〈억(抑)〉에 나오는 구절이다.

관을 보내 제사를 지내게도 하였고, 유사(有司)들이 스스로 제사를 올리도록 명을 내리자 예부(禮部)에서 그대로 시행하였습니다. 명나라 조정에서 제왕의 사당을 경외(京外)에 첩설한 증거가 이와 같으니, 본받지 않을 수 있겠습니까.

신이 몇 년 전에 사신으로 연경에 갔을 때, 효정 이태후(孝定李太后),[86] 효순 유태후(孝純劉太后)[87]의 유상(遺像)을 자수사(慈壽寺)와 장춘사(長春寺)[88] 두 절에서 배알했는데, 향화(香火)는 승려들에게 맡겼더라도 한인(漢人) 조사(朝士)들이 경건히 한탄하며 우러러보지 않는 자가 없었으니, 두 태후가 신종과 의종 두 황제의 모후(母后)였기

86 효정 이태후(孝定李太后) : 1545~1614. 곽현(漷縣) 출신으로 이름은 미상이다. 15살에 유왕부(裕王府)에 들어가 유왕의 장자 주익균(朱翊鈞)을 낳으니, 이 사람이 훗날 신종(神宗)이 된다. 문장에 밝고 겸근(謙勤)하게 집안을 돌봐 신종의 치적이 바로 그녀 덕이라는 평가를 받았다. 죽은 후에 효정태후(孝定太后)로 추증되고 소릉(昭陵)에 합장되어 숭선전(崇先殿)에서 제향을 받았다.

87 효순 유태후(孝純劉太后) : ?~1615. 해주(海州) 출신으로 명나라 의종(毅宗) 주유검(朱由檢)의 생모이다. 주유검이 5세 되던 때에 남편의 총애를 잃고 살해되었다. 의종이 즉위하여 효순태후(孝純太后)라는 시호를 올렸다.

88 자수사(慈壽寺)와 장춘사(長春寺) : 자수사는 만력 4년(1576)에 지어 만력 6년(1578년)에 완성하였고, 건륭(乾隆) 22년(1757)에 중수하였다. 절은 광서(光緖) 연간에 없어졌으며, 현재 북경시(北京市) 해전구(海澱區) 팔리장(八里莊)에 위치한 영롱공원(玲瓏公園)에 자수사탑(慈壽寺塔)이 남아 있는데, 원래 명칭은 영안만수탑(永安萬壽塔)이다. 장춘사는 장춘사(長椿寺)라고도 하는데, 북경 장춘가(長椿街)에 위치한 사찰로 만력 20년(1592)에 지어졌다. 처음에 신종이 모친 이태후(李太后)의 건강과 장수를 기원하기 위해 사용되었고, 나중에는 의종이 모친 유태후(劉太后)를 기리기 위해 화가들에게 유태후의 화상을 그리게 하여 이 절에 걸었다고 한다. 문화대혁명 기간에 이 화상은 사라졌고, 불상과 탑도 만수사(萬壽寺)로 옮겨졌다고 한다.

때문입니다.[89]

아, 명나라의 깊고 두터운 은택이 지금까지 사라지지 않았으니, 천하 사대부들의 마음에 잊지 못함이 이와 같습니다. 하물며 우리 동방은 군신상하가 천지처럼 망극한 은혜를 입었고 일월과 빛을 다투는 의리를 선양하였으니, 본성을 지닌 자라면 영원토록 변치 않을 것임에랴 더 말할 나위 있겠습니까.

지금 수백 년 동안 제향을 올려오던 끝에 하루아침에 이유 없이 정지한다면, 황제의 영혼께서 불안함을 여기고 인심이 이로 인해 더 의혹스러워할까 두렵습니다. 죽을죄를 지은 어리석은 신은 여러 날을 두려움에 떨면서 삼가 떳떳한 전장을 고찰하여 이제 감히 외람됨을 무릅쓰고 간절히 진술하오니, 바라건대 성상께서는 깊이 생각하시어 동조(東朝 대왕대비)께 품의하시고, 신의 이 소(疏)를 가지고 대신들에게 하문하시어 왕조(王朝)의 중대한 전례(典禮)가 지당한 데로 귀결되도록 하시어, 성상의 덕을 빛내시고 대의를 밝히신다면 천하 국가가 매우 다행이겠습니다.

89 향화(香火)는……때문입니다 : 환재는 신유년(1861)에 북경에 사신을 간 기회에 자수사에 들러 효정 이태후의 초상화를 배알하였다. 그런데 보존에 소홀하여 많이 손상된 것에 가슴 아파하다가 병인년(1866)에 평안도 관찰사가 되어 백금 50냥을 보내 동문환(董文煥) 등에게 부탁하여 잘 보존되게 조치를 취하였다. 아울러 이때 장춘사에도 들러 유태후의 화상을 배알하였는데, 어떤 상자 속에서 새로 그린 것처럼 깨끗한 유태후의 화상을 보게 되었다. 이에 승려에게 그 연유를 물었더니, 옛 그림이 퇴락하여 새로 그려 공양하고 있었는데, 지금 동국의 대인이 내방하였으므로 특별히 구본을 걸었다는 대답을 듣고서, 중국인들이 명나라 황실을 기리는 마음에 감동을 표하기도 하였다. 《瓛齋集 卷4 雜著 孝定皇太后畫像重繕恭記, 卷9 書牘 與洪一能》

특별히 정헌대부에 가자한 것을 거두어 달라는 소[90]

辭特加正憲疏

신이 이번 달(1866년 8월) 12일에 은혜로운 왕명을 받드니, 신이 맡은 감영의 장령(將領)과 좌리(佐吏) 및 지방관들이 박비(舶匪)[91]를

90 특별히……소 : 이 글은 환재가 60세 때인 1866년(고종3) 8월 17일에 정헌대부를 사직하며 올린 상소문이다.

환재는 1866년 평양에서 발생한 제너럴 셔먼호의 사태를 자세히 진술하고, 이 사태로 견책을 받기는커녕 포상을 받아 정헌대부에 오른 것이 사리에 부당함을 들어 사직을 요청하였다. 이 상소에 대해 고종은 "상소를 보고 잘 알았다. 지난번 서양의 배에 관한 일은 아직까지도 놀랍고 통탄스럽다. 절제를 잘한 데 대해 경은 사양할 것 없다. 분투한 군사와 백성으로서 처음의 장계에 누락된 자들에 대해서는 응당 처분이 있을 것이다. 〔省疏具悉 向來洋船事 尙此駭惋 節制之得宜 卿何必讓不居乎 至於軍民效力之見漏初啓者 從當有處分矣〕"라고 하였다. 《承政院日記 高宗 3年 8月 17日》

91 박비(舶匪) : 선박을 타고 도적질하는 무리로 여기서는 제너럴 셔먼(General Sherman)호를 가리킨다. 환재는 1866년 2월에 평안 감사를 제수 받고, 4월 초에 부임했는데, 이 해 7월 24일에 제너럴 셔먼호가 평양의 대동강에서 평양군민들에 의해 격파되었다. 이 일로 인해 임금은 특별히 자헌대부에서 정헌대부로 승격시키라는 명을 내렸다. 당시 제너럴 셔먼호에는 선장 Page(미국인), 일등 항해사 Wilson(미국인), 선박 소유주 Preston(미국인), 화물감독 George Hogarth(영국인)과 영국 개신교 선교사 Robert Thomas(한국어를 배웠기 때문에 통역으로 탑승), 그리고 통역이나 필담을 위한 2명의 중국인이 있었고, 하급선원으로 광동 출신의 화폐 감정인과 산동 출신의 수로 안내인을 포함한 10명의 중국인, Malays 몇 명 등이 있었다. 이들은 조선에 통상을 요구하러 왔지만, 배 안은 중무장상태로 평화적인 통상을 위한 것은 아니었다. 이들은 7월 1일 산동에서 출발한 뒤 백령도·초도(椒島)·석도(席島)를 거쳐 평양으로 향했으며, 도중 백령도에 기항할 때 토마스가 주민들에게 성경을 나누어 준 것으로 보아 선교의 목적도 있었다. 《김명호, 초기 한미관계의 재조명, 역사비평사, 2005, 27~29쪽》

섬멸한 공으로 특별히 칭찬과 장려를 베푸시어 자급(資級)을 더하고, 새서(璽書 옥새가 찍힌 문서)로 표창하심이 신의 몸에까지 이르렀습니다. 온 감영이 기쁜 얼굴빛으로 환호하며 춤추었으나 신은 황공하고 부끄러워 더욱 몸 둘 바를 몰랐습니다.

생각건대 신이 외람되이 변변치 못한 재능으로 중번(重藩 평안 감사)을 맡으니, 비록 일상적인 문서를 예에 따라 처리하는 일도 오히려 일을 그르칠까 두려운데, 오랑캐의 선박이 강을 거슬러 틈입(闖入)할 줄은 생각지도 못했습니다. 이러한 일은 아직까지 없던 일입니다.

그들이 처음에는 교역을 강요하다가 이어 성에 들어오고자 끈질기게 요구하였으며, 하루 이틀 조금씩 전진하여 외양(外洋)으로부터 내지(內地)에 들어왔고, 불어난 조수를 타고 외성(外城)에까지 이르렀습니다. 신은 임금의 위엄에 의지하여 단번에 주멸하는 것이 통쾌한 일인 줄 모르지 않았으나, 우리 성상께서 멀리 있는 자를 회유하는 교화와 살려주기를 좋아하는 덕성을 본받아, 국법에서 금하는 일이라 하여 거절하고 사리로써 잘 타이르며 양찬(糧饌)을 넉넉히 제공하여 구제해주고[92] 무력을 거두어 쓰지 않아서 살아갈 길을 열어 보여 즉시 물러가도록 한 것이 두세 번만이 아니었습니다.

그러나 저들은 거만한 태도로 선박과 기계의 견고함과 총과 대포의 맹렬함을 믿고서 교활한 꾀와 포악한 행동으로 더욱 방자하게 날뛰었

92 양찬(糧饌)을……구제해주고 : 이 당시 감영에서 지급한 실상은, 7월 12일에 쌀 1섬, 닭 25마리, 계란 50개, 쇠고기 50근과 사색과실을 지급했고, 이튿날에는 쌀 2섬, 땔감 20묶음, 닭 20마리, 계란 50개, 돼지 1마리, 쇠고기 30근, 부채 2자루, 담뱃대 2개를 서윤과 중군이 배를 타고 그들에게 지급했다고 한다. 《湖閑錄 卷4, 14~15면》 《김명호, 초기 한미관계의 재조명, 역사비평사, 2005, 43·45쪽 주석 50·53번》

고, 심지어 강을 지나는 상선(商船)을 노략질하거나 관인을 찬 장교를 억류하기도 하였습니다.[93] 이에 온 성의 군민(軍民)들이 모두 울분을 품고서 명령을 내리지 않았는데도 모두 모였고, 북을 울리지 않아도 다투어 전진하여 총알과 화살을 난사하고 함성과 기세로 서로 도와 어느 누구 할 것 없이 생사를 잊고 위험을 무릅써 반드시 오랑캐를 도륙내고서야 그만두고자 하였습니다.

위아래의 요해처에서 방어하여 마침내 화선(火船)을 써서 불을 질러 태움으로써 모조리 죽여 살아남은 종자가 없는데 이른 것은, 모두 백성들이 용기를 떨쳐 의리를 발휘한 데 기인한 것이지, 애당초 신의 지휘와 통제가 적절했던 것은 아니었으니, 신이 여기에 무슨 힘이 있었겠습니까?[94]

93 관인을……하였습니다 : 중군(中軍) 이현익(李玄益)을 가리킨다. 제너럴 셔먼호는 비로 불어난 강물을 타고 평양까지 올라왔으나 얼마 후 갑자기 수량이 줄어들어 운항이 어렵게 되자, 승조원들은 초조함을 이기지 못하고 중군 이현익을 납치하는 등 난폭한 행위를 자행하여 평양 군민과 충돌이 벌어졌다.

94 위아래의……있었겠습니까 : 1866년 7월 24일에 제너럴 셔먼호를 격파한 것을 가리킨다. 제너럴 셔먼호를 격파한 일에 대해서 환재가 장계를 올렸는데, 대략을 요약하면 다음과 같다. 평양부에 정박한 이양선이 더욱 방자히 날뛰며 대포와 총을 쏘아 우리나라 사람을 살해하자, 이를 제어할 방책으로 화공(火攻)을 택하여 두세 척의 작은 배에 불을 질러 보내서 셔먼호에 불이 옮겨 붙게 하였다. 이에 뱃머리에서 살려달라고 요청하는 영국인 선교사 최난헌(崔蘭軒 1840~1866, Robert Jermain Thomas)과 중국인 요리사 조능봉(趙凌奉)을 포박하여 언덕 위로 데려오자 분노한 군민들이 달려들어 때려죽였고, 그 나머지도 남김없이 섬멸하여 사태가 일단락되었다. 이때 겸 중군 철산부사(鐵山府使) 백낙연(白樂淵)과 평양 서윤(平壤庶尹) 신태정(申泰鼎)이 적을 무찌르는데 몸을 돌보지 않아 큰 공을 세웠다. 이에 환재는 백낙연과 신태정에게 포상의 은전을 베푸는 것이 좋겠다는 의견과 함께 당초에 이양선의 진입을 막지 못하고 심지어

아! 저들은 조그만 배 한 척에 불과할 뿐이었습니다. 비록 배의 고물과 키가 성곽보다 견고하고 병기가 독사나 물여우보다 독하였으나, 그 실상은 진격하는데 개미 한 마리의 구원도 없었고, 퇴각하는데 숨어들 토끼굴조차 없었으니, 스스로 사지에 들어온 것과 다르지 않았습니다.

신이 이미 임금의 덕화를 받들어 저들을 어루만져 보내지 못하였고, 또 그날로 토벌하여 나라의 위엄을 떨치지도 못하였는데, 한갓 많은 사람들의 격분해하는 심정에 의지해 하루아침에 요행히 공을 이루었습니다. 일처리가 근거를 잃어 임금의 견책을 기다렸는데, 지금 시상하는 날에 도리어 으뜸가는 공이 신에게 미쳤습니다. 죄를 받아야 마땅한 자가 포상을 받으니, 영광이 아니라 도리어 부끄럽습니다.

그러나 이것은 다만 신의 일신의 일일 뿐입니다. 그것이 조정의 포상의 법도에 누가 되고 온 세상에 웃음거리를 주었으니, 어찌 작은 일이라 하겠습니까? 더욱이 군사와 백성들이 충성을 바치고 힘을 다하여 전후에 걸쳐 달려가 싸운 자에 대해서는 모두 보답할 만한 노고가 있는데도 신이 창졸간에 장계를 올리느라 감히 자세하게 실정을 아뢰지 못하였습니다. 지금 격려하고 권장하는 성은이 이처럼 융성한데, 이들로 하여금 홀로 서운함을 품게 하였으니, 또한 신의 생각이 주밀하지 못한 탓이므로 더욱 스스로 편안할 수 없습니다. 신이 삼가 전공(戰功)의 등급을 나누어 구체적으로 아뢰어 처분을 기다릴 것이니, 신이 외람되이 받은 총명(寵命)을 속히 거두시어 신의 분수를 편안케 하소서.

부장(副將)이 사로잡히는 욕을 당하여 먼 곳 사람까지 회유하시는 임금의 덕성에 해를 끼쳤으므로 대죄한다는 내용으로 장계를 올렸다. 《承政院日記 高宗 3年 7月 27日》

대제학을 사직하며 올린 소[95]

辭大提學疏

국가가 신중히 아껴야 할 것으로 명기(名器)[96]보다 중한 것이 없고, 신하가 지켜야 할 것으로 염방(廉防)[97]보다 앞서는 것이 없습니다. 신중히 아끼지 않고서 가벼이 들어서 주거나, 굳게 지키지 않고서 벼슬을 탐하여 받는다면 어떻게 세상을 격려하고 우둔한 자를 일깨우며, 또한 어떻게 임금을 섬길 수 있겠습니까. 상하가 모두 잘못이어서 진실로 작은 일이 아니니, 신이 임금의 위엄을 범하면서 재차 속마음을 진술한 것은 다만 신의 사사로운 분수를 위해서만이 아닙니다. 물러나 엎드려 기다려도 윤음이 끝내 내려오지 않으니, 비록 은혜에 감격하고 의리를 두려워하여 빨리 달려 나가는 것을 공손함으로 여기지만, 분수를 넘는 은총은 신명이 꺼리는 바이고, 앉을 만한 사람이 아니면 자리에 앉지 말라는 가르침은 성인의 훈계에 매우 분명하니,[98] 신의 거취는 갈수록 황공하고 위축됩니다.

95 대제학을……소 : 이 글은 환재가 65세 때인 1871년(고종8) 8월 이후에 예문관 대제학을 사직하며 올린 상소이다. 환재는 이해 8월에 예문관 대제학에 임명되었고, 이듬해 5월에 형조 판서가 되었으며, 7월에 청나라 동치제(同治帝)의 결혼을 축하하기 위한 진하 정사(進賀正使)가 되어 연경에 다녀왔다.

96 명기(名器) : 존비(尊卑)와 귀천(貴賤)의 등급을 표시하는 관직과 작위를 말한다.

97 염방(廉防) : 염은 염치(廉恥), 방은 예방(禮防), 즉 예법으로써 중정(中正)을 잃지 않도록 예방(豫防)하는 것을 가리킨다.

98 앉을……분명하니 : 《주역》 〈계사전 하(繫辭傳下)〉에 "차지해서는 안 될 자리를 차지하고 있으니, 그 몸이 반드시 위태롭게 될 것이다.〔非所據而據焉 身必危〕"라고 하였다.

문원(文苑)에서 전형(銓衡)을 맡는 것은 신이 적임자가 아니니, 문장과 학술에 대해 어찌 감히 함부로 논하겠습니까.

그러나 일찍이 듣건대 문장의 도에는 두 가지가 있다고 하니, 경세지문(經世之文)과 수세지문(需世之文)이 그것입니다.

전적(典籍)에 널리 통달하여 백가(百家)를 꿰뚫고, 경사(經史)에 근거를 두어 고금(古今)을 고증하며, 경륜이 넓고 저술이 풍부하여 앉아서 말하고 일어나 즉시 행할 수 있는 것, 이것이 이른바 경세의 문장입니다. 낭묘(廊廟 출세)와 산림(山林 은거)의 구별이 없이 재주와 학문과 지식이 있어서 이것으로 명가(名家)가 된 자들이 일찍이 많았습니다.

많은 말 중에 정수를 뽑고 육예의 꽃다움에 노닐어 찬란한 이아(爾雅)의 붓을 뽑아들고 온화하고 화평한 소리를 드날리면, 흑백의 보불을 수놓아 문장을 이루고 사죽의 관현을 번갈아 울려 성율에 맞추며, 샘처럼 솟아나는 조사(藻思)와 황하가 터지는 듯한 웅변(雄辯)으로 민첩하기로는 말을 세워놓고 단번에 구제(九制)를 지어내고,[99] 풍부하기로는 붓을 잡고 잠깐 사이에 1만 마디를 써서 만사에 응대해도 응용이 끝이 없으므로 이를 수세(需世)의 문장이라 일컬으니, 관각(館閣)에서 필요에 따라 글로 응대하는 데는 이것이 먼저입니다.

신은 이 두 가지에 하나도 능하지 못하면서 외람되게 직분을 탐하였고, 하물며 응대하여 글을 짓는 일이 시급한 이때에 장차 무슨 말을

99 단번에 구제(九制)를 지어내고 : 원문의 '일휘구제(一揮九制)'는 한번 붓을 들고 구도(九道)의 글을 짓는 것을 말한다. 구도는 아홉 가지 분야로, 도덕(道德), 음양(陰陽), 법령(法令), 천관(天官), 신징(神徵), 기예(伎藝), 인정(人情), 기계(械器), 처병(處兵)이다. 《鶡冠子·學問》

둘러대어 이 직임을 차지할 수 있겠습니까.

신이 전후로 하늘처럼 높고 땅처럼 두터운 은택을 받았으니, 정수리로부터 발꿈치까지 터럭하나조차 저의 몸이 아닙니다. 임용하고 부리는 즈음에 만약 비슷한 실상이 있으면 오직 온힘을 다하여 쉽거나 어려움을 가리지 않아야 마땅합니다. 지금 두세 차례에 걸쳐 고개를 들고 부르짖는 것은 감히 고사를 모방하여 이렇게 형식적으로 사양하는 것이 아닙니다. 참으로 실상을 버려두고 이름만 취하는 것이 관직을 주어 장려하는 정사가 아니고, 실상이 없으면서 그 명성을 차지하는 것이 관직에 종사하는 의리가 아니기 때문입니다. 관청의 명칭은 '문(文)'인데,[100] 사람이 실제 문장이 없으면, 명실이 어그러짐이 이보다 심한 것이 무엇이 있겠습니까. 이것이 신이 이른바 '상하가 모두 실수하였으므로 참으로 작은 일이 아니다.'라는 것입니다.

신이 만약 한번 나아가 스스로 시험하면 반드시 백 가지 병폐가 다 드러날 것이니, 어찌 감히 단점을 감추기를 꾀하겠습니까. 오직 위로 성감(聖鑑 임금이 사람을 알아보는 능력)에 누를 끼칠까 두려워 벽을 돌며 서성거리고 있사오니, 백번을 헤아려보아도 임금을 모독하고 불안케 한 죄는 돌아볼 필요도 없습니다. 이에 피를 토하며 심정을 거듭 호소하오니, 바라옵건대 성상께서는 특별히 살펴주시어 속히 신의 직함을 면직하여 감당할만한 자에게 돌려주시어 천직(天職)의 중대함을 밝히신다면 공사 간에 매우 다행입니다.

100 관청의 명칭은 '문(文)'인데 : 홍문관과 예문관의 이름에 모두 문이란 글자가 들어갔고, 문장에 능한 자라야 여기에 참여할 수 있음을 가리킨다.

내각 제학의 사직을 요청하는 차자[101]

乞解內閣提學箚

신이 일전에 근신하며 두려워 떨던 중에 문득 사훼(司烜)의 목탁이 경보를 울리고,[102] 상위(象魏)의 구장(舊章)을 수리하려 한다는 소식[103]을 들었습니다. 군부(君父)께서 크게 놀란 근심을 생각하고, 신하로서 달려가 문안하는 정성이 간절하여 작은 염치를 팽개친 채 급히 달려 나와 수문(脩門 도성문)으로 곧장 들어가 문폐(文陛 전각의 계단)에 고두사죄하며 준순(逡巡 겸양하여 머뭇거림)의 의리를 돌아볼 겨

101 내각……차자 : 이 글은 환재가 67세 때인 1873년(고종10) 12월 13일에 규장각 제학을 사직하며 올린 차자이다. 환재는 12월 2일에 우의정에 임명되었다. 이 사직소에 대해 고종은 "차자를 보고 경의 간절한 마음을 잘 알았다. 일전에 자리에서 마주하였을 때 비록 잠깐 사이였으나 나는 그저 경이 나온 것만도 기뻐서 마음의 흡족함이 어찌 한량이 있었겠는가. 경이 사직하고자 한 직함은 사임을 허락하니, 경은 양찰하라.〔省箚具悉卿懇 日前前席之對 雖在倉黃之際 而予則但以致卿爲喜 中心充然 曷有其極 所辭閣銜許副矣 卿其諒之〕"라고 하였다. 《承政院日記 高宗 10年 12月 13日》

102 사훼(司烜)의……울리고 : 여기서는 12월 10일 사시(巳時)에 임금이 자경전(慈慶殿)에서 경연을 열어 《시전(詩傳)》을 강독할 때에 사알(司謁)이 경복궁 순희당(純熙堂)에서 화재가 났다는 경보를 알렸다. 이 화재로 자경전(慈慶殿) 일대 궁전 400여 칸이 소실되었다. 사훼는 불과 물을 관장하는 직책으로 《주례》 〈추관사구(秋官司寇) 사훼씨(司烜氏)〉에 "중춘에 목탁으로써 국중에 불을 금한다.〔中春以木鐸 修火禁于國中〕"라고 하였다.

103 상위(象魏)의……소식 : 상위는 궁궐 또는 조정의 명령을 게시하는 궁문 밖 높은 누대를 가리키는데, 여기서는 경복궁의 화재로 인해 국왕 및 왕비 일행이 창덕궁을 수리하여 거처를 옮기려고 계획한 것을 가리키는 듯하다.

를이 없었으나 속으로는 실로 주저하는 마음을 품었습니다.

어전에 나아가 임금을 모심에 성상께서 온화한 말씀으로 간곡히 위로하시며 권면하시었고, 양조(兩朝)께서 총애하여 보살펴주시고 자성(慈聖)께서 의지하신다고 말씀하시니,[104] 신의 창자가 목석처럼 완고하고 돈어(豚魚)처럼 어둡지 않은데, 어찌 두 눈의 눈물이 옷깃을 적시어 오열하며 실성하지 않을 수 있겠습니까.

지난해를 생각하면 성덕(盛德)을 잊을 수 없고, 살아서 오늘을 만났으나 임금의 은혜에 보답하지 못했습니다. 천지와 부모 같은 분이 위에 계시는데 백발의 늙은 목숨은 오직 한 몸을 바치기를 원했습니다. 그런데 밝으신 성상께서 다시 사양하지 말라고 하교하시니, 미천한 신은 감이 거듭 모독할 수 없다고 대답을 올렸습니다. 참으로 군신이 만나는 즈음에 감격하고 애달픈 심정은 죽었거나 살았거나 평탄하거나 험하거나 다른 것을 돌아볼 겨를이 없는 것은 바로 본성을 지닌 자라면 누구나 마찬가지입니다.

신이 당시 맞닥뜨린 사정이 이와 같았으니, 신이 뻔뻔하게 부끄러움을 잊고 차지해선 안 될 자리를 차지한 것도 아니고, 또 역량과 덕을

104 어전에……의지하시니 : 환재가 여러 차례 우의정의 사직을 청하자, 고종은 "대신은 옛날 우리 영고(寧考)이신 효명세자(孝明世子)께서 알아보신 바이고 헌종(憲宗))께서 선발하신 바이니, 경은 세상에 드문 특별한 대우를 받은 것이다. 지금 우리 자성(慈聖)께서 의지하시는 바요, 내가 마음을 쏟음이 또 어떠한가. 지금이 경이 정성껏 선대를 추념하고 오늘날에 보답할 기회이니 과연 사양만 할 필요가 없다. 또 더군다나 현재 재이(災異)가 이와 같으니, 참으로 나로 하여금 안심하게 하려면 다시는 거론하지 않아야 할 것이다. 이것이 내 마음을 안정시키는 것이다."라고 타일렀고, 이에 환재는 우의정에 취임하였다. 《承政院日記 高宗 10年 12月 10日》

헤아려 몸을 떨쳐 일어나 그 일을 담당해서도 아니니, 이는 반드시 그 실정을 헤아려 그 뜻을 가상히 여겨야 할 점이 있습니다. 그렇지만 부끄러워 땀이 등에 흘렀고 한밤중에 벽을 서성거리면서도 사직하는 일을 감히 말하지 못하였으나, 오직 시일만 끌다가 사람을 살려주는 성상의 은택을 입기를 바라고 있습니다. 다만 신이 전에 받았던 내각(內閣)의 직함이 아직도 체직의 명을 받지 못했으니, 격식과 사례로 헤아리자면 그대로 지니기도 마땅치 않습니다. 바라옵건대 성상께서 굽어 살펴주시어 특별히 사직의 명을 내려 신의 분수를 편안케 해주시면 몹시 다행이겠습니다.

빈대 때에 어전에 올린 계사 1[105]

賓對上殿啓

신은 감히 대관(大官)으로 자처하지 않았으나, 번번이 경연에 올라 아뢸 수 있었습니다. 그러나 다행히 밝으신 성상을 만나 짧은 시간을 얻었으니, 충정을 다하려는 간절한 마음에 어찌 미나리를 바치는 정성[106]을 저버릴 수 있겠습니까.

신이 강관(講官)으로 경연에 참여한 지 이제 10년이 됩니다. 우리 전하께서 성학(聖學)이 이루어지고 성지(聖志)를 분발하여 날로 고명광대(高明廣大)한 경지에 진보하심을 우러러 보니, 송축하고 기원하는

105 빈대……계사 1 : 이 글은 환재가 67세 때인 1873년(고종10) 12월 24일에 빈대(賓對)에서 임금께 올린 계사(啓辭)이다. 상전계(上殿啓)는 전폐(殿陛)에 올린 계사(啓辭)라는 뜻이다. 빈대는 차대(次對)라고도 하여 매월 여섯 차례 정부의 당상(堂上)·대간(臺諫)·옥당(玉堂) 등이 빈청에 입시(入侍)하여 중요한 정무(政務)를 상주(上奏)하는 일을 말한다. 빈청은 조선시대 궁궐 내에 설치한 고관들의 회의실이다. 고종이 창덕궁 중희당(重熙堂)에 거둥하여 빈대를 행할 때, 환재는 우의정으로 참여하였다.

환재는 다스림의 요체는 조종조의 정치를 본받는 것이 중요함을 전제한 후, 현재 임금과 신하가 경연에서 문답할 때에 다만 글귀만 강독하는 데, 앞으로는 정치의 현안을 진달케 하여 함께 토론함으로써 치도(治道)에 도움을 받을 수 있도록 경연을 적극 활용해야 한다고 진달하였다. 이에 대해 고종은 "진술한 말이 이처럼 간절하니, 가슴에 새기지 않을 수 있겠는가.〔所陳如是懇切 敢不服膺〕"라고 대답하였다. 《承政院日記 高宗10年 12月 24日》

106 미나리를 바치는 정성〔獻芹〕: 성의만 있을 뿐 예물이 변변치 못하다는 겸사(謙辭)의 뜻으로 쓰는 말이다. 시골 사람이 혼자만 미나리 맛을 즐길 수 없어 윗사람에게 바쳤다가 핀잔을 받고 부끄러워했다는 고사가 있다. 《列子 楊朱》

심정 가눌 수 없습니다.

그런데 가만히 생각하면 배움이란 본받음입니다.〔學之爲言效〕[107] 성인의 도를 본받는 데는 조종(祖宗)을 모범으로 삼는 것 만한 것이 없습니다. 우리 전하께서 조종의 왕통을 계승하시고, 조종의 지위에 오르시어 조종의 예법을 행하고 계시니, 어루만져 보살펴야 할 자는 조종께서 남겨준 백성이고, 지켜야 할 것은 조종께서 전해준 국가입니다.

생각건대 열성조의 성대한 덕과 공업을 크게 드러내고 크게 계승하시어 오늘날에 이르러 후손들에게 무궁한 안정을 끼쳐주어 우리나라의 억만년 장구하게 이어질 국운의 기틀을 세웠습니다. 오늘날 전하께 다스림을 구하는 요체가 어찌 조종의 법을 본받고 계술(繼述)하는 데 있지 않겠습니까.

무왕(武王)과 같은 효자로도 반드시 "조상의 뜻을 잘 계승하고, 조상의 일을 잘 이어야 한다.〔善繼其志 善述其事〕"라고 말하였고,[108] 부열(傅說)도 학문을 논하면서 반드시 "선왕이 이루어 놓은 법도를 본받아, 길이 허물이 없도록 하십시오.〔監于先王成憲 其永無愆〕"라고 하였습니다.[109]

107 배움이란 본받음입니다 : 《논어》 〈학이(學而)〉의 '학이시습지(學而時習之)'에 대한 주희(朱熹)의 주에 나온다.

108 무왕(武王)과……말하였고 : 《중용장구》 제19장에, "공자가 말하기를 '무왕과 주공은 누구나 인정하는 효자이시다. 효는 선대의 뜻을 잘 이으며 선대의 일을 잘 잇는 것이다.〔子曰武王周公 其達孝矣乎 夫孝者善繼人之志 善述人之事者也"라고 한 것을 가리킨다.

109 부열(傅說)도……하였습니다 : 부열은 은나라 고종(高宗) 때의 재상으로 고종에게 진언하면서 "선왕이 이루어 놓은 법도를 잘 살펴서, 길이 허물이 없도록 하십시오.

근일에 진강(進講)한 《시경》으로 말하자면, 아송(雅頌)의 여러 편은 선왕의 공덕을 서술하여 후대 제왕의 감흥을 일으키지 않는 것이 없습니다. 지금 전하께서 선왕을 계술하고자 뜻을 세우시고 선왕이 이루어 놓은 법도를 모범으로 삼아 만약 생민(生民)의 질고를 들으시면, 반드시 "옛날에 우리 조종께서는 어떻게 보호하셨을까?"라고 말씀하시고, 만약 군읍(郡邑)의 병폐를 접하시면, 반드시 "옛날에 우리 조종께서는 어떻게 처리하셨을까?"라고 말씀하셔야 합니다. 한 가지 의문스런 일이라도 있으면 반드시 조종께서 행하신 조치를 생각하시고, 만 가지 번잡한 사무가 있으면 반드시 조종께서 지녔던 근심을 생각하셔야 합니다. 한가로이 지내는 중에 만약 이목을 기쁘게 하고 심지를 즐겁게 하는 일이 있으면 또한 반드시 "우리 조종께서도 이런 일이 있었을까?"라고 하시면서 두려워 경계하고 반성하시어 마치 상제를 마주 대한 듯 여겨야 합니다.

정사를 행하고 인을 베풀며 사람을 등용하고 일을 처리할 때에 반드시 대소(大小)와 완급(緩急)을 살펴 구별하시고, 반드시 공사(公私)와 의리(義利)를 신중히 판단하시어 자연스레 선왕의 뜻과 사업에 부합하여 선왕께서 이루신 법도에 허물이 없어서 대공지정(大公至正)하여 어진 명성이 사방에 퍼지면 나라의 근본이 공고해지고 백성의 뜻이 안정될 것입니다.

우리 조선이 나라를 세운 규모가 정대광명(正大光明)하여 모든 치법(治法)과 정모(政謨)가 모두 경연으로부터 나옵니다. 하루에 세 번 신하들을 접견하여 경사(經史)를 토론하는 것은 참으로 의리(義理)를

〔監于先王成憲 其永無愆〕"라고 하였다. 《書經 說命下》

강구하고 치란(治亂)을 거울삼고자 한 까닭입니다. 이 때문에 강독하는 여가에 경연에 참여한 여러 신하들이 앞자리에 나아가 상주하여, 대관(大官)은 건의를 올려 임금의 결재를 받고, 유신(儒臣)은 행해야 할 일과 고쳐야 할 일을 진언하니, 조강(朝講)의 규정을 살펴보면 치법(治法)과 정모(政謨)가 경연으로부터 나옴을 이에서 알 수 있습니다.

삼가 살피건대, 전하께서 등극하신 이래로 날마다 진강(進講 처소에서 학문을 논하는 것)을 열었으니, 참으로 예모(禮貌)를 간소하게 차리고 소접(召接)을 친근히 하는 것이 도리어 법강(法講 경연)보다 나음이 있기 때문입니다. 그런데 음과 뜻을 강독하여 10번을 반복하고서 임금께서 질문을 하면 신하가 대답을 진술하니, 이와 같이 하고 그칠 뿐입니다. 대관이 등대(登對)하는 날이라 하더라도 반드시 품의할 급무와 의논할 사무가 있는 것은 아니니, 생각해보면 경연의 강독은 따로 한 가지 일이고, 치법(治法)과 정모(政謨)는 따로 한 가지 일이 됩니다. 만약 백성의 근심이 되는 현재의 긴요한 일이나 나라 살림의 장구한 경제(經濟)에 대해 사건마다 계기마다 때때로 하문하신다면 지루할 염려도 없을뿐더러 임금의 뜻을 체득하여 주광(黈纊)[110]에 보탬이 되지 않을 자가 누가 있겠습니까. 그리고 우리 성상께서도 반드시 이것을 즐겨 피로해하지 않아 모든 치도(治道)가 경연으로부터 나오게 될 것입니다. 이것은 또 조종을 본받는 요체가 되니, 바라옵건대 전하께서는 힘쓰고 힘쓰소서.

110 주광(黈纊) : 면류관(冕旒冠) 양쪽으로 귀에 닿을 만큼 늘어뜨린 누런 솜 방울을 말하는데, 임금이 무익한 말은 듣지 않음을 상징한다.

빈대 때에 어전에 올린 계사 2[111]

賓對上殿啓

올해는 우리 태조대왕(太祖大王)께서 한양에 도읍을 정한 구갑(舊甲)입니다.[112] 왕업을 창건하여 왕통을 전하여 우리 후세의 임금과 백성들을 보우하신 것이 이번 갑술년(1874)까지 모두 8회가 지났고, 또한 우리 영조대왕(英祖大王, 1694~1776)께서 태어나신 구갑이 3회가 지났습니다.

태조대왕의 성스런 덕과 신묘한 공은 높고도 넓어서 보록(寶籙 국운)이 장구하며 유택(流澤)이 두루 적셔주었으며, 영조대왕께서는 오래도록 왕도로써 교화를 성취시켜 50여 년간 왕위를 누려 융성한 정치가 삼대(三代)에 비견되었습니다. 경천근민(敬天勤民 하늘을 공경하고 백성의 일에 부지런함)은 바로 우리 왕가에 전수되어온 심법(心法)입니다.

111 빈대……계사 2 : 이 글은 환재가 68세 때인 1874년(고종11) 1월 13일에 빈대에서 임금께 올린 계사이다. 고종이 창덕궁 중희당에 거둥하여 빈대를 행할 때, 환재는 우의정으로 참여하였다.

환재는 금년이 태조대왕이 한양으로 수도를 정한 지 480주년이고, 영조대왕이 탄강한 지 180년이 지난해이므로, 태조와 선왕들이 백성을 보호하려 노력한 일념을 본받아, 더욱 창업의 어려움을 생각하고 선왕들의 절검을 이어 받아 경천근민(敬天勤民)의 실효가 나타나도록 노력해야 함을 진달하였다. 이에 대해 고종은 "아뢴 바가 절실하니, 마음에 새겨두겠다.〔所陳切實 當服膺矣〕"라고 비답을 내렸다. 《承政院日記 高宗 11年 1月 13日》

112 금년은……구갑(舊甲)입니다 : 태조 3년 갑술년(1393)에 한양에 천도한 것을 가리킨다.

삼가 생각건대 경천(敬天)의 실상은 근민(勤民)에 달려 있고, 근민의 요체는 절검(節儉)에 달려 있습니다. 신이 일찍이 태조께서 어필로 숙신옹주(淑愼翁主)에게 집을 하사하며 쓰신 문권을 보니, 초가 30칸에 불과하였습니다.[113] 아, 성대합니다. 절검의 덕은 백왕(百王) 중에도 뛰어났습니다.

그리고 영조대왕께서 의대(衣襨)에 화려한 비단을 쓰지 않으셨고, 가마와 수레에 금은을 장식하지 않으셨습니다. 병인년(1746)과 신사년(1761)에 모두 성교(聖教)를 내리시면서 돈박(敦樸)을 급선무로 삼았고, 백성을 보호하는 것〔懷保〕을 일념으로 삼았습니다.[114] 하늘이 보우하사 백성이 불어나고 만물이 풍성해져 많은 복을 누리셨고, 오랫동안 왕위에 계시며 인재를 양성하여 지금까지 끼친 은택이 사람들의 뼛속까지 사무치니, 이 모든 것이 절검의 교화가 불러온 바가 아님이 없습니다.

신이 지난날 강연에서 〈용비어천가(龍飛御天歌)〉에 경계를 진술함이 많으므로 열람해 보시도록 권한 일이 있는데, 그 마지막 장에 "천

113 태조께서……불과하였습니다 : 숙신옹주(淑愼翁主, ?~1453)는 조선 태조의 딸로 홍언수(洪彦修)의 아들 당성위(唐城尉) 홍해(洪海)에게 시집가 3남 1녀를 두었다. 1453년(단종1)에 죽어 그 묘소가 경기도 양주시 양주읍에 있다. 태조가 옹주에게 집을 하사하고 자손이 영원히 거주할 것을 밝힌 문서가 바로 〈숙신옹주가옥상속문서(肅愼翁主家屋相續文書)〉로 국립중앙박물관에 소장되어 있다.(보물 제515호)

114 병인년……쏟았습니다 : 돈박(敦樸)을 급선무로 삼는다는 성교(聖教)는 꼭 들어맞는 기사가 없다. 회보(懷保)에 대한 기사는, 영조 41년 을유년(1765) 1월 15일에 경현당(景賢堂)에서 왕세손과 신하의 하례를 받을 때, 동인협공(同寅協恭)을 신하들에게 계칙하고, 회보(懷保)의 계책을 강구하라는 뜻을 팔도(八道)와 양도(兩都)에 계칙한 일이 있다.《英祖實錄 41年 1月 25日》

년 전에 미리 정하였으니, 한강 북쪽이라. 인덕을 쌓아 나라를 여시어, 한없는 복록 누립니다. 자자손손, 훌륭한 자손 연이어도. 하늘을 공경하고 백성을 보살펴야, 이 복록 더욱 오래 누리리이다.〔千世默定 漢水之陽 累仁開國 卜年無疆 子子孫孫 聖神繩繼 敬天勤民 乃益永世〕"[115]라고 하였습니다.

지금 도읍을 정한 구갑(舊甲)과 성인이 탄생한 성대한 운수가 다시 돌아오니, 바로 우리 전하께서 하늘의 아름다운 복을 널리 드러낼 때입니다. 창업의 어려움을 생각하시고 절검의 성대한 덕을 계승하시어, 경천근민의 실상으로써 더욱 오래도록 복록을 누릴 효험을 부르소서. '소민과 화합하여 천명을 빈다.〔諴小民 祈天命〕'[116]는 말은 이것을 일컬은 것입니다. 전하께서는 힘쓰고 힘쓰십시오.

115 천 년……누리리이다 : 《용비어천가》의 마지막 제125장에 나오는 구절이다.

116 소민과……빈다 : 《서경》 〈소고(召誥)〉에 보인다. 소공(召公)이 성왕(成王)에게 진언하기를 "왕은 비록 나이가 어리나 하늘의 원자이시니, 크게 백성들을 화(和)하게 만들어 이제 아름답게 하십시오.〔有王雖小 元子哉 其丕能諴于小民 今休〕"라고 한 말과 "새 도읍에 머무시어 왕께서는 속히 덕을 공경하소서. 왕께서 덕을 쓰는 것이 하늘의 영원한 명을 비는 것입니다.〔宅新邑 肆惟王 其疾敬德 王其德之用 祈天永命〕"라고 한 말을 가리킨다.

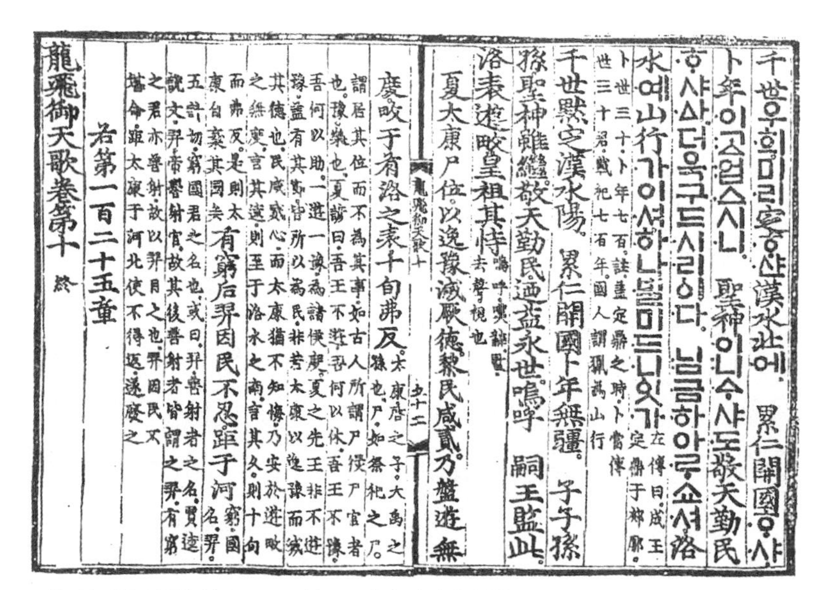

千世우희 미리 定ᄒᆞ샨 漢水北에 累仁開國ᄒᆞ샤 卜年이 ᄀᆞᇫ업스시니 聖神이 니ᅀᆞ샤도 敬天勤民ᄒᆞ샤ᅀᅡ 더욱 구드시리이다 님금하 아ᄅᆞ쇼셔 洛水예 山行 가 이셔 하나빌 미드니잇가 左傳曰。成王定鼎于郟鄏。卜世三十。卜年七百。註。並定鼎之時。卜當傳世三十君。歷祀七百年。國人謂遊爲山行

千世默定漢水陽。累仁開國卜年無疆。子子孫孫聖神雖繼。敬天勤民迺益永世。嗚呼。嗣王監此。洛表遊畋皇祖其恃 嗚呼。歎辭。監。去聲。視也

夏太康尸位。以逸豫滅厥德。黎民咸貳。乃盤遊無度。畋于有洛之表。十旬弗反。太康。啓之子。大禹之孫也。尸。如祭祀之尸。謂居其位而不爲其事。如古人所謂尸官者也。豫。樂也。夏諺曰。吾王不遊。吾何以休。吾王不豫。吾何以助。一遊一豫。爲諸侯度。夏之先王。非不遊豫。蓋有其節。皆所以爲民。非若太康以逸豫而滅其德也。民咸貳心。而太康猶不知悔。乃安於遊畋之無度。言其遠。則至于洛水之南。言其久。則十旬而弗反。是則太康自棄其國矣。有窮后羿因民不忍。距于河。窮。國名。羿。五計切。窮國君之名也。或曰。羿。善射者之名。賈逵說文。羿。帝嚳射官。故其後善射者皆謂之羿。有窮之君。亦善射。故以羿目之也。羿因民不堪命。距太康于河北。使不得返。遂廢之

右第一百二十五章

龍飛御天歌卷第十 終

龍飛御天歌十 五十二

그림 11 〈용비어천가(龍飛御天歌)〉 125장의 마지막 부분

빈대 때에 어전에 올린 계사 3[117]

賓對上殿啓

신이 생각건대 성왕(聖王)이 세상을 바로잡는 도구는 명절(名節)을 숭상하고 염치(廉恥)를 격려하는 것 만한 것이 없습니다. 명절이란 하루아침에 갑자기 취할 수 있는 것이 아니라, 반드시 평소에 명행(名行 이름과 행실)을 엄정히 단속한 연후에야 임금을 섬기는데 충절을 다할 수 있습니다. 그러므로 임금이 권면하고 장려하는 것은 위급할 때 의지하기 위해서입니다. 열성조께서 배양하여 인재를 만든 것은 더욱 명절을 중요하게 여겨 기강을 유지하고 풍속을 진작시키기 위함이었으니, 이 염치야말로 바로 명절을 닦는 요체입니다. 공자께서 "백성을 덕으로써 인도하고 예로써 단속하면 백성들이 수치심을 갖고 또 선해진다.〔道之以德 齊之以禮 有耻且格〕"[118]라고 하였고, 맹자가

117 빈대……계사 3 : 이 글은 문집 편차로 보아 환재가 68세 때인 1874년(고종11) 5월에서 6월 사이에 빈대에서 임금께 올린 계사인데, 《승정원일기》에는 실려 있지 않다. 환재는 본문에서 녹만 축내며 정승의 자리를 차지한 지 반년이 되었다고 하였는데, 1873년(고종10) 12월에 우의정에 임명되었고, 이듬해 9월에 우의정에서 물러났다.

진달한 내용은 열성조께서 인재를 배양하면서 염치를 강조하여 기강을 유지하고 풍속을 진작시켰고, 옛 성왕(聖王)과 현신(賢臣)들이 성덕(盛德)을 이룬 요체가 부끄러움을 알게 하는 것이었듯이, 임금께서 요순 시대를 본받고자 한다면 예의의 교화와 탁월한 행실을 본보기로 보여 백성들에게 달려갈 곳을 보여줌이 가장 중요하다고 강조하였다. 아울러 이를 실천하려면 자신처럼 자리만 차지하고 녹만 축내는 자를 가장 먼저 내치는 것이 염치를 권장하는 도리가 될 것이라는 말로 사직을 청하였다.

118 백성을……선해진다 : 《논어》 〈위정(爲政)〉에 보인다.

"수치란 것이 사람에게 있어서는 매우 중대하다. 부끄러워하지 않는 것이 남만 못하다면 무엇이 남만한 것이 있겠는가.〔恥之於人大矣 不恥不若人 何若人有〕"[119]라고 하였습니다.

비록 임금과 재상이 서로 권면한 실상으로써 말하더라도, 이윤(伊尹)이 성탕(成湯)을 보좌할 때에 "내가 우리 임금을 요순처럼 만들지 못한다면 내 마음이 부끄러워 시장에서 종아리를 맞는 것과 같을 것이다.〔予不克俾厥后惟堯舜 其心愧恥 若撻于市〕"[120]라고 하였습니다. 성탕이 당시 요순(堯舜)의 정치를 닦았는데도 이윤이 오직 임금을 요순으로 만들지 못할까 두려워하여 부끄러움으로 삼았으니, 성탕의 일신(日新)의 공부[121]와 반드시 성인의 부끄러움을 아는 용기가 있어야 상하에 믿음을 주어 감응시킬 수 있는데, 하물며 백성들에게 법도를 세워[122] 도리에 어긋난 일을 하지 않게 하려면 어찌 염치를 권면하는 것을 급선무로 삼지 않겠습니까. 이것이 옛 성왕(聖王)과 현신(賢臣)들이 성덕(盛德)을 이뤘던 중요한 대목입니다.

주부자(朱夫子)가 일찍이 효종(孝宗)에게 고하기를 "기강이 위에서

119 수치란……있겠는가 : 《맹자》〈진심 상(盡心上)〉에 보인다.

120 내가……것이다 : 《맹자》〈만장 상(萬章上)〉에 보인다.

121 성탕의 일신(日新)의 공부 : 은나라 탕왕(湯王)이 목욕하는 대야에 "진실로 하루 동안 새로워졌거든 나날이 새로워지고 또 나날이 새로워져야 한다.〔苟日新 日日新 又日新〕"라고 글씨를 새겨 놓고, 날마다 이를 보고서 몸을 씻어 때를 없애듯이 덕을 새롭게 향상시킨 것을 가리킨다. 《大學章句 傳2章》

122 백성들에게 법도를 세워 : 원문은 '건중우민(建中于民)'인데, 《서경》〈중훼지고(仲虺之誥)〉에 "임금은 힘써 큰 덕을 밝혀 백성에게 중도를 세우소서.〔王懋昭大德 建中于民〕"라고 한 구절을 가리킨다.

떨쳐지지 못하고, 풍속이 아래에서 무너져, 오직 얻기만을 구하며 다시는 염치를 돌아보지 않아, 충의(忠義)와 명절(名節)이 귀중함을 알지 못합니다. 그런 풍속이 이미 이루어진 뒤에는 현인과 군자들도 그런 풍조에 물드는 것을 면치 못합니다.〔紀綱不振於上 風俗頹弊於下 惟得之求 無復廉耻 不復知有忠義名節之可貴 其俗已成之後 賢人君子 亦不免習於其說〕"[123]라고 하였습니다.

대체로 습속이 피폐해지는 것은 오로지 염치를 닦지 않고 명절을 강론하지 않아 점점 수습할 수 없는 지경에 이르는 데서 연유하는 것이니, 지금 요순의 시대를 본받고자 하는 때에 기강과 풍속이 점차 옛날만 못하니, 부끄러움이 어찌 심하지 않습니까.

대체로 예의의 교화로써 적셔 다스리고 탁월한 행실로 장려하여 백성들로 하여금 달려갈 곳을 알게 하는 것은 솔선하여 인도하는 데 있습니다. 〈탕고(湯誥)〉에 "거룩하신 상제께서 백성에게 중정함을 내려주셨으니, 그 떳떳한 성품을 가져 그 도리로 편안히 이끌어야만 군왕의 자격이 있다.〔惟皇上帝 降衷于下民 若有恒性 克綏厥猷 惟后〕"[124]라고 하였습니다. 염치를 권면하는 것은 바로 떳떳한 성품을 따라서 편안히 안정시켜 이끈다는 뜻이니, 전하께서는 힘쓰소서.

123 기강이……못합니다 : 《회암집(晦菴集)》 권11 〈무신봉사(戊申封事)〉에 나오는 내용을 일부 인용한 것이다. 〈무신봉사〉는 주희가 59세인 1188년(효종15)에 당시의 폐단에 대해 황제에게 올린 상소문이다. 핵심 내용은 먼저 천하의 대본(大本)인 황제의 마음을 닦아야 하는데, 그 급선무로써 태자를 바르게 인도하고, 적임자를 대신에 앉히며, 강유(綱維)를 일으키고, 풍속을 변화시키며, 백성의 힘을 기르고, 군정(軍政)을 바로잡아야 한다는 6가지를 제시하였다.

124 거룩하신……있다 : 《서경》 〈탕고(湯誥)〉에 보인다.

신은 보잘 것 없는 사람으로 삼사(三事)의 자리에 올라 임금의 덕성을 이루거나 다스림의 교화를 드러내는 데 조금도 보답함이 없고, 녹만 축내며 자리를 차지한 지 이미 반년이 되었으니,[125] 한밤중에 돌이켜 보매 부끄러워할 줄 모르는 비루한 사람에 지나지 않습니다. 이제 이 자리를 빌려 요설(蕘說)[126]을 진술하오나, 염치를 권장하는 도리로써 보면 신을 일찌감치 물리쳐 그저 말로만 하는데 이르지 않아야 마땅합니다. 바라건대 면직의 처분을 내리시어 공사(公私)를 다행케 하소서.

125 신은……되었으니 : 삼사(三事)는 하늘을 섬기고, 땅을 섬기고, 사람을 다스리는 일을 하는 신하, 즉 삼공(三公)과 육경(六卿)을 가리킨다. 저자는 1873년(고종10) 12월에 우의정에 임명되었고, 이듬해 9월에 우의정에서 물러났다.

126 요설(蕘說) : 보잘것없이 들리는 나무꾼의 말이라는 뜻으로 자신의 발언에 대한 겸사(謙辭)이다. 《시경》〈판(板)〉의 "옛날 성현 말씀에 나무꾼의 말이라도 들어 보라 하셨다네.〔先民有言 詢于芻蕘〕"라는 말에서 나온 것이다.

빈대 때에 어전에 올린 계사 4[127]

賓對上殿啓

근일에 혜패(慧孛 살별)가 경계를 보이고 절도가 없이 비가 내려 우리 성상께서 두려워 수성(修省)하시며 열 줄의 윤음을 내리셨습니다. 폐단의 근원을 깊이 살피시고 사치를 엄히 금하시어 중외에 거듭 신칙하시니, 이번의 조치가 마땅함을 얻어 요망한 기운을 소멸시키기에 충분합니다.

다만 신처럼 보잘 것 없는 자가 삼사(三事)에 자리를 차지하여 섭리(燮理)의 교화에 조금도 보탬이 없으니,[128] 재이(災異)가 나타남이 그 탓이 아니겠습니까. 바라건대 신을 내치시어 하늘의 견책에 답하소서.

127 빈대……계사 4 : 이 글은 환재가 68세 때인 1874년(고종11) 6월 9일에 빈대에서 임금께 올린 계사이다. 고종이 창덕궁 중희당에 거둥하여 빈대를 행할 때, 환재는 우의정으로 참여하였다.

환재는 혜패(慧孛)가 나타나고 비가 연달은 재해를 계기로 임금이 더욱 수성(修省)에 힘써야 한다고 이 글을 상주하였고, 고종은 이에 "진술한 말이 이처럼 절실하니, 감히 가슴 깊이 새기지 않겠는가?〔所陳若是切實 敢不服膺乎〕"라는 비답을 내렸다. 《承政院日記 高宗 11年 1月 13日》 끝부분에 원주로 붙은 글은 김윤식이 부기한 글이다.

128 신처럼……없으니 : 환재가 우의정으로 있으면서도 재상의 역할을 잘 수행하지 못함을 겸양한 말이다. 삼사(三事)는 삼공(三公)과 같은 말이고, 섭리(燮理)는 음양의 변화 등 정(正)과 반(反)의 양 측면을 조화롭게 한다는 말로 재상의 직무를 비유할 때 쓰는 표현이다. 《서경》 〈주관(周官)〉에 "태사, 태부, 태보를 세우노니, 이들이 바로 삼공이다. 도를 논하고 나라를 다스리며, 음양을 조화시켜 다스리니, 관원을 반드시 구비할 것이 아니라, 오직 적임자를 등용할 뿐이다.〔立太師太傅太保 玆惟三公 論道經邦 燮理陰陽 官不必備 惟其人〕"라고 하였다.

그러나 오히려 신의 간절한 충정으로 감히 요설(蕘說)을 진술하여 채택에 대비하지 않을 수 없습니다.

생각건대, 하늘은 친한 이가 없지만 오직 공경하는 자를 가까이 대하니〔皇天無親 克敬惟親〕,[129] 하늘은 진실로써 응대해야지 어찌 허문(虛文)으로 해서야 되겠습니까.

성왕(聖王)께서 하늘의 마음을 받아 하늘과 덕성이 부합하였으니,[130] 언제나 삼가고 독실하여 밥 먹고 쉬는 잠깐 사이라도 오직 하늘을 대신하여 만물을 다스리는 것을 자기 직분의 일로 여겨 잠깐 사이에도 소홀하지 않았습니다. 그러므로 하나의 정령과 하나 조치도 실심(實心)으로 내고 실사(實事)로 행하지 않음이 없어, 이에 백성들이 그 복을 받고 하늘이 보우하사 사해(四海) 안의 어떤 물건도 마땅한 곳을 얻지 않음이 없었습니다. 그리하여 모두 태평(太平)하고 인수(仁壽)한 땅에서 양육되었습니다.

후세에 이르러서는 하늘을 섬기고 하늘을 공경한다는 것이 절문(節文)과 의제(儀制)가 옛 규정을 따르는 신세를 면치 못하여, 한번 재해를 만나면 두려워 경계하면서 한두 폐단을 바로잡지 않음이 없었으나, 시간이 지나고 사태가 가라앉으면 다시 옛날로 돌아가고 말았습니다. 하늘에 응대하기를 실심으로 하느냐 형식으로 하느냐가 이와 같이 동

129 하늘은……대하니 : 《서경》 〈태갑 하(太甲下)에 보인다.

130 성왕(聖王)께서……부합하였으니 : 원문의 '극향천심(克享天心)'은 이윤(伊尹)이 벼슬에서 물러나며 태갑(太甲)에게 고한 말로 《서경》 〈함유일덕(咸有一德)〉에 보인다. "이윤이 몸소 탕왕과 더불어 모두 일덕을 소유하여 능히 하늘의 마음에 합당하여 하늘의 밝은 명을 받았다.〔惟尹 躬暨湯 咸有一德 克享天心 受天明命〕"라고 하였는데, 주희(朱熹)는 "향은 마땅함이다.〔享 當也〕"라고 풀이하였다.

일하지 않습니다.

사람은 천지의 마음〔人爲天地之心〕[131]이므로 임금이 한번 움직이고 한번 생각하는 것이 곧장 하늘과 통합니다. 이 때문에 한 가지 생각이 선하면 상서로운 별과 구름을 부르기에 충분하고, 한 가지 생각이 그르면 재해와 요망한 기운을 부르기에 충분합니다. 한 가지 생각이 선하면 백성 중에 종신토록 그 혜택을 받는 자가 있고, 한 가지 생각이 그르면 천하에 그 피해를 받는 자가 있으니, 힘쓰지 않아서야 되겠으며 두려워하지 않아서야 되겠습니까.

우리 전하께서는 하늘이 내신 성스럽고 지혜로운 분으로 정신을 가다듬어 다스림의 도리를 구하시고, 백성들에게 인을 베풀고 만물을 사랑하시며, 지극한 정성으로 측은하게 여기는 마음을 지녔습니다. 지금 하루 사이에 팔도 백성들이 하루 동안에 겪는 일을 다음과 같이 생각하셔야 합니다. 환과고독(鰥寡孤獨)[132]으로서 곤궁하여 하소연할 곳이 없는 자가 몇 사람이며, 수재와 화재 및 도적에 피해를 당해 생명을 해친 자가 몇 사람이며, 억울하게 송사를 당하여 집안을 망치고 직업을 잃은 자가 몇 사람이며, 기막히게 원통한 일을 당하고도 어디 가서 하소연조차 하지 못하는 자가 몇 사람이며, 처자식을 이끌

131 사람은 천지의 마음 : 《예기》 〈예운(禮運)〉에 "사람은 천지의 마음이며 오행의 단서이다.〔人者天地之心也 五行之端也〕"라고 하였다. 주희(朱熹)는 '人者天地之心'의 의미에 대한 질문을 받고서 "하늘이 선한 자에게 복을 주고 악한 자에게는 재앙을 주는 것처럼 사람이 하고자 하는 바를 하늘이 해 주기 때문이다.〔謂如天道福善禍淫 乃人所欲也〕"라고 풀이하였다. 《朱子語類 卷87》

132 환과고독(鰥寡孤獨) : 예로부터 곤궁한 백성을 대표하는 네 가지로 홀아비, 과부, 고아, 자식 없는 늙은이이다.

고 유리걸식하며 도로를 전전하는 자가 몇 사람이며, 부세를 감당치 못해 처자를 팔아넘긴 자가 몇 사람이며, 관장의 탐학으로 전택을 보존치 못한 자가 몇 사람이며, 산에서 약초를 캐고 숲에서 나무를 하다가 범에게 먹히고 뱀에게 물린 자가 몇 사람이며, 남쪽 들에서 열심히 일하여 여름 밭두둑에서 병을 얻은 자가 몇 사람인지 생각하셔야 합니다.

이들은 모두 전하의 적자(赤子)이니, 전하께서 이 백성의 부모가 된 마음으로 반드시 한밤중 잠자리가 편안치 못하고 좋은 음식도 달지 않아, 측은히 여기고 가련히 여기는 마음에 그들을 구제하여 안돈할 방도를 생각하실 것입니다. 만약 이 많은 백성을 구제하고 이 많은 갓난아이를 안돈시키고자 한다면, 전하께서는 어떤 계책을 행하시고 어떤 방도로 다스리시겠습니까.

신은 우매하여 백번 생각해보아도 끝내 그 계책과 그 방도를 얻어 전하를 위해 진술할 수 없습니다만, 그만두지 말고 아무 말이라도 하라 하신다면 하나의 방도를 아뢰고자 합니다. 전하께서 왕위에 오르신 이래로 신하들이 권면하는 말은 반드시 '임금의 한 마음은 모든 교화의 근원이다〔人主一心 萬化之原〕'라는 말입니다. 이는 참으로 천고에 바꿀 수 없는 정론이고, 전하께서도 이 이야기를 들은 지가 또한 오래일 것이므로 어찌 늙은이의 진부한 넋두리와 같다고 지루하게 여겨 싫어하지 않겠습니까.

그런데 지금 신이 아뢴 것은 이 말이 천고에 바꿀 수 없는 정론이라는 것을 진술할 겨를도 없이 곧바로 감히 "우리 전하께서 이 백성을 구제하고 이 갓난아이를 안돈시킬 마음이 있어, 반드시 구제하고 안돈시킬 계책과 방도를 찾으실 것이다."라고 말씀드릴 수 있습니다. 이것은 오직 전하의 한 마음에 있을 뿐입니다.

진실로 이와 같이 한다면 오늘날 나라 재정이 피폐한 것은 근심할 것이 못되고, 풍속이 퇴폐한 것도 논할 것이 못되며, 패성(孛星)이 재해를 보인 것도 장차 저절로 소멸되어 없어질 것입니다. 전하께서는 힘쓰소서.

차자(箚子)를 읽은 후에 공이 또 상주하기를 "옛날 당 헌종(唐憲宗) 때에 이강(李絳)이 재상이 되었는데, 더운 여름철에 인대(引對)하여 연영전(延英殿)에서 치도(治道)를 논하였습니다. 해가 뜨거워 땀이 어의(御衣)를 적시자, 이강이 황공하여 달려 나가고자 하니, 황제께서 '짐이 궁중에서 마주하는 것은 오직 환관과 여자뿐이다. 경과 천하의 일을 강론하는 것이 바로 즐거움이니, 조금도 피로한 줄 모르겠다.'[133]라고 하여 지금까지 성대한 아름다움으로 칭송합니다. 그러나 신하로서는 어찌 임금이 피로한 것을 염려하지 않을 수 있겠습니까. 신 또한 차자를 다 읽고서 즉시 퇴궐하기를 청하려 하였습니다. 신이 전각에 오를 때에 사알(司謁)이 조용히 신에게 이르기를 '날이 이렇게 뜨거우니, 차자를 읽는 외에 더 자세히 진술하지 말기를 청합니다.'라고 하였습니다. 대관을 불러 접견하실 때, 아뢰는 말이 번잡하거나 간략하거나 이들이 어찌 감히 이러쿵저러쿵 한단 말입니까. 일이 매우 해괴하니 유사에게 내려 감죄(勘罪)토록 하소서."라고 하였다.

133 옛날……모르겠다 : 이 고사는 당나라 원화(元和) 7년(812)에 있던 일로 여러 책에 실려 있으나, 모두 글자가 약간씩 다르다. 아마 환재가 여러 책을 보고서 요약하여 서술한 듯하다. 《資治通鑑 卷238 唐紀54 憲宗》《古今事文類聚 續集 卷5 延英講論》 이강(李絳, 764~830)은 자가 심지(深之)로 당 헌종 때의 이름난 재상이다. 굉사과(宏辭科)에 급제하여 벼슬이 예부 상서에까지 이르렀다. 바른 도로써 일관하여 명성이 높았고, 지나치게 강직하여 부정한 무리들의 질시를 많이 받았다.

우의정의 면직을 청하며 올린 소 1[134]

乞解右議政疏

생각건대, 충의(忠義)에 느낌이 일어 특별히 관묘(關廟)에 배알하시고, 군대를 사열하러 관소(館所)에 친히 거둥하셨는데,[135] 성덕을 쇠

134 우의정의……소 1 : 이 글은 환재가 68세 때인 1874년(고종11) 9월 7일에 우의정의 사직을 청하며 올린 소이다.

환재는 선비로서 대각의 관원이 되어 경연에 참여하거나 지방관이 되어 임금의 뜻을 널리 선양하는 포부를 지녔으나, 정승과 같은 큰 벼슬은 처음부터 감히 바란 바가 아니었고, 막상 정승이 되어 일을 처리함에 가는 곳마다 서툴고 일마다 구애되어 어리석은 자가 감당할 직임이 아님을 토로하며 사직을 청하였다. 이 사직 상소에 대해 고종은 "소를 보고 경의 간절한 마음을 잘 알았다. 일전에 내린 비답에 나의 마음을 다 표현하였는데, 경은 어찌 양찰하지 못하고서 이처럼 거듭 사직을 하는가. 경이 '존주비민의 도리에 대해 전에 대략 들었다.'고 하였는데, 중서(中書)의 책무가 바로 존주비민을 담당하는 것뿐이다. 경이 또 '모든 유사의 일에 모두 공효로 보답해야 한다.'고 말했는데, 저 대관(大官)의 직책은 모든 유사를 총괄하는 것뿐이다. 경이 지금 그 책임을 맡고 그 직분을 총괄하고 있으니, 그 도리를 행하고 그 일을 논의할 만한데, 이제 물러나 벗어나고자 하니, 내가 당혹스러워하는 바이고 경에게 섭섭함을 느끼지 않을 수 없다. 임금과 신하의 마음과 뜻은 진심으로 믿는 것을 귀하게 여기고, 재상의 거취는 관계된 바가 가볍지 않으니, 경은 이런 간절한 뜻을 체득하여 더 이상 물러나려는 말을 하지 말라.〔省疏具悉卿懇 日前之批 悉諭予衷 卿何不諒 而有此再巽之擧乎 卿云尊主庇民之道 曾所粗聞 夫中書之責 只任其尊主庇民也 卿又云 凡百有司之事 皆可報效 夫大官之職 特摠其凡百有司也 卿今任其責摠其職 可以行其道論其事 而乃欲退然思解者 予之所悄惑 而亦不能無慨然於卿矣 君臣情志 誠孚爲貴 輔相去就 關係不輕 望卿體此至意 無復控辭〕"라고 하였다. 《承政院日記 高宗 11年 9月 7日》

135 충의(忠義)에……거둥하셨는데 : 고종이 1874년(고종11) 9월 4일에 남관왕묘(南關王廟)에 배알하고, 이어 모화관(慕華館)에 들렀다가 서총대(瑞蔥臺)로 옮겨 군

에 기울여 시절에 맞추어 명을 내리시매[136] 온 도성 사람들이 임금의 행차를 기쁘게 우러러 보았습니다.

그런데 신은 한질(寒疾)에 걸려 상란기(翔鸞旗)와 표미기(豹尾旗) 사이에서 임금을 호종하지 못하여 서글프고 두려운 마음이 여러 날 동안 그치지 않았습니다.

생각건대, 신이 일전에 간절한 속마음을 진술한 것은 감히 하늘처럼 인자하신 성상께서 자세히 양찰해주시는 은택을 내릴 것이라고 믿어서였습니다. 비답을 받자오매 면직의 윤허를 얻지 못했을 뿐만 아니라 도리어 정중한 하교를 들으니, 당황하고 두려워 몸 둘 곳을 모르겠습니다.

신이 소를 올려 면직을 청함은 어찌 감히 편의를 도모하려는 제 몸을 위한 계책일 뿐이겠습니까. 아, 선비가 이 세상에 나서 대대로 성상께서 길러주시는 은택을 받았고, 화락하고 흡족한 운수를 직접 만났으니, 비록 초야의 포의일지라도 누가 밝은 조정에 신명을 바쳐 백집사(百執事)의 반열에서 힘을 다하기를 원하지 않겠습니까.

신이 서당에 나아가 공부를 시작한 처음부터 과거에 급제하여 벼슬

대를 사열하고 무관들을 시취(試取)한 것을 가리킨다. 《承政院日記 高宗 11年 9月 4日》

136 성덕을……내리시매 : 원문의 '성덕재금 순시행령(盛德在金 順時行令)'은 가을을 맞아 임금이 교외에 나아가 군사에 관한 일을 돌본다는 의미이다. 오행에서 금(金)은 서방, 가을, 군대를 상징한다. 《예기》 〈월령(月令)〉 맹추(孟秋)의 달에 대한 기사에 "입추 3일 전에 태사가 천자께 아뢰기를 '아무 날이 입추이니 성덕을 금에 두어야 합니다.'라고 하면 천자가 이에 재계한다. 입추 날에 천자는 친히 삼공과 구경 및 제후와 대부를 거느리고 서쪽 교외에 나아가 가을을 맞이하고, 돌아와서는 조정에서 군대와 무인들을 평가한다.〔先立秋三日 太史謁之天子曰 某日立秋 盛德在金 天子乃齊 立秋之日 天子親帥三公九卿諸侯大夫 以迎秋於西郊 還反賞軍帥武人於朝〕"라고 하였다.

길에 오르기까지, 입신출세하여 임금을 섬기는〔立身事君〕 포부와 군주를 높이고 백성을 보호하는〔尊主庇民〕 도리에 대한 선현들의 큰 업적과 선배들의 드러난 치적을, 역사기록에서 보고 부러워하였고 부형(父兄)과 장로(長老)들에게 대략 들었습니다. 이에 마음의 염원을 크게 발하여 그들을 따라가고자 생각하였으니, 아무리 어리석고 망녕되다 하더라도 간절한 일념이야 어찌 남보다 뒤지겠습니까.

그러나 관직을 맡아 직분을 다하고 일에 따라 성심을 다하여 스스로 희망한 것은 대각(臺閣 사헌부와 사간원)이고 경악(經幄 경연)입니다. 고을 수령과 관찰사의 책무 등 모든 유사의 일에 대해서는 진심으로 두려워하고 염려하여 스스로 임금의 덕을 선양하여 보답함으로써 평소의 뜻을 저버리지 않고자 기약하였습니다. 그런데 삼사(三事 삼정승)와 같은 대관(大官 중요관직)으로 말하면 신만이 꿈속에서도 상상하지 못하던 것이 아니라, 세상의 어떤 자가 평소에 스스로 기약할 수 있었겠습니까.

신의 집안은 대대로 유학을 업으로 삼았으니, 종정(鍾鼎)과 헌면(軒冕)[137]이 어찌 분수에 당연히 얻을 수 있는 것이겠습니까만, 그런데 임금의 은총을 입고서 속으로 다행히 죄가 없기만을 바랐습니다. 하루아침에 중서(中書)에 들어가고 보니, 이목이 미치는 곳과 생각이 일어나는 바의 한 가지 일이나 한 가지 말도 애당초 평소 강마하고 토론한 바가 아니어서, 손 대는 일마다 서툴고 어색해 결국 막혀버리고 말았습

137 종정(鍾鼎)과 헌면(軒冕) : 고관이 되어 부(富)와 귀(貴)를 모두 누리는 것을 가리킨다. 종정은 종을 울려 식구를 모아 정(鼎)에 담긴 음식을 먹는 것을 가리키고, 헌면은 옛날에 대부 이상의 고관이 타던 수레와 입던 옷을 가리킨다.

니다. 그 소루하고 어리석음을 스스로 가릴 수 없게 되고서야 비로소 이 직분이 고루한 소견을 묵수하면서 진부한 서적 나부랭이나 탐하는 서생이나 속사(俗士)에게 맡겨서는 안 된다는 것을 알게 되었습니다.

신이 이 직분을 감당하지 못할 줄은 스스로 잘 알고 있으며, 하물며 또 노쇠와 질병이 연달아 이를 버텨 낼 힘조차 없습니다. 신의 못나고 부끄러운 실상을 다 드러내 일전의 소에 자세히 진술했사오니, 지금 다시 장황하게 거론하지 않겠습니다. 다만 바라옵건대 일찌감치 면직의 명을 내려 강호(江湖)로 쫓아내시어 물이나 마시고 약으로 조섭하며 수명을 연장하게 해주신다면 여생의 세월은 성주의 은택이 아님이 없습니다. 간절한 충정을 못 이겨 손 모아 바라오니, 성명께서 신의 직분이 그대로 비워둘 자리가 아님을 생각하시고, 신의 심정이 오로지 진심에서 나왔음을 살피시어, 애처롭고 불쌍히 여기시어 특별히 체직을 허락하시어 공사를 모두 다행케 하소서. 신은 두려움과 간절함을 가눌 수 없습니다.

우의정의 면직을 청하며 올린 소 2[138]

乞解右議政疏

138 우의정의……소 2 : 이 글은 환재가 1874년(고종11) 9월 12일에 우의정의 사직을 청하며 다시 올린 소이다.

환재는 여러 차례 상소에도 체직되지 못하여 심정이 더욱 불안함을 서술하고, 자신이 계속 우의정으로 있으면서 공적이 없이 녹봉만 탐한다면 염치(廉恥)와 명절(名節)에 누가 되어 세상을 다스리고 인재를 배양하는데 방해가 됨을 논하여 사직을 청하였다. 이 사직 상소에 대해 고종은 "소를 보고 경의 간절한 충정을 잘 알았다. 경이 반드시 떠나고자 하는 것은 과연 떠날 만한 명분이 있어서 그러는 것인가? 내 처지에서 보면 떠나선 안 되는 점만 보이고 떠나야 될 이유는 보이지 않는다. 내가 의지하는 것이 어떠하며 경이 맡은 책임이 과연 어떠한가. 백성을 살피는 일과 국가를 경영하는 어려움이 또 과연 어떠한데, 경이 이런 때에 떠난다는 말을 할 수가 있는가. 경이 누차 간절하게 진술했으나 조금도 간절하게 들리지 않았던 것은 바로 '재능과 계책이 능치 못하다.'는 것인데, 내 처지에서 보면 경이 유능한 면만 보이고 능치 못한 점은 보이지 않는다. 학문과 도량에서 경이 과연 능치 못한가? 경륜과 다스림에서 경이 과연 능치 못한가? 국사와 공무에 힘써서 앉은 채로 풍속을 바르게 하는 데 경이 또 과연 능치 못한가? 능치 못한 것이 없는 재능으로서 떠나서는 안 될 때에 떠나기를 구하니, 나는 참으로 좌우로 궁리해 보아도 그 까닭을 모르겠다. 또 조정에 있으면서 도를 논하는 것은 본래 노성한 사람의 임무이니, 경이 또 늙고 병든 것을 핑계로 떠나기를 구해선 안 됨이 분명하다. 진심에서 나온 말이라 많이 하지 않겠으니, 경은 반드시 상소를 그치고 안심하고 일을 돌보아, 더욱 국사를 보필하는 책무에 힘써 나의 깊고 두터운 바람에 부응하라.〔省疏具悉卿懇 卿之必欲求去 果有可去之義諦而然乎 予則曰 只見其不可去 而未見其可去也 予之倚毗 果何如 卿之擔夯 果何如 民事國計之艱虞 果又何如 而卿可以言去於此時乎 卿之屢懇而不一懇者 卽惟曰才猷之不能 予則曰 只見其能 未見其不能也 文學識量 卿果不能乎 彌綸經濟 卿果不能乎 國耳公耳 坐鎭雅俗 卿又果不能乎 夫以無不能之才求去於不可去之時 予誠左右究而不可得 且臥閣論道 本在老成 則卿又不可以衰病求去也明矣 言由衷曲 不在多誥 卿須亟斷來章 安心視事 益勉匡弼之責 而副予深厚之望〕"라고 하였다.《承政院日記 高宗 11年 9月 12日》

생각건대 신이 일전에 몽매함을 무릅쓰고 소를 올려 전번에 간절하게 청했던 말을 거듭 진술했습니다. 비지(批旨)를 받드니 "경이 이미 존주비민(尊主庇民 군주를 높이고 백성을 보호함)의 도리에 대해 일찍이 대략 들은 적이 있다고 했는데, 중서(中書)의 책무는 존주비민을 임무로 삼는 것뿐이다. 경이 또 모든 유사의 일에 모두 공효로 보답해야 한다고 했는데, 대관(大官)의 직임이란 단지 모든 유사를 총괄하는 것뿐이다."라고 하셨습니다. 또 "임금과 신하의 심정과 뜻은 서로 믿는 것이 귀하다. 재상의 거취는 관계된 바가 가볍지 않다."라고 하셨습니다. 비지를 받들어 읽으매 황송함과 두려움을 가눌 수 없었습니다.

신의 정신이 혼미하고 문자가 거칠어 마치 어리석은 말로 스스로 자랑하는 것처럼 되고 말았으나, 군부(君父)의 앞에 어찌 감히 그렇게 했겠습니까. 다만 충정을 피력하였으나 끝내 임금의 마음을 감동시켜 돌리지 못하여 부끄러움에 몸을 어루만지며 무어라 말씀 드릴 바를 모르겠습니다.

군주를 높이고 백성을 보호하는 것은 신이 홀로 들은 말이 아니니, 누군들 부형께 가르침을 받지 않았겠습니까. 모든 직무에 공효로 보답하는 것은 신만이 홀로 원하는 것이 아니니, 누군들 본성에 근본한 충군애국(忠君愛國)의 마음이 없겠습니까.

다만 신이 재주가 보잘것없고 식견이 천박하여 이미 등용되었으되 공로가 드러나지 않아, 전부터 듣고 바라던 바에 일찍이 조금도 일컬을 만한 공적이 없으니, 중서(中書)의 책임과 유사를 총괄하는 직무에 대해 어찌 잘하고 못함을 논할 가치가 있겠습니까. 신의 분수와 역량을 헤아려보건대 스스로 감당할 수 없음을 스스로 알고 있으나, 총애와

녹봉을 탐하여 머뭇거리며 눌러앉아 있으면 염치(廉恥)에 대해 무어라 말할 것이며 명절(名節)에 대해 무어라 말할 것입니까.

생각건대 임금이 세상을 다스리는 요점은 명절을 높이고 염치를 권장하는 것보다 앞서는 것이 없습니다. 그러므로 명절과 염치로써 인재를 흥기시켜 배양한 것이 또한 열성조의 성대한 일입니다. 신처럼 보잘것 없는 사람은 이를 논할 주제가 못되오나, 혹시라도 양찰해주시는 임금의 은혜를 입어 큰 잘못과 큰 욕됨을 모면할 수 있다면, 사람들이 혹 "이 사람이 능력이 없음을 알고 그만두었으니, 그나마 염치에 대해 아는 자이다."라고 말할 것입니다. 이렇게 되면 밝은 시대에 미천한 정성을 바치다가 늘그막의 절개를 이루는 것입니다.

이는 임금과 신하의 마음과 뜻이 서로 부합한 것이고 나아가고 물러남이 여유로운 것이니, 관계된 바가 가볍지 않음을 더욱 볼 수 있습니다. 이 어찌 공사에 모두 순조로워 신하와 임금이 모두 영예롭지 않겠습니까. 임금의 위엄을 범하여 두려움으로 병이 더하였으니, 감히 침상에 누워 처음부터 끝까지 곡진히 살펴주시는 은혜를 입기를 바랍니다.

바라건대 성상께서는 저의 가련한 형편을 살피시어, 어리석은 신하의 늙고 병들어 쇠잔한 몸으로 하여금 일찌감치 큰 은혜에 감격하고 두터운 은택을 노래하면서, 보호해 양육해주시는 교화 속에 여유롭게 스스로 즐기도록 해주시기 바랍니다. 그리하여 조야에서 바라보는 자들로 하여금 성상의 덕이 하늘처럼 커서 모든 사람이 제 살 곳을 얻어 제 소원을 이루지 못함이 없음을 우러르게 해주신다면 또한 아름답지 않겠습니까.

소유의 처벌을 참작해 달라고 청한 두 번째 연명 차자[139]

請疏儒裁處聯名第二箚子

생각건대 신등이 높으신 위엄을 범하며 말을 올린 까닭은 오로지 나라를 근심하고 임금을 사랑하는 정성에서 나왔으므로 받아들여주시기를 바랐으나, 윤허를 얻지 못하였습니다. 게다가 당초에 형률을 결정할 때 신등도 참여하여 논의하라는 뜻으로 비교(批敎)가 정중하시니, 두려움에 떨며 무어라 말씀 드릴 줄 몰랐습니다.

그런데 생각건대 범법을 방비하는 형률을 세운 것은 이 백성들로 하여금 두려움을 알아 범하지 말도록 한 것입니다. '죄수를 가슴 깊이 생각한다〔囚有服念〕'[140]라고 한 것도 선왕들이 형률을 자세히 살핀 밝으신 가르침입니다. 만약 범법자를 반드시 용서하지 않고 죽인다면,

139 소유의……차자 : 이 글은 환재가 1875년(고종12) 5월 즈음에 소유(疏儒)들에게 극형을 내리지 말기를 청하며 올린 차자이다.

사건의 발단은 고종이 1873년(고종10)에 친정(親政)을 하면서, 벼슬에서 물러난 대원군이 양주(楊州) 직곡산장(直谷山莊)에 머물게 되자, 1875년(고종12) 2월에 이순영(李純榮)과 서석보(徐奭輔) 등이 상소하여 대원군으로서는 과중한 처사이고, 국왕으로서는 정성이 부족한 때문이라고 무함하는 상소를 하였다. 이에 조야에 큰 반향을 일으켜 이들을 극형에 처해야 한다는 여론이 일었다. 그러나 이리저리 시일을 끌다가 5월 17일에 의금부에서 이들을 목숨만은 살려주어 이순영을 전라도 나주목 지도(智島), 서석보를 영광군 임자도(荏子島)에 유배 보내기를 청하여 윤허를 얻었다. 《承政院日記 高宗 12年 2月 5日, 5月 17日》

140 죄수를……생각한다 : 죄수의 처결에 신중을 기한다는 의미이다. 《서경》〈강고(康誥)〉에 "요수를 5, 6일 동안 가슴속에 두고 생각하며, 열흘이나 한 철에 이르러서 요수를 크게 결단하라.〔要囚服念五六日 至於旬時 丕蔽要囚〕"라고 하였다.

경중에 따라 적용하는 사이에 사랑하고 애달파하는 뜻을 다시 베풀 수 없으니, 이 어찌 법률을 제정한 본뜻이겠습니까.

지금 이 소유(疏儒)를 처분하면서 진실로 지난번의 하교가 이미 엄하고 무거운데, 유생이 또 다시 번거롭게 소를 올렸으니, 그 풍조가 통탄스럽습니다. 하물며 엄중한 형벌을 밝게 드러낸 것은 상위(象魏 대궐문)에 법률을 게시하는 것과 다름이 없거늘, 저들이 조금도 죽음을 두려워하지 않고서 방자하고 기탄이 없으니, 이러고도 엄한 주벌을 시행하지 않는다면, 장차 백성들이 명령을 믿지 않아 기강이 날로 실추될 것입니다. 임금의 뜻은 아마 이를 염려한 까닭일 것입니다.

신등이 생각건대, 초야의 어리석은 사람이 우매한 소견만 고수하고, 한미하고 고루한 유생이 변통의 요령을 몰라 간혹 광망(狂妄)한 말로 임금의 위엄을 범한 자가 옛날에도 있었습니다만, 혹 광망함을 용서하여 형벌을 시행하지 않은 적도 있었고, 간혹 광망함에 노여워하여 반드시 사형에 처하기도 하였습니다. 이는 한때의 정령 사이의 일에 불과했을 뿐이니, 치란에 관계가 되기에 부족한데도 역사책에 기록하여 그 득실을 논한 것은 다름이 아니라 그가 선비이기 때문입니다.

우리 조선 왕조에서 5백 년 동안 인재를 배양한 까닭은 오로지 선비가 나라의 원기(元氣)이므로 선한 일에는 표창하고 허물이 있어도 포용하였습니다.

오늘날 선비와 유생들이 열성조의 교화에 흠뻑 젖고 열성조의 성덕을 노래하지 않는 자가 없습니다. 이 때문에 지금 저 소유(疏儒)들이 감히 열성조의 깊은 은택을 믿어서 이렇게 스스로 중률(重律)을 범하는 한탄이 있게 된 것입니다.

범한 것을 논하자면 용서하지 말아야 하겠지만, 그 심정을 헤아리자면 애처로움이 없지 않으니, 그 죄의 경중을 누가 분별하겠습니까. 원근에서 들리는 소문은 쉽게 미혹되어 밝히기 어려우니, 이것이 신등이 간절히 염려하며 위로 성덕에 누를 끼치고 아래로 사람들의 의심을 일으킬까 두렵습니다.

이제 감히 죽음을 무릅쓰고 연명으로 호소하오니, 바라옵건대 자애로운 성상께서 특별히 사랑하고 애달파하는 정치를 베푸시어 참작하여 처분하여 사람들의 마음을 크게 위로하신다면, 백성들이 명령을 믿어 기강이 날로 펴지는 것은 기약하지 않아도 저절로 될 것입니다. 속마음을 토로하는 간절한 심정을 견딜 수 없습니다.

상의하여 형벌을 결정하라는 비지가 환수된 후에 올린 연명 차자[141]

相議定律批旨還收後 聯名箚子

생각건대 신등이 거듭 엄한 비답을 받드니, 속마음이 두려워 머리를 진흙에 대고 명을 기다리며[142] 견책을 달게 받기로 하였으니, 어찌 자애로운 하늘이 포용해주시는 은택을 내리시기를 감히 바랐겠습니까. 이제 깨우쳐서 자세히 풀어 주시고 말씀을 내려 비지를 도로 거두시고, 형벌을 시행하지 않고 도리어 융성히 예로 대우해주시니, 머리를 맞대고 감사와 송구함을 표하는 심정이 어찌 한량이 있었겠습니까.

그런데 생각건대 신등이 날마다 상주한 것이 정성은 얕고 말은 졸렬하여 끝내 임금의 마음을 감동시키지 못했으니, 부끄러움에 몸을 어루만지며 몸 둘 바를 몰랐습니다. 그리고 더욱 마음 가득 황송한 것은

141 상의하여……차자 : 이 글은 앞의 차자를 올린 얼마 후에 다시 올린 연명 차자로 사직하는 내용을 담고 있다. 처음에 경연에서 소유(疏儒)의 처벌을 논하면서 고종이 지엄한 하교를 내렸는데, 대신들은 이 하교가 유생들로 하여금 두려움에 떨며 다시는 번거롭게 떠들지 못하도록 한 의도라고 이해하였다. 그런데 이어 대신들이 함께 논의하여 형률을 정하라는 비지가 내리자 대신들이 더욱 당황스러워 하였다. 이에 형률을 논의하는 중에 임금의 의중을 자세히 따지지도 않고 묵묵히 물러나 소임을 다하지 못한 환재 자신을 포함한 대신들을 한꺼번에 내쳐서 경각심을 일깨우기를 청하는 내용이다.

142 머리를……기다리며 : 원문은 '이수서명(泥首胥命)'인데, 이수는 이수인죄(泥首引罪)의 준말로 머리를 진흙에 대고 죄를 자책하는 것을 뜻한다. 서명은 죄가 있어 명을 기다리는 것을 뜻한다. 《춘추》 환공(桓公) 3년 조에, "여름에 제후와 위후가 포에서 서명하였다.〔夏齊侯衛侯 胥命于蒲〕"라고 하였다.

지난날 경연의 하교가 매우 엄하셨으니, 이는 합문 밖에 상소한 유생들로 하여금 두려움에 떨며 다시는 번거롭게 떠들지 못하도록 한 것입니다. 그러므로 극형으로 논의하여 그들로 하여금 두려움을 알게 하고자 한 것이니, 신등은 성상의 뜻이 오로지 여기에서 나왔다고 헤아렸던 것입니다.

비지를 받들어 보건대, 마치 이들에게 어떤 형벌을 적용해야 할지 그 의논을 신등에게 내려 참작하여 결정하라고 하신 것과 같아 진실로 깨닫지 못하는 사이에 당황스럽고 놀라웠고, 이어 근심과 탄식이 일었습니다.

형벌이 세대마다 경중이 다르고, 법조문에 증감이 있는 것은 왕도정치에서 지극히 중차대한 일입니다.

《서경》에 "옥사와 금기에 대해서는 문왕이 감히 알려고 하지 않았다.〔庶獄庶愼 文王罔敢知于玆〕"[143]라고 하였으니, 문왕(文王)은 성인의 덕을 갖추고 임금의 존귀한 자리에 있었으되 형벌에 대해서는 유사에게 모두 맡겨 자기 뜻을 섞지 않았습니다. 그러므로 주공(周公)이 성왕(成王)에게 고하면서 "망지(罔知)"라로 하지 않고, 반드시 "망감지(罔敢知)"라고 한 것입니다. 망감(罔敢)이란 감히 하지 않는다는 뜻입니다. 그러므로 이 일이 지극히 중차대함을 알 수 있습니다.

이 때문에 역대로 형률의 경중과 증감을 때에 따라 변통할 일이 생기면 반드시 모든 구경(九卿)과 박사(博士)들이 조당(朝堂)에서 회의를 열어 반복하여 토론하여 작은 무게에도 경중을 살피고 작은 차이에도

143 옥사와……않았다 : 《서경》 〈입정(立政)〉에 보인다. 〈입정〉은 주공(周公)이 성왕(成王)에게 현재(賢才)를 임용하는 도리를 경계한 글이다.

가감하여 신중히 하였습니다. 인정에 흡족하여 행해도 폐단이 없게 된 연후에 관화(關和)[144]에 싣고 상위(象魏 대궐문)에 게시하였으니, 그 신중하고 엄정함이 이와 같았습니다.

지금 광망(狂妄)한 사람이 번번이 임금의 위엄을 범할까 염려하여, 그들이 기가 죽어 움츠러들게 만들고자 하여 한번 발끈 노하여 교지를 내리면, 신하된 자들은 득실(得失)이나 가부(可否)가 어떤지 다시 생각하지 않고서 잠깐의 경연 자리에서 '예예' 하며 명을 받들어 드디어 그 말을 정률(定律 형벌을 확정함)로 삼고, 일찍이 옛 성인이 정성스레 경계를 올리던 훈계로 임금 앞에서 진술하는 이가 없으니, 그렇다면 그들이 임금을 잊고 나라를 저버린 죄를 어떻게 처리해야 하겠습니까.

옛날에 무왕(武王)이 강숙(康叔)을 매토(妹土)에 봉하면서 그 백성들이 술에 빠질까 염려하여 〈주고(酒誥)〉를 지어 말하기를 "혹시라도 여럿이 술 먹고 간악한 행동을 하는 자는 하나도 빠뜨리지 말고 잡아서 주로 보내라. 내가 죽이리라.〔厥或告曰群飮 汝勿佚 盡執拘以歸于周 予其殺〕"라고 하였습니다.[145] 선유(先儒)의 말에 "내 죽이리라는 말은 반드시 죽이는 것은 아니다.〔予其殺者 未必殺也〕"라고 하였습니다.[146] 여럿이 모여 술을 마시는 것은 참으로 금해야 할 일입니다만, 만약 모두

144 관화(關和) : 모든 사물의 표준이 되는 법칙이나 규칙을 말한다. 《서경》 〈오자지가(五子之歌)〉에 나오는 관석화균(關石和鈞)의 준말이다.

145 옛날에……하였습니다 : 매토(妹土)는 상(商)나라의 도읍으로, 상왕(商王) 수(受)가 술주정을 하자 그 풍습에 가장 많이 물든 고장이다. 강숙(康叔)은 주공의 아우이다. 인용된 구절은 《서경》 〈주고(酒誥)〉에 보인다. '厥或告'는 경문에는 '厥或誥'로 되어 있다.

146 선유(先儒)의……하였습니다 : 선유는 소식(蘇軾)을 가리킨다.

잡아 주(周)로 보낸다면 남김없이 다 죽을 것이니, 어찌 어진 사람이 할 일이라 하겠습니까. 이는 무왕이 짐짓 이런 엄한 말로써 매토의 백성들로 하여금 두려워하여 풍속이 바뀌도록 하고자 해서입니다. 선유의 가르침은 참으로 무왕의 뜻을 얻었다 하겠습니다.

신등이 우러러 우리 전하께 바라는 바도 무왕이 반드시 죽이지 않았던 일입니다. 만약 그렇지 않아서 임금의 뜻이 드디어 정률로 삼으려 하심을 일찌감치 헤아렸다면, 어찌 같은 목소리로 법리와 사체에 절대로 불가하다고 논주(論奏)하지 않았겠습니까. 그런데 따져 묻지도 않고 묵묵히 물러나와 한때의 격노한 하교를 따라서 만세토록 무궁한 폐단을 열어놓아서야 되겠습니까.

이에 신등의 죄는 드디어 임금을 잊고 나라를 저버린 죄과에 빠졌으니, 지금은 다행히 모면했다 하더라도 어찌 스스로를 용서할 수 있겠습니까. 성상께서는 모두 물리치시어 불충(不忠)과 부직(不職)의 죄를 드러내시기 바랍니다.

수원 유수의 면직을 요청하는 소[147]

乞解水原留守疏

병자년(1876) 12월 25일. 공께서 이 소를 입으로 불러 주시고, 3일 뒤에 돌아가셨다.

생각건대 하늘이 효성스런 임금을 도와 큰 경사를 이르게 하니, 선왕의 덕을 드러내고 따르는 조치가 차례로 거행되어 모든 백성들의 기쁜 마음이 어찌 끝이 있었겠습니까.

생각건대 신이 화성 유수(華城留守)가 된 것은 우리 성상께서 노신을 길러주시는 지극한 뜻에서 나온 것이므로 신은 특별한 은택에 감격하였습니다.[148] 또 생각건대 진전(眞殿)과 가까운 곳에서 능침(陵寢)을 호종하며[149] 사모하는 심정을 붙이고 정성을 펴게 되니, 그런 기회를

147 수원 유수의……소 : 이 글은 환재가 70세 때인 1876년(고종13) 12월 25일에 수원 도호부사(水原都護府使)의 사직을 청하며 올린 사직소이다. 까닭을 모르는 질병이 1백여일이나 지속되어 행정사무를 처리하기에 곤란하고, 더욱이 큰 흉년을 만나 백성을 구휼하는 급무를 처리할 수 없으므로 사직할 수밖에 없다는 것이 사직의 주된 이유이다. 제목에 붙은 원주의 기록과 같이 환재는 이 소를 올린 3일 후 12월 27일에 서울 북부(北部) 재동(齋洞)에서 졸하였고, 이듬해 3월 11일에 양주(楊州) 노원(蘆原) 간좌(艮坐)에 장사지냈다.

148 신이……감격하였습니다 : 화성(華城)에 머물렀다는 것은 환재가 1876년(고종13) 8월에 수원 도호부사(水原都護府使)로 부임한 것을 가리키며, 동년 12월에 김병지(金炳地)로 교체되었다.

149 진전(眞殿)과…호종하며 : 진전은 임금의 어진(御眞)을 모신 전각을 가리킨다. 능침(陵寢)은 사도세자가 묻힌 융릉(隆陵)과 정조가 묻힌 건릉(健陵)을 가리키는 듯하다. 원문은 '주구(珠邱)'인데, 순(舜) 임금의 무덤에 새가 날아와 구슬을 떨어뜨린 것이 쌓여서 언덕을 이루었다는 고사에서 나온 말로 임금의 능침을 뜻한다. 《拾遺記 虞舜》

얻은 것을 속으로 기뻐했습니다. 비록 불행히 큰 흉년을 만나[150] 구휼 행정에 정성을 다 기울여 진실로 이곳의 생명을 구제하는 것이 또한 신이 맡은 유수(留守)의 책무이니 어찌 사양하겠습니까.

뜻 밖에 도임한 며칠 만에 까닭 없는 병 하나[151]가 빈틈을 타고 생겨나 시일을 끌다가 백여 일에 이르렀습니다.

의원과 약물이 효험이 없어 날마다 병이 깊어졌으니, 지금의 형편으로는 정신을 수습하여 금전과 곡물을 관리하여 각각 조리를 세워 임금의 은덕을 선포하여, 구제해 주기를 바라는 수많은 주린 백성을 위로하지 못할 것이 자명합니다. 신의 병이 이토록 위태롭고 백성의 실정이 이토록 절박하니, 이것이 신이 잠시라도 머물러서는 안 될 때입니다.

이에 사정을 자세히 갖추어 간절한 충정을 진술하오니, 바라건대 성명께서는 면직을 특별히 허락하시어 백 리의 백성으로 하여금 고향을 떠나 전전하는 근심을 모면케 하시고, 신으로 하여금 마음 편히 병을 조섭하여 더 살아갈 수 있도록 해주시면 어디간들 임금의 은택이 아니겠습니까. 신은 두려움과 간절한 심정을 가눌 수 없습니다.

150 큰 흉년을 만나 : 고종 13년(1876)에 흉년이 특히 심하여 6월에는 한재(旱災)로 인하여 곡식을 절약하고자 양조를 금하였고, 7월 이후 경기 및 삼남 지방에 큰 흉작이 들어 사창(社倉)의 곡식을 여러 차례 방출하였고, 12월에는 쌀값이 폭등하여 진휼청에서 한성의 빈민들에게 미곡을 발매하기도 하였다. 《한국민족문화대백과사전 연표》

151 까닭 없는 병 : 원문의 '무망일질(无妄一疾)'은 예기치 않게 발병한 질병을 가리킨다. 《주역》 천뢰무망괘(天雷无妄卦)의 구오효(九五爻)에 "예기치 않던 병이다. 약을 쓰지 말라. 기쁨이 있으리라.〔无妄之疾 勿藥有喜〕"라는 말에서 유래하였다.

지은이 **박규수(朴珪壽)**

1807(순조7)~1877(고종14). 19세기 역사적 격변기의 한가운데서 활동한 실학자이자 개화사상의 선구자이다. 본관은 반남(潘南), 자는 환경(桓卿)·예동(禮東), 호는 환재(瓛齋)·환경(瓛卿), 시호는 문익(文翼)이다. 연암 박지원의 손자로, 어린 시절 외종조 유화(柳訸), 척숙 이정리(李正履)·이정관(李正觀) 형제에게 수학하였다. 24세 때 효명세자가 요절하자 충격을 받아 18년 동안 은둔생활을 하며 학문에 몰두하였다. 1848년 5월 문과에 급제해 벼슬길에 나선 이후 평안도 관찰사·대제학·우의정 등 고위 관직을 역임하였다. 안동 김씨 세도 정권을 뒤흔든 진주농민항쟁(1862), 최초의 대미 교섭과 무력 충돌을 야기한 제너럴셔먼호 사건(1866), 전면적 대외개방을 초래한 일본과의 강화도 조약 체결(1876) 등 민족사의 향방을 결정지은 중대한 사건들에 깊숙이 관여했다. 1861년과 1872년 두 차례에 걸친 연행을 통해 중국 인사들과 널리 교분을 맺었고, 이를 통해 동아시아를 중심으로 급변하는 세계정세에 대해 식견을 넓혔다. 영·정조시대 실학의 성과를 충실히 계승하여 당대의 문학과 사상에도 상당한 영향을 끼쳤으며, 김윤식·김홍집·유길준 등 개화운동을 주도한 인물들이 그의 문하에서 배출되었다. 저서로 《상고도회문의례(尙古圖會文義例)》《거가잡복고(居家雜服攷)》 등이 있으며, 문집으로 《환재집》이 있다.

옮긴이 **김채식(金菜植)**

1967년 충북 진천에서 태어났다. 성균관대학교 한문교육과를 졸업하고, 한림대학교 부설 태동고전연구소에서 한문을 수학했다. 성균관대학교 한문학과에서 석사와 박사학위를 받았다. 현재 성균관대학교 대동문화연구원 거점번역연구소에 재직 중이다.
박사학위논문으로 〈이규경의 오주연문장전산고 연구〉가 있고, 번역서로 《무명자집》이 있으며, 공역서로 《옛 문인들의 초서 간찰》, 《조선시대 간찰첩 모음》, 《완역 이옥전집》, 《김광국의 석농화원》 등이 있다.

권역별거점연구소협동번역사업 연구진

연구책임자　안대회(성균관대학교 한문학과 교수)
공동연구원　이희목(성균관대학교 한문학과 교수)
　　　　　　진재교(성균관대학교 한문교육과 교수)
　　　　　　이영호(성균관대학교 HK 교수)
책임연구원　강민정
　　　　　　김채식
　　　　　　이규필
　　　　　　이상아
　　　　　　이성민
선임연구원　이승현

교열　정태현(한국고전번역원 명예교수)
윤문　김준섭

환재집 2

박규수 지음 | 김채식 옮김
2016년 12월 30일 초판 1쇄 발행
편집·발행 성균관대학교 출판부 | 등록 1975. 5. 21. 제1975-9호
주소 (03063) 서울시 종로구 성균관로 25-2
전화 760-1252~4 | 팩스 762-7452 | 홈페이지 press.skku.edu
조판 김은하 | 인쇄 및 제본 영신사

값 25,000원
ISBN 979-11-5550-207-5 94810
979-11-5550-206-8 (세트)